»Echo am Sturmfels«

Zeitreise in die Welt der Römer und Germanen

von Sheyna Jordan

AF280858

Über die Autorin

Ich heiße *Sheyna* Jordan, wurde 1968 in Schotten/Hessen geboren, bin gelernte Bankkauffrau, verheiratet und Mutter von
drei Töchtern. Die Ahnen- und Ortsforschung ist eine meiner
großen Leidenschaften.

Von Kindesbeinen an liebe ich das Genre Zeitreise und die
Romantik. Da ich sehr heimatverbunden bin, entstand früh
der Wunsch, eine eigene Geschichte zu erzählen, die regiona-
le Gegebenheiten einbezieht. Aus dieser Idee entwickelte sich
die Liebesgeschichte zweier Menschen aus unterschiedlichen
Welten vor dem Hintergrund meiner Heimatregion und dem
geschichtlichen Ereignis der Varusschlacht. So formte sich die
Sturmfels-Reihe, in der Herzen über Jahrhunderte hinweg
zueinanderfinden.

Sheyna Jordan

»Echo am Sturmfels«

Genre: Liebesroman – Historie – Fantasy/Zeitreise

Impressum

Bibliografische Information der Deutschen
Nationalbibliothek:
Die Deutsche Nationalbibliothek verzeichnet diese
Publikation in der Deutschen Nationalbibliografie;
detaillierte bibliografische Daten sind im Internet über
http://dnb.dnb.de abrufbar.

© 2024 Sheyna Jordan

Korrektorat/Stillektorat: Marita Pfaff – Großenhain
Titelbild: © Johannes Plenio (https://www.coolfreepix.com) /
unter CC BY 4.0 lizenziert
(https://creativecommons.org/licenses/by/4.0)
Bild Seite 8: © S. Jordan
Verlag: BoD • Books on Demand GmbH, In de Tarpen 42,
22848 Norderstedt
Druck: Libri Plureos GmbH, Friedensallee 273, 22763
Hamburg
ISBN: 978-3-7597-3309-2

CARITAS OMNIA TOLERAT

CARITAS OMNIA POTEST

TEMPUS FUGIT, AMOR MANET

Die Liebe erträgt alles.

Die Liebe vermag alles.

Die Zeit vergeht, die Liebe bleibt.

Inhalt

KIRCHENUHR
STORNFELS ALIAS STURMFELS

PROLOG

ie Romane
»Geheimnis am Sturmfels 1«,
»Entscheidung am Sturmfels 2«
und »Schicksal am Sturmfels 3«
erzählen die fesselnden Liebesgeschichten zweier
außergewöhnlicher Paare.

Zwei Schwestern aus der Neuzeit finden getrennt
voneinander, aber schicksalhaft verbunden, ihre große
Liebe in der Vergangenheit.

Die ersten beiden Bände handeln von Mara
Schneider, einer taffen Polizistin, die durch einen
unerwarteten Zwischenfall in die Vergangenheit gerät.
Plötzlich befindet sie sich zweitausend Jahre in der Zeit
zurück, mitten im Konflikt zwischen Römern und
Germanen, unmittelbar vor der Varusschlacht.

Auf der Suche nach ihrer verschwundenen Schwester wird auch Tasha in diese archaische Welt katapultiert, wie in Band 3 »Schicksal am Sturmfels« enthüllt
wird. Sie trifft auf Ermin alias Arminius.

Die Entwicklung ihrer Liebe zu Ermin und ihre weiteren Abenteuer erfahrt ihr jetzt ...

KAPITEL 1 - ♀

Wir haben es gefunden! Mein Gott, wir haben es geschafft! Endlich!«, rufe ich voller Freude aus.

»Ich will verflucht sein, du hattest recht«, sagt Adam, mein schottischer Archäologen-Kollege, perplex, während Eve, ebenfalls eine schottische Archäologin, mit großen Augen staunend zuschaut.

Adam hat es mir nie glauben wollen, aber jetzt tut er es. Wir haben den Zugang zu einer Felsengrotte, vielleicht sogar zu einem Tunnelsystem, unterhalb der Felsklippe von Dunnicaer, entdeckt, einer der ältesten Festungen der Pikten. Persönlich bin ich davon überzeugt, dass es eine Verbindung zum nur wenige Minuten entfernten Dunnottar Castle gibt, was aber noch zu beweisen wäre.

Jetzt muss ich unbedingt Ermin von unserer neuesten Entdeckung berichten. Schnell zücke ich mein Handy. Es klingelt und klingelt. Verdammt, wo steckt er? Endlich! Er geht ran.

»Wir haben es gefunden!«, beginne ich ohne Umschweife. Ermin weiß genau, wovon ich spreche.

»Das ist großartig, warst du schon drin?«, will er sofort wissen.

»Nein, es ist bereits zu dunkel«, erkläre ich frustriert.

»Dann kommst du jetzt nach Hause?«

»Ja, oder vielleicht etwas später. Wir wollen noch auf unseren Erfolg anstoßen.«

Adam und Eve geben mir mitten im Gespräch wilde Zeichen; sie wollen feiern und sie haben recht. Das ist ein wirklich guter Grund, gemeinsam anzustoßen.

Ermin zieht hörbar Luft ein. Das liegt nicht an unserer Absicht, die Entdeckung zu begießen, sondern an Adam. Ermin glaubt, dass mein Kollege etwas zu sehr an mir interessiert ist, und das gefällt meinem Germanen nicht. Natürlich vertraut er mir, aber eben nicht Adam.

Adam Duke ist genauso alt wie ich. Er hat einen gewissen Charme bei Frauen, mit einer Ausnahme: mir! Ich bin nur einem Mann auf dieser Welt verfallen, und das mit Haut und Haaren.

»Ich beeile mich, versprochen! Ich bin einfach glücklich, und nach all den Anstrengungen muss das gefeiert werden. Das verstehst du doch?«

Ich weiß, dass er es mir gönnt, besonders weil ich eine Ablenkung gebrauchen kann. Nach der Fehlgeburt im letzten Jahr ging es mir schlecht, und ich habe mich nur langsam erholt. Ermin war sehr verständnisvoll und bat meine Mom für einige Monate zu uns zu kommen. Sie verlässt nicht gerne ihren Heimatort Stornfels, aber für ihre Kinder tut sie alles. Meine ältere Schwester Jenny wollte mit ihren Töchtern Rebecca und Clara mitkommen, aber das konnte Ermin zum Glück verhindern. Das wäre mir einfach zu viel geworden, selbst wenn ihr dämlicher Gemahl – Simon Seibert, seines Zeichens Großkotz – nicht dabei gewesen wäre.

»Wo wollt ihr feiern?«, will er nun wissen.

»Wir gehen nach Stonehaven in den Pub Seven. Die haben eine gute Auswahl an Bieren«, antworte ich.

»Wenn ich dich abholen soll, ruf an.«

Ermin ist sehr stolz auf sich. Seit er den Führerschein hat und Autofahren darf, nutzt er jede Gelegenheit. Das hat ihm anfänglich so manchen Strafzettel eingebracht. Für einen Mann wie ihn völlig unverständlich. Bei dem Gedanken muss ich grinsen. Er – ein alter Germane aus vergangener Zeit – hat sich wirklich schnell an unsere Welt und ihre Besonderheiten gewöhnt. Und doch bleibt er im Herzen ein Krieger, was sich ab und an noch zeigt.

Kaum im Pub angekommen, bestelle ich bei Duncan, dem Wirt: »Drei Bier, auf meine Rechnung!«

»Aye, was gibt's zu feiern?«, will er wissen.

»Wir haben eine Höhle im Steilhang gefunden«, antwortet Eve.

»Ich habe es euch doch gesagt. Das ist alles viel älter, als ihr glauben wolltet«, erwidert er selbstgefällig und meint damit vor allem Adam, der unter den Männern nicht besonders beliebt ist.

Adam übergeht den Unterton und fordert den Wirt auf: »Mach mal Musik!«

Sekunden später hören wir schottische Volksweisen und trinken ein Bier nach dem anderen. Der Abend wird richtig lustig. Nicht nur, weil ich mittlerweile einen im Tee sitzen habe, sondern auch, weil immer mehr Einheimische mit uns anstoßen.

Als wir damals im Örtchen auftauchten, waren die Einwohner uns gegenüber reserviert, da wir vom Festland kamen und dazu noch Deutsche waren. Aber unsere unkonventionelle Art und vor allem Ermins Pferdekenntnisse kamen rasch positiv an. Wir werden inzwischen akzeptiert und respektiert.

Ein junger Mann, ich glaube, er heißt Ian, fordert mich zum Tanz auf. Ich will nicht, aber Eve gibt mir einen Schubser und so lande ich in Ians Armen.

Zögerlich lasse ich mich von ihm über die viel zu kleine Tanzfläche ziehen, während die Anwesenden laut johlen. Mir wird schwindelig, ich bekomme einen Drehwurm. Das war zu viel Bier zu später Stunde und das bei einem anstrengenden Arbeitstag. Also, entweder übergebe ich mich in wenigen Augenblicken, oder ich stürze und bleibe liegen.

Doch bevor eines von beiden geschieht, wird die Tür aufgerissen. Im Eingang erscheint der Umriss eines riesigen Kerls. Die meisten Gäste verstummen augenblicklich. Es würde wohl Totenstille herrschen, wäre da nicht die Musik, die einfach weiterläuft. Trotz meines Alkoholpegels weiß ich sofort, wer es ist: Ermin!

Er zieht mich mit einem Ruck in seine Arme und trägt mich hinaus, ohne auch nur ein Wort mit mir oder den anderen zu wechseln.

»Tut mir leid«, säusele ich ihm ins Ohr. Dennoch freue ich mich, dass er aufgetaucht ist. Dann ergänze ich extrem breit grinsend: »Du bist mein Held, mein Ritter, mein Retter.« Noch immer spricht er nicht. Ob er sauer ist? »Bist du verärgert?«

»Vielleicht«, brummt er leise.

»Nein, bitte nicht. Ich liebe dich doch, mein wilder Barbar«, murmele ich neckend, während ich mir ein Gähnen nicht verkneifen kann. Der Alkohol zeigt Wirkung. Eng schmiege ich mich an seinen muskulösen Körper. Bevor ich aber einnicke, bekomme ich noch mit, wie er mich vorsichtig auf die Rückbank des Wagens legt. Erst als wir am Haus ankommen und er mich aus dem Wagen zieht, werde ich wach. Und wieder ist er ganz Gentleman und trägt mich. Sein herber Männerduft steigt mir in die Nase. Ich beginne an ihm zu schnüffeln. Der Duft ist neu und sehr anziehend. Als ich seinen Adamsapfel küsse, schmecke ich das unbekannte Aroma. Ermin stöhnt auf. Gut, es gefällt ihm! Ich bekomme Lust. Lust auf ihn.

»Tasha, du bist betrunken.«

»Na und, ich weiß genau, was ich jetzt will … dich!«

Unbeirrt mache ich weiter und bedecke sein Kinn, seinen Hals, seine Ohrläppchen mit unzähligen Küssen. Wieder seufzt er auf. Ich weiß, dass ich gewonnen habe. Rasch finde ich meinen Weg zu seinen Lippen und Ermin erwidert den Kuss leidenschaftlich. Mit seiner Zunge nimmt er Besitz von mir. Seine Bartstoppeln kitzeln mich, besonders als er beginnt, meinen Hals abwärts zu liebkosen.

»Ich will nicht warten«, raune ich voller Erregung.

Er versteht genau, was ich meine.

Noch im Flur entkleiden wir uns. Es ist jedes Mal ein überwältigender Anblick, wenn sich dieser braungebrannte und gestählte Körper in seiner ganzen Pracht vor mir darbietet. Dieser Mann ist und bleibt heiß.

Mich hält nichts mehr. Ich springe regelrecht in seine Arme. Er fängt mich auf – einen Arm um meinen Oberkörper geschlungen, mit dem anderen stützt er meinen Po. Seine erstarkte Männlichkeit spüre ich dabei deutlich. Dann drückt er mich mit dem Rücken gegen die Holzvertäfelung der Küchenwand, rückt mich noch etwas zurecht und dringt mit einem fast verzweifelt klingenden Seufzer in mich ein.

Das Gefühl ist unbeschreiblich. Ein wohliges Kribbeln durchströmt meinen Körper und lässt meine Nervenbahnen vibrieren. Ich bewundere seine Kraft und Ausdauer, und das im Stehen. Seine Stöße sind hart und intensiv. Er kostet jeden Millimeter von mir aus.

»O Gott, wie ich dich begehre. Ich will mehr«, höre ich mich vor Wollust stöhnen. Und er gibt mir mehr. Er trägt mich zum Tisch und legt mich sanft ab. Dabei stimuliert er mit seinen Fingern meine hart gewordenen Brustwarzen und dringt wieder und wieder in mein Innerstes ein. Damit er mich vollends ausfüllen kann, lege ich meine Beine über seine Schultern. Ich genieße jeden Stoß, jeden Zentimeter.

Ermin wird immer schneller und heftiger. Ich spüre deutlich das Pulsieren seines Stabes, der kurz vor der Entladung steht. Es dauert nicht lange und wir erbeben gemeinsam. Der Augenblick der Erlösung ist wild, heiß und unendlich befriedigend. Voller Liebe schaut er mich an.

»Du bringst mich immer wieder … zum Staunen«, keucht er atemlos.

»Na, das ist doch nicht das Schlechteste«, erwidere ich schmunzelnd und ziehe ihn mit meinen Schenkeln zu mir heran, sodass unsere Gesichter nah beieinander sind.

Er streicht mir eine lose Strähne aus der Stirn. »Du bedeutest alles für mich«, raunt er leise.

»Ich weiß.«

»Ich kann mein Glück oft nicht fassen«, äußert er nachdenklich.

»Und ich kann kaum glauben, wie schnell du Sprachen beherrschst und Menschen für dich gewinnst.

Aber warum auch nicht? Du bist Arminius, ein charismatischer Verführer,«, sage ich und lächle verschmitzt.

Er entgegnet mit einem Augenzwinkern: »Soso, und dich habe ich wohl auch … verführt.«

»Absolut!«, bestätige ich mit gespielter Ernsthaftigkeit.

Ermin grinst wissend. Er weiß, dass er mein Herz besitzt. Er weiß aber auch, dass ich störrisch wie ein Esel sein kann, wenn ich meinen Willen nicht bekomme. Dann hilft ihm auch seine schiere Männlichkeit nichts.

Mein Germane reißt mich aus meinem Wohlgefühl. »Wir sollten jetzt schlafen gehen. Wie ich dich kenne, wirst du als Erste an der Grabungsstelle sein wollen.«

Damit liegt er richtig.

»Begleitest du mich morgen früh?«, will ich wissen.

»Ich würde gerne, aber Ian kommt. Er hat Probleme mit seinem Hengst«, entgegnet er bedauernd.

»Das ist nicht schlimm. Du kannst unsere Entdeckung auch noch an einem anderen Tag bestaunen.«

Das Bier und der Sex haben mich müde gemacht. Ich gähne unkontrolliert. Fürs Duschen reicht meine Energie nicht mehr, eine Katzenwäsche muss ausreichen.

Ermin ist noch unter der Brause, als ich mich ins Bett fallen lasse. Kurz überlege ich, ob ich mich zu ihm gesellen sollte, aber ich bin zu erschöpft. Außerdem werden wir noch viele Nächte miteinander verbringen. Mit diesem Gedanken schlafe ich ein.

Als ich erwache, dämmert es bereits. Ermin schläft noch. Er sieht süß aus, wie er das Kissen umschlingt und seine Mundwinkel ein Grinsen zeigen. Ich überlasse ihn seinen Träumen. Die warme Dusche ruft, danach gibt es heißen Kaffee – beides meine besten Muntermacher.

Während ich unter der Brause stehe, kommen Erinnerungen an die Vergangenheit hoch, an die Zeit in Ermins Welt. Es ist erstaunlich, wie anpassungsfähig dieser Mann ist. Seit gut drei Jahren lebt er in meinem Jahrhundert und hat kaum mehr Probleme mit den alltäglichen Dingen. Nur im Bereich des Allgemeinwissens, besonders in politischer und historischer Hinsicht, gibt es Defizite, was nicht verwunderlich ist, aber niemanden stört.

Verdammt, jetzt muss ich mich aber beeilen. Ich will doch eine der Ersten an der Ausgrabungsstelle sein.

Ich bin schon auf dem Weg nach draußen, als Ermin auftaucht. »Warum hast du mich nicht geweckt?«, fragt er.

»Ich wollte dich schlafen lassen. Du musstest gestern wegen mir lange genug aufbleiben«, sage ich und gebe ihm schnell einen Kuss.

Ermin grinst provokativ und zieht mich zu sich heran. »Betrunkene Frauen zu verführen liegt mir.«

Oh, er spielt auf unseren ersten gemeinsamen Beischlaf an – am See in seiner Zeit, als es mich auf der Suche nach meiner Schwester in seine Welt verschlagen hatte.

»Ich muss jetzt wirklich gehen. Auch wenn ich lieber bei dir bleiben würde«, seufze ich.

Ermin lacht. »Ach, meine Blume, heute könnte dich doch nichts von Dunnicaer fernhalten. Nicht einmal ich.«

»So würde ich das nicht sagen«, reagiere ich düpiert.

»Schmoll nicht, sonst lasse ich dich nicht gehen«, droht er scherzhaft.

Wie zur Bestätigung zieht er mich noch näher zu sich heran und küsst mich fordernd. Das ist fies. Er kämpft mit unfairen Mitteln. Im nächsten Augenblick gibt er mich aber frei. Der verdammte Kerl weiß, dass er mich sehr wohl verführen kann und ich ihm erliege.

Schnell nutze ich die gewonnene Freiheit und sprinte zu meinem Wagen – auch weil es zu regnen beginnt. Hinter mir höre ich ihn lachen. Manchmal könnte ich ihm den Hintern versohlen, und schon male ich es mir spielerisch aus.

Schluss damit! Heute steht mir ein spannender Tag bevor. Wir werden die Grotte untersuchen. Ich hoffe dabei nicht nur auf ein Tunnelsystem zu stoßen, sondern auch durch Altersbestimmung nachzuweisen, dass diese neue Entdeckung älter ist als die piktische Siedlung von Dunnicaer. Wenn ich Pech habe, existiert sie aber erst seit ein paar Jahrhunderten. Womöglich ein Piratenversteck aus jüngerer Vergangenheit? Aber nein, die Zeichen stehen gut, dass dem nicht so ist und wir etwas Großartiges entdeckt haben.

Als ich an der Grabungsstelle ankomme, ist überraschenderweise Adam bereits vor Ort.

»So früh? Das bin ich von dir gar nicht gewohnt.«

»Nun, ich bin eben genauso gespannt wie du. War dein Muskelprotz eigentlich sauer?«

»Nein, wieso sollte er?«

Während wir uns unterhalten, bewegen wir uns in Richtung der Felsen. Es erstaunt mich jedes Mal, mit welcher Hingabe Menschen in früheren Zeiten enorme Kraftanstrengungen auf sich genommen haben, um solche Bauwerke zu erschaffen. Man denke nur an Stonehenge, wo der Großteil des Baumaterials für das imposante Megalith-Bauwerk aus dreihundert Kilometer entfernten Steinbrüchen herbeigeschafft worden war. Das ist in meinem Fall hier anders. Jetzt gilt es zu klären, von wem und aus welchem Grund die Felsengrotte angelegt wurde. Diente sie als Zuflucht oder wurde sie für kultische Zwecke genutzt? Vielleicht hatte sie auch eine ganz andere Funktion? Und ich bin schon sehr gespannt darauf, ob es Gänge gibt, und wohin sie führen könnten.

Adam unterbricht meine Gedanken und antwortet auf meine zuvor rhetorisch gestellte Frage: »Er schien ziemlich wütend zu sein. Also, manchmal erinnert mich Ermin an einen Wikinger.«

»Hä? Was? Nein, Germane«, erwidere ich spontan, ohne groß darüber nachzudenken.

»Ja, das passt auch«, erklärt er und fügt grübelnd hinzu: »Er mag mich nicht.«

»So kann man das nicht sagen«, widerspreche ich halbherzig.

»Nenn es doch beim Namen, er ist eifersüchtig«, bringt Adam es auf den Punkt.

Ich muss das nicht mehr kommentieren, denn plötzlich rempelt uns Eve von hinten an.

»Guten Morgen, ihr beiden.« Und mit Blick auf Adam ergänzt sie überrascht: »Du bist aber früh dran.«

»Oh, hört doch auf! Ich bin nicht immer unpünktlich«, reagiert er beleidigt und eilt voran.

Eve und ich rufen ihm hinterher: »Aber meistens«, und lachen über unsere gleichzeitigen Bemerkungen.

Aber schnell werden wir ernst, denn jetzt ist Konzentration gefragt. Der Zugang zur Anlage ist gefährlich. Wir müssen ein Stück die Klippen hinabklettern.

Die Menschen haben damals einen schmalen Weg in den Felsen gehauen. Doch im Laufe der Jahre hat die Erosion ihn stark verwittert und nun ist er steiler und enger als in früheren Zeiten. Deshalb haben unsere Bergsteiger-Helfer Kletterhaken und Seile angebracht, an denen wir uns nun entlanghangeln. Gefährlich bleibt es dennoch.

Adam hat zwischenzeitlich den Eingang der Grotte erreicht und geht als Erster geduckt hinein. Wir Mädels folgen ihm, ohne den Kopf einziehen zu müssen. Bewaffnet mit einer Taschenlampe fühle ich mich zusammen mit den anderen beiden sicher. Oder doch nicht?

In meinem Bauch beginnt es zu grummeln. Und nur einen Moment später fängt mein Herz heftig an zu schlagen, und meine Atmung wird unregelmäßig. Ich muss kurz innehalten, um mich zu sammeln.

Verdammt, ich glaubte, die Angst hinter mir gelassen zu haben. Aber der Gang erinnert mich an den aus meiner Heimat, durch den ich damals unfreiwillig meine Welt verließ und in einer anderen Epoche landete. Das einzig Gute daran: Ich traf auf Ermin!

Und da höre ich schon, wie Eve nach mir ruft: »Tasha? Wo bleibst du? Komm her! Wir haben etwas gefunden.«

Okay, keine Panik! Sagt man nicht: Der Blitz schlägt nicht zweimal an derselben Stelle ein? Jetzt heißt es, tief ein- und ausatmen, dann wird es schon wieder gehen.

»Bin gleich da«, rufe ich zurück.

Ich folge dem leicht abfallenden gebogenen Gang und erreiche eine ovale Kammer. In dieser und im Gang sind Steinplatten an der Decke angebracht. Meiner Meinung nach völlig unnötig, denn die Anlage wurde in massiven Fels gehauen, da hätte es keine Deckenplatten gebraucht, aber natürlich wirkt es so viel imposanter. Und erst das Innere! Dort befinden sich am Rand vier etwa eineinhalb Meter hohe steinerne Säulen. In der Mitte thront ein einzelner mächtiger Menhir. Das alles ist wirklich ungewöhnlich und einzigartig. Ich kenne nichts Vergleichbares.

»Es geht hier nicht weiter«, meldet sich Adam.

»Vielleicht handelt es sich lediglich um einen rituellen Raum«, merkt Eve an und blickt sich fasziniert um, dabei murmelt sie ehrfürchtig: »Bewundernswert, mit welcher Energie die Erbauer das in den felsigen Untergrund gehauen haben.«

»Ja, das stimmt. Wir sollten dennoch die Wände absuchen. Mich würde es nicht überraschen, wenn es weitere Gänge gibt«, schlage ich vor.

Während die beiden das Mauerwerk untersuchen, widme ich mich den äußeren Stelen, die offenbar direkt aus dem Felsen gehauen – oder besser gesagt, geschält – wurden, und deren Oberfläche sauber durch Picken abgearbeitet ist.

Sehr seltsam. Der Stein in der Mitte passt nicht dazu. Er ist eindeutig ein Findling und muss extra hierhertransportiert worden sein. Er weist Gravuren auf wie Axtpflüge und Schildidole, also multiple Bögen. Das ist eher ungewöhnlich, denn die meisten Stelen sind ungraviert. Steine mit dieser alten Symbolik sind vornehmlich in Frankreich zu finden. Hinsichtlich der Deutungen ist sich die Wissenschaft jedoch uneins.

Piktisch kann er jedenfalls nicht sein, denn diese beschrifteten ihre Steine erst sehr viel später, und zwar mit ganz eigenen Symbolen. Und überhaupt, wie haben sie nur diesen einzelnen Stein hierher bekommen?

Eve grätscht in meine Überlegungen. »Also ich kann keinen Durchgang finden. Es scheint alles massiv zu sein.«

Adam ergänzt: »Auch ich kann nichts entdecken. Das bedeutet allerdings nicht viel. Er könnte zugemauert worden sein. Die Lichtverhältnisse sind schlecht. Um feinste Veränderungen in der Wandstruktur festzustellen, brauchen wir eine bessere Ausleuchtung.«

»Wartet! Hier ist etwas im Boden«, ruft Eve aufgeregt und beginnt vorsichtig in der Nähe des beschrifteten Menhirs zu graben. Obwohl Funde menschlicher Knochen nicht ungewöhnlich sind, ist der Anblick der freigelegten Schädelkalotte doch unheimlich. Die Atmosphäre mag dieses Gefühl verstärken.

»Vielleicht handelt es sich um eine Begräbnisstätte«, mutmaßt Adam als Erster.

»Ja, aber in Betracht käme auch ein ritueller Tötungskult. Es gibt zahlreiche Gründe, sogar bis hin zum ganz profanen Mord«, gibt Eve zu bedenken.

»Lasst uns nicht vorschnell Schlüsse ziehen. Das müssen wir weiter untersuchen«, mahne ich.

Im Laufe des Tages transportieren wir nach und nach Arbeitsmaterialien in die Höhle, und meine Ängste schwinden mit jedem Arbeitsschritt.

Unsere Hilfskräfte können uns nur begrenzt unterstützen. Der Raum ist für mehr als drei Personen zu eng, daher arbeiten wir abwechselnd dort. Parallel dazu läuft die Ausgrabung am Dunnicaer und die Erforschung der piktischen Siedlung weiter, welche unser eigentlicher Auftrag ist. Wir arbeiten nun gleichzeitig an zwei Orten.

Als ich am Abend nach Hause komme, berichte ich Ermin begeistert von unserem Fund. Für ihn ist das weniger spannend. Er kann mit dem Interesse unserer Gesellschaft an vergangenen Epochen und ihrer wissenschaftlichen Aufarbeitung nichts anfangen. Tote sind für ihn ohnehin nichts Ungewöhnliches. Ich habe ihm erklärt, dass die Archäologie dabei hilft, grundlegende Fragen der Menschheit zu beantworten. Sie kann falsche oder einseitige Darstellungen korrigieren und die Fehler vergangener Zivilisationen untersuchen, um daraus für die Neuzeit zu lernen. Natürlich hat die Archäologie noch vieles mehr zu bieten.

Ermin respektiert meine Ansichten und meine Arbeit, da er weiß, wie wichtig sie mir sind. Seine persönliche Leidenschaft gilt den Pferden – und mir. Letztere Leidenschaft muss heute Nacht pausieren. Ich bin extrem müde und schlafe ein, noch bevor Ermin ins Bett kommt. So geht es uns nun in den nächsten Wochen fast ständig.

Als sein Geburtstag naht, möchte ich etwas Besonderes mit ihm unternehmen. In Unkenntnis seines korrekten Geburtsdatums haben wir den Tag seines Übertritts in meine Welt, den 21. Juni, als Ersatz gewählt. Da die letzten Wochen recht stressig waren, dachte ich, dass gemeinsame Zeit uns guttun würde, und habe eine Übernachtung im Kinnlettes Castle gebucht. Ermin und ich müssen zwar morgens noch arbeiten, aber am Nachmittag können wir los. Das Schloss liegt auch nur eine Stunde entfernt.

Heute ist es so weit. Ermin schläft noch. Leise schleiche ich mich in die Küche und bereite das Frühstück vor. Er liebt schwarzen Kaffee, hart gekochte Eier und ordentlich belegte Wurstbrote. Kaum bin ich mit dem reich gedeckten Tisch fertig, steht er lächelnd in der Küchentür.

»Guten Morgen, meine Blume.«

Ich gebe ihm einen Kuss und begrüße ihn strahlend: »Herzlichen Glückwunsch, mein Schatz.«

»Wofür?«, will er wissen.

»Na, heute ist doch der einundzwanzigste Juni.«

»Ach ja, du und deine Bräuche.« Er schmunzelt.

Damit spielt er auf alles an, was in meiner Welt gefeiert wird – nicht nur Geburtstage, sondern auch sämtliche kirchlichen Feiertage wie Ostern und Weihnachten. Seiner Meinung nach braucht man keine festgelegten Tage zum Feiern. Dass es dabei nicht immer ums Feiern geht, habe ich ihm schon oft genug zu erklären versucht.

»Komm schon! Ich habe etwas vorbereitet, das dir gefallen wird. Widerspruch zwecklos! Ich weiß, dass du am Nachmittag frei hast.« Ich blinzele verschwörerisch.

»Na dann, ich habe wohl keine Wahl«, sagt er lachend.

»Nein, hast du nicht!«, entgegne ich bestimmt und köpfe mein Ei.

Mein Wagen ist seit gestern in der Werkstatt, daher bringt mich heute Ermin zur Ausgrabungsstelle. Es ist das erste Mal, dass er hier ist, da er zuvor nie Zeit hatte. Aber auch jetzt kann er nicht bleiben. Schade!

»Nicht mal fünf Minuten?«, bettele ich ihn an und zwinkere verführerisch mit den Augen.

Seufzend nimmt er mich in den Arm und streichelt über meine Wange. »Es tut mir leid, meine Blume, aber wenn deine Überraschung heute Nachmittag klappen soll, muss ich jetzt los.«

Nun gut, dann bekommt er wenigstens einen Vorgeschmack auf die Nacht. Ich ziehe ihn an mich heran und beginne ihn spielerisch zu küssen. Es wird leidenschaftlicher. Ermin erwidert mein Drängen und drückt mich fest an sich. Zwischen uns passt kein Blatt Papier mehr.

Plötzlich dringt eine Stimme an mein Ohr. Es ist Eve, die uns mit einem breiten Grinsen im Gesicht aufzieht: »Mensch, da könnte man ja fast neidisch werden. Ich will auch so einen Mann.«

Ermin schmunzelt und antwortet ehrlich: »Dann müsstest du durch die Zeiten reisen und zahlreiche Gefahren auf dich nehmen.«

Ich zwicke ihn in die Seite. Er soll sich nicht verraten, obwohl die Wahrscheinlichkeit gering ist, denn unsere Geschichte glaubt sowieso keiner.

Eve lacht. »Du mal wieder. Immer so geheimnisvoll.«

Auch Adam ist in der Nähe, meidet aber den Kontakt. Das liegt eindeutig an Ermin.

Nun gut, ich muss mich jetzt von ihm lösen, die Arbeit ruft. »Dann sehen wir uns um drei, sei pünktlich!«, erinnere ich ihn.

Ermin nickt und gibt mir zum Abschied einen Klaps auf den Po. Dann dreht er sich um und fährt mit seinem brandneuen Land Rover Defender davon.

Eve wartet an der Klippe auf mich: »Was habt ihr denn heute noch vor?«

»Ach, nur eine kleine, traute Auszeit«, antworte ich ausweichend.

»Jetzt mal ehrlich, Tasha, wo findet man so einen Mann? Er redet zwar nicht viel, aber das mag ich gerade. Und wie er dich immer ansieht. Ich will das auch.« Sie seufzt tief.

Eve Morgan ist genauso groß wie ich, ein wenig jünger und im Gegensatz zu mir sehr zierlich. Sie hat rotblonde Haare in Form eines Bobs, vorne lang, hinten kurz, und kämpft im Sommer mit ihren Sommersprossen, während ich mit meiner dunklen Lockenmähne, die mir mittlerweile fast bis zum Hintern reicht, zu kämpfen habe. Aber Ermin liebt sie, daher habe ich bisher nicht gewagt, Hand anzulegen.

Eve meint, dass ich wie eine Indianerin oder Römerin aussehe und dass genau *das* die Männer im Norden anziehend finden würden. Sie hätte jedenfalls nie auf eine deutsche Nationalität bei mir getippt.

Vermutlich ist es wie überall: Wenn jemand auffälliger oder anders als die meisten erscheint, wirkt er interessanter. Wäre Eve in Italien, würde sicherlich so mancher Südländer von ihren roten Haaren und der süßen Art angezogen sein. Aber ich mache mir keine Gedanken – sie ist jung und wird schon ihr Gegenstück finden.

»Ach Eve, der Richtige wird bestimmt noch kommen«, antworte ich nach meiner Gedankenexkursion.

Sie kommentiert es mit einem frustrierten Seufzer, vielleicht auch, weil ich mal wieder verspätet antworte.

So, jetzt heißt es zurück zur Arbeit.

Das gefundene Skelett wurde inzwischen geborgen. Es stammt von einem Mann. Leider ist es nicht mehr vollständig erhalten. Nun übernehmen andere die Arbeit und werden im Labor das Alter bestimmen und möglicherweise die Todesursache ermitteln. Weitere Funde haben wir zu unserer Enttäuschung nicht gemacht. Heute werden wir erneut die Wände absuchen. Adam hat eine vielversprechende Stelle ausgemacht, die seiner Meinung nach auffällig bearbeitet erscheint.

Wir kommen gerade noch rechtzeitig, denn Adam ist in diesem Moment dabei, mit einem Stemmhammer die ausgewählte Wand zu bearbeiten. Plötzlich schreit er auf.

»Was ist?«, ruft Eve besorgt aus.

Adam jammert. »Ein Steinsplitter hat meinen Oberschenkel getroffen … verdammt!«

»Lass mal sehen«, fordere ich ihn auf. Als er sich nicht rührt, füge ich genervt hinzu: »Du musst schon deine Hosen herunterlassen.«

»Was? Nein!«

»Sei nicht so zimperlich. Du trägst doch sicherlich Boxershorts«, versuche ich es erneut.

»Alles gut, nichts passiert«, wiegelt er ab.

»O Mann, Adam.« Sein Blick amüsiert mich. Gewöhnlich ist er ein Frauenheld, aber wenn es darauf ankommt, ein Schisser.

Er beißt die Zähne zusammen und setzt seine Arbeit fort.

Plötzlich horche ich auf. Da ist noch ein anderer Klang im Untergrund. Laut rufe ich: »Stopp!« Aber Adam kann mich wegen des Lärms des Stemmens nicht hören. Ich will ihn gerade am Arm packen, als die Wand einbricht und einen unerwarteten Blick auf einen Gang freigibt. Freudig dreht er sich zu uns um. Sobald der Krach des Stemmhammers verstummt, bemerken auch er und Eve das unterirdische Grollen.

»Was ist das?« Eves Frage bleibt unbeantwortet, denn sofort stürzen einige Deckensteine im Ausgangsbereich herunter. Unser Rückweg ist versperrt. Wir stecken fest. Und zu allem Überfluss werden die Erschütterungen stärker. Noch mehr Gestein löst sich von der Decke und verfehlt uns nur knapp.

Adam brüllt uns an, in Richtung des Durchbruchs zu rennen. Aber ich schaffe es nicht, mich zu bewegen. All das erinnert mich an damals – an meine Reise in die Vergangenheit. Wie gelähmt verharre ich an Ort und Stelle. Adams Geschrei dringt nur dumpf zu mir durch.

Eve zerrt mich nun mit enormer Kraft weg, tiefer in den unbekannten Teil der Anlage hinein. Gerade noch rechtzeitig, denn in der Menhir-Höhle haben sich größere Platten von der Decke gelöst. Ich sehe alles. Ich höre alles. Und ich ahne, was auf uns zukommt. Ich habe fürchterliche Angst.

Vibrationen und tiefe Schallwellen kündigen das drohende Unheil an – wie damals. Eine Warnung an meine beiden Kollegen wäre zwecklos. Sie würden mir nicht glauben. Und was sollten wir auch tun? Wir sind gefangen.

Und dann passiert es! Adam schwankt plötzlich und fällt im nächsten Augenblick um. Er ist bewusstlos. Eve will ihm helfen und liegt Sekunden später ebenfalls auf dem Boden. Auch mir wird schwindelig. Mein Blick ist trüb und meine Beine versagen ihren Dienst. Mein letzter Gedanke gilt Ermin. Schon wieder werden wir getrennt. Er wird vielleicht nie erfahren, was geschehen ist …

KAPITEL 2 - ♀

dam schüttelt mich. »Wach auf, Tasha! Alles in Ordnung bei dir?«
Überrascht blicke ich ihn an. Für einen winzigen Moment hatte ich gehofft, dass alles nur ein Traum gewesen wäre. Doch die Realität hat mich wieder. Frustriert stöhne ich auf. »Wo … wo ist Eve?«

»Sie sucht nach einem Ausgang«, antwortet er und hilft mir aufzustehen. Und da kehrt sie auch schon zurück.

»Es sieht schlimm aus. Wir können definitiv nicht mehr umkehren, riesige Gesteinsbrocken versperren den Weg, dafür bräuchten wir schweres Gerät.«

»Dann folgen wir weiter dem Gang. Es muss doch einen anderen Ausgang geben«, erwidert Adam.

»Sollten wir nicht lieber hierbleiben? Man wird uns suchen und sicher den Eingang freiräumen«, sagt Eve hoffnungsvoll.

»Vergiss es!«, werfe ich frustriert ein.

»Wieso?«, fragt Eve überrascht.

»Überleg doch mal. Es hat Wochen gedauert, bis die Arbeiter den Höhleneingang freigelegt hatten. Wie lange können wir hier wohl überleben?« Und gedanklich füge ich hinzu: *Außerdem werden wir uns sowieso nicht mehr in unserer Zeit befinden.*

Adam hat noch eine Idee. »Habt ihr eure Handys schon ausprobiert? Ich habe leider keinen Empfang.«

Natürlich versuchen Eve und ich es, aber auch das bleibt erfolglos. Kein Signal!

»Nun, wir haben keine Wahl. Wir müssen dem Tunnel folgen«, bestimmt unser Gefährte.

Zum Glück sind wir mit Taschenlampen ausgestattet, die zusammen mit weiteren Werkzeugen an unseren Gürteln hängen.

Während wir uns durch die Enge des Tunnels quälen und so gar keinen Sinn mehr für die Fertigkeiten der Erbauer haben, plagt mich der Gedanke an eine erneute Zeitreise. Warum habe ich das nicht schon früher in Betracht gezogen? Habe ich wirklich geglaubt, dass so etwas nur auf dem europäischen Festland möglich ist?

Verdammt! Es kann aber doch nicht jeder verfluchte Tunnel auf diesem Planeten in die Vergangenheit führen? Das wäre im Laufe der Zeit doch mal aufgefallen und nicht unerwähnt geblieben.

Vielleicht liegt es auch an mir? Womöglich spinne ich mir was zusammen und die Situation ist, wie sie ist: Wir sind noch in unserer Zeit und haben einfach nur Pech gehabt.

»Verflucht, es geht nicht mehr weiter!«, schimpft Adam plötzlich, nachdem wir eine Weile dem Gang gefolgt sind.

»Nein, das darf nicht sein!«, wirft Eve entmutigt ein.

Da ich mich wieder gefangen habe und wir alle einen Funken Hoffnung brauchen, sage ich: »Ich könnte mir vorstellen, dass es auch hier einen zugemauerten Bereich gibt, ähnlich wie in der Menhir-Kammer. Die

Frage ist nur: Wenn wir ihn finden, wie öffnen wir ihn?« Denn der Stemmhammer wurde von herabstürzendem Geröll begraben.

Adam sieht das genauso. Sofort beginnt er, die Wand auszuleuchten. Schnell wird klar, dass sie künstlich ist. Mit Hammer und Meißel bewaffnet, beginnt er, die Fugen aufzubrechen und auszukratzen. Wir wechseln uns dabei ab.

Es ist eine mühsame und anstrengende Arbeit. Die Freude von Adam und Eve über das Lockern und Entfernen eines einzelnen Füllsteins gleicht der Begeisterung kleiner Kinder. Als wir dahinter einen weiteren Tunnel entdecken, ist ihre Freude noch größer. Das Erweitern der Öffnung dauert jedoch eine Ewigkeit. Am Ende zahlt sich die ganze Plackerei aus und wird zu unserem Ticket ins Freie. Eine letzte Herausforderung liegt aber noch vor uns: Der Ausgang befindet sich direkt an den Klippen. Meiner ersten Einschätzung nach sind wir nicht mehr bei Dunnicaer. Das wäre aber nicht das Schlimmste. Die Frage, die mir auf der Seele brennt, ist: Sind wir überhaupt noch in unserer Zeit?

»Kannst du einen Weg nach oben erkennen?«, fragt Eve Adam ängstlich.

»Ja, es gibt einen Pfad, der sich an den Felsen entlangschlängelt«, antwortet er und wagt sich als Erster hinaus. Nach kurzer Zeit ruft er uns zu: »Es geht, aber ihr müsst vorsichtig sein. Es gibt nicht viel zum Festhalten.«

»Jetzt bist du dran!«, bestimme ich. Als Eve zögert, füge ich hinzu: »Du schaffst das! Versuche, nicht nach unten zu schauen.«

Der Aufstieg ist beschwerlich und an einigen Stellen extrem gefährlich. Nicht nur, weil der aus dem Gestein herausgehauene Pfad sehr schmal ist, manchmal können wir uns nur mit unseren Fingerspitzen festhalten. Dazu weht ein starker Wind, der beinahe den Eindruck erweckt, als würde er uns von der Felswand wegdrücken wollen. Dennoch schaffen wir es ohne größere Blessuren, das Plateau zu erreichen. Eve umarmt mich glücklich und Adam grinst mit stolzgeschwellter Brust, als hätte er uns höchstpersönlich gerettet. Und während die beiden wieder vergeblich versuchen, mit ihren Handys eine Verbindung herzustellen, verschaffe ich mir einen Überblick.

Es dauert nicht lange, bis ich mir sicher bin: Wir sind nicht mehr im 21. Jahrhundert. Denn wir befinden uns eindeutig auf dem Hochplateau, auf dem zu meiner Zeit die Ruine von Dunnottar Castle stehen wird. Deutlich erkennbar ist die schmale Landzunge, die vom Festland zum Plateau führt, sowie die fünfzig Meter steil abfallenden Klippen. Allerdings befindet sich anstelle der Ruine nun ein riesiger Erdhügel, umgeben von Wällen und Palisaden.

Eine Fliehburg, die im Kriegsfall als Rückzugsort für die ansässige Bevölkerung aufgesucht wird, scheint es nicht zu sein. Vielleicht handelt es sich um einen kultischen Bau, denn in der Mitte kann ich zwei aufrechte Menhire ausmachen. Meine beiden Kollegen haben das alles noch nicht bemerkt, es interessiert sie im Moment nicht. Sie rennen wie die Hühner von einer Stelle zur anderen, in der Hoffnung, ein Signal auf ihren Handys hereinzubekommen.

Mir ist unwohl. Mein Herz rast und ich habe Angst. Wenn ich richtig liege, und das glaube ich, sind wir nicht nur in der Vergangenheit gelandet, sondern auch in einer Epoche, von der wir nur wenig wissen.

Unser Forschungsauftrag war es, Dunnicaer zu untersuchen, genauer gesagt die Ursprünge der Pikten, über die nicht viel bekannt ist. Wie sie sich selbst nannten, ist nicht überliefert. Ihren Namen erhielten sie von den Römern.

Von ihrer Kultur ist heute nur noch wenig übrig. Es gibt lediglich einige Steinstelen mit einzigartigen Bildern, Ornamenten und Schriftzeichen. Ähnliche Steinsäulen wurden auch auf der Felsklippe von Dunnicaer gefunden, jedoch waren sie im Vergleich zu anderen Bildsteinen sehr grob. Über die Deutung der Symbole wurde viel diskutiert – ob es sich um Aussagen über politische Ehebündnisse handeln könnte, territoriale Grenzen darstellen sollten oder Denkmäler für Würdenträger sind, oder vielleicht auch eine ganz andere Bedeutung innehaben.

Wir hatten auf Funde aus der Zeit um Christi Geburt gehofft. Aus dieser Ära ist der Stamm der Kaledonier bekannt, der einst hier, im östlichen Schottland, lebte. Sie kämpften als letztes freies Volk gegen die Römer. Doch trotz ihrer zahlenmäßigen Überlegenheit erlitten sie im Jahr 83/84 n. Chr. eine entscheidende Niederlage in der Schlacht am Mons Graupius. Persönlich glaube ich, dass sie zu den Ureinwohnern, den Pikten, gehörten. Im Laufe der Zeit schlossen sie sich mit anderen Stämmen zusammen und wurden unter dem römischen Namen *Pictii* vereint.

Trotz ihrer Niederlage hatten sie letztendlich Glück. Ungeachtet des römischen Erfolgs wurde eine ernsthafte Okkupation Schottlands von den Römern nicht weiter verfolgt. Möglicherweise lag dies auch daran, dass einige Stämme, darunter die Pikten, den Römern dauerhafte Schwierigkeiten bereiteten.

»Tasha? Geht es dir gut?«

Ich habe Eves Rufe nicht gehört und auch nicht bemerkt, dass sie sich genähert hat. Jetzt steht sie direkt vor mir.

»Ja …«, antworte ich langsam.

»Du bist irgendwie abwesend. Schon im Tunnel warst du so anders. Das kenne ich nicht von dir.« Sie hat ja keine Ahnung. Sie glaubt, mich nun beruhigen zu müssen, und sagt: »Schau doch, wir haben es rausgeschafft. Das Schlimmste liegt hinter uns.«

Innerlich bin ich vor Anspannung fast am Bersten, denn ich weiß es besser. Aber wie soll ich sie darauf vorbereiten? Vielleicht einfach nur ehrlich sein?

»Eve, blick dich um. Was siehst du?«, beginne ich vorsichtig.

Zuerst schaut sie mich fragend an, dann folgt sie meiner Aufforderung. Sie dreht sich in alle Richtungen, sieht dann wieder zu mir und erneut zurück.

»Das ist seltsam. Es sieht aus wie das Plateau von Dunnottar Castle, nur ohne Castle, stattdessen mit einem früheren Bau. Aber was ist das, eine Piktenstätte? Gibt es hier an der Küste noch einen ähnlichen Felsen wie den von Dunnottar? Das wäre aber eigenartig. Ich sollte davon gehört haben«, äußert sie verwundert.

Okay, zumindest fängt sie an, Fragen zu stellen.

Sie ruft nach unserem Kollegen: »Adam!«

»Was?« Er reagiert genervt.

Eve versucht, seinen Blick auf das Konstrukt zu lenken und hat auch eine rationale Frage dazu: »Weißt du von einer rekonstruierten Pikten-Stätte in der Gegend?«

»Nein, das ist Unsinn! Davon wüsste ich«, antwortet er gereizt.

»Aber was hältst du dann von alldem?« Sie breitet dabei demonstrativ ihre Arme aus und deutet nochmals auf das Bauwerk.

Während unseres Gesprächs hatte Adam abseits gestanden und sich auf sein Handy konzentriert. Jetzt ist er plötzlich still geworden. Er schaut sich um, aber dazu fällt ihm offenbar nichts ein.

»Das ist doch wirklich ungewöhnlich. Ich kann mir das jedenfalls nicht erklären«, stellt Eve fest.

Nun reagiert auch Adam: »Mag sein, aber das können wir jetzt nicht klären. Da niemand weiß, dass wir hier sind, wird uns niemand zu Hilfe kommen. Wir werden wohl oder übel bis zur nächsten Ortschaft laufen müssen. Später können wir immer noch recherchieren, was das für eine Anlage ist.«

O Gott, sie begreifen es nicht. Was soll ich nur tun?

»Halt! Ich … ich muss euch etwas sagen«, beginne ich zögerlich.

Adam versucht mich abzuwimmeln: »Hat das nicht Zeit bis später? Ich muss dringend duschen. Außerdem schmerzt mein Bein.«

»Verdammt, nein!«, brülle ich jetzt verärgert.

Eve zuckt zusammen, auch Adam schaut überrascht. Das sind sie von mir nicht gewohnt.

»Ich fürchte, wir sind in Gefahr«, erkläre ich ernst.

»Warum?«, hakt Eve vorsichtig nach.

»Nun, weil … weil diese Welt nicht mehr unsere ist«, stottere ich. Es ist eine Erleichterung, diese Worte endlich auszusprechen. Das Ergebnis ist aber, dass die beiden mitleidige Blicke austauschen. Sie halten mich für irre. Da ich nichts mehr zu verlieren habe, erzähle ich weiter: »Ich weiß, es klingt verrückt, aber es ist wahr. Seht euch doch um. Das ist Dunnottar Castle, beziehungsweise das Plateau, auf dem es einst stehen wird. Es gibt nichts Vergleichbares.«

Adam will es nicht glauben – verständlicherweise. »Und was versuchst du uns damit zu sagen?«

»Ich versuche euch zu erklären, dass wir nicht mehr in unserer Zeit sind.«

Wieder schauen die beiden mich mitleidig, aber auch fragend an.

»Tasha, du hast wahrscheinlich eine Gehirnerschütterung. Es wird alles wieder gut«, will mich Eve beruhigen.

»Ihr begreift es einfach nicht, vielleicht hatten eure Gehirne ja Sauerstoffmangel im Tunnel ...«, entgegne ich verbittert.

»Also bitte!«, entrüstet sich Eve nun.

»Schluss jetzt mit dem Unsinn! Es wird bald dunkel. Wir müssen los«, drängt ihr störrisches Pendant zur Eile. Ich gebe auf. Spätestens wenn wir auf Einheimische treffen, wird es auch dem Dümmsten klar. Die beiden gehen voran, ich folge mit Abstand. Ich brauche Zeit zum Nachdenken. Ob Ermin bereits ahnt, was geschehen ist? Ich wünschte, er wäre bei mir. Verflucht!

Typisch Mann! Adam hat die Führung übernommen und geht dem Küstenverlauf folgend nach Norden. Wir sollten Dunnicaer in fünfzehn Minuten erreichen und von dort aus wären es noch einmal rund dreißig Minuten bis nach Stonehaven – wenn wir denn in unserer Zeit wären, was wir aber nicht sind. Es fällt den beiden nicht einmal auf, dass wir weder Mensch noch Auto noch sonst wem begegnen. Sie laufen einfach nur stur und stumm voran.

Recht schnell erreichen wir eine Siedlung. Sie ist außergewöhnlich gelegen. Dunnicaer?

Diesen Anblick habe ich schon einmal in ähnlicher Form gesehen – in einer animierten Film-Rekonstruktion.

Wir wissen, dass Dunnicaer im Laufe der Zeit durch Erosion schrumpfen wird. Die Landspitze, die später einmal die uns bekannte Form eines Brandungspfeilers annehmen wird, sieht jetzt ganz anders aus. Im Gegensatz zum Gelände unserer Zeit besitzt diese Klippe im Hier noch eine Landverbindung zum Festland, ähnlich wie Dunnottar. Und es sind Gebäude zu erkennen. Es ist also bewohnt. Man hört auch geschäftiges Treiben. Der Zugang wird durch eine Wall-Palisaden-Anlage gesichert.

So, jetzt flattert mein Puls. Es wird heikel. Was wird geschehen, wenn meine zwei Leugner auf die Bewohner treffen? Und was für einen Eindruck werden wir auf die Menschen dieser Zeit machen? Werden sie denken, dass wir Römer sind?

Auch meine Begleiter bemerken die Siedlung und verharren für einen Moment in vollkommener Stille.

»Fangt ihr langsam an zu zweifeln?«, rufe ich spöttisch.

»Was ist das?«, will Eve jetzt wissen.

Was für eine Frage, sie ist doch nicht blind.

»Vielleicht handelt es sich hier um experimentelle Archäologie«, antwortet Adam. Allerdings wirkt er nicht sehr überzeugt von seiner eigenen Idee.

»Stellt euch der Realität!«, erwidere ich hart.

Aus Neugierde laufen die beiden nun direkt darauf zu. Weit kommen sie aber nicht. Wir wurden bereits von einer Gruppe Einheimischer entdeckt: Bauern, bewaffnet mit Speeren und anderen Kampfgeräten, darunter sogar zwei Frauen. Frauen und Männer sind ähnlich gekleidet: lange Hemden, darüber ein Überwurf, der mit Fibeln zusammengehalten wird, und Schuhe aus Tierleder.

Die Männer tragen ihre Haare wesentlich länger als die Frauen. Das und ihre markanten Bärte lassen sie gewöhnungsbedürftig erscheinen und erinnern mich daran, dass auch die Pikten so ausgesehen haben sollen. Allerdings kann ich auf Anhieb keine Tätowierungen erkennen, wovon einige Wissenschaftler überzeugt sind.

Sie rufen uns etwas zu. Ich glaube, sie warnen uns. Ein großer blonder junger Mann mit Bart – vermutlich ihr Anführer, da er an der Spitze der Truppe steht – spricht uns bedrohlich an. Selbst Adam und Eve wirken mit einem Mal ängstlich angesichts dieser Originale.

Ihre Sprache ähnelt dem Gälischen. Das ist aber leider nicht mein Fachgebiet, und so versuche ich es auf Latein: »Tasha est nomen meum. Venimus in pace! Quis vocaris?« Ich nenne ihm meinen Namen, und dass wir in Frieden kommen, und will wissen, wie er heißt.

Er blickt überrascht und antwortet nach einer kurzen Pause mit tiefer Stimme: »Nechtan.«

Das ist gut. Wer kommuniziert, kämpft nicht. Wichtig ist in diesem Augenblick, Vertrauen aufzubauen.

Nacheinander stelle ich meine Begleiter vor. Vor Schock können diese aber kaum mehr als nicken, obwohl sie alles verstehen – Latein gehört zu unserem Studium dazu. Langsam wird auch den beiden bewusst, dass sich etwas Außergewöhnliches ereignet.

Nechtan möchte nun wissen, wer wir sind und woher wir kommen. Legitime Fragen, die nicht einfach zu beantworten sind. Ich bleibe nahe an der Wahrheit: *Wir seien aus dem Süden, vom Festland.* Sofort fragt er nach dem Grund unserer Anwesenheit. Jetzt wird es schwierig. Ich eiere mit einer Erklärung herum, spreche von einem *Schiffbruch*.

Währenddessen wagen sich die anderen aus seiner Gruppe näher an uns heran. Sie umrunden und betrachten uns intensiv. Dann stellt eine der beiden Frauen fragend fest: »Tu Romanus?« Aufgrund meines Aussehens hält sie mich offenbar für eine Römerin.

»No, ego Chatti«, erkläre ich schnell. Und das ist nicht mal gelogen. Der germanische Stamm der Chatten ist Namensgeber und Urvolk meiner Heimat Hessen.

Die junge Frau hegt Zweifel, ihre Augen verraten es, aber zum Glück verfolgt sie das nicht weiter. Sie interessiert sich stattdessen für meine Kleidung, zupft und streicht an meinen Jeans herum, zieht an meinen Haaren und bestaunt meine Schuhe und meinen Schmuck. Um sie abzulenken, frage ich sie nach ihrem Namen.

»Ich bin Nessa«, gibt sie lächelnd zur Antwort.

Inzwischen hat Adam seine Sprache wiedergefunden. Leise will er wissen: »Passiert das gerade wirklich? Ist das alles … real? Ich kann es kaum glauben.« Den letzten Satz hat er gemurmelt.

Ich kann das gut nachvollziehen. Mir ging es in Ermins Welt nicht anders, aber ich hatte wenigstens ihn. Er hat auf mich aufgepasst. Für meine Kollegen muss ich jetzt Ermin sein. Ich antworte: »Es ist real! Je schneller du dich daran gewöhnst, desto leichter werden wir die Situation meistern.«

»Du gehst erstaunlich gelassen damit um«, bemerkt er überrascht.

»Nein! Ich bin keineswegs gelassen, aber jetzt ist wichtig … Ruhe zu bewahren und sich anzupassen«, entgegne ich ihm leicht zeitverzögert, da mir Nessa gerade schmerzhaft an meinen Goldohrringen zieht. Mir kommt lediglich zugute, dass es nicht neu für mich ist. Dennoch bleibt es extrem belastend. Ich habe Angst vor dem, was uns erwarten wird. Im Moment wirken diese Menschen aufgeschlossen, aber so etwas kann sich schnell ändern. Und es bleibt die Sorge, ob wir jemals wieder nach Hause zurückkehren werden. Und wenn ja, dann steht für mich heute schon fest: Ich werde mich nie wieder in einen Tunnel begeben!

Eve ist von den Geschehnissen gleichermaßen schockiert und fragt leise: »Das ist doch verrückt. Wie kann so etwas passieren?«

»Ich habe keine Erklärung dafür. Es ist wohl eine Laune der Natur«, antworte ich mit einem Schulterzucken.

»In welcher Zeit werden wir sein?«, will Adam nun wissen.

»Anhand der Landbrücke von Dunnicaer würde ich vermuten, dass es um Christi Geburt herum ist, vielleicht auch im späten ersten Jahrhundert. Aber das ist nur eine grobe Schätzung meinerseits«, erläutere ich vorsichtig.

Währenddessen wird Eve immer nervöser, möglicherweise auch wegen des neugierigen und aufdringlichen Verhaltens der Einwohner.

»Lasst uns zurück in den Tunnel gehen, das muss der Grund für all dieses Durcheinander sein!«, fordert sie energisch.

Sie ist schon auf dem Weg, als jemand sie aufhält. Aber es ist nicht Adam!

Nechtan hat sie am Arm gepackt und sieht sie streng an. Eve reagiert erschrocken und verdreht ihm reflexartig den Arm, sodass er vor Schmerz auf die Knie fällt.

Eve ist Kampfsportlerin. Vor einigen Jahren wurde sie überfallen, was sie dazu veranlasste, die Kampfkunst zu erlernen. Ihre Geschicklichkeit in diesem Bereich gleicht ihre körperlichen Nachteile aus. Dank ihr habe auch ich mit diesem Sport begonnen, aber ich bin bei Weitem nicht so versiert wie sie.

Jetzt ruft ihre spontane Aktion feindselige Reaktionen hervor. Die Einheimischen erheben brüllend ihre Waffen gegen uns. Vor Schreck lässt Eve Nechtan los.

Adam und ich versuchen auf alle beschwichtigend einzuwirken. Letztendlich ist es aber Nechtan, der die Gemüter beruhigt, indem er laut zu lachen beginnt und dann mit seinen Leuten spricht. Ich verstehe seine Worte nicht, aber das ist unwichtig, denn das Ergebnis zählt. Sie senken ihre Waffen. Während einige von ihnen skeptisch bleiben, grinsen andere zwischen ihm und Eve hin und her.

Nechtan schaut Eve anerkennend an und sagt auf Latein: »Sie ist genau nach meinem Geschmack … kämpferisch und schön.«

Eve errötet und sucht unsicher den Blickkontakt zu mir.

Ich nicke ihr zu und flüstere: »Du musst cool bleiben!«

»Ich weiß nicht, ob ich das schaffe. Und vor lauter Aufregung muss ich mal«, stöhnt Eve und bewegt sich unruhig.

»Was redet ihr da?«, will Nessa neugierig wissen.

Vorsichtig nähere ich mich ihr. »Wir überlegen, wie es weitergeht, wo wir übernachten sollen und … und Eve muss sich dringend erleichtern.«

Nessa schaut mich intensiv an, sieht dann kurz zu Nechtan rüber und beginnt zu lächeln. »Ihr seid unsere Gäste. Außerdem mag mein Bruder … sie«, und nickt in Richtung meiner Kollegin. Eve hat es gehört und wird wieder rot.

Ich bin froh über diese Entwicklung. Wir brauchen dringend einen sicheren Unterschlupf in der Nähe des Tunnels. Ich hoffe, wir können bleiben, vielleicht auch für länger.

Während ich mich bei Nessa für ihr Angebot bedanke, drängelt Eve immer mehr. Nessa zeigt Erbarmen und führt sie zum Abort. Nechtan bringt Adam und mich inzwischen in die Siedlung, die aus einfachen Holzhäusern mit Reetdächern besteht. Jetzt tauchen auch die übrigen Bewohner auf. Sie sind misstrauisch und auf Abstand bedacht.

Nechtan führt uns zu einem Haus, welches er als seines bezeichnet, und lädt uns zum heutigen Fest der Sommersonnenwende ein. Adam nimmt als Erster dankend an. Als Eve zu uns zurückkehrt, weiß sie bereits von der anstehenden Feierlichkeit. Nessa hat ihr davon berichtet.

Glücklich ist Eve darüber nicht.

Jetzt, da wir alleine sind, äußert sie ängstlich: »Bitte lasst uns gehen. Zurück in den Tunnel. Wir finden einen Weg nach Hause. Wer weiß, was sie mit uns vorhaben. Sie sind plötzlich so freundlich. Das ist doch seltsam, oder etwa nicht?«

»Nein, das funktioniert so nicht. Nicht nur dass der Rückweg durch Geröll versperrt ist, wie du selbst bestätigt hast, wir müssen warten bis …«

Aber Eve unterbricht mich ungeduldig: »Vielleicht habe ich etwas übersehen, wir …«

»Nein, das hast du nicht. Wir müssen hier ausharren, bis zum ersten August und dann unser Glück in der Felsenanlage erneut versuchen«, beende ich meinen Satz.

»Wieso ausgerechnet der erste August?«

»Das ist der nächste Feiertag, das Lammas-Fest. Die Pforte könnte dann wieder geöffnet sein«, wage ich eine Prognose.

Adam hat bisher still zugehört, nun hakt er neugierig nach: »Woher willst du das wissen?«

»Ich weiß es nicht sicher, es ist nur eine Ahnung. Vielleicht sind es ja besondere Tage, an denen sich die Passage öffnet, ähnlich wie heute zur Sommersonnenwende. Und der nächste besondere Tag ist eben der erste August. Immerhin haben wir Tage im Tunnel verbracht, ohne dass etwas geschah.«

Eve stöhnt. »Ich weiß nicht, ob ich das so lange aushalte. Ich habe Angst.«

Und Adam entgegnet: »Ich glaube dir nicht, Tasha.«

»Hast du eine bessere Erklärung oder gar einen Plan? Dann lass es uns wissen«, fordere ich ihn genervt heraus.

Er startet gereizt eine verrückte Analyse unserer Lage: »Verflucht, das kann doch alles unmöglich wahr sein! Sind wir tot? Oder halluzinieren wir?«

»Es ist unwahrscheinlich, dass wir alle die gleichen Halluzinationen haben«, widerspreche ich zynisch.

Eve wirft ängstlich ein: »Diese Leute werden uns kaum die nächsten Wochen versorgen. Außerdem sind unangenehme Fragen zu erwarten. Wer weiß schon, was sie mit uns vorhaben? Vielleicht planen sie, uns zu opfern?«

»Unsinn! Das glaube ich nicht. Wir werden uns in ihre Gesellschaft einbringen müssen«, so meine Logik.

»Wie denn?«, hakt Adam genervt nach.

»Das müssen wir noch durchdenken«, entgegne ich gestresst.

Über die Diskussionen ist es dunkel geworden. Plötzlich erscheint Nechtan am Eingang.

»Die Feier beginnt. Wir müssen aufbrechen. Zieht das hier an«, sagt er und legt uns drei Überhänge hin.

Es ist Vollmond. Wir gehen den Weg zurück, den wir gekommen sind. Nechtan und seine Leute wollen scheinbar an den Ort, den wir als Dunnottar Castle kennen. Offensichtlich handelt es sich um einen Kultplatz. Ich muss zugeben, ich habe ein mulmiges Grummeln in der Magengegend. Eves Worte sind mir allzu präsent. Und ich ahne, was Eve jetzt denkt: Flucht! Zurück nach Hause!

»Versuche es gar nicht erst«, flüstere ich ihr zu.

Sie weiß, was ich damit meine.

»Aber das wäre unsere Chance«, murmelt sie beleidigt.

»In der Dunkelheit würdest du nur die Klippen hinunterstürzen. Außerdem ist es zwecklos, die Passage ist verschlossen.«

Eve seufzt verzweifelt auf.

Nechtan und seine Schwester führen die Gruppe von etwa fünfzig Menschen an. Sie haben den gesamten Weg über eine Melodie gesummt. Als wir Dunnottar erreichen, wird schnell klar, dass bei diesem Fest noch weitere Stämme zugegen sind. Hunderte sind bereits vor Ort. Noch fallen wir nicht auf. Mit den sackartigen Umhängen und bei der Dunkelheit sehen wir aus wie alle anderen. Doch dann wird es seltsam. Mehrere weise Männer, die sich nahe bei den Steinstelen aufhalten, wenden sich in einer Art Sprechgesang an die Anwesenden. Jäh treten einige aus der Masse hervor, auch Nechtan und Nessa. Sie ziehen ihre Tuniken aus. Erst auf den zweiten Blick wird mir bewusst, dass sie nackt sind, denn ihre Körper sind vollständig bemalt – abgesehen von ihren Gesichtern. Sie tragen aber noch ihren Schmuck wie Arm- und Halsreifen, während ihre Haare offen sind.

Ein überraschtes Geräusch entschlüpft Eve bei deren Anblick. Ich vermute, dass dies vornehmlich auf Nechtans Erscheinung zurückzuführen ist.

Unterdessen wiegen sich die Auserwählten summend in eine Art Trance. Nun werden die heiligen Männer aktiv. Sie wenden sich jedem Einzelnen zu und färben dessen Gesicht. Dabei murmeln sie Beschwörungsformeln, so interpretiere ich es zumindest.

Es könnte sich um ein Aufnahmeritual handeln, denkbar wäre auch eine Paarungszeremonie. Es gibt jedoch noch unzählige andere Deutungen.

Wie gebannt starren wir aus einer der hinteren Reihen auf das Geschehen. Dieses Schauspiel zieht einen unwiderstehlich in seinen Bann. Das Spiel der Fackellichter hüllt die Szenerie in eine mystische Atmosphäre. Dann drehen sich die Bemalten abrupt um und mischen sich unter die Menge. Nechtan geht direkt auf Eve zu. Bevor wir oder sie realisieren, was er vorhat, nimmt er sie in den Arm und küsst sie leidenschaftlich.

Oje, Eve droht ohnmächtig zu werden. Nechtan grinst breit und sehr zufrieden. Einige andere Bemalte haben auch Partner ausgewählt, aber nicht alle.

O Gott, hoffentlich ist das keine Hochzeitszeremonie!

So schnell Nechtan Eve aufgesucht hat, ist er auch wieder verschwunden. Die Menschen beginnen nun zu tanzen und zu singen. Es wird viel getrunken. Wir halten uns besser abseits. Die Auserwählten sind inzwischen nicht mehr zu sehen. Vielleicht sind sie mit den heiligen Männern in die Felsenanlage gegangen? Das wäre aber ein riskanter Abstieg bei Nacht.

Seit dem Kuss ist Eve nicht ansprechbar. Sie wirkt entrückt – für eine ganze Weile. Erst in den frühen Morgenstunden gehen wir mit den anderen zurück, aber ohne Nechtan und Nessa. Wir haben es nicht gewagt, früher aufzubrechen; wir wollten nicht auffallen.

Das war wirklich ein sehr seltsames Schauspiel, dem wir da beigewohnt haben. Es erschien mir, als ob in dieser Nacht auch Anführer erwählt oder eingeführt wurden. Denn wäre es um eine reine Partnerwahl gegangen, hätte doch jeder der Auserwählten sich sein Pendant gesucht. Doch das ist nicht geschehen.

Eve spricht immer noch nicht. Sie ist gezeichnet. Nicht nur mental, ihre Tunika und ihr Gesicht sind von blauer Farbe bedeckt. Nur bin ich zu müde, um jetzt mit ihr darüber zu reden. Wir alle brauchen dringend Schlaf – doch der ist nur von kurzer Dauer.

Es ist noch nicht hell, als wir hektisch und rüde von Nessa geweckt werden.

»Was ist los?«, frage ich gähnend.

»Die Römer sind da!«, presst sie hastig hervor.

»Römer? Was wollen sie?«, mischt sich Adam ein.

»Was wohl, alles!«, antwortet sie verständnislos. Dann fügt sie hinzu: »Wir brauchen jeden, auch euch. Immerhin könnt ihr Latein, im Gegensatz zu den meisten von uns. Kommt, beeilt euch!«

Schnell ziehen wir unsere Tuniken an, um nicht sofort aufzufallen.

Als wir die Palisaden erreichen, sehen wir das Problem. Es mag keine Legion sein, aber wahrscheinlich eine römische Kohorte mit immerhin rund fünfhundert Mann. Das reicht aus, um Nechtans Leuten ernsthaft Schwierigkeiten zu bereiten.

Nechtan steht an der Spitze seiner kleinen Kämpferschar und diskutiert lautstark mit dem römischen Anführer, einem Centurio. »Ihr habt auf unserem Land nichts zu suchen, verschwindet!«, fordert Nechtan mit kalter Stimme.

»Das sehe ich anders. Wir nehmen es im Namen unseres Imperators Caesar Domitianus Augustus in Besitz«, so die klare und eiskalte Antwort des Römers.

Ich kann nicht tatenlos zusehen und mische mich ein: »Hier gibt es nichts für euch zu holen. Das sind einfache Bauern. Was sie säen, brauchen sie zum Leben. Es bleibt kaum etwas übrig, das Land ist karg. Welche Beute erwartet Rom hier?«

Der Römer blickt überrascht zu mir herüber. »Wer bist du? Du siehst nicht aus wie eine Einheimische und redest auch nicht so.«

Verflucht! Ich habe sein Interesse geweckt.

Er steigt nun vom Pferd und nähert sich mir mit einigen seiner Männer. Als er versucht, mich zu umrunden und anzufassen, tritt Nechtan dazwischen und warnt ihn eindringlich: »Rühr sie nicht an!«

Der Centurio lächelt spöttisch. »Ist sie deine Frau?«

Nechtan geht nicht darauf ein, er wird deutlich: »Verschwindet!«

Der Centurio ist taub für Nechtans Worte. Er hat Gefallen an mir gefunden und befiehlt unverhohlen: »Du kommst mit!« Gleichzeitig gibt er seinen Männern einen Wink.

»Nein, sie bleibt hier!«, erhebt nun auch Adam Einspruch. Aber auch das interessiert die Römer nicht.

Zwei römische Legionäre packen mich und versuchen mich wegzuzerren. Doch ich wehre mich energisch. Durch geschickte Verteidigungstechniken entkomme ich dem Griff des einen und trete dem anderen kräftig in den Unterleib.

Jedoch ist alles vergebens. Weitere Legionäre tauchen zur Unterstützung ihrer Kameraden auf. Auch Adam und Nechtan versuchen mit aller Kraft, meine Entführung zu verhindern, aber sie sind hoffnungslos unterlegen.

Ich will nicht, dass sie meinetwegen zu Schaden kommen. Deshalb brülle ich dem Centurio zu: »Hört auf! Ich komme mit, freiwillig. Aber lasst die anderen in Ruhe, verstanden?«

Er sieht mich selbstgefällig an und nickt.

Doch Adam und Eve wollen nicht nachgeben und begehren laut auf: »Nein, sie kommt nicht mit euch mit!«

»Bitte! Nicht meinetwegen! Es darf euch und Nechtans Leuten nichts geschehen. Ich werde schon irgendwie freikommen.« Die letzten Worte spreche ich in unserer Sprache. Nur meine beiden Kollegen können sie verstehen.

Während Adam und Eve widerwillig Folge leisten, ist es Nechtan, der den Kampf gegen die Römer nicht aufgeben will. Aber Eve schafft es, ihn davon abzuhalten.

Als ich mit der Kohorte davonreite, überkommt mich Panik. Was will der Kerl von mir? Sich mit mir vergnügen?

O Ermin, wärst du doch nur hier!

KAPITEL 3 - ♂

Verflucht! Mein Handy klingelt. Ausgerechnet jetzt. Das Timing könnte nicht ungünstiger sein.

Wotan, ein anfangs sehr widerspenstiger dreijähriger Hengst, hat langsam Vertrauen zu mir gefasst. Nach wochenlanger Bodenarbeit akzeptiert er endlich meine Führung. Nun kann ich die nächsten Schritte mit ihm planen. Aber das Klingeln unterbricht unsere Konzentration.

Nein, ich werde jetzt nicht ans Telefon gehen. Außerdem habe ich Tasha versprochen, sie rechtzeitig abzuholen. Ich muss meinen Zeitplan einhalten. Der Anrufer wird warten müssen.

Doch selbst nach einer halben Stunde hört das Klingeln nicht auf, mit nur kurzen Unterbrechungen. Es ist nervig und störend. Nicht alles in dieser Welt ist von Vorteil.

Da der Anrufer nicht aufgibt und Wotan augenscheinlich nicht mehr fokussiert ist, beschließe ich, für heute Schluss zu machen. Vielleicht ist es Tasha und sie braucht meine Hilfe oder will früher abgeholt werden? Sinn ergibt das jedoch keinen. Sie hätte mir das in einer Nachricht geschrieben. Außerdem ist sie sehr selbstständig und weiß sich zu helfen. Trotzdem, für heute reicht es.

»Henry, ich höre früher auf. Bring Wotan zurück in den Stall, dann kannst du Feierabend machen.«

Meine gereizte Stimmung bleibt Henry Barclay, einem jungen Mann aus Stonehaven, der mir bei der Arbeit mit den Pferden hilft, nicht verborgen. Doch da er meine Launen bereits kennt, äußert er sich nicht dazu und tut, wie ihm geheißen. Ich nehme den Anruf schließlich genervt entgegen. Es ist Tashas Boss.

»John, was ist denn so dringend, dass …?« Bevor ich meinen Satz beenden kann, unterbricht er mich.

Hörbar nervös teilt er mir mit, dass es heute Vormittag einen Unfall an der Ausgrabungsstelle gegeben hat. Tasha und die beiden anderen Archäologen seien verschüttet worden. Sie konnten noch nicht gerettet werden. Die Bergungsgeräte wären bereits eingetroffen, der Eingang zur Grotte sogar teilweise freigelegt, jedoch sei der Zugang zur eigentlichen Kammer noch versperrt. Die Gegebenheiten vor Ort wären äußerst schwierig, was die Bergung erschwert. Seine letzten Worte waren, ich solle die Hoffnung nicht aufgeben, selbst wenn man mit bloßen Händen graben müsse, werde man alles versuchen.

Ich muss mich festhalten. Mir wurde gerade der Boden unter den Füßen weggezogen. Tasha bedeutet mir alles. Wie konnte das nur geschehen?

Sofort mache ich mich auf den Weg. Die Fahrt nach Dunnicaer kommt mir endlos vor und endet mit einem Strafzettel – ein weiterer in meiner Sammlung. Aber meine Gedanken sind nur bei Tasha. Die Sorge um sie macht mich verrückt. Was soll ich denn ohne sie tun?

Sie ist der Grund, warum ich hier bin und warum diese Welt lebenswert ist.

Ich bin fast da. Schon von Weitem sehe ich das Großaufgebot an Rettungskräften. John erwartet mich. Er ist bei mir, bevor ich aus dem Wagen steige.

»Hallo Ermin«, begrüßt er mich. »Das Bergungsteam hat sich schneller als erwartet bis zur Kammer vorgearbeitet. Aber sie haben die drei dort nicht vorgefunden. Das gibt uns Hoffnung«, versucht er, mich zu beruhigen. Doch nur, weil sie keine Leichen entdeckt haben, wiege ich mich nicht in Sicherheit.

Ungeduldig will ich wissen: »Und wo sind sie dann?«

»Bei der Suche nach den dreien entdeckten die Rettungskräfte einen weiteren Gang. Dort könnten sie Schutz gesucht haben. Aber der Zugang ist stark beschädigt, stärker als der Grotteneingang. Es wird eine Weile dauern, bis sie ihn freilegen«, teilt er mir ruhig mit.

»Ich will da runter«, betone ich eindringlich.

»Das ist nicht möglich. Es gibt nicht genug Platz. Die Bergungskräfte benötigen jede freie Fläche für sich und die Maschinen«, erklärt John.

»Du verstehst nicht, ich muss da hin!«

Sein mitleidiger Blick trifft mich, dann nickt er frustriert. Er weiß, dass nichts und niemand mich davon abhalten kann.

Sofort mache ich mich auf den Weg. Schon der Abstieg birgt Gefahren. Natürlich weiß ich, dass die Ausgrabungen auf dem Dunnicaer Felsen – und aktuell in der Steilwand – für Tasha nicht ohne Risiken sind. Aber es ist etwas völlig anderes, es hautnah zu erleben.

Bisher hatte ich Tasha nicht zur neuesten Fundstelle begleiten können. Jetzt ärgere ich mich darüber. Vielleicht hätte ich die Gefahr eines Einsturzes im Voraus erkennen können.

Als ich die Kammer erreiche, erwartet mich ein heilloses Durcheinander. Tasha hatte mir von den Steinstelen berichtet. Einige von ihnen sind nun umgekippt und Deckenplatten herabgestürzt, alles wurde grob beiseitegeräumt. Die Männer haben wirklich kaum Platz. Und der neu entdeckte Tunnelabschnitt ist komplett mit Geröll blockiert.

Marty, einer der Bergungsleute, erklärt mir die Situation: Sie haben mit viel Glück den Vorraum passierbar machen können, indem sie Flachbohrer und reine Muskelkraft einsetzten. Sie überlegen noch den Einsatz von Großbohrern und mobilen Hochleistungs-Kompressoren, aber sie wissen noch nicht, wie sie diese hierherbringen und effektiv einsetzen sollen.

Während er spricht, wächst meine Besorgnis. Es gibt viele Dinge, die den dreien nun Probleme bereiten könnten: Wassermangel, Sauerstoffknappheit, schwere Verletzungen oder sogar die Möglichkeit, unter dem Schutt begraben zu sein – tot zu sein. Darüber möchte ich nicht weiter nachdenken. Hoffnung ist das, was ich brauche, um ihnen helfen zu können. In jedem Fall sind sie gefangen in einem äußerst instabilen Umfeld.

Verdammt, da ist noch etwas …

Neben dem Dröhnen der Bohrer sind weitere Geräusche – düstere Töne – zu hören, tief im Untergrund. Es dauert eine Weile, bis auch Marty sie wahrnimmt. Mir kommen sie nur allzu bekannt vor. Langsam beginne ich zu ahnen, was mit Tasha geschehen ist. Umso wichtiger ist es, einen Weg hineinzufinden.

Als das Brummen lauter wird, bricht Panik unter den Helfern aus. Sie fürchten, der Tunnel könnte erneut einstürzen, und verlassen fluchtartig die Anlage, mit Ausnahme von mir. Marty versucht mich noch mit hinauszuziehen, aber ich lasse das nicht zu. Schließlich gibt er auf, und so bleibe ich alleine zurück.

Durch die zunehmenden Vibrationen löst sich weiteres Geröll. Ich muss schwer aufpassen, nicht getroffen zu werden. Unwillkürlich tauchen Bilder vor meinem inneren Auge auf. Ich sehe Tasha und ahne, was sie gefühlt haben muss. Noch Monate nach unserer Rückkehr aus meiner Epoche litt sie unter Albträumen. Ich habe nie verstanden, wie sie trotz ihrer Ängste hier unten arbeiten kann. Sie erklärte mir, dass die Angst vor dem Leid oft intensiver sei als das Leid selbst. Man müsse da eben durch, dürfe es nicht verdrängen, außerdem liebe sie ihren Beruf. Für diesen Mut und noch vieles mehr bewundere ich diese Frau. Nur in diesem Augenblick hätte ich mir einen anderen Beruf für sie gewünscht.

Die Götter sind auf meiner Seite. Durch die Erschütterungen haben sich einige Steine im Eingangsbereich des weiterführenden Tunnels gelöst. Dies bietet mir die Gelegenheit, hindurchzuklettern. Allerdings ist es nicht risikolos, denn ich muss mich mehrere Meter durch eine sehr schmale Spalte zwängen – immer unter der Gefahr, erschlagen zu werden.

Ich bin schon fast durch, als die Erdstöße an Stärke zunehmen. Mehrmals werde ich schmerzhaft von herabfallenden Steinsplittern getroffen. Eine Rückkehr ist jedoch ausgeschlossen.

Mit viel Glück schaffe ich es, in den mehr oder weniger unbeschädigten Tunnelbereich. Die Vibrationen haben sich noch einmal intensiviert und verursachen höllische Kopfschmerzen. Zudem erschweren mir Staub und winzige Steinpartikel das Atmen, was heftige Hustenausfälle auslöst. Gleichzeitig wird mir schwindelig, ich beginne zu taumeln, stürze und werde ohnmächtig.

Als ich das Bewusstsein wiedererlange, herrscht Dunkelheit um mich herum. Mir ist noch etwas schummerig zumute, aber zumindest bin ich am Leben und die Erschütterungen im Boden sind vorbei. Einige Stellen meines Körpers schmerzen, das ist jedoch unwichtig. Meine oberste Priorität liegt darin, Tasha zu finden.

Vorsichtig taste ich mich durch den Tunnel. Es dauert eine Weile, bis ich einen schwachen Lichtschein wahrnehme, dem ich folge, bis ich schließlich zu einem Ausgang gelange.

Ähnlich wie der Einstieg befindet sich dieser an einer Klippe. Das grelle Tageslicht schmerzt in meinen Augen. Es dauert einen Moment, bis ich mich daran gewöhnt habe. Die stickige und staubige Luft des Tunnels lastet noch schwer auf meiner Brust, doch die frische Brise draußen tut gut. Jetzt kann ich auch nach Hinweisen ihrer Anwesenheit suchen, finde aber nichts. Möglicherweise haben sie einen anderen Ausgang nehmen müssen. Es muss so sein, denn ich mag mir nicht vorstellen, dass sie hier irgendwo verschüttet liegen könnten.

Auf dem Weg nach oben wird mir rasch klar, dass ich weder bei Dunnicaer noch in Tashas Epoche bin, denn plötzlich taucht eine römische Kohorte auf. Im letzten Augenblick gelingt es mir, mich vor ihr in Deckung zu bringen. Es fühlt sich seltsam an, wieder in der Vergangenheit zu sein – vertraut und dennoch befremdlich zugleich.

Tasha dürfte geschockt gewesen sein, aber im Gegensatz zu ihren Kollegen verfügt sie über die Erfahrung einer solchen Zeitreise. Wahrscheinlich hat sie sich schnell gefangen.

Nur, was hat sie danach unternommen?

Wohin sind sie gegangen?

Ich gehe davon aus, dass sie Adam und Eve über die Situation aufgeklärt hat – auch bezüglich der Gefahren. Allerdings bezweifle ich, dass sie ihr glaubten. Sie werden vermutlich stur den Weg nach Stonehaven eingeschlagen haben.

Die Umgebung, in der ich herausgekommen bin, erinnert mich jedenfalls an die bei Dunnottar Castle. Deshalb werde ich mich gen Norden orientieren und darauf hoffen, auf Tasha zu stoßen.

Ich habe Zeit zum Nachdenken und frage mich, warum die Römer so weit nördlich in Britannien agieren? Zu Zeiten Caesars gab es zwar einige Militäroperationen an der südlichen Küste, aber sie sind nicht geblieben. Wenn die Römer also hier in Schottland sind, müssen seit meiner Epoche mehrere Jahrzehnte vergangen sein.

Meine Mutter hat immer gesagt, dass Gier das Resultat einer inneren Leere sei – und sie hatte recht. Rom wird nie satt. Es kennt keine Moral. Es strebt nach Macht und Luxus, ist nie zufrieden. Aber ehrlich gesagt, interessiert mich das nicht mehr. Ich genieße mein erfülltes und glückliches Leben mit Tasha in ihrer Welt.

Ich muss sie nur noch finden und mit ihr zurückkehren, dann wird alles wieder gut. Allerdings werde
ich ihr verbieten, sich noch einmal in eine solche Anlage zu wagen!

Ich bin noch nicht lange unterwegs, als ich eine Siedlung entdecke, die auf einer Klippe liegt. Ich beschließe,
das Wagnis einzugehen und Kontakt mit den Bewohnern aufzunehmen. Doch meine Bemühungen enden
schnell in einer Konfrontation. Es scheint fast, als hätten sie mich erwartet. Die teils blau bemalten Gestalten
attackieren mich. Ihr Aussehen erinnert mich an die
Kriegsbemalung einiger germanischer Stämme, obwohl
diese meist schwarz ist.

Die Fremden geben mir keine Gelegenheit, mich zu
erklären. Es kommt zum Kampf. Auch wenn ich in den
letzten Jahren nicht mehr vor derartigen Herausforderungen stand, habe ich dennoch nichts verlernt. Aber
auch meine Gegner sind erfahren. Sie machen es mir
nicht leicht und sind im Gegensatz zu mir bewaffnet.
Mit etwas Glück gelingt es mir, zwei von ihnen auszuschalten, aber nicht zu töten, und mich ihrer Waffen zu
bemächtigen. Jetzt bleibt nur noch ein großer blauer
Schlumpf übrig. Den Ausdruck kenne ich von Tasha,
sie liebt diese Kindersendung.

Verdammt, ich muss mich konzentrieren! Hier geht
es um mehr!

Ich möchte keinen Kampf, das versuche ich meinem
Gegenüber auch auf Latein zu erklären: »Nolo
pugnare!«

Mein Kontrahent ist entweder nicht gewillt, mich zu
verstehen, oder er kann mich nicht verstehen. Ich wage

einen letzten Versuch und sage, dass ich nach jemandem suche: »Ego vultus pro aliquem!«

Wieder kommt keine Reaktion seinerseits, stattdessen geht er erneut auf mich los. Einige seiner Schläge verfehlen mich nur knapp. Als weitere Kämpfer hinzukommen, befiehlt er ihnen überraschenderweise, sich zurückzuhalten. Der junge Mann hat Schneid, das muss man ihm lassen. Es dauert etwas länger, aber schließlich gelingt es mir, diesen sturen Esel zu entwaffnen und zu überwältigen.

Jetzt machen sich meine Schmerzen bemerkbar. Jeder Knochen im Leib tut mir weh. Die Prellungen von den Steinschlägen sind nun mit den Blessuren vom Kampf verschmolzen. Vielleicht bin ich doch nicht mehr so fit wie früher.

Diese sinnlose Zeit- und Energieverschwendung muss ein Ende haben. Ich gehe auf volles Risiko und lasse meinen Gegner los. Dann werfe ich demonstrativ sämtliche Waffen weg und hebe meine Arme, während ich erneut betone, dass ich nicht kämpfen will, nur jemanden suche.

Zweifelnd, aber auch erstaunt, blicken er und seine Männer mich an.

Plötzlich höre ich Rufe aus dem Hintergrund.

Nicht zu fassen, es sind Eve und Adam! Aber wo ist Tasha?

Eve fällt mir sofort um den Hals. »Oh, Ermin, es tut unglaublich gut, dich zu sehen. Wie bist du hierhergekommen? Sind noch andere hier? Und hast du überhaupt schon bemerkt, wo wir sind? Das Ganze ist total verrückt. Wir …«

Eve quasselt und quasselt, das hat sie mit Tasha gemein. Mich interessiert aber nur eine Frage: »Stopp, Eve! Wo ist Tasha?«

Sie löst sich von mir und blickt mich traurig an.

Adam ist aber derjenige, der mir antwortet: »Du hast sie nur knapp verpasst. Vermutlich wirst du es uns nicht glauben, aber römische Legionäre haben sie mitgenommen.«

Verdammt, das muss die Kohorte gewesen sein, der ich ausgewichen bin. Ich mustere ihn streng und hake nach: »Was ist passiert?«

Darauf reagiert er hysterisch: »Das wissen wir auch nicht so genau.« Dabei macht er eine theatralische Geste in die Runde: »Alles hier ist ein Rätsel, völlig verrückt!«

Unvermittelt mischt sich der sture hünenhafte Esel ein, ein blonder junger Mann mit ungewöhnlich langen Haaren und Bartwuchs. Er will von mir wissen: »Wer bist du? Wie heißt du? Was führt dich hierher?«

»Ich bin Ermin! Tasha ist meine Frau.« Ich frage nun ganz direkt: »Wieso haben die Römer sie mitgenommen?«

Er schaut mich neugierig an und entgegnet nach einer kurzen Pause: »Dafür brauchen die Römer keinen Grund. Sie nehmen einfach, was sie wollen.«

Während ich noch überlege, erwacht seine Skepsis. »Deine Frau hat uns von einem Schiffbruch berichtet, aber dich nicht erwähnt.«

Ich kann seinen Argwohn nachvollziehen, habe aber keine Zeit für ausführliche Erklärungen. »Ihr müsst nur wissen, dass wir keine Römer sind und so schnell wie möglich nach Hause zurückwollen«, antworte ich ernst.

Es scheint, als ob er mir glaubt. »Du bist irgendwie anders als die anderen. Du kennst dich im Kämpfen aus, machst einen anderen Eindruck als er«, und deutet dabei auf Adam, der nun beschämt zur Seite blickt.

Eve unterbricht uns ungeduldig in unserer Sprache: »Ermin, sag doch! Wie bist du hierhergelangt? Ist Hilfe unterwegs?«

»Ich bin genauso wie ihr durch den Tunnel gekommen. Und Nein, es kommt keine Hilfe«, werde ich deutlich.

Eve bedeckt ihre Augen mit den Händen und beginnt zu schluchzen.

Nun begehrt Adam auf und positioniert sich vor mir. »Wieso bist du eigentlich so verdammt gelassen? Siehst du nicht, was hier los ist?«

»Ich weiß sehr wohl, was hier läuft! Aber warum hast du nichts gegen Tashas Entführung unternommen?«, kontere ich gereizt.

»Was hätte ich denn schon gegen fünfhundert Mann ausrichten können? Tasha wollte nicht, dass wir kämpfen. Sie ist freiwillig mitgegangen«, verteidigt er sich, doch sein schlechtes Gewissen ist ihm anzusehen.

»Pah, freiwillig! Dass ich nicht lache.« Mein Ton ist beißend.

Eve drängt sich zwischen uns und hält uns auf Abstand. Vielleicht ist das besser so, denn ich werde zunehmend wütender auf diesen Feigling.

»Jetzt hört auf zu streiten! Wir müssen zusammenhalten und überlegen, wie wir Tasha retten können und natürlich auch, wie wir wieder heimkommen«, ermahnt sie uns, und wischt sich die Tränen aus dem Gesicht.

»Darum kümmere ich mich!«, erkläre ich entschlossen.

Währenddessen haben uns die Einheimischen aufmerksam beobachtet und natürlich kein Wort verstanden.

Der Hüne ist misstrauisch geworden, er will von Eve wissen: »Was redet ihr da? Ihr plant doch etwas?«

Gerade als sie ihn mit seinem Namen anspricht, greife ich ein: »Dein Name ist also Nechtan?«

Er nickt.

»Ich benötige deine Hilfe. Jemand muss mich zum Lager der Römer führen.«

Er sieht mich erstaunt an. »Du willst deine Frau zurückholen? Das wirst du nicht schaffen. Ihr Lager wird gut bewacht. Da kommst du nicht rein.«

»Lass das meine Sorge sein«, äußere ich stur.

Wieder meldet sich Eve zu Wort: »Ermin, das ist wirklich gefährlich. Wir sind nicht mehr in unserer Welt. Dies ist eine Zeit voller kriegerischer Auseinandersetzungen, und wir sind nur zu dritt.«

»Ich weiß, aber ich werde Tasha nicht in ihrer Gewalt lassen. Oder hast du einen besseren Plan?«

Betretenes Schweigen. Das dachte ich mir bereits.

Erneut wende mich an Nechtan: »Wo werden sie sie hinbringen?«

»Sie wollen sicher in ihr Lager Inchtuthil, aber das werden sie heute nicht mehr erreichen können.«

»Gut, dann müssen sie ein Nachtlager aufschlagen. Das kommt mir gelegen«, murmele ich leise vor mich hin und beginne bereits, die nächsten Schritte zu planen.

»Ich begleite dich«, sagt Nechtan bestimmt.

Das ist keine schlechte Idee. Er kennt sich hier besser aus als ich.

»Wir kommen auch mit«, wirft Eve ein.

Aber ich lehne sofort ab: »Nein, ihr bleibt hier! Nur Nechtan begleitet mich. Je weniger, desto besser.«

Im Gegensatz zu den beiden kenne ich die Römer. Eve und Adam würden mich nur behindern, sie sind keine Krieger.

Nechtan ahnt, was ich denke. Mit Blick auf die beiden flüstert er mir leise zu: »Unterschätze Eve nicht, aber er … er ist kein Mann.« Wohl wahr.

Nechtans Leute besitzen keine Pferde. Wir müssen laufen. In meiner Verfassung nicht die beste Option, aber mir bleibt nichts anderes übrig. Nechtan hat uns rasch etwas Proviant und Waffen organisiert und sich gesäubert, die blaue Farbe entfernt. Ich will gar nicht wissen, wozu sie diente. Andere Völker, andere Sitten.

Bei unserem Aufbruch weint Eve leise, während Adam wie ein kleiner beleidigter Junge mit den Schuhen auf dem Boden scharrt. Für solch kindisches Verhalten fehlt mir jegliches Verständnis. Als mich Eve zum Abschied umarmt, wirft mir Nechtan einen seltsamen Blick zu, als würde es ihn stören. Doch auch dafür habe ich keine Geduld.

Endlich können wir los. Wir folgen dem Küstenverlauf, Richtung Süden, und nutzen die Dunkelheit. Ich muss Tasha noch vor dem Morgengrauen finden und befreien. Danach wird sich nur schwer wieder eine günstige Gelegenheit ergeben.

Es dürfte bereits nach Mitternacht sein, als Lichter in der Ferne unsere Aufmerksamkeit erregen.

Beim Näherkommen wird klar: Es ist die gesuchte Kohorte. Wie üblich haben die römischen Legionäre einen Graben und einen Holzpalisadenwall errichtet, um ihren Übernachtungsplatz zu sichern. Nechtan hält es für unmöglich, diesen zu überwinden. Damit hat er recht. Selbst wenn ich ungesehen den mehrere Fuß tiefen und breiten Graben überwinde, würde man mich spätestens beim Überklettern des wesentlich höheren Erdwalls entdecken, der aus dem Aushub angelegt wurde. Nicht zu vergessen die Holzpfosten auf dem Wall, die ich ebenfalls noch bezwingen müsste.

Nein, eine Überwindung dieser Hindernisse scheint tatsächlich nicht möglich zu sein. Eine andere Lösung muss her.

»Was wirst du tun?«, will Nechtan wissen.

»Ich werde eine der Wachen überwältigen und deren Rüstung anlegen. So gelange ich ins Innere«, erkläre ich überzeugt von meiner Idee.

Nechtan ist davon ganz und gar nicht angetan und zweifelt am Erfolg. »Das ist verrückt. Die kennen sich doch untereinander und werden merken, dass du ein Fremder bist.«

»Das wird klappen. Es ist Nacht, da sind alle Katzen grau. Außerdem habe ich keine Wahl«, erwidere ich entschlossen.

Während wir auf eine günstige Gelegenheit warten, berichtet Nechtan mir vom Aufeinandertreffen mit den dreien. Wohl auch, um mich auszuhorchen.

Das plötzliche Auftauchen und ihr gesamtes Erscheinungsbild hätten auf ihn und seine Leute befremdlich gewirkt. Selbst die Erklärung eines Schiffbruches für ihre Anwesenheit erschien ihm sonderbar.

Da sie aber auf ihn auch einen hilflosen Eindruck machten, sah er keine Gefahr für sein Volk und nahm sie als Gäste auf. Bei mir wäre das anders gewesen. Er habe sofort den Krieger in mir erkannt. Da nun aber Tasha wegen ihres Beistandes zu seinem Volk in Gefahr geraten sei, fühle er sich verantwortlich. Ihr Widerstand gegen die Römer sei mutig, aber auch unüberlegt gewesen.

Ja, Tasha ist eine willensstarke und kluge Frau, auch wenn ihr Handeln sie oftmals in Schwierigkeiten bringt. Es liegt in ihrer Natur, gegen Ungerechtigkeiten vorzugehen.

Nechtans Vorsicht gegenüber Fremden ist unter den gegebenen Umständen nachvollziehbar. Er hat mich in dieser Hinsicht nicht wirklich falsch eingeschätzt. Allerdings habe ich kein Interesse mehr an der Vergangenheit und dem Kämpfen. Nur die Zukunft zählt. Die Zukunft mit Tasha!

Die Wahrheit über uns kann ich ihm natürlich nicht offenbaren. Daher wiederhole ich, dass wir nicht seine Feinde sind und schon gar keine Römer. Irgendwann gibt er seine Fragerei auf und beginnt, von Eve zu schwärmen.

Auch das noch!

Indessen werde ich von Minute zu Minute unruhiger. Tasha ist eine begehrenswerte Frau. Es gab für den Römer keinen Grund, sie mitzunehmen, außer zum persönlichen Vergnügen. Vor meinem inneren Auge tauchen die schlimmsten Bilder auf. Ich muss mich ablenken, bis endlich einer dieser verfluchten Kerle austreten muss. Daher frage ich nun doch noch meinen Begleiter nach der Körperbemalung: »Nechtan, war das eigentlich eine Kriegsbemalung, die blaue Farbe? Sie ist ungewöhnlich.«

»Das war Teil eines Rituals. Gestern Nacht haben sich die Anführer und die zukünftigen Führer der hiesigen Stämme am Dun-Felsen getroffen und einen Schwur geleistet: den Schwur, gegen die römischen Invasoren bis zum bitteren Ende zu kämpfen«, erklärt er stolz.

Das kommt mir alles sehr bekannt vor. Auch wir taten dies einst. Wie es wohl meinem Volk in der Zwischenzeit ergangen ist? Tasha deutete mir an, dass mein Stamm Ende des ersten Jahrhunderts an Bedeutung verlor und die Übriggebliebenen sich mit anderen Gemeinschaften vermischten. Sie schlug mir vor, die in ihrer Zeit vorhandenen Informationen zu besorgen und mir zum Lesen zu geben. Aber das wollte ich nicht. Ich habe mit der Vergangenheit abgeschlossen. Auf vieles aus meinem früheren Leben bin ich nicht stolz, mein Wirken war nicht von Dauerhaftigkeit geprägt, auch wenn Tasha mir darin gerne widerspricht.

»Ihr dürft die Römer nicht unterschätzen. Masse alleine besiegt sie nicht«, rate ich ihm.

»Du hast Erfahrung mit ihnen?«

Ich nicke.

»Woher?«, hakt er nach.

Meine Antwort ist kurz. »Ich gehöre zum Volk der Cherusci.«

»Arminius war doch einer eurer Anführer und siegte einst gegen Rom.«

»Du weißt davon?« Ich bin erstaunt.

»Natürlich! Wer nicht?«

Alte Wunden werden aufgerissen. Verbittert entgegne ich: »Nun, er gewann eine Schlacht. Aber es gab noch viele weitere, am Ende blieb ihm nichts.«

»Aber Rom unterschätzte ihn wie auch uns. Das hier ist unsere Heimat! Und sie sind Fremde und nicht willkommen!«, bekundet er voller Trotz und Stolz.

Falscher Stolz hat schon oft zu Fehlentscheidungen geführt, das weiß ich nur zu gut. Meine Erfahrungen zeigen, dass die Römer erbarmungslos sind, wenn sie auf Widerstand stoßen. Daran wird sich auch in den Jahrzehnten nach der Schlacht gegen Varus und Germanicus nichts geändert haben.

Plötzlich schubst mich Nechtan an. »Sieh! Da verlässt einer seinen Posten.«

Endlich! Das ist die Gelegenheit, auf die ich gewartet habe.

»Du bleibst hier! Warne mich, wenn uns jemand hinterherkommt.«

Vorsichtig folge ich dem Legionär und schleiche mich von hinten an ihn heran. Er scheint tatsächlich austreten zu wollen und ist völlig arglos. Seinen Helm hat er abgenommen. Ich entscheide mich für die Strangulation mittels Würgegriff. So vermeide ich Blutvergießen, das mich verraten könnte. Mit einer gezielten und schnellen Attacke umschließe ich seinen Hals mit meinem rechten Arm und drücke mit aller Kraft zu. Er wird panisch und versucht sich aus dem Klammergriff zu befreien, was ihm aber nicht gelingt. Der Todeskampf dauert mehrere Minuten. Es ist kein schneller Tod, aber anders geht es nicht. Hätte ich ihn nur außer Gefecht gesetzt, würde er bei einem vorzeitigen Erwachen Alarm schlagen.

Rasch ziehe ich seine Rüstung an und verstecke seine Leiche. Jetzt kommt der schwierigste Teil: Ich muss durch das Tor. Unerkannt! Die Dunkelheit begünstigt mich, da der Mond von dichten Wolken verhüllt ist. Und ich habe noch mehr Glück, denn ein Wachwechsel steht an. Ich kenne die Routine und weiß, wie ich mich verhalten muss. Die Wachen sind müde und unachtsam und rechnen nicht mit einem Fremden.

Und schon bin ich drin!

Niemand hat den Austausch bemerkt. Die meisten Legionäre schlafen. Schnell mache ich das Zelt des Kohortenführers aus. Er hat keine Wachen aufgestellt, er fühlt sich sicher.

Wachsamkeit bleibt dennoch mein oberstes Gebot. Auf den letzten Schritten darf ich nicht entdeckt werden. Ich blicke mich um, niemand ist in der Nähe. Dann lausche ich. Ich höre Tasha und auch *ihn*. Sie brüllt ihn an. Ein Mischmasch aus Deutsch und Latein, ein deutliches Zeichen ihrer Panik. Ich höre ihn Fragen stellen, dann schreit sie auf. Es fallen Gegenstände zu Boden und ich nehme Schläge wahr. Ich muss jetzt eingreifen!

Verdammt, es geht nicht! Noch nicht!

Zwei Legionäre bewegen sich auf mich zu. Ich schiebe den Helm tief ins Gesicht und senke den Kopf.

Einer der beiden spricht mich an: »Und? Hat er sie schon eingeritten? Wir wollen auch endlich ran!«

Mit tiefer Stimme entgegne ich: »Sie ist widerspenstig. Und außerdem bin ich der Nächste.«

Die beiden lachen schmutzig. »Nun, dann ruf uns, wenn wir an der Reihe sind.« Ich nicke.

Indes schreit und schluchzt Tasha herzzerreißend und immer wieder höre ich ihn sie schlagen.

Nun kenne ich kein Halten mehr und stürme ins Zelt. Tasha liegt mit entblößtem Oberkörper auf dem Boden. Ihr Blick ist von Angst gezeichnet. Bereits jetzt kann ich erkennen, dass sie aufgeplatzte Lippen und Blutergüsse an den Armen hat. Der Centurio liegt auf ihr, fast nackt, und hält sie fest.

Er sieht mich überrascht an, dann wütend. »Verschwinde! Du darfst erst später ran.«

Voller Wut reiße ich ihn von ihr herunter und schlage mit den Fäusten immer wieder auf ihn ein, bis er bewusstlos wird, vielleicht sogar tot ist. Aber das kümmert mich nicht.

Ich drehe mich zu Tasha: »Meine Blume, ich bin es!«

Völlig verwirrt blickt sie mich an, Tränen fließen über ihr Gesicht.

Inzwischen habe ich ihr ein Laken um den Oberkörper geschlungen und halte sie fest in meinen Armen. Es dauert einen Moment, bis sie mich unter ihrem Tränenschleier erkennt. Dann beginnt sie, hemmungslos zu schluchzen: »Du kannst es nicht sein. Ich muss träumen.«

»Glaube mir, ich bin es wirklich.« Sanft streiche ich ihr einige Strähnen aus der Stirn, dann mahne ich zur Eile: »Komm, wir müssen weg! Schnell!«

Der Centurio beginnt aufzustöhnen. Er lebt also noch und erwacht langsam. Mit Zorn in den Augen betrachtet sie ihn. Rache ist in ihrem Gesicht zu lesen. Sie holt aus und tritt ihm mit voller Wucht mehrmals in den Oberkörper. Als er sich instinktiv dreht, setzt sie zu ihrem finalen Kick an und trifft hart seine empfindliche Stelle, woraufhin er wieder bewusstlos wird.

Nun wendet sie sich wieder mir zu und fragt erneut voller Ungläubigkeit über mein plötzliches Erscheinen:

»Wie bist du nur hierhergekommen? Wie ist das möglich?«

»Später, meine Blume, zuerst müssen wir hier weg.«

»Warte, mir ist speiübel«, dann übergibt sie sich.

Plötzlich höre ich draußen Stimmen – vermutlich die beiden Mistkerle, die es nicht erwarten können ihren Lohn für die Nacht zu erhalten. Ich brauche eine Ablenkung.

Verdammt! Nechtan hätte mir dabei helfen können. Doch selbst ohne seine Unterstützung bricht im Lager plötzlich Chaos aus. Durch die Zeltwände nehme ich verschiedene Lichtscheine wahr und höre Männer, die *Feuer* rufen.

Das ist unsere Gelegenheit zur Flucht. Ich ziehe Tasha die Paenula des Centurios über – einen ponchoartigen Mantel mit Kapuze – und spähe vorsichtig aus dem Zelt. Tatsächlich sind die meisten Römer damit beschäftigt, die Brände zu löschen. Ängstlich schaut Tasha zu mir auf.

»Es wird alles gut werden, vertrau mir! Kannst du alleine gehen?« Sie nickt. Ich würde gerne ihre Hand nehmen, sie stützen, aber das wäre zu auffällig.

Tapfer hält sie durch und bleibt nah bei mir. Wir erreichen das Tor unbehelligt. Dort werden allerdings die beiden Wachen misstrauisch.

»Wo wollt ihr hin?«, fragt einer von ihnen argwöhnisch.

Ohne ein Wort zu verlieren, schlage ich ihn mit aller Kraft nieder. Der andere will bereits Alarm auslösen, als ein Pfeil ihn trifft.

Das war Nechtan! Er winkt uns zu.

Als wir bei ihm sind, sagt er anerkennend: »Gut gemacht, du hast sie! Aber nun müssen wir uns beeilen!

In der Dunkelheit werden wir es nicht zurückschaffen. Ich kenne einen Zufluchtsort, dort sind wir vorerst sicher.«

Die vergangenen Stunden und die Flucht haben Tasha deutlich zugesetzt. Sie wird immer schwächer. Auf den letzten Metern trage ich sie, aber auch meine Kraft schwindet. Deshalb frage ich Nechtan, ob es noch weit ist.

Er zeigt auf eine Klippe. Der Mond, nun frei von Wolken, offenbart uns den Weg, der jedoch nur bei genauerem Hinsehen erkennbar wird.

Der schmale Pfad, der wieder einmal an einem steilen Abhang verläuft, mündet offenbar in einem felsigen Unterschlupf. Das erinnert mich an die Anlage, die uns das alles erst eingebrockt hat. Allerdings haben wir keine Wahl. Tasha muss sich ausruhen, bevor wir zu den anderen zurückkehren. Natürlich hat sie Angst. Der Abstieg ist gefährlich, es gibt kaum Möglichkeiten, sich am nackten Fels festzuhalten. Meine Liebste ist erschöpft und die Dunkelheit lässt uns trotz des Mondlichts den Weg nach unten nur schwer erkennen. Ich beruhige sie, halte sie fest am Poncho und gebe ihr damit Sicherheit, während wir vorsichtig hinabklettern. Als wir endlich das gut ausgestattete Versteck erreichen, atme selbst ich erleichtert auf.

Nechtan hat bereits eine Fackel entzündet. Ich bin angenehm überrascht. Es ist geräumiger als gedacht und hält Nahrung wie Waffen bereit. Es ist der perfekte Ort, um Kraft zu sammeln und sich im Notfall zu verteidigen.

Tasha lehnt sich an mich. Sicherlich hat sie Fragen, aber sie ist zu entkräftet, um sie zu stellen. Schnell fällt sie in einen unruhigen Schlaf.

Für mich zählt jetzt nur eines: Ich habe sie wieder!

KAPITEL 4 - ♀

Ermin hat mich gerettet. Mal wieder. Nun liege ich geborgen und sicher in seinen Armen. Wäre ich nicht so geschwächt, würde ich gerne wissen wollen, wie es ihm gelungen ist, mir in diese Zeit zu folgen. Doch die Antwort darauf muss vorerst warten.

Ich bin völlig entkräftet und schlafe schnell ein. Allerdings suchen mich die Erinnerungen der letzten Stunden in meinen Träumen heim. Dabei tauchen auch Erinnerungen an meine erste Zeitreise auf und den damaligen Versuch von Römern, mich zu vergewaltigen. Und wieder hat es einer von ihnen gewagt, nur diesmal in einer anderen Zeitspanne.

Anfänglich war der Centurio höflich und zuvorkommend, bot mir Speisen und Getränke an und stellte sich als Lucio Marcio Casto vor, dann begann er mich auszufragen: Woher ich komme, wer ich bin, warum ich mich so eigenartig gewandet habe und was ich bei diesen Eingeborenen suche. Da ich keine überzeugenden Antworten liefern konnte, änderte sich seine Stimmung abrupt. Aber was für eine Geschichte hätte ich ihm auftischen sollen? Die Behauptung, eine Römerin in diesen weit entfernten nördlichen Gefilden zu sein, hätte er mir ohnehin nicht geglaubt.

Sein Stimmungsumschwung zeigte sein wahres Gesicht. Er machte mir deutlich, dass er beabsichtigte, meinen Körper zu schänden und im Anschluss daran mich seinen Leuten zum weiteren Vergnügen zu überlassen. Er begründete es sogar: Das Land sei karg, die Weiber der hiesigen Barbaren hässlich, dagegen erinnerte ich ihn an die Frauen in Rom. Er argumentierte, dass auch er und seine Männer etwas Abwechslung verdient hätten.

Was für ein Dreckskerl! Im Gegensatz zu ihm wurden wir von den als primitiv geltenden Einheimischen kultiviert und freundlich aufgenommen. Ich habe die Nase voll von diesen sogenannten zivilisierten römischen Musterknaben.

Nur mit großer Anstrengung war es mir möglich, ihn zumindest für eine kurze Zeit auf Abstand zu halten, was ihn jedoch umso wütender machte. Besonders als ich ihn mit einigen Verteidigungsschlägen empfindlich traf. Sofort ließ er alle Hemmungen fallen, riss meinen Pullover herunter und schlug mich brutal. Ich hatte bereits die Hoffnung aufgegeben, lebend aus dieser Notlage zu entkommen, als mein Retter auftauchte. Es ist einfach unfassbar, dass Ermin hier ist, und noch erstaunlicher, dass er mich gefunden hat und befreien konnte.

In meinem Unterbewusstsein spüre ich, wie er mich eng umarmt und sanft streichelt. Und ich? Ich dränge mich ihm automatisch entgegen, schmiege mich noch fester an ihn.

Oh, ich liebe diesen Mann! Bei Gott, wie sehr ich ihn liebe!

»Hallo, meine Blume, wie fühlst du dich?«, weckt er mich behutsam.

Mein Blick ist noch verschwommen vom unruhigen Schlaf, aber ich bin erleichtert, dass er kein Traum ist. »Ich bin am Leben«, antworte ich knapp.

»Ich hatte Angst, dich verloren zu haben«, flüstert er mir leise ins Ohr.

»Frag mich mal …«, entgegne ich seufzend.

Nechtan rührt sich. »Dein Mann ist mutig und ein guter Kämpfer. Ich hätte nicht gedacht, dass er dich befreien könnte.«

»Wenn das jemand schaffen kann, dann er«, erwidere ich stolz. Denn so ist es! Ermin, alias Arminius, ist im Herzen immer ein Krieger geblieben. Wenn ich jemandem bedingungslos vertraue, dann ihm. Allerdings hätte ich niemals erwartet, dass er durch den eingestürzten Tunnel gelangt und das noch rechtzeitig, solange das Zeittor geöffnet ist. Ich bin unglaublich froh, ihn an meiner Seite zu wissen. Mit ihm fühle ich mich sofort viel sicherer und stärker.

Ermin wendet sich Nechtan zu: »Ohne deine Hilfe wäre es weitaus schwieriger geworden. Du hattest sicherlich mit dem Feuer in ihrem Lager zu tun, und den Pfeilen. Dafür danke ich dir!«

Nechtan lächelt und nickt.

»Wie lange müssen wir hierbleiben?«, frage ich Nechtan.

»Die römische Kohorte wird längst weiter Richtung Süden gezogen sein. Sie werden nicht wegen einer einzelnen Frau zurückkehren. Aber zur Sicherheit sehe ich mich oben einmal um und gebe euch Bescheid«, gibt Nechtan mir zur Antwort.

Als er die Höhle verlassen hat, nimmt mich Ermin in den Arm und zeigt seine verletzliche Seite: »Ich kann nicht ohne dich sein, Tasha. Ich lebe nur, weil du da bist. Ohne dich verliert alles an Bedeutung.«

Es schmerzt mich, ihn so zu sehen. Ich verstehe, was er durchgemacht hat, da auch ich befürchtet hatte, ihn nicht wiederzusehen. Aber es bleibt ungewiss, ob eine Rückkehr nach Hause möglich sein wird und welche Gefahren uns in dieser neuen Umgebung noch erwarten werden. Dass ich noch am Leben bin, verdanke ich einzig und allein seinem Erscheinen. Er hat das Schlimmste verhindert. Wäre er nicht gekommen, hätte er vielleicht nie erfahren, was mit mir geschehen ist. Allein der Gedanke daran jagt mir eine Gänsehaut über den Rücken und lässt mich erschaudern.

Tief bewegt fügt er hinzu: »Ich liebe dich! Egal, wo wir sind, egal, wann wir sind. Wer auch immer unsere Schicksalsfäden verknüpft hat, hat die Bande stark gemacht. Sie reichen durch Zeit und Raum. Wir gehören zusammen.«

Das verlangt nach einem Kuss, den ich ihm voller inniger Zuneigung gebe. Doch ich habe noch Fragen und muss mich von ihm lösen. »Ich bin immer noch erstaunt darüber, wie du mir folgen konntest, und das noch zur rechten Zeit. Ich nahm an, die Passage hätte sich kurz nach unserem Übertritt geschlossen. Außerdem war die Kammer völlig eingestürzt, wir konnten nicht mehr zurück. Wie bist du da nur durchgekommen?«

Ermin berichtet nun von Johns schnellem Handeln. »Dein Chef hat sofort Rettungsmaßnahmen ergriffen. Sie schafften rasch einen Zugang zur Grotte, früher als erwartet. Dann begannen die Vibrationen. Mir wurde klar, was geschehen sein musste, und ich wusste, dass ich keine Zeit zu verlieren hatte.«

»Das erklärt nicht, wie es möglich war, dass du das Zeittor passieren konntest, zumal auch Arbeiter bei dir waren«, stelle ich verwundert fest.

»Ich weiß es nicht, das Tor war länger auf, vielleicht hatte ich einfach nur Glück oder die Götter wollten es so. Die Arbeiter gelangten jedenfalls noch rechtzeitig raus, sonst wären sie vielleicht auch hier«, versucht er sich an einer Erklärung.

Liebevoll sehe ich ihn an. »Eigentlich ist das alles jetzt nicht mehr wichtig. Was zählt, ist, dass du bei mir bist.«

Ich beginne, ihn erneut sachte zu küssen. Zuerst seine Augen, die mich traurig anblicken, dann seine Nasenspitze, seine Wangen, bis hin zu seinem Mund. Als sich unsere Lippen treffen, entweicht ihm ein tiefer Seufzer. Leidenschaftlich nimmt er meine Mundhöhle in Besitz und zieht mich fester an sich. Ein kurzer Schmerzenslaut entweicht mir, als er meine Arme umschließt, da die Stellen mit den blauen Flecken schmerzen. Umgehend lockert er seinen Griff und sieht mich bedauernd an. Ich möchte aber nicht, dass er aufhört. Ich brauche ihn, jetzt mehr denn je, und ich muss ihn fühlen.

»Nein, nicht aufhören! Es ist nicht so schlimm, wirklich«, versichere ich ihm. Ich entledige mich des Ponchos, öffne gleichzeitig seine Hose und ziehe ihn wieder eng an mich heran.

Ich spüre und sehe seine Erregung, die sich mit Macht nach außen drängt, was mich nur hungriger auf ihn werden lässt.

Ermin kapituliert. Vorsichtig legt er mich auf den Mantel und entkleidet mich behutsam, zuerst die Hose und dann den Slip, während ich ihm mein Becken entgegenstrecke. Unverhohlene Begierde ist deutlich in seinem Gesicht abzulesen.

Nackt liege ich nun vor ihm. Er betrachtet mich eine Weile nachdenklich und streichelt dabei behutsam über meine Bauchwölbung. Ja, ich habe etwas zugenommen, aber ihn stört es nicht – hat es noch nie.

Er lächelt. »Du bist wunderschön, meine Blume, wunderschön …« Bei diesen Worten beugt er sich herab und küsst zärtlich meinen Bauchnabel. Dann gleitet er langsam aufwärts, verwöhnt mit seinen Lippen meine erigierten Knospen, parallel dringt er gefühlvoll in mich ein. Stöhnend gewähre ich ihm Einlass. So verweilen wir einen kurzen Moment. Schließlich beginnt er mein Innerstes in Besitz zu nehmen, anfangs sachte und schließlich immer heftiger werdend. Dabei sucht er den Blickkontakt. Ich weiß, er liebt es, mich beim Akt zu beobachten – die Ekstase in meinen verklärten Augen zu sehen. Heute aber will er seiner Lust freien Lauf lassen und kein ausgiebiges Liebesspiel. Vermutlich auch, weil Nechtan jeden Moment zurückkommen kann.

Immer schneller stößt er in mich hinein. Sekunden später bäumt er sich auf und ergießt sich in mir. Auch meine Libido steht kurz vor der Erfüllung, nur ein Bruchteil nach ihm erreiche ich ebenfalls den Höhepunkt.

War unser Liebesakt unpassend? Nein, denn er ist nicht nur ein Ausdruck unserer Liebe, sondern vielmehr ein Versprechen, immer füreinander da zu sein.

Ermattet liegt Ermin auf mir. Unsere nackten, warmen Körper fühlen sich gut an. Atmung und Puls normalisieren sich. Er darf als Einziger meinen Körper nach Herzenslust benutzen, und nun lächelt er breit. Sein Lächeln gehört zu den schönsten Dingen auf der Welt. Es ist die Art, wie er mich ansieht. So sollte jede Frau einmal angesehen werden.

Zärtlich streicht er mir ein paar lose Haarsträhnen aus der Stirn. »Selbst im hohen Alter werde ich dich noch wollen«, schwärmt er.

»Auch wenn ich dann alt und runzelig bin und die Schwerkraft an mir zerrt?«, frage ich halb ernst, halb schmunzelnd.

Er küsst mich. »Du wirst immer meine wunderschöne Blume bleiben, egal in welchem Alter.« Doch plötzlich wird er nachdenklich und ergänzt mit traurigem Unterton: »Aber auch ich werde dann älter sein, wesentlich älter als du.« Er spielt auf den Altersunterschied an. Er kam in meine Welt, in der für mich nur ein Jahr vergangen war, während es in seiner Welt zehn Jahre waren. Das belastet ihn.

Sein Gesicht umfassend und seinem Blick standhaltend, entgegne ich eindringlich: »Zweifele niemals an mir und meiner Liebe zu dir! Alter und Zeit haben für uns keine Bedeutung. Das haben wir doch bewiesen … Arminius«

In diesem Augenblick betritt Nechtan die Höhle. Ermin wirft schnell den Poncho über mich. Seine eigene Nacktheit hat ihm noch nie viel ausgemacht, mich soll natürlich keiner in natura sehen.

Nechtan grinst und neckt uns: »Benötigt ihr noch etwas Zeit?«

Ermin erwidert mit Schalk im Blick: »Nein, ich … wir sind zufrieden.«

Nechtan lacht schallend, was mir die Schamesröte ins Gesicht treibt; daraufhin wechselt er das Thema. »Es sind keine Römer in Sicht. Wir können den Rückweg wagen.«

Ermin nickt und beginnt sich anzukleiden. Da ich mich nicht rühre, sieht mich Nechtan fragend an. Langsam begreift er. »Oh, ich gehe schon mal nach oben. Wenn ihr fertig seid, könnt ihr nachkommen.«

Endlich! Jetzt kann ich meine Sachen zusammensuchen. Aber mein zerrissener Pulli fehlt. Hatte ich den noch, als Ermin mich rettete? Ich glaube nicht.

Ermin bemerkt mein Unbehagen und weiß sofort, was ich vermisse, er bietet mir seinen an: »Hier, nimm ihn. Er ist zwar etwas zu groß für dich, aber besser als der kratzige Mantel.«

Ermin bevorzugt den klassischen Zwiebel-Look. Er trägt immer ein T-Shirt unter seinem Pullover, denn hier im Norden wird es im Sommer nur selten wärmer als zwanzig Grad. Dazu kommen noch sein Poncho und die römische Rüstung. Als er mich in seinem übergroßen Oberteil sieht, grinst er breit.

Gespielt verzweifelt erwidere ich: »Er ist nicht zu groß, ich bin einfach zu klein.« Und schlage dabei mit den überlangen Ärmeln um mich.

Sofort packt Ermin zu und überkreuzt sie, sodass ich mich nicht mehr bewegen kann. »Also mir gefällt das«, sagt er und liebkost meine Ohrläppchen.

Nachdem er mich losgelassen hat, beobachtet er mich belustigt, wie ich weiterhin mit dem Stoff kämpfe. Als ich ihn endlich gebändigt habe, binde ich meine Haare noch zu einem Pferdeschwanz zusammen.

»Warum trägst du sie nicht offen? Mir gefällt deine wallende Mähne«, bedauert er leise und lässt dabei einzelne meiner Haarlocken durch seine Finger gleiten.

»Es ist einfach unpraktisch.«

»Aber schön«, bewundert er sie noch immer.

»Na dann gefällt dir sicher auch die Haarpracht von Nechtan«, necke ich ihn, woraufhin er sich unmerklich schüttelt. Lange Männerhaare sind ihm nicht unbekannt, aber Nechtan und seine Männer tragen sie außergewöhnlich lang.

»Komm, wir müssen jetzt los. Wann denkst du, können wir wieder heim, in unsere Welt?«, will er wissen.

Ich zucke mit den Schultern. »Ich hoffe, um den ersten August herum. Bis dahin müssen wir uns hier irgendwie arrangieren.«

»Das sind noch gute sechs Wochen. Die können lang werden«, bemerkt er nachdenklich.

»Ja, das stimmt. Schon seltsam diese Schicksalsfügung. Ausgerechnet zurück in die Römerzeit …« Ich seufze.

»Weißt du denn, in welchem Jahr wir sind?«, fragt er berechtigterweise.

»Nicht genau. Ich schätze etwa um das Jahr achtzig nach Christus. Vielleicht ein paar Jahre mehr oder weniger. Zu dieser Zeit versuchten die Römer, sich im Norden der Insel auszubreiten«, so meine Einschätzung der Lage.

»Gut, dann müssen wir uns jetzt ein sicheres Plätzchen suchen, uns ruhig verhalten und uns nicht einmischen. Und wenn die Zeit gekommen ist, kehren wir nach Hause zurück«, entgegnet Ermin entschieden und nimmt meine Hand, um unser vorübergehendes Asyl zu verlassen.

Als wir am Anfang des steilen Pfades stehen, überkommt mich plötzlich Übelkeit. Ermin bemerkt es. »Was ist mit dir? Wirst du krank? Die Höhe sollte dir eigentlich nichts ausmachen, du bist das Arbeiten in den Klippen doch gewohnt.« Er klingt besorgt.

»Keine Ahnung, was mit mir los ist. Vielleicht die Aufregung oder weil ich noch nichts gegessen habe«, mutmaße ich.

Fürsorglich bietet er mir an: »Möchtest du dich noch schnell stärken? Nechtan hat hier auch Nahrung gelagert.«

Ich lehne ab: »Nein, danke, besser nicht. Ich befürchte, dass die Übelkeit schlimmer wird, wenn ich etwas zu mir nehme.«

»Wird es denn gehen?«, erkundigt er sich behutsam.

Ich nicke nur.

Ermin lässt mich vorangehen und sichert mir den Rücken. Oben angekommen, erwartet uns bereits Nechtan. Ein Grinsen breitet sich auf seinem Gesicht aus und wird noch breiter, als er bemerkt, wie fest Ermin meine Hand hält. Diese wird er auch auf dem weiteren Weg nicht mehr loslassen.

Nechtan übernimmt die Führung, er kennt sich in der Gegend sowieso am besten aus.

Wie damals in Germanien nervt mich dieses ständige Laufen. Ich bin und bleibe eben ein Kind meines Jahrhunderts und wünschte mir gerade jetzt einen fahrbaren Untersatz.

Eve und die anderen haben uns schon von der Ferne aus kommen sehen. Meine Kollegin eilt als Erste zu mir. Sie strahlt, aber ihr Gesichtsausdruck ändert sich, als sie meine Blessuren bemerkt.

»Du meine Güte, Tasha, was haben sie dir nur angetan?«, fragt sie betroffen und betrachtet mich von allen Seiten, wobei sie auch meinen Kleidungswechsel bemerkt.

»Mir geht es gut. Ermin war ja rechtzeitig zur Stelle«, versuche ich die Situation herunterzuspielen.

»Wie hat er das geschafft? Das ist unglaublich«, äußert Eve fassungslos.

Auch Adam blickt uns betroffen an. »Ihr seht beide schlimm aus, aber ich bin erleichtert, euch zu sehen. Ehrlich gesagt, habe ich nicht damit gerechnet.« Dann umarmt er mich und fügt bewegt hinzu: »Es tut mir so unglaublich leid.«

Ermin schaut missbilligend dabei zu, sagt jedoch nichts. Er weiß natürlich, wie Adam das meint. In dieser fremden Welt sind wir eine Art Zweckgemeinschaft, die zusammenhalten muss. Doch die beiden Männer haben nie ein gutes Verhältnis zueinander gehabt. Für Adam ist Ermin ein Muskelprotz und Ermin sieht in Adam einen Schwächling, ein Weichei.

Aber jetzt muss ich das Weichei – äh, Adam – beruhigen. Er macht einen extrem angespannten Eindruck. »Es ist alles in Ordnung. Du konntest nichts tun. Zum Glück ist alles gut gegangen. Aber sag, wie geht es dir? Du wirkst krank.« Er hat einen hochroten Kopf und schwitzt ungewöhnlich stark.

»Es ist nichts, ich war nur besorgt. Das alles ist nicht leicht für mich. Ich versuche noch, es zu verarbeiten«, antwortet er geknickt.

Indessen wird Nechtan mehrmals von seiner Schwester angesprochen, aber er hat nur Augen für Eve. Das könnte noch zu einem Problem werden. Bis zu unserer Heimkehr dürfen wir keine engeren Bindungen eingehen. Aus eigener Erfahrung weiß ich, welches emotionale Chaos das auslösen kann.

Da Nessa von ihrem Bruder keine Antwort erhält, sieht sie uns unverhohlen fragend an. Ihr Blick zeigt deutliche Ungeduld, vor allem aber Neugierde, als sie meinen Mann betrachtet. Unter dem Poncho trägt er seine Jeans und dazu noch die römische Rüstung, in der er wirkt, als hätte er nie etwas anderes getragen. Außerdem hat er einen Kurzhaarschnitt wie die Römer und keinen Bart. Das war auch mal anders, aber so gefällt er mir viel besser. Natürlich fällt er hier unter all den langhaarigen, bärtigen Gesellen auf.

Nessa kann sich nicht länger zurückhalten und fragt mich direkt: »Erzähl endlich! Wie konntest du entkommen, und warum sieht er aus wie ein Römer?«

Nechtan entschließt sich nun doch einzuspringen und berichtet seiner Schwester lebhaft und sichtlich beeindruckt von der Befreiungsaktion: »Ermin ist alleine in das römische Lager vorgedrungen und hat sie befreit. Zuvor hat er einem Römer die Rüstung abgenommen und ihn getötet, ohne Zeit zu verlieren. Er hat sie alle getäuscht. Er ist überaus mutig, gerissen und ein wahrer Krieger.«

Adam und Eve sind schockiert, als Nechtan vom Töten des Legionärs berichtet, und blicken entsetzt zu Ermin und mir. Ich reagiere nicht darauf und Ermin schon gar nicht. Eine Erklärung würde nichts ändern. Die Regeln dieser Epoche bestimmen die Situation, nicht die Gesetze unserer Zeit.

Einer der älteren Bewohner der Siedlung meldet sich zu Wort: »Das ist nicht gut. Das wird Konsequenzen für uns haben!«

Nechtan reagiert verständnislos: »Wir haben sie doch schon längst.«

Der alte Mann bleibt bei seiner Meinung: »Die Römer sind bestimmt schon auf dem Weg und werden uns bestrafen. Sicher sind sie der Meinung, dass *sie* zu uns gehören.« Damit meint er uns.

Jetzt mischt sich Nessa ein: »Gildas, ich verstehe deine Bedenken, aber die Römer werden auf jeden Fall kommen. Sie sind darauf aus, uns zu unterwerfen. Denke nur an das vergangene Jahr.«

Nechtan stimmt ihr zu: »Es wird so oder so zu einem Kampf kommen. Wir haben es viel zu lange vermieden und nun keine andere Wahl. Die Römer wollen unsere Getreidespeicher plündern. Wir müssen kämpfen, um im Winter nicht zu verhungern.« Nechtan nimmt die ängstlichen Gesichter der Umstehenden wahr und ergänzt: »Aber vorsichtshalber werden wir alle nach Loch Cannor bringen und mit Calgacus reden.«

»Wer ist dieser Calgacus?«, will Ermin wissen.

»Einer unserer wichtigsten Heerführer«, erklärt Nechtan.

In diesem Moment meldet sich mein Magen, selbst Nessa hört es und grinst. Mir ist das unangenehm. Schnell packt sie mein Handgelenk und zieht mich zum Haus ihres Bruders.

Die plötzliche Trennung von Ermin gefällt mir nicht. Während sie mich wegführt, schaue ich mich um und suche seinen Blick. »Sollten wir nicht auf die anderen warten?«, frage ich sie.

Sie reagiert mit Gleichgültigkeit: »Wozu? Sie reden doch ohnehin nur über dasselbe.«

Ermin bleibt bei Nechtan, ebenso wie Eve und Adam, und signalisiert mir, ruhig zu bleiben. Ich vermute, dass er sich von Nechtan einen Überblick über die Situation verschaffen möchte. In der Zwischenzeit hat Nessa mir ein kleines Mahl zubereitet.

»Das ist nett von dir, vielen Dank«, bemerke ich freundlich und nutze die Gelegenheit, um ein paar zeitliche Details zu erfragen: »Nessa, sag mal, wer herrscht derzeit in Rom?«

Nessa wundert sich über die Frage und antwortet etwas zögerlich: »Das weißt du nicht? … Imperator Caesar Domitianus Augustus.«

»Und wer ist hier in Britannien der Statthalter?«, hake ich weiter nach.

Sie schaut mich jetzt erstaunt an, als käme ich von einem anderen Planeten, gibt mir aber prompt Antwort: »Gnaeus Iulius Agricola.«

Ich beschließe, nicht weiter zu bohren. Sie wirkt bereits sehr argwöhnisch. Mit ihren Informationen habe ich jedoch eine Vorstellung davon, in welcher Zeit wir gelandet sind.

Nach einem Moment des Schweigens sagt sie: »Ich wünschte, es käme nicht zum Krieg, aber die Römer lassen uns keine Wahl. Im vergangenen Jahr haben wir uns gegen sie aufgelehnt, aber für diese Mistkerle kommt ein Abzug einfach nicht infrage. Was denkst du?«

Ich antworte, die historischen Zusammenhänge kennend: »Da hast du wohl recht. Sie sind wie Raubtiere. Wenn sie sich einmal in ihr Opfer verbissen haben, lassen sie nicht mehr los.«

Sie überlegt kurz und erwidert spöttisch: »Wie würden sich wohl die Römer fühlen, wenn man sie auf ihrem eigenen Grund und Boden angreift?«

»Nicht anders als ihre Opfer. Vor vierhundert Jahren drangen Celtae auf römisches Gebiet ein … aber Rom vergisst nicht, ihre Rache kommt, wenn man sie am wenigsten erwartet.«

»O ja, davon habe ich gehört. Aber ich will doch helfen und kämpfen, nur lässt Nechtan das nicht zu. Unsere Stämme schicken lieber halbwüchsige Jünglinge in den Kampf. Warum mich nicht? Sie können doch jeden gebrauchen«, sagt sie frustriert und gekränkt.

Ihr Bruder sorgt sich bestimmt um sie, daher erkläre ich: »Er will nur dein Bestes und dich in Sicherheit wissen.«

»Ach was! Er traut es mir einfach nicht zu. Aber auch wir Frauen können kämpfen. Es gab im Süden eine Anführerin, die einen Aufstand befehligte. Sie wehrte sich gegen die Römer und schlug sie mehrmals erfolgreich. Ihr Vorbild war ein Fürst der Cherusci: Arminius.«

Ich weiß genau, wen sie meint. Gleichzeitig wundert mich ihre Kenntnis über Arminius. »Du sprichst von Boudicca, vom Volk der Icener«, erwidere ich.

»Ja. Sie war keine Kriegerin, sondern eine Königin. Die Römer taten ihr und ihren Töchtern Gewalt an. Sie hat sich gerächt. Warum also darf ich nicht kämpfen?«

»Nessa, du weißt, wie es ausging? Boudicca verlor und starb. Und die Römer sind immer noch hier. Da kann man nicht von Erfolg sprechen«, versuche ich an ihre Vernunft zu appellieren.

»Mag sein. Nur können wir doch nicht untätig dabei zusehen, wie sie sich unser Land aneignen, uns ausbeuten und unsere Kinder verhungern dabei. Ich bin jedenfalls bereit.«

»Bedenke, das Heer der Römer ist gut ausgerüstet. Sie nutzen ausgefeilte Kriegstaktiken und ihre Soldaten sind hervorragend ausgebildet«, versuche ich es erneut.

Doch sie widerspricht stur: »Aber sie sind nicht unbesiegbar! Arminius ist der beste Beweis dafür.«

»Ja, gut, er konnte einige Siege verbuchen, aber den Krieg nicht gewinnen. Letztendlich blieb ihm nichts«, halte ich unbeirrt dagegen.

»Verdammt, auf welcher Seite stehst du?«, blafft sie mich unvermittelt an.

»Jedenfalls nicht auf Seiten der Römer! Dafür musst du mir nur ins Gesicht schauen«, kontere ich ärgerlich. Ich bin ihnen nur knapp entkommen. Mein ganzer Körper schmerzt noch von den Schlägen.

Nessa blickt schuldbewusst. »Es tut mir leid.«

Plötzlich tauchen Ermin und Adam auf und bemerken die Spannung.

»Ist alles in Ordnung?«, will Ermin wissen.

Ich nicke stumm, während Nessa mit gesenktem Blick den Raum verlässt.

»Was war hier los?«, fragt nun auch Adam.

»Ich habe ihr wohl ein paar Fragen zu viel gestellt«, erkläre ich.

»Und welche?«

»Nun, die Art, um herauszufinden, in welchem Jahr wir uns befinden.«

»Und was hast du erfahren?«

»Domitian ist Kaiser in Rom und Agricola der britische Statthalter, somit …«

Adam unterbricht mich ungeduldig und rekapituliert die Daten: »Domitian war Kaiser von einundachtzig bis sechsundneunzig nach Christus, und Agricola war von siebenundsiebzig bis vierundachtzig in Britannien. Somit haben wir es mit einer Zeitspanne von drei bis vier Jahren zu tun, in der wir uns derzeit befinden könnten ... Das ist nicht sehr genau.«

Ich blicke ihn gereizt an und füge zynisch hinzu: »Schön! Du kannst rechnen. Aber das ist ja nicht alles. Wie du sicher schon bemerkt hast, sind die Römer sehr weit im Norden. Dann hat Nessa noch den Hinweis auf eine größere Auseinandersetzung im letzten Jahr gegeben. Zudem berichtete Nechtan vom Getreideraub der Römer und nannte den Namen eines kaledonischen Anführers: Calgacus. Das sind alles ...«

Aber wieder lässt er mich nicht aussprechen: »Du denkst, dass wir uns kurz vor der Schlacht am Mons Graupius befinden? Also im Jahr dreiundachtzig oder vierundachtzig nach Christus?«

Ich nicke mit genervter Miene.

Ermin hat uns währenddessen still zugehört. Jetzt meldet er sich zu Wort: »Da sollten wir besser nicht mit hineingezogen werden. Egal wer gewinnt, es verlieren immer zu viele ihr Leben.«

Und das kommt von einem Krieger. Aber ich weiß, es geht ihm dabei ausschließlich um meine Sicherheit.

Ermin hakt noch einmal nach: »Ihr kennt euch doch mit der schottischen Geschichte aus. Was für ein Typ ist dieser Römer Agricola? Und was wisst Ihr über die Schlacht?«

Adam liefert ihm die Antworten: »Agricola hat langjährige Erfahrung mit Britannien. Schon als junger Tribun kämpfte er gegen die einheimischen Stämme, unter anderem gegen Königin Boudicca. Als Statthalter war er sehr erfolgreich. Den Süden hat er rasch romanisieren können. Seine Vorstöße in den Norden waren allerdings schwieriger. Bei einer größeren Auseinandersetzung mit den Kaledoniern im Jahr vor der großen Schlacht am Mons Graupius hatten seine Männer noch viel Glück. Bei Mons Graupius lief es dann etwas anders. Die Kaledonier waren zwar zahlenmäßig den Römern überlegen, aber die Römer waren versierter. Agricola gewann, wurde aber bald darauf nach Rom zurückberufen.«

Ermin überlegt sichtbar angestrengt. »Ihr denkt, dieses Gefecht steht kurz bevor?« Adam und ich nicken gleichzeitig. »Wisst ihr wann genau?«

Wir verneinen parallel, allerdings ergänzt Adam: »Irgendwann im Sommer.«

»Was geschieht danach mit Schottland?«, will mein Germane nun wissen.

»In der Folge gab es keine ernsthaften Okkupationsversuche mehr in Richtung Norden. Der römische Kaiser benötigte offenkundig Teile, des in Britannien stationierten Militärs in Germanien. Und Schottland kostete mehr, als es einbrachte«, erläutere ich ihm.

Während unserer Unterhaltung ist Eve dazugekommen. Sie blickt uns irritiert an. »Was ist los?«

Adam klärt sie auf: »Wir wissen nun, dass wir uns im Jahr dreiundachtzig oder vierundachtzig nach Christus befinden und wohl kurz vor der Schlacht am Mons Graupius stehen.«

»Ah, deshalb will Nechtan seine Leute an einen geschützten Ort bringen. Und was sollen wir jetzt tun? Nechtan will ins Landesinnere. Wir können doch nicht zurückbleiben?«, überlegt Eve laut.

»Wir dürfen uns nicht in ihren Konflikt hineinziehen lassen«, rät Ermin.

Adam schaut ihn zornig an. »Aber du hast dich doch schon eingemischt, indem du einen Römer getötet hast. Im Übrigen: Musste das wirklich sein?«

Ich kenne meinen Germanen gut und sehe deutlich, wie er innerlich zu kochen beginnt. Nur zu gerne würde er Adam eine reinhauen.

Die beiden trennen nur wenige Zentimeter. Ermin überragt ihn um mindestens eine Kopflänge. Das alleine schüchtert meinen Kollegen augenblicklich ein. Ermins Stimme und Worte verstärken diesen Eindruck noch. »Ich tue, was getan werden muss«, sagt er mit eiskalter Miene.

Ich lege meine Hand auf seinen Arm, um ihn zu besänftigen und eine Eskalation des Streits zu vermeiden. Obwohl er es missbilligt, zeigt er Einsicht für meine Einmischung. Laut seufzend dreht er sich um und verlässt die Hütte. Er geht, um sich zu beruhigen. Eine kluge Entscheidung.

Adam beginnt aus seiner Starre aufzutauen. »Der ist doch nicht mehr ganz bei Verstand. Tasha, er ist wirklich gefährlich!«, mahnt er aufgebracht.

Eve mischt sich ein: »Hör auf damit! Ermin hat Tasha gerettet und dafür Opfer gebracht. Ihm blieb nichts anderes übrig.«

»Nicht du auch noch. Er ist ein Mörder!«, widerspricht er wütend.

Das ist zu viel für mich! »Verdammt! Der Centurio war gerade im Begriff, mich zu vergewaltigen. Danach hätte er mich seinen Leuten überlassen. Lebend wäre ich da nicht mehr herausgekommen. Ich bin unglaublich dankbar, dass Ermin eingegriffen hat. Wenn dafür ein Mann sein Leben lassen musste … für mich ist das akzeptabel.«

Adam sieht mich verlegen an und murmelt kleinlaut: »Es tut mir leid. Ich dachte nur, es hätte vielleicht auch eine andere Lösung geben können.«

Gereizt stöhne ich auf. »Dort waren knapp fünfhundert Mann in einem befestigten Lager. Wie, Adam? Wie hätte das anders laufen können? Es grenzt an ein Wunder, dass das überhaupt funktioniert hat.«

Nun erwidert er nichts mehr.

Jetzt brauche selbst ich dringend frische Luft.

In der Siedlung herrscht geschäftiges Treiben. Die Bewohner haben bereits begonnen, ihr Hab und Gut zusammenzupacken. Sie planen morgen ihren Zufluchtsort aufzusuchen. Für uns stellt sich die Frage: Sollen wir mitgehen, oder lieber nicht? Ich bin unsicher. In dieser Angelegenheit verlasse ich mich voll und ganz auf Ermin. Ich werde ihn suchen gehen.

KAPITEL 5 - ♂

Der Raum kam mir mit Adam darin zu klein vor. Ich musste einfach raus, sonst hätte ich ihm eine verpasst. Ich weiß, wie Tasha dazu steht, deshalb bin ich gegangen.

Zu wissen, wie etwas gemacht wird, ist nicht schwer – schwierig ist nur, es dann auch zu tun. Das aber wird Adam nie begreifen. Er hält sich für allwissend, doch wenn es ernst wird, bringt er nichts zustande. Er ist ein arroganter, aufgeblasener Schwächling, der in dieser Welt ohne Hilfe nicht überleben wird. Er hat keine Ahnung, was ihn erwartet und noch weniger davon, was zu tun ist, wenn es um sein Leben geht. Im Gegensatz zu ihm ist Nechtan vernünftig und tatkräftig. Er sorgt für sein Volk, und wenn es sein muss, kämpft er. Er weiß, dass das Töten manchmal notwendig ist, um seine Lieben und sich selbst zu schützen. Selbst in Tashas Welt gibt es die Notwehr als gerechtfertigte Verteidigungsmaßnahme.

Plötzlich werde ich von hinten an der Schulter gepackt. Blitzschnell drehe ich mich um und halte instinktiv die geballte Faust zum Schlag bereit. Aber es ist nur Nechtan. Wen habe ich erwartet? Adam?

»Ho, schon gut! Ich will dir nichts tun!« Nechtan breitet seine Arme aus und geht zwei Schritte zurück. Dabei grinst er mich an, was beschwichtigend wirkt.

»Entschuldige! Ich bin etwas angespannt.«

»Das sieht man. Was ist los?«, fragt er. Ich antworte nicht, muss ich nicht, er errät es: »Adam?«

Ich will das nicht kommentieren, stattdessen entgegne ich: »Ihr habt uns Gastfreundschaft gewährt und mir geholfen, meine Frau zu retten. Ich bin dir etwas schuldig.«

Nechtan sieht mich aufmerksam an und erwidert dann augenzwinkernd: »Vielleicht komme ich eines Tages darauf zurück. Sag, du kennst dich mit den Römern aus, woher?«

»Ich kam als Junge nach Rom und diente in ihrer Legion«, antworte ich wahrheitsgemäß.

»Und warum jetzt nicht mehr?«, bohrt er nach.

»Ich bin aufgewacht«, erkläre ich knapp.

Ein seltsamer Ausdruck erscheint in Nechtans Miene. »Du hast mit deinem Stammesvorfahren Arminius vieles gemein«, bemerkt er nachdenklich und fügt hinzu: »Uralte Legenden beschreiben seltsame Ereignisse in den Tunneln. Sie berichten von zeitweiligen Verbindungen in die Anderswelt, und manchmal sollen uns sogar Geister aus ferner Zeit besuchen kommen.«

Er spricht sehr offen. Ahnt er etwas? Ich will mir nichts anmerken lassen und antworte ausweichend: »Solche Geschichten gibt es auch bei uns … Märchen!«

»Das ist das Wissen unserer Ältesten«, hält er dagegen. Dann äußert er amüsiert: »Und hin und wieder tauchen tatsächlich merkwürdige Gestalten auf.« Dabei zwinkert er, die Anspielung auf uns ist eindeutig.

»Du glaubst … wir … ich?«, frage ich und lache laut, um von seinem Gedankenspiel abzulenken. Nun gut, im Gegensatz zu Tasha und den beiden anderen bin ich tatsächlich ein Relikt aus Nechtans Zeit. Das weiß er natürlich nicht. Auch nicht, dass ich der reale Arminius bin und nun bereits über hundert Jahre alt wäre – dafür habe ich mich wirklich gut gehalten.

Nechtan sieht mich verwirrt an, dann lacht er mit mir und schlägt mir freundschaftlich auf die Schulter. »Ja, das ist absurd. Du bist wie wir. Das sieht man. Das spürt man, allerdings …«, weiter kommt er nicht, denn Tasha taucht auf.

Ihr Anblick schmerzt mich. Ihr linkes Auge ist geschwollen und bläulich-rot unterlaufen. Auch ihre Wange ist dick. Gut, dass sie sich selbst nicht sehen kann. Sachte streiche ich über ihre Blessuren. Sofort schmiegt sie sich an mich. Sie wirkt müde und kraftlos. Ich umschließe sie mit meinen Armen. Wir haben bereits so vieles erlebt und nun auch noch dies hier.

»Alles gut?«, will ich von ihr wissen.

In unserer Sprache antwortet sie mir: »Ich hätte eine Dusche nötig, aber das ist wohl nicht drin.«

Nechtan rührt sich. »Ermin, ich beneide dich.«

Was sagt er da? Ich blicke ihn böse an.

Er beginnt zu verstehen. »Nein, nein, nicht so! Weißt du, es ist nicht einfach, eine passende Frau zu finden. Eure Eve gefällt mir. Ist sie gebunden? Mit Adam?«

»Nein, aber auch nichts für dich«, kommt mir Tasha mit einer Antwort zuvor. Ihre Worte treffen ihn sichtlich. Er tut mir leid. Warum ist sie so herzlos zu ihm? Sie bemerkt es selbst: »Entschuldige, Nechtan, es sollte nicht so hart klingen, aber wir müssen wieder nach Hause. Alle gemeinsam, auch Eve.«

Nechtan lässt sich jetzt nichts mehr anmerken und wechselt das Thema, er fragt nach morgen: »Wir brechen in der Frühe auf. Werdet ihr uns begleiten?«

Tasha sieht mich unentschlossen und fragend an. Wenn die Römer auf ihrem Feldzug sind, kommen sie sicher wieder an dieser Siedlung vorbei. Hierzubleiben, wäre daher nicht klug, aber mit Nechtan ins Landesinnere zu marschieren nicht minder. Es würde uns von den Tunneln entfernen und uns tiefer in ihren Konflikt verwickeln. Das wird keine einfache Entscheidung. Diese sollte ich nicht alleine treffen. Nun, ich könnte es wohl tun, aber Tasha hat mir erklärt, dass in ihrer demokratischen Welt die Mehrheit entscheidet. Daher vertröste ich ihn: »Wir müssen das mit Eve und Adam besprechen. Aber danke, dass du uns das Angebot machst.«

Nechtan nickt und verlässt uns, da man nach ihm ruft.

»Warum warst du zu ihm so abweisend?«, will ich von Tasha wissen.

»Erstens müssen wir alle vier zurück, sonst bleiben wir nach den Angaben meiner Schwester Mara für immer hier gefangen, und zweitens sollten wir jegliche zwischenmenschliche Anbandelung vermeiden. Das würde nur Chaos stiften«, erklärt sie mit fester Stimme.

Vielleicht, vielleicht auch nicht. Für mich bedeutet Tashas Information, dass auch der Schwachkopf Adam am Leben bleiben muss. Obwohl es so viel einfacher wäre, ihn hierzulassen.

Dennoch rüge ich sie: »Du solltest nicht so streng mit Nechtan umgehen. Er hat uns bisher bereitwillig geholfen und uns versorgt.«

»Ja, ich weiß, es tut mir auch leid. Ich bin eben noch geschockt von all dem hier. Ich dachte, dass alles läge längst hinter uns«, gesteht sie geknickt.

Ich zwinge sie dazu, mich anzusehen, indem ich sanft meine Hand unter ihr Kinn schiebe. »Ich verspreche dir, meine Blume, ich bringe dich wieder nach Hause. Du glaubst mir doch?«

Zur Bestätigung küsst sie mich und raunt mir ins Ohr: »Selbst wenn du von mir verlangen würdest, in einen Abgrund zu springen, würde ich es tun. Denn ich vertraue dir grenzenlos.«

Sie presst sich an mich. Ich kann nicht anders, ich muss in ihren süßen Po kneifen. Eng umschlungen nehme ich von ihren Lippen Besitz. Sie gehört zu mir! Das sollen alle sehen.

Unvermittelt werden wir angesprochen. Es ist Adam. »Echt jetzt? Wir stecken in diesem Wahnsinn fest und ihr denkt nur an das Eine? Unglaublich!«

Er kann es nicht lassen. Es wird nicht mehr lange dauern, bis er von mir eine Tracht Prügel bekommt, ganz egal, was Tasha sagt. Er muss nur lebendig in den Tunnel gelangen – auf welche Weise spielt keine Rolle. Ich zweifele jedoch daran, ob das wirklich nur so funktioniert. Ich kenne auch andere Aussagen von weisen Männern über die heiligen Stätten, aber natürlich darf ich kein Risiko eingehen – zum Wohl von Tasha.

Über Augenkontakt signalisiert sie mir nun, ruhig zu bleiben, was mir schwerfällt. Sie selbst geht nicht auf Adams Worte ein, denn es gibt Wichtigeres zu besprechen. Sie will wissen: »Wo ist Eve? Wir müssen unsere nächsten Schritte planen.«

Adam beobachtet mich lauernd und deutet dann auf eine Gruppe von Frauen, in deren Mitte sich Eve befindet. Sie schaut dabei zu, wie die Einheimischen ihre alltäglichen Arbeiten verrichten und beteiligt sich nun aktiv am Flechten eines Weidenkorbes. Es ist schon seltsam, dass die Menschen weiterhin ihren Alltagsaufgaben nachgehen, obwohl sie diesen Ort bald verlassen müssen.

Wir gehen auf Eve zu. Nachdem wir bei ihr angekommen sind, spreche ich sie an: »Eve! Wir müssen reden.«

»Was gibt es?«, fragt sie lächelnd.

Ich bitte sie, uns zu folgen, kurz zögert sie. Offensichtlich hat sie Gefallen an ihrer Arbeit gefunden.

Ein Stück entfernt von den Einheimischen beginnt Tasha die Situation zu erklären: »Nechtan wird morgen früh mit seinen Leuten ins Landesinnere ziehen. Er hat uns angeboten, mitzukommen. Wenn wir annehmen, besteht die Gefahr, in ihren Konflikt verwickelt zu werden, zudem werden unangenehme Fragen über unsere Herkunft nicht ausbleiben. Sollten wir jedoch hier an der Küste ausharren, ist es nur eine Frage der Zeit, bis die Römer auftauchen. Möglicherweise haben wir auch Glück und können hier unbehelligt die nächsten sechs Wochen verbringen, aber wenn die Römer früher auftauchen, geraten wir in Schwierigkeiten. Was sollen wir also tun?«

Adam und Eve schauen ratlos drein. Dann antworten sie fast gleichzeitig, mit unterschiedlichen Ansichten.

Eve sagt: »Lasst uns mit ihnen gehen. Das ist sicherer für uns.«

Adam hingegen: »Es wäre besser, wenn wir hierblieben. Im Notfall finden wir Schutz in den Tunneln.«

Beide sehen sich missmutig an und beginnen lautstark zu diskutieren.

Ich habe geahnt, dass es nicht einstimmig wird und mische mich ein. Diese unreifen Kindsköpfe brauchen eine klare Führung. Sie sind nicht in der Lage, Entscheidungen zu treffen. Außerdem weiß ich, dass die Mehrheit hinter mir steht, daher bestimme ich deutlich: »Wir werden Nechtan begleiten!«

Sofort verstummen die Streithähne. Eve ist sichtlich zufrieden, aber Adam passt das natürlich nicht und begehrt auf: »Das war ja klar! Wer hat dich überhaupt zum Anführer gemacht? Ich gehe jedenfalls nicht mit!«

Genervt sehe ich Tasha an. Sie nickt mir bestätigend zu, als ich fortfahre: »Adam, du bist alt genug. Du kannst gerne bleiben. Das ist deine Wahl. Aber wir werden morgen mit ihnen ziehen.«

Er ist verärgert und verlässt uns wütend mit einem unwirschen Grummeln. Währenddessen grinst Eve breit und kehrt zu den einheimischen Frauen zurück.

»Ermin, du hast zwar recht, aber wir brauchen ihn und müssen zusammenhalten, ob du Adam nun leiden magst, oder nicht. Bitte!«, ermahnt mich meine Blume.

Natürlich habe ich nicht vergessen, was Tasha mir zum Zeittor erzählt hat. Es bleibt jedoch unklar, ob tatsächlich nur dieselben Personen das Tor passieren können. Bedauerlicherweise ist es zu riskant, es darauf ankommen zu lassen. Meine Menschenkenntnis sagt mir aber, dass Adam hier nicht alleine bleiben wird. Er ist ein Weichei. Eve scheint schneller die Realität dieser unfreiwilligen Reise akzeptiert zu haben und beginnt sich anzupassen. Das liegt vermutlich an Nechtan. Ich glaube, sein Angebot ist vor allem der Zuneigung zu ihr geschuldet. Und es ist offensichtlich, dass auch sie sich zu ihm hingezogen fühlt. Tasha mag das nicht gerne sehen, aber sollte hier Liebe im Spiel sein, wird sie nichts dagegen tun können.

Unwillkürlich erinnere ich mich an die erste Begegnung mit meiner Liebsten in meiner Welt. Tasha war so herrlich erfrischend, aber auch arglos und verletzlich. Ich musste mich einfach um sie zu kümmern. Und wer könnte ihr schon etwas abschlagen?

Aber einen kleinen Seitenhieb kann ich mir in diesem Moment nicht verkneifen und verwende eine ihrer Redewendungen als Entgegnung: »Ist nicht alles vor dem Aber gelogen?«

Grinsend stupst sie mich mit dem Ellenbogen an, doch plötzlich ändert sich ihre Stimmung. Sie beginnt zu wanken und ist kreidebleich. Ich halte sie fest. »Was ist los mit dir?«

Mit großen Augen schaut sie mich an. »Mir ist einfach nicht gut.«

Meine Besorgnis wächst. Was hat sie nur? Es ist wirklich unerlässlich, dass wir wieder nach Hause kommen. Die Medizin dort schafft wahre Wunder, auch mich hat sie damals gerettet. Ich wurde in meiner Welt vergiftet und für tot gehalten, Tasha brachte mich in ihr Jahrhundert und die dortigen Mediziner konnten mir mein Leben wiedergeben.

Besorgt erkläre ich: »Ich bringe dich zurück in die Hütte. Du wirst dich ausruhen! Ich spreche mit Nechtan, damit er einen Heiler schickt.«

Sie wehrt sich nicht, was untypisch für sie ist. Ich weiß, dass sie nicht viel von dieser Art der Medizin hält. Möglicherweise werden wir die Gruppe morgen doch nicht begleiten können, denn der Marsch wird anstrengend sein. Tasha verabscheut die Lauferei, sie zieht jegliche Art der mechanischen Fortbewegung vor. Und jetzt ist sie auch noch geschwächt.

Während ich sie in die Hütte begleite, taucht Nessa auf. Ein einziger Blick von ihr genügt und sie erfasst sofort die Lage: »Soll ich unsere Heilerin holen?« Ich bejahe es mit einem Kopfnicken.

Nur wenige Augenblicke später kehrt Nessa in Begleitung einer älteren Frau zurück, die mich auffordernd ansieht. Was will sie von mir?

Nessa schafft Klarheit. »Du musst gehen.«

Das gefällt mir nicht, aber ehe ich etwas erwidern kann, führt sie mich sanft, aber bestimmt hinaus.

Nun gut, sie werden Tasha ja nichts antun und ich werde gleich erfahren, was ihrer Meinung nach mit ihr los ist.

Die beiden verweilen eine gefühlte Ewigkeit bei ihr. Meine Geduld ist am Ende. Gerade als ich nachsehen will, kommt die Heilerin mir entgegen. Ich möchte von ihr wissen, was mit Tasha los ist, aber die Alte versteht mich nicht. Sie spricht kein Latein und ich kann ihre Sprache nicht. Ich versuche, in ihrer Miene zu lesen. Schwierig. Besorgt sieht sie nicht aus. Lächelt sie? Ist es Freundlichkeit oder eher Mitleid?

Verdammt! Ich gehe da jetzt rein!

Als ich die Hütte betrete, fällt mein Blick zuerst auf Nessa. Ich will von ihr wissen, was die alte Frau gesagt hat. Doch sie antwortet nicht, sondern sucht den Augenkontakt zu Tasha, die auf einem Bett liegt und gerade im Begriff ist, irgendein Gebräu zu trinken.

»Tasha?«

»Mach dir keine Sorgen. Mir fehlt nichts. Ich habe nur … zu wenig getrunken, nicht viel gegessen, dazu noch der Rest …«

Ich bin unsicher, wie ich die Aussage und die Körpersprache von ihr deuten soll. Es passt nicht ganz zusammen. Aber würde sie mich anlügen?

»Ist das die Wahrheit?«, bohre ich nach.

»Natürlich. Es ist alles in Ordnung, ganz ehrlich«, antwortet sie lächelnd.

Ich setze mich zu ihr. Nessa bringt ihr eine Schale mit Haferschleim, vermutlich die Urversion des schottischen Porridges. Doch meine Liebste verzieht das Gesicht.

»Oh, danke Nessa, aber ich habe keinen Appetit. Ich bekomme jetzt nichts runter«, wehrt sie ab.

Nessa lässt sie gewähren, beauftragt aber mich nun: »Achte darauf, dass sie etwas isst und trinkt. Ich muss jetzt gehen. Ich habe einiges zu erledigen.«

Bevor sie uns verlässt, zwinkert sie mir zu. Warum?

Kaum sind wir allein, frage ich noch einmal nach: »Tasha, sei jetzt ehrlich, was ist los?«

Sie blickt mich liebevoll an. »Es ist wirklich alles gut, glaube mir!«

Es bleiben Zweifel. Nur, was kann ich tun? Sie hat viel durchgemacht. Es ist möglich, dass die jüngsten Erlebnisse ihr mehr zusetzen als gedacht, auch wenn ich sie so noch nicht erlebt habe, nicht einmal in meiner Welt.

Nun gut, dann werde ich mich jetzt um ihr leibliches Wohl kümmern. Dafür muss sie etwas essen.

»Ich werde dir glauben, aber jetzt mach den Mund auf!«, befehle ich, während ich mit dem Löffel vor ihrem Gesicht hin und her schwenke.

Sie ist angewidert. »Bäh! Das Zeug sieht widerlich aus und schmeckt bestimmt auch so. Nein, ich will nicht!«, verkündet sie energisch. Ich bleibe jedoch unnachgiebig.

Ein lautes Seufzen entweicht ihr, das Signal ihrer Kapitulation. Bei jedem Schluck verzieht sie angewidert ihre Stupsnase. Tasha wirkt dabei äußerst entzückend. Ich kann nicht anders, als zu grinsen.

»Lass das Grienen! Das Zeug ist ungenießbar«, meckert sie und fügt schelmisch hinzu: »Probiere es doch selbst einmal.«

Gut, das werde ich tun.

Sie hat recht. Es ist wirklich grässlich. Allerdings lasse ich es mir nicht anmerken und tue so, als ob es mir schmecken würde.

Sie lacht laut, denn sie weiß es besser. Aber sie ist gehorsam und nimmt noch einige Löffel zu sich.

Unterdessen denke ich darüber nach, wie es weitergehen soll. Wird Tasha für den anstehenden Marsch morgen stark genug sein? Vielleicht wäre es vernünftiger, hierzubleiben, zumindest für eine Weile, und später den anderen zu folgen, wenn es ihr besser geht.

Tasha errät meine Gedanken. »Bis morgen bin ich wieder fit, ich muss mich nur etwas ausruhen«, sagt sie und legt ihre Hand auf meine, um ihre Worte zu unterstreichen.

Da sie keinen besorgten Eindruck macht, scheinen meine Bedenken wirklich unbegründet zu sein. »Nun gut. Dann ruh dich aus. Ich bleibe noch eine Weile bei dir.«

Sie lehnt ab. »Das ist lieb von dir, aber nicht nötig. Geh bitte Nechtan helfen. Ich versuche in der Zwischenzeit etwas zu schlafen.« Tasha spürt meine Skepsis, betont jedoch erneut: »Ermin, es geht mir wirklich gut! Hier bin ich sicher und außerdem bist du doch in der Nähe.«

Ja, das stimmt. Im Augenblick kann ich ihr sowieso nicht helfen. Ich gebe ihr einen Kuss und verlasse die Hütte.

Bevor ich gehe, werfe ich noch einen Blick auf sie. Sie hat die Augen geschlossen und hält die Decke fest um sich geschlungen. Sie wirkt so verletzlich. Tasha ist meine Achillesferse. Für sie würde ich alles tun.

Solange ich atme, gehöre ich ihr;
solange ich lebe, kämpfe ich um sie – für sie!

Unterwegs treffe ich auf Eve. Sie möchte wissen, was mit Tasha los ist. Nessa habe ihr mitgeteilt, dass es ihr nicht gut ginge. Viel kann ich nicht berichten. Es dürfte offensichtlich sein, dass sie noch unter den Folgen ihrer Entführung leidet. Ich bitte Eve, bei Tasha zu wachen und sicherzustellen, dass sie isst und vor allem genug trinkt. Eve ist ein Gutmensch – äußerst liebenswert, aber es wäre ein Fehler, sie zu unterschätzen. Als Tasha und ich sie vor einigen Monaten zufällig in einem Pub trafen, konnte ich erleben, wie wehrhaft dieses kleine Energiebündel sein kann. Mit wenigen Schlägen setzte sie zwei aufdringliche Kerle außer Gefecht – mittels Kampftechniken, die ich in meiner Zeit bereits bei Tashas Schwester Mara bewundern durfte. Ich schätze es, wenn Frauen sich verteidigen können.

Eve hat sogar meine Liebste überzeugt, am Kampfsporttraining teilzunehmen. Seit über einem Jahr ist Tasha dabei und sie ist ein Naturtalent. Unwillkürlich muss ich lächeln, denn sie übt gerne an mir – nicht gerade angenehm für mich, aber es gibt mir ein beruhigendes Gefühl.

Mara, Tashas Schwester, kam vor meiner Liebsten in meine Zeit und verliebte sich in einen Römer. Sie wählte ihn und seine Heimat. Ich selbst wählte zwar nicht direkt Tashas Welt, aber ich bin froh, wie es gekommen ist. Nur selten denke ich noch an mein altes Leben zurück. Es ist schon seltsam, wenn ich versuche, es mir vorzustellen.

Bin ich neugierig auf mein Geburtsland?

Ja, sicherlich!

Möchte ich dorthin zurückkehren?

Ein klares Nein!

Alle, die ich einst kannte, sind nicht mehr und deren Nachkommen mir unbekannt. Unruhen und Kämpfe sind immer noch präsent.

Mit Tasha führe ich ein liebevolles und sicheres Leben. Zudem werde ich nicht jünger. Ich bedauere lediglich, dass meine Mutter niemals wissen wird, wie sich alles für mich zum Guten entwickelt hat. Sie wäre glücklich und stolz.

Auf der Suche nach Nechtan läuft mir Adam in die Arme. Er schwitzt, das liegt wohl an mir. »Und, wie hast du dich entschieden?«, will ich von ihm wissen.

Er blickt mich mürrisch an. »Na ja, wie du dir denken kannst, komme ich mit, auch wenn ich das für einen Fehler halte.«

»Das ist kein Fehler, das ist nur vernünftig«, widerspreche ich ihm so freundlich, wie es mir möglich ist, Tasha zuliebe.

Ein Kommentar liegt ihm auf der Zunge, aber er entscheidet sich, ihn hinunterzuschlucken. Besser so!

Ich möchte mich nicht weiter mit ihm befassen und lasse ihn stehen.

Nechtan finde ich etwas abseits der Siedlung bei einer Gruppe junger Männer, die nervös wirken.

»Ist etwas geschehen?«, frage ich direkt nach.

Nechtan deutet auf einen Jüngling, der aussieht, als wäre er auf Reisen. »Das ist Carney vom Stamm der Briganten. Sie leben im Süden. Er ist auf dem Weg zu Verwandten. Dabei hat er mitbekommen, dass Agricola mit seiner Legion zum Aufbruch in Richtung Norden bereit ist.«

Ein Freund von Nechtan, Talorg, meldet sich zu Wort: »Diese Mistkerle bauen immer mehr Straßen und befestigte Anlagen. Die meisten Stämme, auf die sie treffen, kämpfen gar nicht erst. Letztes Jahr haben sie unweit von hier ein Kastell errichtet, Inchtuthil. Sie nutzen es als Ausgangsbasis für ihre Feldzüge. Ein Teil unseres Getreides haben sie bereits geraubt. Sie wissen genau, dass wir das nicht hinnehmen können und zwingen uns in einen Kampf, um uns endgültig zu unterwerfen.«

Ja, das ist alles Teil der Taktik der Römer – schnellstens die Infrastruktur für eine rasche Okkupation anlegen, um Truppen und Material transportieren zu können. Dann terrorisieren sie systematisch die ortsansässigen Stämme, bis sie bestenfalls mürbe sind und in Verhandlungen treten, schlimmstenfalls aufbegehren und niedergeschlagen werden. So sichern sie sich Land und Kontrolle. Es ist gut zu wissen, dass auch das Zeitalter der Römer nicht ewig währen wird. Doch im Moment hilft uns dieses Wissen leider nicht.

Ob den hiesigen Anführern die Informationen des Jungen schon vorliegen? Ich frage nach: »Wissen euer

Anführer Calgacus und die anderen Stammesführer über die neuesten Entwicklungen Bescheid?«

»Nein, noch nicht. Wir haben aber Boten geschickt«, antwortet Talorg

Nechtan ergänzt: »Aber zuerst bringen wir unsere Familien in Sicherheit, dann sehen wir weiter.«

Carney verabschiedet sich nun und setzt seine Reise fort.

Ich muss darauf achten, nicht in ihre Probleme hineingezogen zu werden. Als Fremder, der weder ihre Sprache spricht noch die Gegend kennt, wäre das ein heikles Unterfangen – und aus Rücksicht auf Tasha möchte ich das auch nicht.

Verdammt, warum haben uns die Götter ausgerechnet in diese Phase eines bevorstehenden Krieges zurückversetzt. Es gab doch auch immer wieder kurze Zeiten des Friedens.

Auf dem Rückweg in die Siedlung möchte Nechtan wissen, wie es Tasha geht. Er hat mitbekommen, dass die Heilerin bei ihr gewesen war.

»Konnte sie helfen?«, fragt er.

»Ich hoffe es. Tasha ruht sich jetzt aus.«

»Werdet ihr uns morgen dennoch begleiten?«

»Ich denke schon«, antworte ich ehrlich.

Die restlichen Stunden des Tages helfe ich dabei, das Hab und Gut der Bewohner zu verstauen. Erst spät am Abend kehre ich zur Hütte zurück. Tasha sitzt bei Kerzenlicht am Tisch, zusammen mit Nessa. Die anderen sind noch nicht zurückgekehrt. Meine Liebste wirkt schon viel erholter und strahlt über das ganze Gesicht, als sie mich sieht. Ein wundervolles Lächeln. Zärtlich streiche ich über ihr Haar. Als meine Hand ihre Wange berührt, lehnt sie sich in die Berührung.

»Wie geht es dir?«, erkundige ich mich.

»Schon viel besser«, antwortet sie.

Nessa verlässt den Raum und murmelt etwas von anstehenden Aufgaben, die sie noch erledigen muss. Somit habe ich einige kostbare Minuten allein mit meiner Blume.

»Geht es dir auch wirklich besser, vor uns liegt ein anstrengender Marsch?«, frage ich besorgt nach.

»Alles gut, ich pack das.«

Tasha ist das einzige Wesen auf dieser Welt, das meine Leidenschaft nur mittels eines Blickes oder einer kurzen Berührung entfachen kann. Vielleicht brauche ich sie mehr als sie mich.

Sie spürt meine Sehnsucht und flüstert leise: »Geduld, mein leidenschaftlicher Germane, die Gelegenheit wird kommen.«

Ein sehnsüchtiger Seufzer entweicht mir. »Ich hatte zehn Jahre Geduld. Jetzt will ich jede Minute mit dir auskosten. Zu lange musste ich ohne dich sein.« Die letzten drei gemeinsamen Jahre sind rasch vergangen, doch meine Vergangenheit ist immer noch sehr präsent, besonders in meinen Träumen. Wir haben viel Zeit verloren und es gibt noch so viel nachzuholen.

»Ich weiß, mein armer Schatz.« Bei diesen Worten beginnt sie mich zu liebkosen. Zentimeter für Zentimeter meines Gesichts, Halses und Nackens.

»Wenn du so weitermachst, garantiere ich für nichts. Dann nehme ich dich hier und jetzt, wer auch immer dazu kommt«, raune ich heiser. Ein belustigtes Glucksen entrinnt ihrer Kehle. Ich ziehe sie noch enger an mich. Meine Männlichkeit reibt an ihr und sie spürt es.

Doch jäh dringt eine Stimme zu mir durch: »Jetzt mal im Ernst, das ist doch nicht normal!«

Natürlich weiß ich, wer das ist. Adam! Wer sonst!

Tasha hält mich weiterhin umschlungen. Wohl eher zu seinem Schutz, denn sie bemerkt, wie ich mich vor Ärger verspanne. Dann begrüßt sie ihn ganz zwanglos: »Hallo Adam.«

Sekunden später betreten auch Eve und die Geschwister die Hütte. Sie schmunzeln bei unserem Anblick – mit Ausnahme von Adam. Spitzzüngig wendet er sich an Tasha: »Du bist aber schnell wieder auf den Beinen.«

Das reicht mir! Was hat der Kerl nur für ein Problem?

Ich löse mich von Tasha, drehe mich zu ihm um und will ihm endlich eine verpassen. Vor Schreck stolpert er rückwärts und stürzt zu Boden.

Tasha geht dazwischen: »Bitte Ermin …«

Ich schaue zu ihr und dann zu dem Häufchen Elend vor meinen Füßen. Er ist es nicht wert!

Ich brauche Abstand. Frische Luft wird mir guttun, also gehe ich. Nechtan folgt mir.

Während ich wütend vor mich hin grummele, bietet er mir eine Art selbstgedrehte Zigarette an: »Hier, probier mal! Das entspannt. Sie ist aus Löwenzahnblüten.« Ich lehne dankend ab. Dann fragt er neugierig: »Was hat Adam eigentlich für ein Problem?«

»Frag eher, was er nicht hat«, entgegne ich schroff.

Nechtan grinst. »Und was hat er nicht?«

»Eine Frau … meine Frau!«, antworte ich mit Betonung auf letztere Worte.

»Ah, ich verstehe. Aber sie liebt dich, das sieht man.«

»Ja, das weiß ich. Nur kann der Kerl es einfach nicht lassen, mich bei jeder Gelegenheit zu provozieren.«

Nechtan kommt ins Grübeln. »Er ist eifersüchtig, aber nicht nur darauf, dass sie dein ist.«

Ich bin neugierig. »So, und worauf noch?«

»Er ist ein Gelehrter. Du aber packst an und kämpfst. Er will sein wie du.«

Das ergibt Sinn. »Mag sein, aber aus einem Wurm wird nie ein Raubfisch.«

Nechtan lacht. »Nein, das stimmt wohl. Aber er eignet sich hervorragend als Köder.«

Ein verlockender Gedanke!

»Lass uns gehen. Wir sollten Schlaf finden, denn wir werden früh aufbrechen müssen«, rät Nechtan und macht sich auf den Weg.

Als wir zu den anderen zurückkehren, suche ich Tasha. Sie muss sich bereits hingelegt haben, ebenso wie Eve und Adam. Ich finde meine Blume in einem separaten Bereich der Hütte vor und lege mich zu ihr. Sie macht Platz, also ist sie noch wach. Das Bett ist schmal und unbequem, aber ich bin bei ihr – nur das zählt.

Nun plagt mich doch noch das schlechte Gewissen. Flüsternd will ich von ihr wissen, ob sie mir böse ist, weil ich Adam schlagen wollte. Sie verneint es und kuschelt sich dicht an meine Brust. Allerdings kenne ich sie gut. Ihr liegt noch etwas auf dem Herzen. Ich hake nach: »Aber …?«

»Ich muss mich nicht wiederholen. Du weißt, was ich von dir erwarte.«

Ich stöhne auf. »Er ist aber ein Trottel.«

»Ermin!«

»Schon gut«, erwidere ich sanft. Dabei streichele ich zärtlich über ihre Arme und küsse ihren Nacken. »Ich liebe dich, mein Herz, meine Seele ... mein Gewissen.«

»Und ich dich, mein Held, mein Beschützer, mein Leben.«

Deutlich spüre ich das Grinsen, das ihr unser liebevolles Wortspiel entlockt.

»Aber jetzt müssen wir wirklich schlafen«, wispert sie leise.

»Ich weiß«, murmele ich bedauernd.

Es dauert nicht lange, da höre ich sie gleichmäßig und ruhig atmen. Währenddessen werde ich von den Geistern der Vergangenheit heimgesucht.

Mehr als zehn Jahre voll unzähliger Kämpfe gegen Römer und Stammesgenossen liegen hinter mir. Einige Male bin ich nur knapp mit dem Leben davonkommen. Trotz all meines Wissens und guter Kämpfer an meiner Seite konnten wir die Römer nicht gänzlich aus unserem Land vertreiben. Auch Nechtan und seinen Leuten wird es kaum anders ergehen. Nur, welche Wahl bleibt ihnen? Einen Rat habe ich für sie nicht. Nach Tashas Ansicht sollten wir uns aus jeglichen Verwicklungen heraushalten – so war auch mein Denken. Doch um ehrlich zu sein, das ist kaum mehr möglich. Wir stecken schon viel zu tief drin.

Endlich schlafe auch ich ein, nur um gefühlt Sekunden später auf eine verlockende Weise geweckt zu werden. Tasha liebkost mich zärtlich und flüstert meinen Namen. Ich tue so, als wäre ich noch nicht wach, nur um den Moment auszukosten.

»Ermin, Liebling, wir müssen aufstehen.«

Als sie nah an meinem Gesicht ist, packe ich sie, ziehe sie zu mir heran und küsse sie leidenschaftlich.

Ich habe mir vorgenommen, nicht zu reagieren, sollte Adam mit einem blöden Spruch auf den Lippen auftauchen.

»Mhm, du schmeckst gut«, raune ich, während ich von ihren Lippen koste.

»Das liegt am Pfefferminzkaugummi«, gibt sie zur Antwort und kichert, weil ich mich gerade einer ihrer empfindlichsten Stelle, ihrem Ohrläppchen, widme.

Kaugummi? Vermutlich hatte sie noch welche in ihrer Hosentasche. Mir wäre jetzt eher nach einem heißen Kaffee.

Nessa ruft nach uns: »Guten Morgen, ihr beiden, ich störe ungern, aber wir müssen los.«

Ich hebe die Hand zur Bestätigung, dann schwinge ich mich auf und helfe auch Tasha hoch. Doch bevor wir gehen, muss ich noch etwas von meiner Blume wissen. Ich ziehe sie nah an mich heran, sodass sie mich anblicken muss: »Geht es dir auch wirklich wieder gut?«

Sie lächelt mich liebevoll an und küsst mich zur Bestätigung auf die Wange. »Mit mir ist alles in Ordnung.«

Nessa ist noch hier und räumt gerade ein paar Dinge zusammen. Bevor sie geht, frage ich: »Wo sind denn die anderen beiden?«

»Schon wach und draußen«, lautet ihre knappe Antwort.

Jetzt geht alles recht zügig.

Der schnelle Aufbruch mit Sack und Pack in ihren Zufluchtsort ist für Nechtans Leute eine vertraute Aufgabe.

Wir kommen gut voran, auch wenn wir nur mit Karren unterwegs sind. Nechtan und Talorg führen die Spitze an. Als Vorsichtsmaßnahme hat Nechtan einige seiner Männer zum Flankenschutz abgestellt, und zwei weitere als Späher vorausgeschickt.

Adam, Eve und Nessa sind am Ende des Trecks, während Tasha und ich uns in der Mitte befinden. Ich habe entschieden, dass es besser ist, Adam aus dem Weg zu gehen. Offenbar sieht er das genauso, er hält sich zurück. Nur selten weiche ich von Tashas Seite, denn sollte sie noch einmal einen Schwächeanfall erleiden, will ich in ihrer Nähe sein.

KAPITEL 6 - ♀

Mit Karren, Ochsen und Kindern im Gefolge gestaltet sich unser Fußmarsch nicht ohne Probleme. Dennoch kommen wir besser voran, als ich es erwartet hatte, mit einer Geschwindigkeit ohne Hetze, aber konstant, dadurch wird das Gehen erträglich. Überraschenderweise spielt auch das Wetter mit.

Die Schönheit Schottlands fasziniert mich immer wieder aufs Neue: von der rauen Küste über zauberhafte Seen bis hin zu Wäldern und Bergen. Es scheint fast menschenleer zu sein. Vieles mutet geheimnisvoll und mystisch an, da wundert es mich nicht, dass die Bewohner an Elfen und Kobolde glauben.

Trotz der beeindruckenden Landschaft, die man zweifellos am besten beim Wandern genießt, wünschte ich mir ein Auto oder wenigstens ein Fahrrad. Zum Glück ist Ermin bei mir. Er ist sehr aufmerksam, behält mich während des gesamten Marsches im Auge und lässt mich nur selten allein. Er macht sich eben Sorgen um mich. Ehrlich gesagt, haben mich meine Kreislaufprobleme anfangs selbst beunruhigt. Wenn er den Grund dafür erfahren würde, wäre er nicht mehr frei in seinen Entscheidungen. Er verhält sich schon jetzt wie eine männliche Glucke. Nicht auszudenken, was er macht, wenn er erfährt, dass er Vater wird. Ich habe Nessa und auch der Heilerin das Versprechen abgenommen, niemandem – am allerwenigsten Ermin – etwas zu verraten. Nessa war darüber irritiert. Sie wollte wissen, ob ich das Baby nicht möchte, denn selbst in diesem Fall hätte mir die alte Frau helfen können. Aber um Himmels willen, nein! Ich bin glücklich. Ich will dieses Kind. Ein Wesen, das ein bisschen Ermin ist und ein bisschen ich, und verdammt viel Wunder, denn ich hatte erst eine Fehlgeburt. Das steckt mir noch in den Knochen. Deshalb möchte ich mich nicht zu früh freuen. Und verflucht nochmal, ausgerechnet jetzt wurden wir in die Vergangenheit geschleudert, in eine Zeit, die Ermin besser versteht als der Rest von uns, besonders was die Gefahren angeht.

Ich weiß ganz genau, dass mein Germane nicht mehr klar denken kann, wenn er von der Schwangerschaft erfährt. Er würde sich ständig Sorgen machen. Auch ich bin nicht frei von Ängsten. Nicht nur wegen des Zeitsprungs und der Römer, sondern auch wegen möglicher Schwangerschaftskomplikationen. Aber das muss ich jetzt ausblenden. Daher habe ich mich entschlossen, es ihm so lange wie möglich zu verheimlichen. Es sind doch nur ein paar Wochen bis zu unserer Heimkehr. Das muss zu schaffen sein!

Zugegeben, es fällt mir unglaublich schwer, Stillschweigen zu bewahren. Ich möchte dieses Glück mit ihm teilen. Je früher, desto besser. Ich dachte schon, ich hätte mich verraten. Seitdem ich davon weiß, breitet sich ein wohliges Gefühl in mir aus, das selbst die körperlichen Schmerzen, die der Centurio mir zugefügt hat, verdrängt und mir einen seligen Ausdruck verleiht. Ermin müsste es doch bemerken? Oder nicht? Eher nein, typisch Mann eben.

Und dann ist da auch noch die Rivalität mit Adam. Die beiden kommen einfach nicht miteinander klar. Ich hätte Ermin damals nichts von Adams Annäherungsversuch erzählen dürfen. Seit diesem Tag hat mein Liebster es auf ihn abgesehen. Dabei ist Adam harmlos. Er sucht nicht nach der Frau fürs Leben, sondern nach Abwechslung. Und er bevorzugt gebundene Frauen. Sie seien so herrlich unkompliziert, sagt er. Nun ja, jeder wie er mag. Mein Lebensmodell ist das nicht. Er tut mir leid. Ich denke, er ist sehr einsam. Ich weiß nicht, was in seinem Leben schiefgelaufen ist – vielleicht etwas in seiner Kindheit oder vielleicht ist auch eine Frau schuld daran.

Während des langen Fußmarsches durchströmen mich diese Überlegungen und eine Vielzahl von Erinnerungen. Man hat schlichtweg die Zeit, nicht nur über die gegenwärtige Situation nachzudenken. Meine Gedanken kreisen auch um Ermins Heimat, um meine eigene, um meine Schwester Mara, die in dieser Zeit nicht mehr existiert – was schmerzlich ist – und um noch so vieles mehr.

Es ist ein merkwürdiges kosmisches Roulette, das regelmäßig meine Familie zu treffen scheint. Ich habe niemals von Zeitreisenden gehört, außer in Filmen. Doch andererseits sind schon viele Menschen verschwunden. Spurlos! Nicht alle können Opfer einer Gewalttat geworden sein oder ihr altes Leben freiwillig aufgegeben haben, um ein neues zu beginnen. Wer weiß, vielleicht sind sie wie wir in ähnlichen Tunneln verschollen, dann durch die Zeit gereist und haben es nicht mehr zurückgeschafft. Doch müssten solche

Ereignisse nicht in Legenden, Geschichten oder historischen Berichten zu finden sein?

Vermutlich gibt es sie auch. Nur wurden diese armen Seelen als verrückt abgestempelt oder haben die Zeitreise und die Herausforderungen der neuen Umgebung nicht überlebt. Denn ohne Hilfe, ohne den Willen, sich anzupassen, hat man kaum eine Chance.

Eine interessante Frage ist auch, in welche Jahrhunderte diese Passagen führen? Öffnen sie sich ausschließlich in die Zeit vor zweitausend Jahren? Aber so ganz kann das nicht stimmen.

Ach, diese Überlegungen führen zu nichts. Ich will einfach nur zurück nach Hause – mit Ermin!

Er ist ein außergewöhnlicher Mensch. Er hat es geschafft, seine Vergangenheit hinter sich zu lassen, trotz allem, was er durchgemacht hat. Er war Opfer und Täter, hat geliebt und getötet. Steht es mir oder irgendeinem anderen zu, über ihn zu richten? Nein! Das Einzige, was zählt, ist: Er konnte loslassen – nur nicht mich! Wir lieben uns, das verleiht uns Superkräfte. Daher werden wir auch dieses Abenteuer meistern.

Plötzlich ruft jemand nach mir, es ist mein Germane.

»Äh, was?«, reagiere ich leicht verwirrt, da ich noch in meinen Gedankenspielen vertieft war.

Im Gehen umarmt er mich von hinten und knabbert an meinem Ohrläppchen.

»Was machst du da?«, frage ich überrascht.

»Appetit holen«, erklärt er grinsend und fügt hinzu: »Ich habe gute Nachrichten. Ich war eben bei Nechtan. Wir werden noch vor Einbruch der Dunkelheit ankommen.«

Das dürfte nicht mehr lange dauern, wenn ich den Sonnenstand richtig einschätze. Ich entgegne: »Gut! Ich mag auch nicht mehr lange laufen.« Ich gehe gerne wandern, aber zu meinen Bedingungen. Doch hier, ohne jegliches technisches Fortbewegungsmittel, gerate ich an meine Grenzen.

Ohne größere Unterbrechung erreichen wir am Abend unser Ziel. Unsere Kolonne stoppt, als vor uns ein riesiger See auftaucht. Inmitten des Gewässers befindet sich eine Art Steinfestung auf einer Insel. Ich hatte angenommen, dass der Zufluchtsort eine befestigte Anlage auf dem Land sein würde, doch Nechtans sicherer Ort ist wirklich ungewöhnlich. Es sieht aus wie eine riesige Wasserburg, wenn auch einfacher gebaut, mit Holzpalisaden als Schutzmauer und einer Bootsanlegestelle.

Vielleicht ist es ein Crannóg? Obwohl solche Konstruktionen normalerweise zu jener Zeit eher aus einfachsten Mitteln errichtet wurden und wesentlich kleiner waren. Auf jeden Fall ist der Bau enorm beeindruckend. So etwas habe ich noch nie gesehen, unser Erstaunen ist groß.

»Wir sind da! Das ist Loch Cannor«, verkündet Nessa stolz.

»Was ist das?«, fragt Ermin überrascht.

»Das scheint ein Crannóg zu sein. Eine künstliche Insel aus Baumstämmen, Sand und Steinen«, gebe ich meine Vermutung wieder, doch ganz sicher bin ich mir nicht.

Eve äußert sich ebenso: »Bemerkenswert! Ich habe noch nie von solch einem großen steinernen Crannóg gehört.«

»Ja, das stimmt. Diese Anlage erinnert stark an eine mittelalterliche Burg. Vielleicht ist es eine Kombination aus einem Crannóg und einem Broch, einem runden steinernen Wohnturm«, ergänzt Adam, der sich mittlerweile zu uns gesellt hat.

»Warum lebt Nechtan nicht dauerhaft hier?«, fragt sich Eve laut.

Adam gibt seine Meinung kund: »Dieser Ort ist nicht sonderlich praktisch, da er mitten im See liegt. Das könnte Probleme bei der Versorgung einer größeren Anzahl von Bewohnern geben, wie auch bei der Bewirtschaftung der umliegenden Felder und der Viehzucht. Aber er scheint recht gut verteidigbar zu sein.«

Ermin widerspricht: »Das sehe ich anders, zumindest was die Römer angeht. Flüsse und Seen stellen für sie kein Hindernis dar. Sie bauen einfach Brücken.«

Adam verdreht die Augen. Ihm passt Ermins Einwand nicht. Mein Germane bleibt ruhig. Er will sich nicht wieder von ihm reizen lassen.

Wir werden bereits erwartet. Ein älteres Paar steht am Ufer. Ich tippe auf die Eltern von Nechtan und Nessa. Offenbar wurden sie von der Vorhut informiert. Begleitet werden sie von einem Hund – ein verdammt riesiges und kräftiges Exemplar, eine Keltenbracke. Er rennt direkt auf uns zu und bellt uns an, nur uns vier, Nechtans Leute ignoriert er.

Ermin stellt sich sofort schützend vor mich. Aber dann geschieht etwas Merkwürdiges. Der Riese wirkt plötzlich lammfromm. Er umrundet ihn und läuft mit erhobener und wedelnder Rute freudig auf mich zu.

Mein Germane will ihm schon einen Tritt verpassen. Das kann ich gerade noch verhindern. Ich liebe Hunde, und er verteidigt doch nur sein Zuhause wie alle Vierbeiner. Außerdem macht er nicht den Eindruck, als würde er mir oder den anderen etwas zuleide tun wollen. Er hat einen traurigen Blick, das berührt mich irgendwie, und er zeigt offene Zuneigung zu mir, sucht nach Streicheleinheiten und schleckt mich ab. Dennoch bleibe ich vorsichtig, da ich seine Eigenarten nicht kenne.

Ermin ist das überhaupt nicht geheuer. Er sieht ihn skeptisch und wachsam an, während Nechtan beeindruckt ist. »Seltsam. So hat er noch nie auf Fremde reagiert. Er duldet uns, aber er lässt niemanden so nah an sich heran, mit Ausnahme meiner Mutter.«

»Wie heißt er denn?«, will Eve wissen und wagt sich näher an ihn heran. Doch der Hund legt abrupt die Ohren an und knurrt leise und gefährlich.

Eve zuckt zurück. »Okay, er mag wohl eher dich, Tasha.«

Nechtan hat es mitbekommen und brüllt den Vierbeiner scharf an: »Tyke, aus!« Der Hund gehorcht sofort. Bevor er jedoch zu seiner Herrin gemächlich zurücktrottet, fordert er noch ein paar Liebkosungen von mir ein.

Das ältere Paar wird inzwischen von Nechtan und Nessa liebevoll begrüßt. Es sind wirklich deren Eltern. Ich habe mich schon gefragt, wo sie geblieben sind.

Währenddessen spüre ich den neugierigen Blick der älteren Frau auf mir. Ich fühle mich dabei nicht wohl. Auch, weil ich mich nicht für vorzeigbar halte: mit Blutergüssen im Gesicht, einem viel zu großen Pullover und vernachlässigter Körperpflege. Daher verstecke ich mich hinter Ermin.

»Das sind meine Eltern, Torquil und Cadha«, stellt Nessa sie uns vor. Die Mutter lächelt nun, während der Vater sich eher verschlossen gibt.

Ermin antwortet für uns: »Wir danken euch für eure Gastfreundlichkeit.«

Höflich erwidert Nechtans Mutter: »Gäste meiner Kinder sind auch uns herzlich willkommen.«

»Wir wissen das zu schätzen, nochmals danke«, bekräftigt Ermin.

»Woher stammt ihr?«, möchte sie wissen.

Nechtan antwortet für uns und unterstreicht dies mit entsprechenden Handbewegungen: »Sie sind Chattis und er ein Cherusci. Sie erlitten Schiffbruch.«

Sie betrachtet uns eingehend, dabei nimmt sie Ermin nicht lange ins Visier. Im Gegensatz zu uns dreien wirkt er wie einer von ihnen, vielleicht auch wegen des römischen Mantels, den er trägt. Wir hingegen müssen auf sie recht fremdartig wirken.

»Ah, wohin wolltet ihr denn?«, bohrt sie weiter.

»Wir waren auf der Heimreise, als uns das Unglück ereilte«, erklärt Ermin.

Ungeduldig mischt sich Nessa ein: »Mutter, stell jetzt nicht so viele Fragen. Sie müssen sich ausruhen.« Nessa denkt dabei vor allem an meine Schwangerschaft. Sie sieht mich nun direkt an und lenkt damit die Aufmerksamkeit ihrer Mutter auf mich. Und da Ermin mittlerweile die Sicht auf mich freigegeben hat, beginnt Cadha mich intensiver als die anderen zu mustern. Ihr Mann spricht weiterhin kein Wort, nickt aber einladend in Richtung der Boote. Schon längst haben einige damit begonnen, überzusetzen.

Allerdings ist der Begriff *Boot* eine Übertreibung für diese kleinen Nussschalen – runde Korbboote aus Tierleder, die, glaube ich, als Coracles bezeichnet werden. Diese Exemplare bieten maximal Platz für ein bis zwei Personen. Moment mal. Erst jetzt bemerke ich, dass es auch andere, größere Boote gibt, die unseren Vorstellungen von einem Boot eher entsprechen. Die Korbboote dienen lediglich dem Transport der persönlichen Habseligkeiten. Es wird dennoch eine Weile dauern, bis alle übergesetzt sind. Wir haben jedoch Glück und sind als nächste an der Reihe, zusammen mit Nechtans Familie.

Ich bin erschöpft und will nur noch ins Bett. Im Gegensatz zu mir ist Eve noch fit. Als wir das Innere der Burg betreten, richtet sie ihre Worte an die Gastgeber und bewundert: »Ihr habt ein schönes Heim.«

Echt? Sie muss eine rosarote Brille tragen oder will sie Nechtan gefallen? Denn unter schön verstehe ich etwas ganz anderes. Alles hier ist zweckmäßig angelegt und eingerichtet und wirkt nicht sonderlich behaglich.

Da ich wirklich müde bin und meine Füße schmerzen, bitte ich Nessa, mir unseren Schlafplatz zu zeigen. Sie ist verständnisvoll, will aber vorher noch wissen, ob ich etwas essen möchte, was ich verneine. Die anderen beiden sind hungrig und folgen nun Nechtan. Nur Ermin bleibt bei mir.

Nessa führt uns in einen spärlich möblierten Raum mit mehreren Betten. Mir wird klar, dass wir hier nicht allein schlafen werden, auch wenn ich es mir anders gewünscht hätte. Kein Wunder, es müssen eben alle Platz finden. Zwar ist dieser Crannóg der größte, den ich je gesehen habe, aber immer noch recht klein im Vergleich zu Burgen aus dem Mittelalter.

Ermin, der hinter mir steht, spürt mein Unbehagen. Er flüstert mir ins Ohr: »Es wird schon gehen und wir bleiben ja nicht für immer hier.«

Nessa erklärt uns noch einige wichtige Örtlichkeiten, wie zum Beispiel die Toilettenmöglichkeiten, und lässt uns dann allein. Sofort suche ich die Nähe zu meinem Liebsten. Seufzend lehne ich mich an ihn und schließe meine Augen. Er umschlingt mich mit seinen Armen. In diesem Moment fühle ich mich sicher und geborgen. Allerdings ändert sich meine Stimmung schlagartig, als er mich zu sich umdreht. Ich kann nicht verhindern, dass Tränen aufsteigen, sei es aufgrund der Hormonlage, der Anstrengungen der letzten Tage oder einfach durch seinen Blick.

»Bitte weine nicht, meine Blume, ich bin doch bei dir«, versucht er mich zu trösten, während er behutsam meine Wange trocknet. In seinen blauen Augen liegen so viel Liebe und Verständnis, dass es mir fast unmöglich ist, mein Geheimnis zurückzuhalten. Bevor ich es aber ausplaudern kann, drückt er mich sanft auf das Nachtlager und bestimmt fürsorglich: » Schlaf etwas. Ich bleibe bei dir.«

Das Bett ist schmal und recht kurz, vor allem für meinen Hünen. Er tut mir leid, denn mit seinen fast zwei Metern muss er notgedrungen eine Embryonalhaltung einnehmen. Für mich persönlich ist die Löffelchenstellung allerdings sehr angenehm.

»Ist es nicht zu unbequem für dich?«, hake ich nach, aber er antwortet belustigt: »Nein, ich mag diese Stellung.«

»Ja, ich spüre es«, erwidere ich schmunzelnd, ergänze jedoch bedauernd: »Sei mir nicht böse, aber ich bin viel zu erschöpft für …«

Er weiß sofort, was ich damit meine und unterbricht mich sanft: »Wir haben alle Zeit der Welt. Ruh dich aus.«

In der Gewissheit, dass er an meiner Seite ist, schlafe ich schnell ein. Ich träume, und dieser verfluchte Centurio taucht in dem Traum auf. Er droht mir, dass er noch nicht fertig mit mir sei. Aber ich nehme auch eine sanfte Stimme wahr und jemanden, der mich zärtlich berührt.

Die Nacht endet zu früh. Ermin ist der Grund dafür. Er weckt mich leise und bittet mich, mit ihm zu kommen.

»Was ist los?«, murmele ich schlaftrunken.

»Pst, sonst werden die anderen noch wach«, flüstert mein Germane verschwörerisch.

Ich bemerke erst jetzt, dass Eve, Adam und die Geschwister schlummernd und schnarchend in den Betten liegen, einige auch auf dem Boden.

»Wo willst du mit mir hin?«, frage ich, während Ermin meine Hand nimmt und mit mir das Gebäude verlässt. Sein Weg führt zur Bootsanlegestelle.

»Lass dich überraschen«, antwortet er geheimnisvoll, dann deutet er auf ein Boot.

Als er mich anweist, einzusteigen, weigere ich mich. »Ermin! Sag erst, was du vorhast.«

Er gibt jedoch nichts preis und schubst mich stattdessen in das wackelige Ding. Sein verschmitztes Grinsen kommentiere ich mit einem unwilligen knurrenden Laut.

»Knurr nicht! Glaub mir, du wirst dich freuen«, versichert er mir, noch immer spitzbübisch lächelnd.

»Willst du mir nicht endlich verraten, was du mit mir vorhast?«, frage ich, als er zügig und zielsicher auf ein Wäldchen am Rande des Sees zusteuert.

Schließlich gibt er meinem Drängen nach und lässt nur ein Wort fallen: »Baden.«

»Baden?«, wiederhole ich überrascht.

»Ja! Baden!«

Ich hege meine Zweifel. »Hier? Im See? Was ist, wenn uns jemand beobachtet? Außerdem ist das Wasser doch eiskalt.«

»Nein, nicht hier. In Ufernähe soll sich eine Höhle befinden mit einer Thermalquelle«, erklärt er.

Diese Information lässt mich aufhorchen. Das wäre fantastisch! Endlich könnte ich die Spuren des Römers abwaschen, und natürlich den Schweiß und Dreck der letzten Tage loswerden.

Unsere Suche an Land dauert nicht lange. Ermin ruft plötzlich nach mir »Tasha, komm her! Schau, hier ist der Eingang!«

Er freut sich sichtlich. Ich folge ihm und bin überwältigt von dem, was ich sehe. Von außen kaum erkennbar, offenbart sich im Inneren der Grotte ein Wunder. Das Wasserbecken ist nicht besonders groß, es wirkt eher wie eine größere Badewanne, umrahmt von Naturfelsen. Das Wasser dampft leicht. Neugierig halte ich meine Hand hinein, um die Temperatur zu fühlen. Es ist angenehm und purer Luxus angesichts unserer aktuellen Situation.

Ermin weiß, wie sehr ich unsere heimische Dusche schätze. Ohne mein morgendliches Ritual, mich abzubrausen, bin ich kaum zu ertragen. Daher ist meine Freude über diese Quelle wirklich immens.

Sofort falle ich ihm um den Hals und überhäufe ihn mit unzähligen kleinen Küssen und Dankesbekundungen. Sein Lächeln wird breiter.

Mit einem Augenzwinkern raunt er: »Es ist nicht ganz uneigennützig.«

Ich verstehe sofort, denn die wachsende Begierde spiegelt sich in seinem Gesicht wider. Auch in mir ist das Feuer entfacht. Ohne lange zu zögern, beginne ich mich vor seinen Augen zu entkleiden. Er will Hand anlegen, aber ich lasse es nicht zu. Er soll mir dabei zuschauen. Ich genieße jede seiner Reaktionen, jeden tiefen Seufzer.

Als ich nackt vor ihm stehe, ist sein Verlangen unübersehbar. Auch ich bin aufs Höchste erregt. Die sich abzeichnende Ausbuchtung in seiner Hose heizt mein eigenes Verlangen an. Mein Mund fühlt sich plötzlich trocken an und ich befeuchte meine Lippen mit der Zunge.

Auf diese kleine Geste reagiert Ermin leidenschaftlich. »Du machst mich wahnsinnig«, raunt er heiser und schließt vermutlich zur Selbstkontrolle seine Augen. Währenddessen trete ich vor ihn und entkleide auch ihn sehr behutsam. Wieder will er eingreifen, aber ich wehre es erneut ab. Obwohl er sich nur schwer zurückhalten kann, genießt er gleichzeitig das erotische Spiel in Vorfreude auf die Belohnung.

Mit dem Öffnen seiner Jeans liebkose ich seine Bauchmuskeln und gleite dabei immer tiefer.

Ermin stöhnt vor Wollust auf. Er kennt das Ziel, welches mich lockt. Dort angekommen, bedecke ich *ihn* mit kleinen Küssen und massiere *ihn* zart. Als ich *ihn* dann mit meinen Lippen vollständig umschließe, daran sauge und lecke, hält mich Ermin am Kopf fest. Er glaubt, Geschwindigkeit und Intensität kontrollieren zu können, aber das schafft er nicht, denn ich bin diejenige, die bestimmt. Natürlich weiß ich, wie unerträglich diese sinnliche Qual für ihn sein muss, doch genau das liegt in meiner Absicht.

Aber bevor er zum Höhepunkt gelangt, bricht Ermin ab und zieht mich mit einem Ruck stöhnend und schwer atmend in seine Arme: »Oh, meine Blume, nicht so schnell … wir haben Zeit.«

Voller Gier nimmt er nun meine Lippen in Besitz, dabei presst er mich fest gegen seinen Oberkörper. Meine steif gewordenen Brustwarzen scheinen sich in sein Fleisch bohren zu wollen – fast schmerzt es –, während sich sein heißer Stab hart gegen meinen Unterleib presst.

Dieser Mann hat einen unglaublichen Sexappeal. Er strahlt endlose Energie und Kraft aus. Nie war mein Liebesleben erfüllter. Er ist in jeglicher Hinsicht eine auffallende Erscheinung. Seine Aura nimmt einen gefangen: Größe, Haltung, Gestik und seine Stimme. Der Rausch, das Verlangen und die Vollendung bei unseren Liebesspielen sind immer unbeschreiblich. Nicht im Traum hätte ich mir vorstellen können, dass es solch einen Mann, solch eine Leidenschaft geben könnte. Ich glaubte, dass diese Art von Feuer und Sinnlichkeit nur der Fantasie von Schriftstellern entspringe. Aber weit gefehlt! Es gibt diese Liebe, gepaart mit purer Erotik und Hingabe. Sie wird nur leider nicht jedem zuteil. Vielleicht fehlt manchem der Mut, ein solches Wagnis einzugehen. Denn das ist es, ein Risiko! Man muss sich öffnen und gegebenenfalls auch zulassen, verletzt zu werden. Ich habe es gewagt und wurde belohnt.

Ermin nimmt mich nun auf seine Arme und trägt mich in das angenehm warme Wasser. Dort beginnt unser Liebesspiel von Neuem. Mit seinen Fingern findet er zielsicher den Weg in mein Innerstes. Er dringt behutsam in mich ein und spielt mit meiner Lustknospe. Mein Unterleib bebt unter dieser süßen Folter. Seine Fertigkeiten hat er in den letzten Jahren verfeinert, sodass er mittlerweile meinen Körper fast besser kennt als ich selbst. Nur er vermag es, mich an meine Grenzen zu bringen.

»Bitte Ermin …«, flehe ich ihn an, denn ich sehne mich nach Erlösung.

Seine Antwort manifestiert sich als ein Lächeln, das die Freude über seine Macht über mich widerspiegelt. Nun gleicht er die Kontrolle aus, die ich zuvor innehatte. Das ist nur gerecht. Aber er hat Erbarmen, auch sich selbst gegenüber – er positioniert mich nun so, dass ich im Wasser meine Beine um seinen Unterleib legen und *er* mühelos in mich hineingleiten kann. Kurz verweilen wir in dieser Position und liebkosen uns ungestüm. Dann beginne ich vorsichtig, mit kreisenden Bewegungen meines Beckens, bis ich mich mithilfe seiner Kraft immer schneller auf ihm bewege. Als der Reiz auf meiner empfindlichen Stelle unerträglich wird, erreiche ich meinen Höhepunkt. Ermin folgt nur kurz darauf. Erschöpft und eng umschlungen liegen wir uns in den Armen.

Noch immer heftig atmend, flüstert er: »Ich möchte dich nie wieder loslassen.«

»Mhm …«, gurre ich leise und schlage dann schmunzelnd vor: »Lass uns doch die nächsten Wochen hier in dieser Höhle verbringen.«

»Das klingt verlockend …«, wispert er und beginnt meinen Hals zu küssen. Zielsicher arbeitet er sich nun zu meinen Brüsten vor. Mit einer Hand streicht er dabei sanft über meinen Bauch, als wüsste er, dass darin sein Spross gedeiht.

»Du bist ein Wunder, meine Blume«, murmelt er. Seine Augen strahlen verklärt, als er in meine blickt und er sagt: »Nur durch dich lebe ich, liebe ich …« Seine zärtlichen Berührungen untermalen seine Worte. Dann beginnt er, mit seinen Lippen meine erregten Knospen zu liebkosen. Ich bin wieder bereit und auch er ist es.

Wir geben uns erneut unserer Leidenschaft hin. Diesmal nehmen wir uns mehr Zeit für unser Liebesspiel, denn unsere gemeinsamen Augenblicke sind kostbar. Am Ende liegen wir völlig erschöpft und innig umschlungen auf seinem Mantel. Ich fühle mich geliebt und sicher. Für einen Moment verweilen wir in Stille und ich schlummere sogar kurz ein, bis Ermin mich behutsam weckt.

»Tasha, wir müssen zurück«, sagt er sanft.

Ich seufze bedauernd und kuschele mich an ihn. »Oh, ich möchte noch nicht gehen.« Und um unser Fortgehen hinauszuzögern, frage ich neugierig: »Wie hast du eigentlich von diesem Ort erfahren?«

»Von Nechtan«, antwortet er knapp.

»Einfach so?«

Ermin lacht. »Nein. Ich habe ihm von deiner Sehnsucht nach einer warmen Waschgelegenheit berichtet.«

»Das ist aber nett von ihm.«

»Ja, ihre Bereitschaft, Fremden zu helfen, ist wirklich ungewöhnlich«, bemerkt Ermin treffend.

»Hm, das haben sie den späteren Schotten wohl vererbt«, überlege ich laut.

Ermin drängt nun wieder: »Tasha, wir müssen jetzt wirklich aufbrechen!«

Ich nicke und seufze sehnsuchtsvoll. »Hoffentlich kommen wir bald wieder.«

Zurück auf der Insel werden wir bereits von Eve vermisst. »Verdammt, wo wart ihr?«

»Hat dir Nechtan nichts gesagt?«, frage ich.

»Nein, oder besser gesagt, er hat nur gegrinst, als wüsste er etwas. Wo wart ihr denn nun?«

»Beim Baden«, entgegnet Ermin.

»Was? Im eiskalten See?« Eve schüttelt sich und verzieht den Mund. Weitere Erklärungen müssen wir nicht abgeben, denn sie hat Wichtigeres mitzuteilen. Sie wirkt beunruhigt und kommt gleich auf den Punkt: »Adam ist krank.«

»Wie bitte? Was ist mit ihm?« Ich bin besorgt. In dieser Epoche gesundheitliche Probleme zu haben, birgt ernsthafte Gefahren.

»Fieber!«, antwortet sie.

»Eine Grippe? Wo ist er?«, will ich wissen.

»Im Bett. Er will nicht aufstehen.«

Nessa hat sich zwischenzeitlich zu uns gesellt und das Gespräch mitbekommen. »Kann ich helfen?«

»Vielleicht, komm bitte mit«, antwortet Eve und nimmt Nessas Hand.

Adam liegt noch immer auf seinem Nachtlager. Er schwitzt stark oder mehr noch, er glüht.

»Adam?« Keine Reaktion. Ich beginne ihn zu schütteln. »Adam, wach auf! Was ist mit dir?«

Nur widerstrebend öffnet er seine Augen und antwortet mit kraftloser Stimme: »Mein Bein ... es schmerzt.«

Ich ziehe die Decke weg. Der Bereich an seiner Hose, wo der Steinschlag ihn getroffen hat, ist mit Blut verklebt. Schnell legen wir die Stelle frei. Verdammt, die Wunde hat sich entzündet. Ich mache mir Vorwürfe. Warum ist uns das nicht früher aufgefallen? Wir haben es nicht ernst genug genommen, jetzt rächt sich unsere Nachlässigkeit.

Nessa erkennt das Dilemma und gibt sofort einer der Mägde Anweisungen. Als diese zurückkehrt, reinigt sie Adams Wunde behutsam mit einem Tuch, das in Essig getränkt ist. Adam jammert vor Schmerzen. Dann behandelt sie die Wunde mit Honig und verbindet sie. Zudem legt sie ihm kalte Wickel um die Wanden. Eine andere Magd wird von Nessa beauftragt, Kräutertee zu bringen.

»Er muss viel trinken«, betont Nessa, »viel Flüssigkeit zu sich nehmen.«

»Ich bleibe bei ihm und kümmere mich darum«, meldet sich Eve freiwillig.

»Ich lasse euch Essen bringen«, bietet Nessa an und ergänzt: »Wir können jetzt nichts weiter tun. Meine Eltern warten. Kommt ihr?« Dabei blickt sie Ermin und mich auffordernd an.

Für sie scheint die Versorgung eines Erkrankten nicht ungewöhnlich zu sein. Offensichtlich ist sie daran gewöhnt und zeigt keine Besorgnis. Ich hingegen bin unsicher. Soll ich die beiden wirklich allein lassen?

Eve erkennt meine Bedenken: »Geh ruhig! Es bringt nichts, wenn wir alle hierbleiben.«

»Bist du sicher?«, frage ich nach.

Sie nickt.

Zögerlich verlasse ich die beiden. Ermin nimmt meine Hand und zieht mich förmlich hinter Nessa her. Sie führt uns durch die Küche, erkennbar an der offenen Feuerstelle, direkt in einen angrenzenden Raum, einem schlicht eingerichteten Esszimmer. Ihre Eltern und ihr Bruder erwarten uns bereits und begrüßen uns mit einem Kopfnicken. Doch nicht nur die drei sind anwesend, sondern auch der Hund von gestern – Tyke. Als er mich erkennt, stürmt er direkt freudig auf mich zu. Ermin beäugt ihn nach wie vor misstrauisch. Aber offensichtlich mag Tyke mich und leckt mich ab.

Nechtan gebietet ihm Einhalt: »Tyke! Komm her!«

Nur widerwillig leistet der Hund Gehorsam und nimmt Platz bei seiner Herrin. Es ist amüsant, ihm dabei zuzusehen, wie er sich dreimal um die eigene Achse dreht, bevor er sich zu Füßen von Cadha niederlässt und mit einem tiefen gurgelnden Seufzer entspannt.

Cadha hat mich währenddessen keinen Moment aus den Augen gelassen. Ihr offensichtliches Interesse an mir verwirrt mich. Und Ermin? Er hat von alledem nichts mitbekommen und lächelt lediglich breit, als er die gedeckte Tafel mit Brot, Brei, Milch und Käse sieht. Mir jedoch ist der Appetit vergangen, denn ich ahne, dass das hier zu einer Befragung führen wird.

Nechtan grinst uns ungeniert an. Natürlich weiß ich, was er denkt, und erröte ärgerlicherweise mal wieder. Dann aber blickt er sich suchend um und fragt: »Wo sind eure Freunde?«

Er meint wohl eher: Wo ist Eve?

Seine Schwester antwortet ihm: »Adam ist krank. Eve ist bei ihm geblieben.«

Er ist sichtlich enttäuscht, was mir wiederum ein Schmunzeln entlockt. Er bemerkt es und nun ist er derjenige, der sich ertappt fühlt.

Cadha hakt nach: »Was ist mit eurem Freund?«

»Eine Beinwunde hat sich entzündet«, antworte ich.

»Ist unsere Heilerin bei ihm gewesen?«, fragt sie weiter.

Nessa verneint und erklärt: »Das war nicht notwendig. Er wird gut versorgt.«

Damit gibt sich Cadha zufrieden.

Merkwürdig, ihr Mann Torquil ist immer noch schweigsam. Er hat sich bisher kein einziges Mal eingemischt, nicht mal ein Wort gesprochen. Er überlässt offenbar alles seiner Frau. Haben wir es hier mit einem Matriarchat zu tun, bei dem die Frauen eine bevorzugte Rolle innerhalb ihres Volkes einnehmen? Aber warum leben sie dann in diesem Crannóg – abgeschieden und weit weg von der Küste, ihrem Volk und ihrer Familie?

Ach verdammt, solche Überlegungen sind im Moment überhaupt nicht wichtig, wir haben ganz andere Probleme.

Während Ermin ausgiebig isst, knabbere ich gedankenverloren an einem Stück Brot, dabei betrachtet mich Cadha sehr nachdenklich.

»Wer hat dir das angetan?«, fragt sie mich plötzlich

»Was? Äh, das war ein Römer«, erkläre ich stotternd, überrumpelt von ihrer Direktheit.

»Wie kam es dazu?«, will sie neugierig geworden wissen.

»Offensichtlich gefiel ich ihm.« Okay, mein Tonfall ist nicht besonders nett, aber ich mag es nicht, so unter Beobachtung zu stehen.

Schließlich stellt sie lediglich fest: »Du siehst aus wie die Frauen aus dem Süden.«

Nechtan mischt sich ein und berichtet nun ausführlich vom Aufeinandertreffen mit der römischen Kohorte und meiner Rettungsaktion durch Ermin.

Da seine Mutter daraufhin weitere Fragen stellen möchte, greift Ermin ein. Er ist bisher stumm geblieben und isst lieber. Aber ich kenne ihn gut und weiß, dass er aufmerksam zugehört hat, es sich aber nicht anmerken lässt. Um abzulenken, spricht er Torquil an: »Warum lebt ihr hier alleine?«

Torquil schaut Ermin verunsichert an, dann hilfesuchend seine Frau. Wieder ist es Cadha, die antwortet: »Der Zufluchtsort muss für Situationen wie diese instandgehalten werden. Deshalb wohnen einige von uns dauerhaft hier.«

Unvermittelt wendet sie sich von Ermin ab und fragt ihren Sohn: »Talorg hat uns von den anrückenden Römern berichtet. Was wird nun geschehen?«

»Wir werden heute noch Calgacus aufsuchen«, erklärt er.

»Wird es zum Kampf kommen?«

»Es scheint unvermeidbar«, antwortet Nechtan.

»Wen wirst du mitnehmen?«, will Cadha wissen.

»Alle wehrfähigen Männer, auch die jungen.«

»Ich will ebenfalls kämpfen!« begehrt Nessa auf.

Nechtan reagiert genervt, aber entschlossen: »Nein! Du bleibst hier und kümmerst dich um den Schutz der Feste.«

Nun sucht sie den Beistand ihrer Mutter: »Sag du doch auch mal was!«

Doch Cadha teilt die Meinung ihres Sohnes. »Dein Bruder hat recht. Wir brauchen hier jede helfende Hand, wenn alle Männer weg sind.«

Nessa schmollt. »Aber ich war doch ebenso eine Auserwählte auf dem Dun-Felsen.«

»Kind, so hart es klingen mag, du stehst nur an zweiter Stelle«, betont ihre Mutter streng.

»Das ist nicht gerecht!«

Cadha lässt sich davon nicht beeindrucken und richtet sich nun an Ermin: »Wirst du meinen Sohn begleiten?«

Die Frage erschreckt mich. Fast verschlucke ich mich an einem Bissen Brot. Ich möchte nicht, dass Ermin sich einmischt. Die Gefahr, ihn zu verlieren, ist zu groß. Wir haben das Schicksal und Glück schon zu oft herausgefordert. Eindringlich warnend blicke ich ihn an, seine Antwort schockiert mich.

»Wenn Nechtan es wünscht, werde ich mitgehen.«

Vor Ärger und Enttäuschung stehe ich abrupt auf, murmele eine Entschuldigung und verlasse den Raum. Ich will nicht vor ihnen mit Ermin streiten. Ich gehe aber nicht alleine. Wie auf ein Signal hin springt der Hund auf und begleitet mich nach draußen. Dort atme ich erst einmal tief durch. Tyke ist an meiner Seite und schleckt mir die Hand ab. Ich nehme ihn erst spät wahr, mein Zorn ist zu präsent.

Ich könnte vor Wut schreien. Ermin hat selbst gesagt, wir sollten uns aus ihren Fehden heraushalten und stattdessen ein lauschiges Plätzchen suchen, um die Zeit bis zu unserer Rückkehr zu überbrücken. Und nun das! Er ist mir in den Rücken gefallen, will mich zurücklassen.

Verflucht, ich habe Angst!

Ich höre Schritte. Tyke knurrt kurz.

Ich weiß, wer es ist. Doch in meiner Verfassung möchte ich nicht mit ihm sprechen, das führt nur zu endlosen Diskussionen.

»Tasha?«

Ich reagiere nicht und will ihn auch nicht ansehen.

Er versucht es weiter: »Bitte, schau mich an.«

Der Klang seiner Stimme ist eindringlich und sonor. Er kennt mich und weiß, wie er auf meine verschiedenen Gemütslagen reagieren muss. Je nach Situation passt er seine Sprachmelodie und Geschwindigkeit an. Aber heute wird er mich nicht umgarnen können. Er hat mich enttäuscht.

Da ich nicht antworte, hält er mich an den Schultern fest und dreht mich gegen meinen Willen zu sich um. Er zwingt mich, ihn anzusehen. »Bitte, meine Blume …«

Voller Groll und Trotz blicke ich ihn an.

Und was macht er? Er lächelt.

»Du bist wunderschön, wenn du wütend bist.«

Mist, wie auf Kommando beginnt es zu Donnern. Ich zucke erschrocken zusammen. Na klar! Jetzt hat sich auch noch der Himmel gegen mich verschworen.

Ermin nimmt mich sofort in den Arm. Er kennt meine Angst vor Gewittern und versucht, mich zurück ins Gebäude zu bringen. Aber ich bin dermaßen sauer, dass ich mich von ihm losreiße. In diesem Augenblick setzt der Regen ein.

Mit zusammengekniffenen Augen brülle ich ein einziges Wort, eine Frage: »Warum?«

»Komm, lass uns erst mal reingehen. Du wirst ganz nass«, sagt er und zieht erneut an mir. Ich halte jedoch dagegen.

Tyke will mich beschützen und fängt wieder an zu knurren. Ermin lässt sich davon nicht beeindrucken.

»Du wirst noch krank«, versucht er es weiter.

»Na und! Du triffst deine törichten Entscheidungen und ich die meinen«, begehre ich störrisch auf.

Der Regen wird stärker. Das Gewitter ist bereits über uns. Jeder Blitz, jeder Donner lässt mich schmerzhaft zusammenzucken. Aber ich werde nicht weichen. Wenn er eine Dummheit begeht, kann ich das auch. Und wieder fährt ein Blitz auf die Erde nieder, woraufhin ich unkontrolliert zu zittern beginne.

Ermin stöhnt. »Verdammt, Tasha! Das ist nicht der richtige Zeitpunkt und Ort, um dich mit deinen Urängsten auseinanderzusetzen.«

»Es ist genau der richtige Moment, denn …« Ein weiterer Donnerschlag hat mich meinen Satz nicht beenden lassen. Auch Tyke hat genug und läuft zurück. Als der dazugehörige Blitz nicht weit von uns einschlägt, versucht Ermin abermals, mich wegzuzerren. Doch ich schreie ihn an: »… denn ich habe mehr Angst davor, dich zu verlieren, als vor diesem verdammten Unwetter!«

Er sieht mich zärtlich an und erwidert mit beruhigender Stimme: »Du wirst mich nicht verlieren! Alles, was ich tue, tue ich für dich … für uns.«

Ich bleibe hartnäckig. »Mich zu verlassen und in den Kampf zu ziehen, ist nicht das, was ich will. Und es ist sinnlos! Sie werden scheitern!«

»Es ist doch noch gar nicht sicher, dass es zu Kampfhandlungen kommt«, widerspricht er.

In diesem Augenblick ertönt ein mächtiger Donnerschlag, begleitet von einem extrem hellen Blitz. Abrupt erstarre ich. Für mich klingt es, wenn nicht nach einem

Weltuntergang, dann aber mindestens nach einer eindringlichen Warnung.

Ermin verliert die Geduld und nimmt mich auf seine Arme, trägt mich zurück ins Gebäude. Dabei flüstert er mir ins Ohr: »Ich liebe dich, meine Blume, und ich will dich in Sicherheit wissen.«

Als Erstes treffen wir auf Nessa. »Ihr seid ja völlig durchnässt. Kommt, ich gebe euch etwas zum Umziehen.«

Mein sturer Germane trägt mich immer noch. Mein Gesicht verberge ich an seiner Brust. Nessa soll nicht sehen, wie verzweifelt ich bin. Sie führt uns in eine kleine Kammer, in der Stoffe und Kleidungsstücke gelagert sind, dann verlässt sie uns.

Behutsam setzt mich Ermin ab und hilft mir, meine zitternden Hände zu beruhigen, auch da sie vor Kälte steif geworden sind. Das Gewitter ist mittlerweile weitergezogen und meine Verkrampfung löst sich langsam.

Mir ist gleichgültig, was ich anziehe. Die Stoffe sind alle ähnlich – scheußlich und sackartig.

Ermin hilft mir beim Entkleiden und stülpt mir ein überlanges braunes Hemd über, dabei berührt er unbeabsichtigt meine durch die Kälte steif gewordenen Brustwarzen. Ich stöhne bei diesem sanften Kontakt kurz auf. In seinen Augen blitzt ein Anflug von Lust, aber er unterdrückt sie. Rasch legt er mir einen Mantel um und verschließt ihn mit einer Fibel.

Mit ernster Miene sieht er mich an. »Tasha, wir müssen darüber reden.« Er atmet kurz durch und erklärt: »Diese Menschen bieten uns Unterkunft und Nahrung, trotz dass wir Fremde für sie sind. Hätte ich ablehnen sollen, obwohl sie uns so bereitwillig unterstützen?«

Ich gebe meinen Unmut noch nicht auf. »Mag sein, aber du könntest auch vor Ort eine Hilfe für sie sein.«

»Bitte, Tasha, ich möchte so nicht von dir gehen.«

Ich seufze schwer. Er wird sich nicht umstimmen lassen, und leider hat er auch nicht unrecht.

Ich vermeide den Augenkontakt und flüstere: »Ich habe furchtbare Angst um dich. Ich möchte mich nicht trennen, ich will dich nicht verlieren.« Ermin streichelt zärtlich meine Wangen. Ich schaue auf und ergänze ernst: »Versprich mir, dass du zurückkommst!«

Sein Blick allein versichert es mir schon und nun auch seine Worte: »Das werde ich und gemeinsam kehren wir zurück in unser Heim. Versprochen!« Er bekräftigt es mit einem leidenschaftlichen Kuss.

Unvermittelt werden wir unterbrochen.

Nechtan taucht auf. »Ermin, kommst du? Wir müssen los.«

Mein Liebster sieht mich betrübt an. Er weiß, was er mir damit abverlangt.

Er geht, ohne sich noch einmal umzublicken, während ich allein mit meinen Ängsten zurückbleibe.

Diese verfluchten Zeitreisen müssen ein Ende haben …

KAPITEL 7 - ♂

Tasha zurückzulassen widerstrebt mir zutiefst. Aber hätte ich Cadhas unterschwellige Bitte abschlagen können?

Sie ist zurecht besorgt. Als Mutter und kluge Frau hat sie mich an meiner Ehre gepackt. Ich fühle mich Nechtan und seiner Familie gegenüber verpflichtet. Tasha ist dort in einer geschützten Umgebung und somit sicherer als bei mir.

Sie hat mir von der bevorstehenden Entscheidungsschlacht berichtet. Nur weiß sie nicht, wann genau sie stattfinden wird. Mit etwas Glück sind wir wieder zu Hause, bevor es losgeht. Jedoch waren die Nachrichten, die uns der Brigant Carney überbrachte, alles andere als ermutigend.

Nechtan stehen nur wenige kampfbereite Männer zur Verfügung. Er kann wirklich jeden gebrauchen. Selbst die alten Männer und die bartlosen Jünglinge hat er aufgefordert, mit ihm zu gehen. Er mag das Herz am rechten Fleck haben, aber das allein wird nicht ausreichen, um die Römer zu besiegen. Vielleicht kann ich ihnen mit meiner Erfahrung helfen, vielleicht auch die Schlacht verhindern.

Angenehm überrascht bin ich von ihrer Kriegsausrüstung. Nechtan hat mich zu Kammern in der Nähe der Stallungen geführt, die bis oben hin mit Waffen gefüllt sind. Das ist zwar nicht verwunderlich, denn solche Festungen dienen vor allem dem Schutz und der Verteidigung ihrer Bewohner, aber dennoch ist die Menge an Material beachtlich – zwar nicht in Qualität und Quantität mit dem römischen Waffenarsenal vergleichbar, aber dennoch bemerkenswert.

Gerade frage ich mich, warum uns sein Vater nicht begleitet. Ich hake nach: »Nechtan, was ist mit deinem Vater? Ist er krank?«

Es dauert eine Weile, bis er antwortet. »Letztes Jahr kamen Römer zu uns. Mein Vater weigerte sich, ihnen unsere Ernte zu überlassen. Daraufhin haben sie ihn mitgenommen. Als sie ihn freiließen, war er ein gebrochener Mann …« Er holt tief Luft und erklärt leise: »Sie haben ihn gefoltert und ihm die Zunge herausgeschnitten.«

Das erklärt die Stille um diesen Mann. Bedauernd äußere ich: »Das tut mir leid. Ist das der Grund, warum deine Eltern auf die Insel gezogen sind?«

»Ja. Hier kann er sich erholen und fühlt sich sicher«, erwidert Nechtan mit belegter Stimme. »Außerdem muss dieser Rückzugsort gepflegt und das Inventar geschützt werden. Es sind immer Leute von uns hier. Diesmal sind es meine Eltern.«

Da es offensichtlich ist, dass dieses Ereignis den jungen Mann belastet, lenke ich ab: »Sag mal, Nechtan, was für ein Mann ist Calgacus?«

Er nimmt den Themenwechsel dankbar an. »Er ist unser wichtigster Heerführer und stellt die meisten Krieger.«

»Ihr gehört zur selben Sippe?«

»Ja, zum Volk der Cruithne«, entgegnet er stolz.

»Hat Calgacus schon gegen die Römer gekämpft?«

»Nur gegen kleinere Verbände, noch nicht gegen eine ganze Legion«, erklärt nun Talorg, der bereits eine Weile neben uns steht und uns zugehört hat.

Das ist nicht besonders ermutigend. Auch wenn er innerhalb der eigenen Reihen hoch angesehen ist, fehlt ihm die Erfahrung im Kampf gegen die disziplinierte römische Armee.

»Wie sieht es mit Verbündeten aus?«, frage ich nach.

»Wir werden von einigen Maeaten unterstützt und von weiteren kleineren Stämmen. Es war nicht einfach, sie zusammenzubringen. Es gibt ständig Streitigkeiten untereinander, aber Calgacus hat es geschafft«, erwidert Nechtan stolz.

Das kommt mir bekannt vor. Auch zu meiner Zeit war es ein mühsames Unterfangen, verfeindete Brüderstämme gegen Rom zu vereinen.

Ich will nun wissen: »Habt ihr denn schon Seite an Seite mit ihm gekämpft?«

Jetzt antwortet Talorg: »Ja, ich!«

»Wie sieht eure Kampfausbildung aus? Gibt es unter euch versierte Kampfverbände?«

Die beiden wirken mit einem Mal etwas unsicher.

Nechtan antwortet mir: »Natürlich haben wir Gruppen kampferfahrener Männer, aber es sind nur wenige kleine Einheiten. Der Rest von uns greift nur im Notfall zu den Waffen, denn in der ersten Linie sind wir Bauern und Viehzüchter. Unsere Kampffähigkeiten können wir nur in unserer arbeitsfreien Zeit erproben.«

Er bemerkt meine Skepsis und gibt sich plötzlich stoisch: »Wir werden diese römischen Diebe und Mörder verjagen! Wir sind stärker, als sie glauben.«

Das alles ist mir sehr vertraut. Trotz der Differenzen eint sie der Kampf gegen einen gemeinsamen Feind. Sie wie auch meine Stammesbrüder leben anders als die Römer. Diese Lebensart und der Erhalt dieser Freiheit verbinden uns. Ansonsten kocht jeder sein eigenes Süppchen, wie Tasha es ausdrückt. Von den vielen Zwistigkeiten hat Rom lange profitiert, auch in meiner alten Heimat. Das wird hier nicht anders sein. Man streitet über Land, Erbrechte, Ehre, Macht und auch über Frauen. Ich wünschte, ich könnte mehr für Nechtan und seine Leute tun. Aber ihnen in der kurzen Zeit römische Kampftechniken beizubringen, ist unmöglich. Das war schon zu meiner Zeit ein Problem.

Der militärische Erfolg des Römischen Reiches beruht auf einer ausgeklügelten Heeresorganisation und strategischer Kriegsführung. Strengste Disziplin und ein unerschütterlicher Siegeswille zeichnen sie aus – es sind eben Berufssoldaten, anders als Nechtan und sein Volk, die den Großteil ihrer Zeit als Bauern verbringen. Sie kämpfen nicht für Sold, sondern um ihre Heimat und ihre Lebensweise zu verteidigen. Leider reicht das nicht immer aus. Ehrlich erwidere ich daher: »Stärke alleine wird sie nicht vertreiben.«

»Das werden wir noch sehen«, entgegnet er trotzig, und Talorg pflichtet ihm bei

Nechtan ist ein stolzer Mann. Er wie alle seines Alters glauben fest daran, dass Mut und Entschlossenheit zum Ziel führen und in diesem Fall ihnen zum Sieg verhelfen werden. Diese Eigenschaften sind zweifellos wichtig für den Kampf, Eigenschaften, die

Adam nicht aufweist, aber sie allein werden nicht genügen. Es ist jedoch zwecklos, mit ihnen darüber zu diskutieren, also lenke ich ab. »Wann werden wir bei Calgacus eintreffen?«

»Noch vor Einbruch der Nacht. Du wirst seine Feste schon von Weitem sehen.«

Insgeheim hatte ich gehofft, dass der Kampf gegen die Römer noch auf sich warten lassen würde. Doch auf unserem Weg zu Calgacus stoßen immer mehr Männer aus den umliegenden Siedlungen zu uns. Die Zeichen stehen schlecht. Unsere Truppe ist mittlerweile auf mehrere Hundert Mann angewachsen. Es wird wenig gesprochen. Sie sind sich der ernsten Lage bewusst. Vor meinem inneren Auge taucht Tasha auf, sie warnt mich.

Es dauert nicht lange, da macht Nechtan mich auf einen in der Ferne liegenden Hügel aufmerksam: »Unser Ziel, Calgacus' Festung!«

»Wie viele Menschen leben dort?«, will ich wissen.

»Ungefähr tausend, auch Frauen und Kinder«, antwortet diesmal Talorg.

Es braucht eine gewisse Zeit, bis wir die Feste erreichen. Sie liegt auf einem knapp zweihundert Meter hohen Hügel mit drei steil abfallenden Hängen. Von Westen her gibt es einen Zugang. Am Fuß der Erhebung haben sich bereits mehrere tausend Männer eingefunden und ein Lager errichtet. Auch die meisten von Nechtans Leuten bleiben dort und schlagen für die kommende Nacht ihre Zelte auf. Nur Nechtan, Talorg und ich machen uns auf den Weg hinauf.

Als wir den Gipfel erreichen, bietet sich mir ein aufschlussreicher Blick auf die Umgebung.

Im Norden und Süden befinden sich Flüsse, während sich im Osten ein Moor erstreckt. Die Festung selbst ist von einer imposanten Steinmauer umgeben, etwa fünf Meter breit und acht Meter hoch – ein beeindruckender Schutz. Der Eingang der Anlage wird von einer riesigen Stele mit Einritzungen geziert, wobei das auffälligste Symbol ein Bulle ist, vermutlich das Erkennungszeichen dieser Sippe und zweifellos eine Machtdemonstration. Die dort positionierten Wachen, hochgewachsene muskulöse Krieger, betrachten uns grimmig, erkennen jedoch schnell Nechtan und lassen uns passieren.

Neben den Wohnhäusern und Stallungen befindet sich inmitten des weitläufigen Geländes auch ein großes rechteckiges Gebäude, zu dem uns Nechtan führt. Schon von außen sind laute Stimmen zu hören. Offensichtlich wird gestritten. Als wir eintreten, lassen sich die Anwesenden davon nicht stören. Ungefähr ein Dutzend Männer, überwiegend mittleren Alters, stehen einer Gruppe junger Krieger gegenüber, und zwischen ihnen einige weise Greise, die zu schlichten versuchen. Da ich ihre Sprache nicht verstehe, kann ich nur erahnen, worum es geht. Vermutlich sind sie sich uneins über die weitere Vorgehensweise.

Nechtan klärt mich auf: »Dort links, der große Rothaarige, das ist Calgacus mit seinen erfahrensten Männern. Rechts stehen die jungen Stammesführer der anderen Sippen. Da Agricola mit seiner römischen Armee bereits auf dem Weg ist, wollen die Jüngeren die Römer direkt auf der Marschroute angreifen, bevor sie zu tief in den Norden vordringen können. Calgacus' Berater verfolgen aber eine andere Strategie. Sie beabsichtigen, sich ihrem Gegner zu stellen.«

Die Stimmung bleibt aufgeheizt. Während sich einige von ihnen am liebsten an die Gurgel gehen möchten, ist Calgacus ruhig. Er hört zu, beobachtet. Ihm ist nicht anzumerken, was er denkt. Dann richtet er plötzlich seinen Blick auf uns und wirkt neugierig. Das ist nicht überraschend. Ich falle auf, denn ich bin groß, ohne Bart, mit kurzen Haaren, mitten unter all diesen langhaarigen und bärtigen Einheimischen.

Calgacus macht plötzlich eine entschiedene Handbewegung, woraufhin fast alle augenblicklich verstummen. Er wendet sich an Nechtan und spricht mit ihm.

In Unkenntnis ihrer Sprache übersetzt Talorg für mich ins Lateinische: »Er freut sich über unser Kommen und erkundigt sich nach dem Befinden von Torquil.« Er übersetzt auch Nechtans Antwort.

Calgacus bemerkt es und betrachtet mich prüfend. Dann tritt er näher an mich heran. Auch ohne Übersetzung weiß ich, was er will und reagiere, bevor es meine Begleiter tun, ich stelle mich ihm vor: »Ich bin Ermin vom Stamm der Cherusci.«

»Was machst du hier?«, fordert er auf Latein eine Antwort von mir.

Nun ist Nechtan schneller. »Er war auf dem Heimweg, als sein Schiff unterging.«

»Von einem Schiffsunglück habe ich nichts gehört. Waren das die Römer?«, fragt er zweifelnd.

»Möglich. Wir befanden uns unter Deck und schliefen, als es geschah«, erfinde ich geschickt.

»Wir?«, hakt er nach.

»Meine Frau und zwei Begleiter.«

»Ah, und wieso bist du mit Nechtan hier und nicht längst auf dem Weg nach Hause?«

Sein hartnäckiges Hinterfragen ist verständlich, schließlich könnte ich ein römischer Spion sein. An seiner Stelle wäre ich nicht minder misstrauisch – vielleicht sogar mehr, denn keiner hat uns bisher gefragt, was wir im Norden überhaupt wollten.

»Einer unserer Freunde ist erkrankt. Außerdem halten wir es derzeit für zu gefährlich, durch das von den Römern kontrollierte Gebiet zu reisen«, erkläre ich selbstsicher.

»Das rechtfertigt nicht, warum du hier bist. Ist dir bewusst, dass wir kurz vor einer Schlacht stehen?«, bohrt er nach.

Einer seiner Männer wirft feindselig ein: »Wir kennen ihn nicht! Schick ihn weg oder noch besser: Mach ihm den Garaus!«

Nechtan und Talorg stellen sich schützend vor mich. Dann sagt Nechtan mit eisiger Entschlossenheit: »Niemand legt Hand an ihn! Er steht unter meinem Schutz. Er ist hier auf unsere Bitte hin.«

Calgacus lächelt. »Wir können jeden Kämpfer gebrauchen. Außerdem hat sein Volk bereits erfolgreich diese Bastarde besiegen und verjagen können.«

Der Unruhestifter gibt nicht auf. »Das ist schon lange her. Und nicht alle Cherusci standen auf Seiten von Arminius.«

»Schluss jetzt! Offensichtlich vertraut Nechtan ihm, das genügt mir«, entscheidet Calgacus abrupt und fragt noch einmal nach meinem Namen: »Wie heißt du?«

»Ermin«, antworte ich knapp.

Calgacus besitzt einen wachen Blick. »Ermin, was denkst du: Sollten wir die Römer auf ihrem Marsch angreifen oder Stellung beziehen und offen gegen sie kämpfen?«

Mir drängt sich der Eindruck auf, dass seine Entscheidung längst gefallen ist, unabhängig davon, was ich sage. Da er aber gefragt hat, werde ich ihm antworten: »Die Römer beherrschen die offene Feldschlacht und den Formationskampf wie keine andere Armee. Das ist aber auch ihre Schwäche. Ihre Taktik lässt kaum Überraschungsangriffe oder spontane Reaktionen zu. Gezielte und wiederholte Angriffe in ihren Marschkörper könnten meiner Ansicht nach wirkungsvoll sein.«

Einige stimmen mir lautstark zu, während andere mich als feige beschimpfen.

Ein älterer Krieger aus Calgacus' Gefolge ergreift das Wort: »Das ist ehrlos! Unsere Männer sind mutig und wollen den offenen Kampf.«

»Mut alleine reicht jedoch nicht aus«, widerspreche ich.

Er empört sich lautstark: »Was fällt dir ein! Schon unsere schiere Überzahl wird sie erzittern und davonrennen lassen!«

Auch Calgacus widerspricht mir: »Wir können sie nicht auf ihrem Marsch angreifen. Es ist zu spät und außerdem nicht vergleichbar mit den Bedingungen, die ihr damals in Germanien hattet.«

Das mag stimmen, er kennt sein Land besser als ich.

»Verstehe. Dennoch rate ich dringend davon ab, sich in eine offene Konfrontation zu begeben, unabhängig von der Anzahl eurer Kämpfer. Ihr werdet gegen die Kriegstaktik der Römer nicht bestehen können«, erkläre ich beharrlich.

»Halt dein Maul!«, mischt sich wieder der Querulant ein und fügt in Richtung seines Heerführers wutschnaubend hinzu: »Er ist gewiss ein Spion! Töte ihn!«

Ein einziger Blick von Calgacus genügt, um den Unruhestifter verstummen zu lassen. Doch nun sieht mich Calgacus durchdringend an und versucht, meine Gedanken zu ergründen. »Und? Bist du einer ihrer Späher?«

»Nein!«, bekunde ich wahrheitsgemäß und mit fester Stimme.

Trotz des aufkommenden Misstrauens und des Wissens um ihr Schicksal fühle ich mich weiterhin verpflichtet, sie zu warnen. Das bin ich meinem Gastgeber und Tasha schuldig. Daher bekräftige ich nochmals: »Glaubt mir! Das wird nicht gut enden.«

»Arminius konnte sie besiegen, dann können wir das auch«, entgegnet Calgacus selbstsicher.

Ich halte dagegen, wohl wissend, dass ich damit provoziere. »Er gewann eine Schlacht, aber nicht alle. Viele seiner Kämpfer waren trainierte Soldaten aus den Auxiliartruppen. Kampferprobte Männer, die zuvor Rom dienten. Trifft das auch auf deine Männer zu?«

Darauf gibt er keine Antwort. Er betrachtet mich nur kalt und unnachgiebig.

Ich wage einen weiteren mahnenden Versuch: »Auch hinsichtlich ihrer Ausrüstung sind sie euch überlegen. Sie tragen Helme und Kettenhemden, sie besitzen modernste Waffen. Sie bevorzugen den Kampf auf offenem Feld, greifen frontal an. Sie marschieren in enger Formation und bilden mit ihren Schilden eine undurchdringliche Mauer, die unaufhaltsam vorrückt. Diese Technik beherrschen sie perfekt …«

Der ältere Quertreiber unterbricht mich zornig: »Verdammt, Calgacus, merkst du nicht, was er vorhat? Er will Zweifel säen, uns entmutigen, damit wir aufgeben und kampflos unser Land den Bastarden überlassen. Nur deshalb ist er hier. Mach dem endlich ein Ende!«

Der Kerl nervt mich gewaltig. Ich baue mich direkt vor ihm auf und entgegne in sein stumpfes Gesicht. »Es gibt zwei Arten von dummen Menschen: Über die einen kann ich nur lachen und die anderen machen mich aggressiv. Rate mal, zu welcher Sorte du gehörst!«

Das ist zu viel für ihn. Er verliert die Beherrschung und setzt zum Schlag an. Aber damit habe ich gerechnet – und es auch erhofft. Blitzschnell weiche ich aus und kontere. Mit aller Kraft schlage ich zurück. Er geht sofort zu Boden. Kurz schüttelt er sich, dann steht er leicht schwankend wieder auf.

Doch bevor wir den Zweikampf fortsetzen können, trennt uns Calgacus. »Schluss jetzt! Hebt euch das für die Römer auf!«

Dann wendet er sich an mich: »Du musst ihn verstehen. Plötzlich tauchst du, ein Fremder, bei uns auf, trägst Bedenken und Einwände vor. Damit lässt du unseren Gegner größer erscheinen, als er ist. Das weckt Argwohn.«

»Das war nicht meine Absicht. Aber man muss seinen Feind kennen und auch die Wahrheit verkraften können. Wer das nicht vermag, ist ein Narr und begeht Fehler«, erkläre ich, während ich in Richtung des Quertreibers blicke, der vor Zorn rot glüht.

»Ich weiß sehr wohl, wem wir gegenüberstehen und wozu sie fähig sind. Aber wir sind gezwungen, Widerstand zu leisten«, rechtfertigt Calgacus sich.

Er ist selbstbewusst und glaubt an den Erfolg seiner Gegenwehr. Als Kriegsherr und Anführer muss er das auch sein, denn seine Männer benötigen ein Vorbild, zu dem sie aufschauen können und dem sie bedingungslos vertrauen.

Das alles fühlt sich sehr vertraut an. Sowohl Tasha als auch ihre Schwester hatten mich damals vor meinem Schicksal gewarnt. Ich jedoch glaubte, aufgrund meines erlangten Wissens über die Zukunft, Germanicus besiegen zu können. Das war ein Trugschluss. Dennoch haben wir ihm jahrelang die Stirn geboten, obwohl er uns bei der letzten Schlacht mit einer riesigen Streitmacht gegenüberstand. Er gewann zwar nicht, wir allerdings auch nicht, und viel zu viele gute Männer verloren dabei ihr Leben.

Lässt sich das Schicksal wirklich nicht ändern? Denn wenn das stimmt, wäre auch im Hier alle Mühe umsonst – ein sinnloser Tod würde den Männern zuteil.

Mir ist bewusst, dass selbst wenn Calgacus den Ausgang der Schlacht kennen würde, er sein Vorhaben nicht aufgeben könnte. Er hat keine Wahl. Es geht um seine Heimat. Es ist auch nachvollziehbar, dass er sich von einem Fremden nichts sagen lässt.

Meine Gedanken werden unterbrochen, als eine gebrechliche alte Frau den Raum betritt. Ihre Haut ist runzelig, ihre Haare lang und weiß. Sie bewegt sich gebückt und stützt sich auf einen kunstvoll verzierten Gehstock, auf der anderen Seite wird sie von einer jungen Frau gehalten. Als sie eintritt, kehrt vollständige Ruhe ein.

Calgacus geht auf sie zu und begrüßt sie mit gesenktem Kopf voller Ehrfurcht. Bei genauerem Hinsehen wird offensichtlich, dass sie blind ist, aber ein gutes Gehör hat. Als ich leise Nechtan frage, wer sie ist, dreht sie sich plötzlich in meine Richtung. Neugierig geworden, flüstert sie etwas ihrer Begleiterin und Calgacus zu. Schließlich nähern sich die drei mir.

Calgacus spricht als Erster. »Das ist Deirdre, unsere Seherin. Sie möchte dich kennenlernen.«

Nechtan fügt leise hinzu: »Du solltest dich vorbeugen. Sie möchte dein Gesicht berühren.«

Sie ist wirklich sehr klein. Ich bücke mich tief, damit sie meinen Kopf erreichen kann. Zuvor übergibt sie ihren Stock an ihre Begleiterin. Mit wackeligen Beinen steht sie nun vor mir. Dann beginnt sie, mich abzutasten, und fängt mit meinem Haupt an. Obwohl ich das für keine gute Idee halte, wehre ich mich nicht dagegen. Ihre Augen sind trübe und ihre Hände kalt. Sie verweilt lange mit ihren schrumpeligen Fingern an meinen Ohren, untersucht aber auch meine Augen, die Nase und den Mund nicht weniger gründlich. Selbst meinen Mundraum tastet sie ab. Sie lässt keinen Bereich aus. Unangenehm wird es, als sie tiefer geht. Dann stoppt sie abrupt und spricht leise in ihrer Sprache.

Talorg übersetzt: »Du bist weit gereist und sehr alt. Ich sehe zwei Herzen aus zwei Leben ... ein Krieger in dem einen, ein Liebender in dem anderen ...« Währenddessen muss ich schlucken, angesichts ihrer treffenden Worte. Schließlich fährt sie fort und Talorg übersetzt wieder: »Für das eine bist du gestorben, um im anderen zu lieben. Ein Wanderer zwischen den Welten. Außergewöhnlich, sehr außergewöhnlich ...«

An dieser Stelle breche ich ab und entziehe mich ihr. Ihre Finger greifen ins Leere. Sie wirkt enttäuscht.

Nur wenige haben ihre geflüsterten Worte vernommen, doch schon beginnen sie, untereinander zu tuscheln.

Für einen Moment steht sie nachdenklich vor mir. Dann wendet sie sich abrupt an Calgacus, gerät jedoch durch die schnelle Körperdrehung ins Wanken. Gerade noch rechtzeitig kann sie von ihrer Begleiterin festgehalten werden. Die Alte lässt sich davon aber nicht beirren, das Gespräch mit Calgacus scheint ihr wichtig zu sein. Sollte mir das Sorge bereiten?

Talorg hat inzwischen aufgehört, zu übersetzen. Mich interessiert jedoch brennend, worüber die beiden sprechen und frage nach.

»Sie hält dich für einen großen Krieger und für ein Zeichen der Götter aus der Anderswelt«, antwortet Nechtan an Talorgs Stelle.

Ich bin überrascht, stelle mich aber unwissend und frage: »Das verstehe ich nicht. Was meint sie damit?«

Sie hat meine Frage gehört, lässt Calgacus stehen und nähert sich mir erneut. »Ich weiß, wer du bist ...«, antwortet sie mir überraschenderweise auf Latein. Ihre trüben Augen durchdringen mich, als wäre ihr Sehvermögen klar. Sie zieht mich zu sich herab und wispert mir ins Ohr: »Arminius, Sohn von Segimer, vor vielen Jahrzehnten gestorben ...«

Erschrocken richte ich mich auf. Habe ich mich verhört? Nein, sie kennt meine Identität. Aber woher? Sie muss eine wahre Seherin sein! Doch Tasha hat gesagt, dass so etwas nicht existiert. Nur, wie ist das dann möglich?

Während mir sichtlich der Schreck in die Glieder gefahren ist, lächelt sie. Dass sie meinen Namen kennt, ist kaum zu fassen. Offensichtlich hat sie aber nicht die Absicht, mein Geheimnis preiszugeben, sonst hätte sie ihre Worte laut ausgesprochen.

Calgacus hakt nach: »Deirdre, was bedeutet das? Wer ist er?«

»Jedenfalls nicht euer Feind«, bekräftigt sie, als wäre meine wahre Identität belanglos.

Er wirkt gleichermaßen erleichtert und besorgt. Seine Anspannung scheint aber nichts mit mir zu tun zu haben. Etwas anderes beschäftigt ihn mehr. Er will von ihr wissen: »Sag mir, weise Frau, werden wir siegen?«

Sie wird ernst: »Seit unserem letzten Gespräch hat sich nichts geändert. Es wird geschehen, wie es geschehen muss.«

Seine Miene spiegelt Unzufriedenheit und Ärger wider. Auch seine Männer nehmen diese Stimmung wahr und sind verunsichert. Dann verlässt die Seherin ohne ein weiteres Wort den Raum. Calgacus schaut ihr lange nach.

Nechtan ist neugierig geworden und hakt bei ihm nach: »Was genau hat sie dir vorausgesagt?«

Aber erst als Nechtan die Frage wiederholt und auch einige andere sie aufgreifen, reagiert Calgacus: »Die Römer werden uns nicht niederringen! Niemals werden wir ihre Sklaven sein! Aber nicht jede gewonnene Schlacht bringt Sieger hervor.«

Ich bin mir nun sicher: Er kennt den Kriegsausgang. Sie hat es ihm geweissagt.

Auch Nechtan bleibt nicht verborgen, dass Calgacus seine Frage nicht beantwortet hat, bohrt aber nicht weiter nach. Vermutlich, weil es keine Rolle mehr spielt. Es gibt kein Zurück.

Als das Tuscheln der Männer zunimmt, greift Calgacus ein. »Verdammt, wir müssen zusammenhalten! Wollt ihr, dass sie weiterhin plündernd, mordend und raubend durch unser Land ziehen?« Sofort kehrt Ruhe ein.

Er schreitet nun von Krieger zu Krieger und sieht dabei jeden Einzelnen mit Schärfe und Stärke an. So fordert er Loyalität ein. Währenddessen fährt er mit seiner Rede fort.

»Wir haben alle Vorteile auf unserer Seite: Wir sind in der Überzahl und das gewählte Kampfareal liegt günstig für uns. Vergesst dabei nicht, der Großteil ihrer Armee besteht aus Söldnern. Sie werden sich uns anschließen, wenn sie erkennen, dass wir willens und stärker sind.«

Jetzt stimmen ihm die Ersten von ihnen siegessicher und lautstark zu. Augenblicke später folgen auch die Zweifler. Schließlich wird das Ganze, wie es sich gehört, gefeiert. Sie grölen, singen und trinken. Mut und Stärke werden zelebriert. Und ich muss sagen, es gefällt mir. Selbst der Quertreiber ist plötzlich in einer gefälligen Gemütsverfassung.

Nach einer Weile nimmt mich Calgacus beiseite. »Deirdre war von dir beeindruckt. Sie scheint dich zu kennen. Woher?«

Ich widerspreche: »Nein, wir kennen uns nicht, sind uns nie begegnet.«

»Das klang bei ihr anders«, äußert er skeptisch.

Ich möchte darauf nicht eingehen und wechsle das Thema. »Wie viele Männer stehen dir in der Schlacht bei?«

Er ist sich meines Ausweichens bewusst, gibt mir aber eine Antwort: »Etwa dreißigtausend Mann. Die meisten von ihnen treffen morgen ein.«

»Das ist eine stolze Zahl. Wieso habt ihr nicht schon viel früher Widerstand geleistet?«, will ich wissen.

»Weil wir sehr wohl die Stärken Roms kennen und nicht unnötig unsere Männer, unser Land und unsere Familien in Gefahr bringen wollten« Er macht eine kurze Pause und fügt frustriert hinzu: »Aber sie lassen uns keine Wahl. Ihr Ziel sind unsere Kornspeicher, das müssen wir verhindern! Viele von uns werden den Winter nicht überleben, sollten sie erfolgreich sein.«

»Ja, das ist deren Taktik. Damit locken sie euch aus der Deckung«, stelle ich sachlich fest.

»Wir sind der einzige Stamm im Norden, der bisher nicht von ihnen erobert wurde. Das verdanken wir auch Deirdre, die früh prophezeite, dass wir unterliegen würden, sollten wir gegen sie kämpfen. Deshalb haben wir bisher jede Konfrontation vermieden und ihre Provokationen hingenommen. Aber jetzt sind wir gezwungen zu handeln, ob wir wollen oder nicht.«

Calgacus setzt sein Trinkgefäß an und nimmt einen gewaltigen Schluck Met, was seine Zunge löst.

»Immer wieder weissagte Deirdre mir, dass wir verlieren würden. Doch heute, nachdem sie mit dir gesprochen hat, änderte sie ihre Prophezeiung: Ein endgültiger Sieg bliebe uns zwar weiterhin verwehrt, aber die Römer würden sich bald nach der Schlacht in den Süden zurückziehen. Wir wären wieder Herren in unserem Land. Jedoch mahnte sie, dass dabei viele sterben werden, und sie teilte mir noch etwas anderes mit …« Hier unterbricht er ganz abrupt, und fragt mich mit durchdringendem Blick. »Was würdest du tun? Deine Familie verhungern lassen oder den Tod im Zweikampf riskieren?«

Ich stimme ihm zu. Die Entscheidung ist klar, auch wenn Tasha anders darüber denken wird.

Unvermittelt werde ich von hinten gepackt. Es ist mein voriger Konfliktpartner. Er ist vom Alkohol beseelt.

Um zu zeigen, dass keine Feindseligkeit mehr zwischen uns liegt, klopft er mir kräftig auf die Schulter und reicht mir einen Becher Met. »Nichts für ungut, Ermin. Ich heiße Gunn. Trink mit mir! Auf den morgigen Kampf.«

Ich würde viel lieber schlafen gehen, aber es ist eine Art Ritual, das den Zusammenhalt fördert. Es dient der gegenseitigen Versicherung von Loyalität, stärkt den Mut und die Furchtlosigkeit. Ähnlich haben wir es in meiner Zeit gehalten. Morgen werden wir Seite an Seite kämpfen und uns bedingungslos aufeinander verlassen müssen. Daher gebe ich nach und mache für eine Weile mit.

Die Männer geraten schnell in leidenschaftliche Stimmung. Sie singen. Anfangs laut und mitreißend, später leiser und sentimentaler. In der Zwischenzeit hat sich Calgacus in eine Ecke des Raumes zurückgezogen. Er spricht mit seinen engsten Vertrauten. Gelegentlich kreuzen sich unsere Blicke. Er verbirgt etwas, dessen bin ich mir sicher. Aber hat nicht jeder Geheimnisse? Ich bin doch das beste Beispiel.

Als die meisten der Männer eingeschlafen sind – einige direkt am Tisch, andere auf dem Boden liegend –, machen sich Nechtan und Talorg auf den Weg. Sie wollen die restliche Nacht bei ihren Leuten am Fuße des Hügels verbringen. Ich begleite sie, und während wir den Hügel hinabsteigen, bleiben wir stumm.

Meine Gedanken kreisen um Tasha. Ich will sie nicht verlieren, das macht mir Angst. Ich habe noch nie eine Schlacht bestreiten müssen, bei der ich gedanklich abgelenkt war. Ich muss mich konzentrieren, denn ich will – nein, ich muss – zu ihr zurückkehren! Ich habe es ihr versprochen!

KAPITEL 8 - ♂

Nechtan weckt uns.

Der Tag der Schlacht ist gekommen.

Die Nacht war kurz, durchzogen von Träumen von vergangenen Gefechten, alten Weggefährten und Tasha.

Früher beeinträchtigten Gefühle meinen Kampfgeist nicht. Ich machte mir keine Sorgen um Einzelne, denn ich kannte die Grausamkeiten, die die Römer Kindern und Frauen ihrer besiegten Feinde antun können. Daher blieb ich für mich und war in erster Linie nur mir gegenüber verpflichtet. Doch das ist jetzt anders. Die Liebe macht mich schwach und stark zugleich. Aber sie gibt mir auch mehr, als sie nimmt.

Nechtan drängt nun: »Träume nicht! Komm, wir müssen aufbrechen. Calgacus ist bereits unterwegs.«

»Wieso das?«

Er antwortet beiläufig, während er sich kampfbereit macht: »Er trifft sich noch mit den Druiden und den Seherinnen. Sie wollen den Göttern Opfer darbringen und um einen günstigen Ausgang der Schlacht bitten.«

»Was für Opfer?«, hake ich nach.

»Du stellst Fragen ... Pferde und Waffen«, antwortet er und mahnt erneut zur Eile. »Los, Ermin, es wird Zeit!«

Wir rüsten uns zügig mit Speeren, Schilden, Äxten und Langschwertern aus.

Während des Marsches stärken wir uns mit etwas Brot und Käse, denn ein voller Bauch macht träge und müde.

Es wird wenig gesprochen, alle sind hochkonzentriert. Einige Männer beginnen zu summen und schlagen dabei rhythmisch auf ihre Schilde. So stimmen sie sich auf den bevorstehenden Kampf ein.

Tausende von Kriegern – oder besser gesagt, Bauern –, sind bereit. Die meisten von ihnen halbnackt und mit blauer Farbe bemalt, während andere aufwendige Körperzeichnungen tragen. Unter ihnen befinden sich viele junge Männer, und auch ein paar Frauen.

Sie alle sind hochmotiviert, jedoch unerfahren, und ahnen nicht, dass jeder Dritte von ihnen nicht mehr nach Hause zurückkehren wird. Das weiß ich von Tasha. Daran werde ich nichts ändern können. Mein Hauptaugenmerk liegt darauf, selbst am Leben zu bleiben – ein Versprechen, das ich Tasha gab. Natürlich werde ich auch auf Nechtan und seine Männer achtgeben, so gut ich es vermag. In einer Schlacht Mann gegen Mann muss man sich auf seine Kameraden verlassen können.

Plötzlich stößt ein junger Krieger zu uns. Es ist der Brigant, der uns die Nachricht von Agricolas Aufbruch überbrachte. Er ist außer Atem und wirkt nervös.

»Ich bin froh, euch gefunden zu haben. Das war nicht einfach«, sagt er.

Nechtan ist überrascht. »Carney? Was machst du denn hier?«

»Ich will kämpfen! Mein Volk hat zwar den Widerstand gegen Rom aufgegeben, aber ich nicht!«

»Sei nicht dumm, geh nach Hause!«, weist Nechtan ihn rüde an.

Carney bleibt stur. »Nein! Warum sollte ich?«

»Du bist zu jung und wir brauchen dich nicht«, wird Nechtan direkter.

»Was soll das? Du selbst hast Jünglinge deines Volkes mitgenommen. Und ausgerechnet auf mich willst du verzichten?«, entgegnet Carney aufgebracht, dann ergänzt er trotzig: »Ich komme mit! Du hast mir sowieso nichts zu befehlen.«

Nechtan gibt nach und grummelt eine Art Zustimmung.

Als wir das Kampfareal erreichen, hängt Nebel in den Baumwipfeln des bewaldeten Hügels. Es ist kühl. Die triste Kulisse wirkt beinahe wie eine Leichendecke. Hoffentlich ist das kein Omen für mich.

Die Römer haben bereits Stellung in der Ebene bezogen. Eine neue Erkenntnis für mich: Calgacus besitzt Streitwagen, die sich zwischen den beiden Armeen befinden. Seine Ausgangsbasis liegt auf einer bewaldeten Anhöhe, was ihm zusammen mit der Masse an Kriegern eine taktische Überlegenheit verschafft Dennoch wird das allein nicht ausreichen, um die gut organisierten Römer zu schlagen.

»Wo ist Calgacus?«, will ich von Talorg wissen.

»Dort oben!« Er deutet auf die Hügelspitze.

Ich muss dorthin und verhindern, dass er sich durch Provokationen der Römer auf offenes Gelände locken lässt. Es wäre klüger, sie im Wald zu bekämpfen. Vielleicht gelingt es mir, ihn davon zu überzeugen.

Ich bin schon auf dem Weg, als Nechtan mir hinterherruft: »Warte! Wo willst du hin?«

Ich deute in Calgacus' Richtung.

»Was hast du vor?«, fragt er neugierig.

Ich habe keine Zeit für Erklärungen und setze meinen Weg unbeirrt und ohne zu antworten fort.

»Ich komme mit«, ruft er mir noch nach und versucht Schritt zu halten.

Als wir oben ankommen – Nechtan kurz nach mir –, dauert es einen Moment, bis ich Calgacus entdecke. Er ist von seinen wichtigsten Heerführern, Druiden und Seherinnen umgeben. Die greisen Frauen sind barfüßig und in helle Gewänder gekleidet wie auch die Druiden.

Ein gespenstisches Bild.

Als Kind habe ich mich vor diesen Sehern gefürchtet. Eben weil alles an ihnen so bleich ist: weißes Haar, weiße Haut, weiße Kleidung, kalte Augen. Der leibhaftige Tod.

Aber es fehlt eine von ihnen – Deirdre!

Warum? Aufgrund ihrer Blindheit?

Gunn, der gestrige Quertreiber, bemerkt mich und hält mich auf. »Was machst du hier?«

»Ich muss mit Calgacus reden«, antworte ich unumwunden und schiebe ihn beiseite. Gleichzeitig rufe ich nach ihm: »Calgacus!«, und ziehe damit endlich seine Aufmerksamkeit auf mich.

»Ah, Ermin, was ist?«

Ich komme gleich zur Sache und warne ihn erneut: »Ziehe deine Männer zurück! Lass dich nicht auf einen Kampf in der Ebene ein. Die Römer werden diesen taktischen Vorteil zu nutzen wissen.«

Er lächelt und entgegnet selbstsicher: »Wer sagt, dass ich das vorhabe? Das war nie meine Absicht.« Er bemerkt meinen skeptischen Blick und fügt hinzu: »Ich plane, sie hinauf auf diesen Hügel zu zwingen. Die

Streitwagen und die erste Kampflinie dienen lediglich als Lockmittel.«

Ich bin überrascht. Das erscheint vernünftig. Doch, wie genau will er das anstellen?

Aufmunternd klopft er mir auf die Schulter. »Ermin, bleibe hier bei uns. Der Kampf wird auf dem Hügel entschieden. Dafür brauche ich die Besten.«

Ich blicke zu Nechtan hinüber und lehne kopfschüttelnd ab.

Calgacus nimmt es gelassen zur Kenntnis. »Nun gut, ich muss jetzt zu den Männern sprechen. Wir sehen uns später … als Sieger!«

Wortlos bleibe ich zurück.

Nechtan, der alles mitbekommen hat, legt seine Hand auf meinen Arm. »Du machst dir zu viele Gedanken. Calgacus ist ein kluger Heerführer.«

Ich mag nicht reden und grummele vor mich hin.

Ich hielt mich damals auch für klug und unterlag trotzdem. Was mag hier wohl schiefgehen, denn ihre Niederlage ist dokumentiert.

Wir folgen Calgacus etwa bis zur Mitte des Hügels, auf ein größeres freies Terrain. Von dort aus können die meisten seiner Kämpfer ihn noch hören, auch diejenigen, die sich am Fuß des Hügels in der Ebene befinden.

Nun spricht er zu ihnen. Seine Worte sind voller Selbstbewusstsein und packen jeden bei seiner Ehre. Sein Blick gilt allen und er schafft es, dass sich jeder persönlich angesprochen fühlt. Seine Stimme erhebt sich, wenn nötig, und senkt sich, wenn es sinnvoll wird. Seine Mimik und Gestik unterstreichen jeden einzelnen Teil seiner Botschaft. Die mystischen Gesänge der Seherinnen begleiten seine Rede.

Talorg übersetzt mir alles wortgetreu und zügig: »Rom will uns unser Land stehlen. Sie bedrohen unsere Familien, unsere Lebensweise, wollen uns versklaven, wie sie es bereits vielerorts taten. Aber wir werden sie aufhalten, sie zurückdrängen und unsere Freiheit verteidigen!«

Lautes Bestätigungsgeschrei und Gejohle der Männer unterbrechen kurz seine Ansprache.

Calgacus schaut ernst und wild entschlossen. »Sie lassen uns keine Wahl. Wir müssen kämpfen und wir werden sie besiegen! Ihr wisst genau, was sie mit uns tun, wenn wir uns nicht wehren. Unsere Frauen, unsere Kinder sind nicht vor ihnen sicher. Sie sind grausame Herren in all ihren Provinzen. Im Süden kämpften viele mutige Brüder und Schwestern erfolgreich gegen sie, scheiterten jedoch, weil sie nicht planmäßig vorgingen und allzu sorglos waren. Das wird uns nicht passieren …«

Die Krieger kommentieren die Worte ihres Anführers erneut mit lauten Rufen und verstärken ihre Zustimmung durch energisches Trommeln auf ihren Schilden.

Calgacus blickt zufrieden und beendet seine Rede mit den Worten: »Die Römer sind nicht so stark, wie sie glauben. Die meisten von ihnen sind Söldner, sie kämpfen für Geld und aus Angst vor Bestrafung. Wir kämpfen aus Liebe zu unserem Land und unseren Familien. Wenn sie unsere schiere Überzahl und unseren Siegeswillen erkennen, dann werden sie sich mit uns verbünden und das römische Joch abstreifen. Lasst uns heute Rom zeigen, wozu wir imstande sind, und lasst sie uns auf ewig verjagen!«

Nun sind Calgacus' Männer kaum noch zu halten. Sie brüllen ihre Zustimmung und ihren Siegeswillen laut heraus und unterlegen es mit wilden Schlägen auf ihren Schilden. Damit bekräftigen sie auch ihren Mut zum Sterben, denn sie wissen, es geht um alles. Die Römer sind Fremde, Feinde, einfach unerwünscht. Sie haben keinen Respekt vor der Lebensweise ihres Volkes und werden ihre Familien abschlachten oder versklaven, wenn sie die Möglichkeit dazu erhalten.

Zwischenzeitlich hat sich Calgacus wieder auf eine höhere Position begeben. So behält er zwar den Überblick, ist aber für meinen Geschmack zu weit entfernt, um eine rasche Befehlskette zu gewährleisten. Der Heerführer gehört an vorderste Front; er hat eine Vorbildfunktion. Nun, zumindest können ihn seine Männer wie auch seine Gegner gut sehen.

Begleitet wird er von seinen Beratern, Druiden und Seherinnen. Die Frauen, die wie Furien wirken, beginnen die Römer wild zu verfluchen. Ein Anblick, der auf die gegnerischen Reihen verstörend und gruselig wirken muss. Ich weiß genau, dass die Römer Angst haben. Allerdings fürchten sie sich noch mehr vor ihren Befehlshabern und den Konsequenzen.

Als wir uns wieder am Fuße des Hügels bei Nechtans Leuten befinden, wird schnell klar, dass in vorderster Linie vor allem die Jüngsten und Unerfahrensten stehen. Hat Calgacus diese Entscheidung bewusst getroffen? Geht er davon aus, dass sie nicht standhalten können und hofft darauf, die Römer auf den Berg zu locken, zu den erfahrensten Kriegern im Kampf?

Auch hier hätte ich anders agiert. Sei's drum! Ich bin nicht deren Heerführer und kann nichts mehr tun. Mir bleibt keine andere Wahl, als zu kämpfen.

Die vor uns in Stellung gegangenen römischen Truppen bestehen aus etwa achttausend Fußsoldaten, die sich im Zentrum der Ebene positioniert haben, sowie etwa dreitausend Reitern an den Flanken. Die eigentlichen Legionäre warten vor Agricolas Lager auf ihren Einsatz.

Auf gleicher Höhe wie die Römer befindet sich nun ein Teil von Calgacus' Kämpfern, darunter auch wir. Seine Streitwagen sind auf der Ebene zwischen den beiden Armeen verteilt. Die übrigen Krieger sind stufenförmig aufgestellt, den Hügel hinauf in Form eines Hufeisens. Während sich der Schlachtgesang zuvor noch unkontrolliert und wild durcheinander anhörte, beginnen die Männer jetzt im Gleichklang zu summen. Hierfür nutzen sie ihre Schilde, die sie dicht vor den Mund halten und dabei tiefe Töne ausstoßen. Dadurch hallen sie noch unheilvoller, denn das dumpfe Dröhnen ahmt vermeintliche Stimmen der Götter nach. Das Ganze wird begleitet von Schlachthörnern und in der Folge von ohrenbetäubendem Geschrei. Es soll dem Gegner das pure Grauen einflößen, ihnen selbst aber Mut machen.

All dies – die monströsen Schlachtgesänge und die wilden Waffentänze der meist hochgewachsenen, rothaarigen, barbarisch aussehenden Männer –, wirkt sichtbar einschüchternd auf unsere Gegner. Allerdings kämpfen in Agricolas römischer Armee auch Germanenverbände an vorderster Front, und sie sind nicht minder zum Fürchten. Besonders berüchtigt sind die tungrischen Schwertkämpfer.

Unser Heer mag den Römern zwar zahlenmäßig überlegen sein, besteht aber hauptsächlich aus Bauern. Sie sind zu bedauern. Im Angesicht des gut organisierten Gegners breitet sich nun bei einigen in den ersten Reihen doch noch Furcht aus. Da vermag selbst das gemeinsame Schlachtgeschrei nur wenig zu helfen.

Die Schlacht beginnt mit den Gefechten der Streitwagen. Ihr Ziel ist es, Preschen in die römischen Truppen zu schlagen. Doch dies misslingt. Es folgt ein massiver römischer Beschuss durch Katapulte und Pfeile. Unsere Schilde bieten nur mäßigen Schutz und unsere Gegengeschosse verursachen keine bedeutenden Verluste bei den Römern. Zu diesem Zeitpunkt sterben bereits mehr von unseren Kämpfern als auf Seiten der Gegner.

Kurz darauf befiehlt Agricola den Frontalangriff seiner Hilfstruppen, eine eher unübliche Aktion für römische Verhältnisse. Vermutlich hat er die Schwäche unserer ersten Linie erkannt und versucht, sie schnell zu durchbrechen, um den Weg für die nachrückenden Fußsoldaten zu öffnen.

Es kommt, wie es kommen muss: Die tungrischen Schwertkämpfer dringen fast mühelos in unsere unerfahrenen Reihen ein. Ich sehe die von Angst verzerrten Gesichter meiner Kampfgenossen, und es ist kein Wunder, denn die Tungri beherrschen den Umgang mit ihren Schwertern meisterhaft. Nicht wenigen schlagen sie mit nur einem einzigen Hieb den Kopf ab oder trennen sie von ihren Füßen. Zu viel für manchen Kameraden. Die zerschundenen Leiber der Getöteten, das viele Blut und das Wehgeschrei der Sterbenden beeinflussen immer mehr unserer Leute. Die einen rasten vor Zorn völlig aus, sodass selbst die eigenen Gefährten sich vor ihnen hüten müssen, die anderen sind vor Schock wie gelähmt, einige wenige versuchen ihr Heil in der Flucht.

Nechtan und Talorg gehören zu den standhaften und versierten Kämpfern. Sie widersetzen sich lange erfolgreich. Wir bleiben stets nah beieinander und schützen uns gegenseitig. Carney habe ich indes aus den Augen verloren.

Brenzlig wird es, als immer mehr von uns niedergemetzelt inmitten der eigenen Reihen liegen und die Römer die Oberhand gewinnen. Die Leichen behindern unseren Weg, aber auch den unserer Gegner.

Aus den Augenwinkeln heraus sehe ich plötzlich, wie Nechtan zu Fall gebracht wird. Sein Freund Talorg kann ihm nicht helfen, er kämpft selbst um sein Leben. Ich bin näher dran und schaffe es, meinen Kontrahenten noch rechtzeitig auszuschalten, dabei bemächtige ich mich rasch seines Pilums. Nechtans Widersacher kann den tödlichen Stoß nicht mehr ausführen, denn ich ziele, werfe den Speer und treffe den Tungri direkt in den Unterleib. Als er nach vorn übersackt, streift sein Schwert unglücklicherweise Nechtans Körper. Die Schwere seiner Verletzung ist nicht erkennbar, doch nur kurz darauf steht er wieder auf den Beinen und kämpft weiter, wenn auch blutend. Ob das Blut von ihm selbst stammt oder von seinen Gegnern, ist nicht auszumachen, aber momentan nicht von Belang. Er steht und kämpft, das ist alles, was zählt.

Verdammt, ich habe es geahnt, die unerfahrenen Kämpfer fallen reihenweise. Die Verluste sind enorm.

Agricolas Männer haben uns mittlerweile in die Zange genommen. Wenn nicht auch noch der Rest abgeschlachtet werden will, müssen wir uns sofort auf den Hügel begeben.

Endlich! Das Signal zum Rückzug ertönt, doch nicht alle hören es. Ich rufe meinen Kampfgenossen zu, sich zurückzuziehen. Es dauert eine Weile, bis sie mich verstehen, und noch länger, bis sie zurückweichen – viele bezahlen diesen Rückzug mit ihrem Leben.

Wird Calgacus' Taktik aufgehen?

Wir eilen den Hügel hinauf. Als wir endlich die Mitte der Anhöhe erreichen, können wir kurz durchatmen, geschützt durch den Rauch der vielen Feuerstellen. Dort warten auch die ausgeruhten Kämpfer unter Calgacus, die nun gegen die uns nachsetzenden Römer mit lautem Gebrüll vorgehen.

Viel Zeit bleibt uns jedoch nicht.

Außer Atem frage ich Nechtan, der inzwischen von seinem Freund gestützt werden muss: »Wie geht es dir?«

Er winkt ab: »Ist nicht so schlimm.« Dabei lächelt er gequält.

»Lass mich das mal anschauen«, fordere ich ihn auf und erkläre kurz darauf: »Ich habe zwar schon schlimmere Wunden gesehen, aber die Blutung ist anhaltend und sollte vorsichtshalber ausgebrannt werden. Das ist das Einzige, was wir in dieser Situation tun können.« Ich weise daher Nechtans Freund an: »Talorg, besorg Feuer!«

Er nickt mir zu, hilft Nechtan zuvor aber noch auf einem Felsen Platz zu nehmen, und verlässt uns dann. In der Zwischenzeit säubere ich die offene Wunde vor-

sichtig mit Wasser aus meinem mitgeführten Leder-
beutel.

Als Talorg zurückkehrt, halte ich die Klinge meines
Messers ins Feuer und brenne die Wunde, ohne Zeit zu
verlieren, aus. Nechtan zeigt große Tapferkeit.

Währenddessen berichtet uns Talorg von den neuesten Entwicklungen: »Calgacus' Zangenangriff über die
Flanken droht zu scheitern. Die römische Reiterei ist
schneller und hat unsere Leute selbst in die Zange genommen. Auch die römischen Fußtruppen sind schon
in der Nähe und beginnen uns vom Hügel wieder hin-
unter auf die Ebene zu drängen. Was sollen wir nun
tun?« Er ist sichtlich besorgt.

Calgacus' Plan, die Römer in das steinige, bewaldete
erhöhte Terrain zu locken, um sie mit kleinen schnellen
Aktionen zu zermürben und zu zerschlagen, geht also
nicht auf. Er hätte die erfahrensten Kämpfer in die vorderste Linie stellen sollen, um dann im geeigneten
Moment den Rückzug anzutreten. Für den Kampf im
Wald wären keine ausgebildeten Männer notwendig
gewesen. Jeder hätte dort dem Feind Schaden zufügen
können. Auf diese Weise wären weniger Menschen
sinnlos gestorben und das beginnende heillose Durcheinander hätte vermieden werden können. Tasha
würde jetzt sagen: Im Nachhinein ist man immer
schlauer. Die Frage nach dem Was-wäre-wenn ist jetzt
völlig sinnfrei.

»Wo ist Calgacus?«, frage ich gereizt.

»Er kämpft mit seinen Männern gegen die römische
Reiterei«, antwortet Talorg.

»Und was machen wir jetzt?«, will Nechtan wissen.

Die Schlacht ist verloren. Agricola hat nicht einmal
auf die bewährte Schildkrötenformation zurückgreifen

müssen. Die Römer waren umsichtiger und glückvoller als Calgacus. Es ist nur eine Frage der Zeit, bis römische Einheiten uns erreichen. Doch bevor ich antworten kann, taucht plötzlich Carney auf, gehetzt und voller Panik. Ich packe ihn. »Was ist los?«

»Die Römer haben uns überrannt. Sie metzeln alles und jeden nieder. Die wenigen Überlebenden fliehen in die Wälder und in das dahinter liegende Moor. Das sollten wir auch tun. Sofort!«

»Er hat recht. Agricola will den totalen Sieg. Er wird uns unbarmherzig verfolgen. Wir müssen hier weg«, stimme ich Carney zu.

Talorg wehrt sich. »Nein, das wäre Verrat!«

Ich widerspreche: »Unsinn! Dein Tod wird niemandem nützen. Aber bleibst du am Leben, kannst du weiter Widerstand leisten und deine Familie beschützen.«

Nechtan hat uns ruhig und sichtlich geschwächt zugehört. Ihm behagt mein Vorschlag ebenso wenig. »Wir dürfen nicht aufgeben! Es sind noch genug von uns am Leben, die kämpfen können.«

»Nechtan, sieh es ein, diese Schlacht ist verloren! Aber sei dir gewiss, auch die Römer werden nicht ewig herrschen. Niemand kann ein Volk mit Gewalt und Terror auf Dauer unterdrücken. Nichts ist stärker als der Wille nach Freiheit. Gegen diesen Drang besteht keine fremde Macht, keine Armee.«

Er sieht mich eindringlich an. Bevor er aber etwas sagen kann, wird uns die Entscheidung abgenommen. Römische Reiter sind nur noch wenige Meter von uns entfernt. Nechtan ist nicht stark genug, um bei den Kämpfen zu bestehen. Ich schreie daher Carney an: »Nimm ihn und verschwinde! Und das schnell!« Talorg pflichtet mir bei.

Doch Nechtan ist ein Sturkopf. Wackelig richtet er sich auf und entgegnet störrisch: »Ich bleibe und kämpfe!«

Diesmal greift sein Freund ein: »Begreif es endlich, du behinderst uns nur! Geh, und kümmere dich um unsere Familien!«

Gleichzeitig weist Talorg Carney mit einer ungeduldigen Geste an, Nechtan zu packen. Der Junge tut, wie ihm geheißen. Allerdings hat der schmächtige Jüngling alle Mühe, ihn fortzuschaffen. Nechtan lehnt sich gegen ihn auf, jedoch nur kurz, er merkt selbst, dass er kaum noch Kraft besitzt. Die beiden schaffen es gerade noch rechtzeitig wegzukommen, bevor unsere Gegner eintreffen und ein erbitterter Kampf entbrennt.

Wir konnten den tödlichen Hieben bisher mit Geschick und Glück ausweichen, doch viele von uns sind verletzt und werden nicht mehr lange standhalten. Mit den verbliebenen Männern suchen wir einen Ausweg aus dem Dilemma und beginnen mit dem schrittweisen Rückzug.

Aber wir scheitern! Die feindliche Übermacht ist einfach zu groß. Sie haben uns eingekesselt. Dann stolpert und fällt Talorg. Auch ich gerate in Not und werde von mehreren Seiten attackiert. Jäh spüre ich einen Schlag im Genick und verliere das Bewusstsein …

KAPITEL 9 - ♀

Ermin ist gegangen. Mich plagen allerlei böse Ahnungen. Reden möchte ich mit niemandem darüber. Seit seinem Fortgang meide ich jeglichen Kontakt. Zu viele Menschen drängen sich an diesem Ort zusammen. Ich brauche Zeit für mich.

Für Adam kann ich im Moment nichts tun, aufgrund des Fiebers ist er benommen. Er schläft viel und halluziniert. Eve wacht bei ihm. Ich werde sie in der Nacht ablösen. Angesichts der Gefahr, in der Ermin schwebt, komme ich ohnehin nicht zum Schlafen.

Im Augenblick versuche ich in dieser Festung einen Platz zu finden, an dem ich eine Weile für mich sein kann. Das gestaltet sich schwierig. Nach einer gefühlten Ewigkeit habe ich jedoch eine passable Stelle am Rand der Insel ausgemacht. Sie liegt versteckt hinter den Stallungen. Dort sind einige der Palisaden defekt – möglicherweise durch Fäulnis oder Tierverbiss verursacht. Ich zwänge mich hindurch und habe Glück. Das Seewasser ist zwar keine zwei Meter entfernt, aber die Stelle ist trocken und breit genug für mich. Es liegen hier auch ein paar größere Steine. Sie dienen mir als Sitzgelegenheit, zumal einer von ihnen eine flache Oberseite hat. Man könnte fast glauben, das Ganze wäre extra angelegt worden. Jedenfalls kann ich hier eine Weile für mich sein und nachdenken, während ich gleichzeitig Nessa und ihrer Mutter aus dem Weg gehe. Vor allem Cadha ist mir unheimlich, da sie mich stets durchdringend ansieht. Aber ich darf nicht undankbar sein, schließlich gewähren sie uns ein Dach über dem Kopf und versorgen uns.

Doch jetzt bin ich endlich allein, und die Lage sowie die Aussicht sind wunderschön.

Der Crannóg ist wirklich faszinierend. Die wenigen Überreste solcher Anlagen in unserer Zeit sind wenig spektakulär. Selbst in ihrer Blütezeit waren sie meist klein und aus Holz gebaut, doch dieser hier übertrifft alle in Größe und Konstruktionsweise.

Von meinem neuen Geheimplatz aus sind die vielfältigen Geräusche aus dem Inselinneren deutlich zu hören: lautes Stimmengewirr, Kinder- und Tiergeschrei sowie metallische Laute. Das alles beginnt plötzlich in meinem Kopf zu hämmern. Das fehlt mir jetzt noch.

Okay, Mädchen, konzentriere dich! Vielleicht hilft eine Meditation. Das sanfte Plätschern der Wellen, die auf die Steine vor mir treffen, erzeugt einen angenehmen Klang und trägt dazu bei. Allerdings wird das Sitzen auf dem blanken Stein mit der Zeit unangenehm. Kurzerhand muss mein Mantel als Sitzunterlage dienen. Auf den Lotossitz werde ich verzichten, da ich ziemlich verkrampft und nicht aufgewärmt bin. Stattdessen wähle ich den bequemeren Schneidersitz, indem ich meine Füße überkreuze und sie, im Gegensatz zur Lotoshaltung, unter meine Oberschenkel lege.

Ich schließe meine Augen und überprüfe mögliche Verspannungen von den Wangen bis zu den Zehen. Dann konzentriere ich mich auf das tiefe Ein- und Ausatmen, während ich zähle: ein-aus eins, ein-aus zwei, ein-aus drei und so weiter. Jedes Mal, wenn meine Konzentration nachlässt, lenke ich sanft meine Aufmerksamkeit zurück auf meine Atmung und die Bewegung meines Brustkorbs. Es gelingt mir nicht sofort, denn Ermin und die Sorge um ihn finden immer wieder Einlass in meine Gedanken. Nach einiger Zeit schaffe ich es jedoch, mich für eine Weile zu lösen.

Was ist das? Küsst mich jemand?

Nein, ich werde nicht geküsst, ich werde abgeleckt. Igitt!

Ich öffne meine Augen und blicke direkt in Tykes Antlitz. Er hat grässlichen Mundgeruch.

»Boah, du stinkst!«, meckere ich angewidert und ziehe eine Grimasse. Gleichzeitig drücke ich ihn vorsichtig von mir weg. Doch dieser Riese ist schwer und nimmt nur widerwillig Abstand. Stattdessen lässt er sich mit einem tiefen Grunzer neben mir nieder und legt seinen Kopf in meinen Schoß. Der angenehmste Vierbeiner ist er wahrlich nicht. Auf seine Weise hat er aber etwas Gemütliches und Beruhigendes.

Während ich ihn kraule, rede ich mit ihm – wenn man das überhaupt so nennen kann.

»Wie konntest du mich nur aufspüren, hm?«

Er grunzt wohlig und offenbart mir seine Unterseite, damit ich jeden Zoll von ihm tätscheln kann.

»Das magst du, oder? Schade, dass du nicht reden kannst. Ich würde gerne wissen, was du an mir findest?«

Seine Antwort ist ein tiefes Schnauben.

»Er riecht deine Andersartigkeit«, höre ich plötzlich jemanden hinter mir sagen. Erschrocken blicke ich auf.

Es ist Cadha!

»Was soll das heißen?«, frage ich überrascht.

176

»Du brauchst keine Angst zu haben«, entgegnet sie in ruhigem Ton und fügt hinzu: »Tyke beschützt unseresgleichen.«

Verdammt, was bedeutet das nun wieder? Was meint sie mit *unseresgleichen*? Ahnt sie, dass wir aus der Zukunft kommen? Nein, das kann nicht stimmen, denn wenn Tyke Leute wie mich beschützt, warum reagiert er dann aggressiv auf meine Freunde? Außerdem müsste Cadha selbst eine Reisende zwischen den Welten sein, denn der Hund liebt sie. Nein, ich glaube nicht daran und stelle mich unwissend: »Ich habe keine Ahnung, wovon du sprichst.«

Urplötzlich wechselt sie die Sprache und antwortet mir auf Englisch. Ich bin völlig perplex. Kein Zweifel, es ist das Englisch meiner Zeit.

»Es scheint, dass nur bestimmte Menschen mit bestimmten Genen die Reise antreten können «, offenbart sie unerwartet und versetzt mich in doppelte Sprachlosigkeit. Nicht nur spricht sie Englisch, sondern sie hat auch ein Triggerwort benutzt, das in dieser Zeit noch nicht bekannt sein kann: *Gene!*

Mit großen Augen starre ich sie an.

Sie fährt fort: »Ja, du hörst richtig! Auch ich komme aus der Zukunft.«

Ich bleibe stumm, unfähig zu reagieren. Ihre Offenbarung trifft mich wie ein Schlag. Sie bemerkt meinen Schock, aber sie plaudert einfach weiter, als wäre das alles ganz normal.

»Ich stamme aus Aberdeen und war vor mehr als fünfundzwanzig Jahren mit meiner Freundin bei Dunnottar Castle. Maya entdeckte einen Weg in die Klippen und stieß auf eine versteckte Höhle. Es war Samhain, also Halloween, als wir verschwanden.«

Nun stoppt sie und sieht mich erwartungsvoll an. Doch in meinem Kopf herrscht Gedankensalat: Fragen, Feststellungen, Widersprüche. Alles ploppt gleichzeitig auf.

Mit brüchiger und stockender Stimme entgegne ich: »Ich ... ich verstehe nicht! Du ... die anderen ... der Hund ...«

»Ah ja, Tyke. Warum auch immer, er und seine Vorfahren beschützen nur auserwählte Reisende. Du und ich scheinen einen besonderen Duft zu besitzen. Vermutlich hat das mit den Genen zu tun. Das ist zumindest mein Versuch, das Ganze im Laufe der Jahre erklärbar zu machen.«

Langsam sortieren sich meine Gedanken und meine Stimme wird wieder fester. »Was ist aus deiner Freundin geworden?« Denn Tyke ist nur Cadha zugetan – und mir.

Mit trauriger Stimme sagt sie: »Maya fühlte sich hier nie wohl. Sie starb beim Versuch, nach Hause zurückzukehren. Ich hatte mich zwischenzeitlich verliebt und wollte nicht mehr zurück. Als Waisenkind ohne Familie erwartete mich in der alten Heimat niemand.«

Cadha pausiert kurz, atmet hörbar ein und aus. Die Erinnerungen sind offenbar schmerzhaft. Dann erzählt sie weiter: »Als du und deine Freunde bei uns aufgetaucht seid, wusste ich, dass ihr aus meiner Zeit stammt, eure Kleidung hat es verraten. Und als Tyke auf dich zulief, war mir sofort klar, dass du die eigentliche Zeitreisende bist. Die anderen haben eure Welt nur verlassen können, weil du in diesem Augenblick bei ihnen warst. Du bist der Schlüssel für das Öffnen des Portals.«

Das klingt auf eine verrückte Weise logisch.

»Wer bist du?«, frage ich neugierig.

»Ich war Humangenetikerin und habe Erbkrankheiten erforscht, auch inwieweit sich Traumata vergangener Generationen auf die Nachkommen auswirken. Als ich in diese Welt katapultiert wurde, habe ich natürlich versucht, dem Ganzen auf den Grund zu gehen. Aber ich bin kein Einstein, und mir fehlte mein Labor.«

»Aber was denkst du, warum nicht wesentlich mehr Menschen durch die Passage hierhergelangt sind?«, hake ich nach.

»Nun, mir scheint, dass die geringe Anzahl an Grenzgängern auf eine uns unbekannte Sequenz im Genom zurückzuführen ist. Dort muss der Schlüssel zu finden sein.«

Woher weiß sie das alles?

Sie bemerkt meinen fragenden Gesichtsausdruck und erklärt: »In aller Regel beobachten Druiden die heiligen Orte, vor allem an den besonderen Tagen, parallel zu den Feierlichkeiten. Einer von ihnen hat damals unsere Ankunft mitbekommen und sich um Maya und mich gekümmert. Bis zu seinem Tod hat er mich unterrichtet und auch von anderen Fremden berichtet, die vor uns kamen. Aber wir wären seit Langem die Ersten gewesen und blieben die Letzten, bis ihr auftauchtet. Viele der zuvor in diese Welt geratenen Menschen hielten nicht durch. Sie erkrankten, wurden verrückt, nahmen sich das Leben oder man tötete sie. Und da immer weniger durch das Tor kommen, schwindet zunehmend das Wissen und der Kult der Druiden.«

Das kann ich mir gut vorstellen. Ich bin davon überzeugt, dass eine größere Anzahl von Zeitreisenden unweigerlich Auswirkungen auf die Geschichte haben würde.

»Und … aus welchem Jahr stammst du?«, will ich wissen.

»Geboren wurde ich neunzehnhundertneunzig, ich verschwand zweitausendzwanzig. Und aus welchem Jahr kommt ihr?«

»Zweitausendvierundzwanzig«, entgegne ich knapp.

»Nein, nicht wahr!« Cadha ist geschockt. Sie überlegt nun laut: »Hier ist ein ganzes Leben verstrichen, während in meiner Heimat nur vier Jahre vergangen sind? Ob ich bei einer Rückkehr wieder jung wäre?«

»Nein! Das funktioniert nicht«, entgegne ich viel zu schnell, wohlwissend um meine und Ermins Vorgeschichte.

»Woher nimmst du die Gewissheit?«, fragt sie nach.

Ups, da habe ich vielleicht zu viel preisgegeben. Soll ich ihr die Wahrheit sagen? Einen Teil davon?

Sie setzt sich neben mich und beantwortet die Frage selbst: »Du bist schon einmal in der Vergangenheit gewesen, nicht wahr?« Zögerlich nicke ich. »Wo und wann, und wieso wieder?«, bohrt sie weiter.

Doch ich möchte mich nicht mehr dazu äußern und schweige, stur den Blick auf das Wasser gerichtet.

»Nun gut, ich verstehe. Aber willst du mir nicht wenigstens erzählen, wer ihr seid?«

Ich atme tief durch und überlege, wie viel ich ihr enthüllen sollte, bevor ich antworte: »Wir sind Archäologen. Bei Grabungen in der Nähe von Dunnicaer stießen wir auf eine Felsengrotte. Alles Weitere dürfte klar sein.«

Keine von uns hat momentan den Wunsch, noch mehr zu sagen. Für beide Seiten sind das ziemlich viele Informationen, die erst einmal sacken müssen.

Eine Zeit lang sitzen wir einfach nur da und blicken gemeinsam auf den See. Tyke liegt zwischen uns, zufrieden schnurrend, fast wie eine Katze.

Während der gemeinsamen Stille versucht mein Verstand, all das zu begreifen und Fäden zu knüpfen, wie die Erklärung, dass das Genom für die Zeitreisen verantwortlich sein könnte. Dadurch ergibt auch die außergewöhnliche Bauweise des Crannóg Sinn: Cadha hat das Wissen unserer Zeit über Burgen angewandt und mit den hiesigen Mitteln das Beste daraus gemacht.

Nach einer Weile nehme ich das Gespräch wieder auf: »Weiß deine Familie von deiner Herkunft?«

»Nur mein Mann.«

Ich bin neugierig. »Hat er dir geglaubt?«

»Nicht zu Anfang, später schon.« Sie pausiert kurz. Dann stellt sie fest. »Dein Mann ist anders als ihr.«

Hegt sie einen Verdacht? Ermins wahre Identität werde ich ihr aber nicht verraten und widerspreche bestimmt: »Nein, er ist wie wir alle.«

Doch sie bleibt beharrlich und ist dabei sehr direkt. »Das glaube ich dir nicht. Ermin kommt nicht aus unserer Epoche.«

Das geht zu weit, ich breche ab. »Es ist schon spät. Ich muss jetzt gehen und Eve ablösen.«

Ohne sie anzusehen, mache ich mich auf den Weg und lasse das Gespräch mit ihr noch einmal Revue passieren.

Unglaublich, dass ich auf einen Menschen getroffen bin, der Ähnliches wie ich durchgemacht hat. Doch nun ist sie eine ältere Frau, dabei ist sie fast so alt wie ich, wenn man meine Welt, meine Zeit zugrunde legt.

Hiernach lebt auch meine Schwester nicht mehr, Mara hat die Varusschlacht hautnah miterlebt, die im Hier bereits mehr als siebzig Jahre zurückliegt. Immerhin haben sowohl sie als auch Cadha die Liebe in dieser Welt gefunden. Dennoch überfordert mich der Versuch einer Erklärung für diese Zeitdifferenz. Ich akzeptiere eher die Möglichkeit einer Zeitreise als die nicht synchrone Zeitverschiebung.

Sollte es mich beunruhigen, dass Cadha bereits spekuliert, Ermin stamme nicht aus der Zukunft? Aber warum interessiert sie das? Das dürfte für sie nicht von Bedeutung sein. Oder will sie vielleicht wieder heimkehren? In Begleitung ihres Mannes, ihrer Kinder?

Ich weiß nicht. Um den Übergang zu gewährleisten, müssen genau dieselben Personen durch das Zeittor gehen, die einst hindurchgekommen sind. Das hat mir damals meine Schwester gesagt, auch wenn es dafür keinen sachlichen Beweis gibt. In diesem Fall wäre es für Cadha unmöglich, weil ihre Freundin beim Versuch, zurückzukehren, gestorben ist. Und warum sollte Cadha überhaupt zurückkehren wollen? Ihre Kinder leben hier und sie wurden sogar zu Anführern gewählt.

Eve werde ich nichts von Cadhas Offenbarung erzählen, denn wenn schon Chadha den Braten bezüglich Ermin riecht, könnte auch meine Kollegin auf entsprechende Ideen kommen. Vor allem, wenn sich die beiden Frauen unterhalten sollten. Egal, ich habe gerade ganz andere Sorgen.

»Wie geht es ihm?«

Adam schläft. Eve sitzt auf einem Hocker und sieht erschöpft aus. Gähnend antwortet sie mir: »Das Fieber ist noch immer hoch, aber er ist schon viel ruhiger geworden, zumindest meinem Eindruck nach.«

»Komm! Leg du dich jetzt schlafen, ich bleibe bei ihm.«

Sie nickt. Beim Aufstehen wankt sie, dann lächelt sie mich an und sagt: »Tasha, das ist doch alles irre hier, oder? Kaum zu glauben, wo wir sind und was wir in den wenigen Tagen erlebt haben.«

»Ja, da hast du recht.« Ich nehme Platz und beginne mit einem nassen Tuch Adams Stirn zu kühlen.

»Wo sind eigentlich Ermin und Nechtan?«, will Eve wissen.

Ich muss schlucken. Die Sorge um Ermins Leben überkommt mich wieder.

»Die beiden sind aufgebrochen. Ich glaube, die Schlacht am Mons Graupius steht bevor.«

Eve reagiert sichtlich erschüttert. »Das ist doch Wahnsinn! Und Ermin ist mit ihnen gegangen? Warum?«

»Er fühlt sich ihnen verpflichtet.«

»Ach herrje.« Sofort kommt sie auf mich zu und drückt mich. »Es wird sicherlich alles gut gehen. Ermin ist anders als die üblichen Kerle. Er ruht in sich und ist stark.«

Es ist lieb von ihr, mich beruhigen zu wollen. Natürlich kenne ich Ermins Fähigkeiten nur allzu gut, aber er ist nicht unverwundbar. Ich möchte nicht weiter darüber sprechen und erwidere: »Ich weiß. Nun geh schon! Du musst dich ausruhen. Ich bleibe die Nacht hier.«

Es fällt ihr schwer, mich allein zu lassen, aber mit einer Handbewegung und einem entschlossenen Blick scheuche ich sie hinaus.

Die Nacht ist anstrengend. Erschöpfung breitet sich in mir aus. Adam war einige Male kurz bei Bewusstsein. Er verlangte nach Wasser. Lange blieb er allerdings nie wach und reden wollten weder er noch ich. Auch ich bin ein paar Mal eingeduselt, aber nie für lange. Morgen früh werden meine Augenlider bis zum Boden reichen und ich nicht mehr gerade gehen können. Der Hocker ist richtig unbequem und Rückenschmerzen stellen sich ein. Meine ersten und letzten Gedanken, wenn ich einschlafe und wieder erwache, gelten Ermin. Ich kann das einfach nicht abstellen. Was er wohl in diesem Augenblick macht?

Oh, mich berührt jemand sanft und spricht mit mir. Ermin? Nein, es ist Eve.

»Guten Morgen, Tasha.« Eve hat ein schönes, ein gewinnendes Lächeln. Eigene Sorgen hin oder her, da muss man zurücklächeln. »Wie geht es unserem Patienten heute?«, will sie wissen.

Ein kurzer Blick auf Adam genügt. Nicht nur, dass er noch schläft, er wirkt schon viel entspannter. »Ich glaube, es geht aufwärts«, antworte ich erleichtert.

»Komm, geh du jetzt etwas essen und schlafen. Ich bleibe wieder bei ihm.«

»Ja, ich muss sowieso ganz dringend mal austreten«, erwidere ich und bin auch schon auf dem Weg nach draußen.

Nachdem ich meine Morgentoilette erledigt habe, inklusive einer eiskalten Katzenwäsche, bin ich nun hellwach. Ich bringe Eve und Adam Essen und sicheres Trinkwasser, das dank Cadha und ihrem Wissen hygienisch einwandfrei ist. Dabei hoffe ich stets, nicht auf sie oder ihre Tochter zu treffen. Ein paar Mal war es knapp, da habe ich mich versteckt, so gut es ging.

Um dem geschäftigen Treiben zu entkommen, flüchte ich erneut, diesmal aber von der Insel, weg vom Crannóg, weg von Cadha. Mit einem der Boote rudere ich ans Ufer. Nur Tyke hat mitbekommen, was ich plane, und hängt wie eine Klette an mir. Er fürchtet sich nicht vor dem Wasser. Ohne Scheu und Mühe folgt er mir in die Nussschale und legt sich sofort flach hin. Ihn hinauszuscheuchen ist zwecklos.

Am Ufer angelangt, finde ich rasch ein ruhiges Plätzchen. Ich lasse mich in der Nähe eines eiszeitlichen Findlings nieder, umgeben von uralten Kiefern und mit Blick auf den See. Dabei kommen Erinnerungen an eine meiner ersten Begegnungen mit Ermin hoch. Mein Herz wird schwer, ich vermisse ihn und möchte ihn zurück! Sollte ich ihm folgen?

Doch bei ihm werden Tausende von Kriegern sein. Einen Einzelnen unter ihnen zu finden, wäre schwierig. Außerdem bin ich weder eine Kämpferin noch ertrage ich den Anblick verstümmelter Leichen. Die Erfahrungen meiner ersten Zeitreise waren schon einschneidend genug. Ich bin nicht so stark und taff – ich will nur so schnell wie möglich mit meinem Germanen zurück nach Hause.

Tränen rinnen über meine Wangen und Übelkeit gesellt sich hinzu. Ausgerechnet in dieser fremden Zeit und Welt erfahre ich von meiner Schwangerschaft, und Ermin ahnt nichts davon. Ich seufze schwer. Hätte ich es ihm sagen sollen? Doch dann wäre er womöglich abgelenkt und unter Umständen achtloser vor Sorge um mich. Unsere Situation ist bereits verzwickt genug, weitere Komplikationen brauchen wir wirklich nicht. Vielleicht sollte ich um göttliche Hilfe bitten – schaden kann es nicht. Leise flüstere ich:

> *O lieber Gott, ich bitte dich,*
> *lege deine schützende Hand über Ermin.*
> *Steh uns bei in dieser Fremde.*
> *Hilf uns, besonders ihm.*
> *Wir schaffen es nicht allein –*
> *nicht ohne dich.*
> *Amen!*

Ich bin zwar nicht der religiöseste Mensch, aber ich wurde im Sinne der christlichen Werte erzogen. Ein Gebet kann also nicht schaden. Außerdem gibt es zwischen Himmel und Erde mehr, als die Wissenschaft zu erklären vermag. All das hier und in Persona Ermin sind doch die besten Beispiele dafür.

Warum sollte es also keine höhere Macht geben?

Ich möchte daran glauben! Auch wenn tagtäglich viel Schlechtes auf der Erde geschieht und man sich fragt, welchen Sinn das haben soll. Optimismus wird aus Glaube und Hoffnung gespeist. Er hilft uns durch schlimme Zeiten. Und mit etwas Glück winkt die Liebe als Belohnung.

Und wieder bin ich in Gedanken bei Ermin, meinem großen germanischen Helden.

Ob ihm insgeheim diese Welt gefällt? Sie kommt seiner Heimat recht nah. Selbst wenn, auch meine Welt bietet ihm viel. Dort hat er alles, was er braucht. Er liebt die Arbeit mit den Pferden, und er liebt mich. Das wird er nicht aufgeben. Nein, das wird er nicht! Oder doch?

Während mein Verstand rotiert, umschmeicheln mich die Sonnenstrahlen. Tyke hat sich neben mich gelegt, was mir wider Erwarten ein gutes Gefühl gibt. Sein genüssliches Schnaufen, denn ich kraule ihn behutsam, wirkt beruhigend auf mich. Allmählich werden die Gedanken weniger und beginnen sich zu wiederholen – ein Anzeichen von Müdigkeit und von Erschöpfung. Auch fühlen sich meine Augenlider schwach und immer schwerer an. Der Wunsch, sie zu schließen, ist stark. Immer wieder fallen sie zu. Schließlich gebe ich dem Drang nach und bin schon nach Kurzem weggedöst.

Inmitten meines traumlosen Nickerchens höre ich im Unterbewusstsein Tyke plötzlich knurren. Es dauert einen Moment, bis es zu mir durchdringt. Wie lange ich geschlafen habe, weiß ich nicht, aber die Sonne steht bereits tief.

Tyke muss etwas im Unterholz gehört haben und ist abrupt aufgesprungen. Da ich niemanden sehe, horche ich aufmerksam in die Umgebung.

Und da! Es knackst und knistert, gar nicht weit entfernt von mir. Tyke bellt. Er ist angespannt und zum Angriff bereit. Trotz seines Triebes, dem Geräusch hinterherjagen zu wollen, bleibt er an meiner Seite, und darüber bin ich sehr froh.

Ich will wissen, wer da ist und rufe laut: »Quis est illa?«

Tyke legt die Ohren an und knurrt tief aus der Kehle heraus. Damit ängstigt er mich mehr als der Verursacher der Geräusche, denn dieser beginnt sich nun zu offenbaren. Es ist ein junger Mann. Mit bangem Blick fordert er mich auf: »Nimm den Hund weg!«

Tyke scheint zwar einen Narren an mir gefressen zu haben und mich beschützen zu wollen, ob er mir aber auch wirklich nichts antut, ist nicht gewiss. Ich kenne weder das Wesen dieses Hundes noch diesen Fremden. Daher werde ich einen Teufel tun und erwidere ruhig: »Das ist nicht mein Hund.«

Jetzt schaut mich der Bursche mit einer Mischung aus Unglaube und Verunsicherung an. Als Tyke erneut zu bellen beginnt, zuckt er heftig zusammen. Ihm ist anzusehen, dass er über eine Flucht nachdenkt, aber er weiß auch, dass dies für den Hund die Initialzündung wäre.

Okay, das Bürschchen tut mir nun doch ein wenig leid. Bei näherer Betrachtung macht er einen schäbigen Eindruck auf mich. Seine Kleidung ist stellenweise zerrissen. Er hat Blessuren im Gesicht und am Oberkörper. Blut haftet an ihm.

Sein eigenes?

Gefährlich wirkt er aber nicht auf mich – eher verloren. Er ist in einer wirklich bedauernswerten Verfassung.

Also versuche ich mein Glück bei meinem vierbeinigen Bodyguard und rede ihm gut zu. Dazu tätschele ich Tyke vorsichtig. Nur langsam entspannt er sich. Er knurrt und bellt wenigstens nicht mehr, behält aber den Eindringling weiter im Auge.

»Du gehörst nicht zu Nechtans Leuten, wer bist du und was machst du hier?«, frage ich barsch. Ich will stark wirken, damit der Fremde nicht auf dumme Gedanken kommt.

»Ich bin Carney«, stellt er sich vor und fügt mit skeptisch-ängstlichem Blick hinzu: »Du hast den Köter doch im Griff, oder?«

»Wie ich schon sagte: Das ist nicht meiner.«

»Weiß er das auch?«

Seine Miene spricht Bände, was mich zu amüsieren beginnt. Aber ich muss ernst bleiben, ich habe Fragen, denn alles an ihm ist auffällig.

»Nun rede schon! Was treibt dich dazu, hier herumzuschleichen?«

»Das habe ich gar nicht«, widerspricht er beleidigt.

Doch bevor wir weiterreden können, taucht Nessa auf. In Windeseile hat sie ihr Boot ans Ufer gebracht und kommt auf uns zugestürmt. Sie sieht mich vorwurfsvoll an. »Hier bist du also. Wir haben uns schon Sorgen gemacht. Keiner wusste, wo du bist.«

»Entschuldige. Ich wollte allein sein, brauchte Zeit für mich«, erkläre ich betreten.

»Aber dann gib doch wenigstens Bescheid, bevor du die Insel verlässt«, rügt sie mich.

Ich kann ihr nicht beichten, dass das kontraproduktiv gewesen wäre. Meine Absicht lag vor allem darin, ihnen aus dem Weg zu gehen. Wenn ich Bescheid gegeben hätte, wäre man mir vermutlich alsbald gefolgt.

Nessa verliert schnell das Interesse an mir und schaut sich argwöhnisch den jungen Mann an.

»Ich habe dich schon einmal gesehen. Warst du nicht vor Kurzem bei meinem Bruder?«

»Ja, ich bin Carney vom Stamm der Briganten und habe ihn vor der anrückenden römischen Legion gewarnt.«

»Und was machst du jetzt hier?«, hakt Nessa neugierig nach, dabei mustert sie ihn von oben bis unten.

»Ich wollte Verwandte im Norden besuchen, habe es mir dann aber anders überlegt und mich Calgacus angeschlossen.«

Was sagt er da? Dann kommt er direkt vom Schlachtfeld?

Jetzt macht sein Auftreten Sinn – und mir Angst.

Nessa und ich werden sichtlich hellhörig und sind angespannt. Nessa bedrängt ihn nun: »Du kommst von der Schlacht? Wo ist mein Bruder?«

Ich warte seine Antwort gar nicht ab und frage: »Was ist mit Ermin, dem Cherusci?«

Ängstlich und fordernd fixieren wir ihn. Dabei weicht Carney etwas von uns ab und blickt bedrückt zu Boden.

»Die Römer haben gesiegt. Viele von uns sind tot. Die, die überlebt haben, mussten fliehen, auch ins Moor. Da habe ich Nechtan das letzte Mal gesehen.«

»Und was ist mit Ermin?«, wiederhole ich ungeduldig.

»Ich bin mir nicht sicher, aber ich glaube, sie haben ihn gefangen genommen.«

Ein spitzer Schrei entweicht mir. Mir wird schwindelig. Tyke bemerkt meine Erregung und knurrt Carney an, worauf dieser sofort zurückweicht.

Mit leiser Stimme und sturem Blick auf den Hund erzählt er: »Der Cherusci hat tapfer gekämpft. Ohne ihn wären viele von uns tot, auch ich …«

Nessa sieht mich an und sagt: »Wenigstens lebt er noch.« Dann wendet sie sich wieder an Carney: »Du musst mit uns auf die Insel kommen und uns alles genau erzählen.«

Angesichts dieser Informationen wird mein Herz schwer. Ich ringe um Fassung und gegen aufsteigende Tränen. Vielleicht kämpft Ermin gerade in diesem Augenblick um sein Leben. Ach was, er kämpft ganz sicher! Oh, mein Liebling, was soll ich nur tun?

KAPITEL 10 - ♀

essa bringt Carney auf direktem Weg zu ihren Eltern. Wir beide sind sehr nervös, während der junge Mann niedergeschlagen und beinahe beschämt erscheint. Nessa klärt ihre Eltern schnell auf. Angesichts dieser Informationen wird Cadha unruhig, ihre Augen verraten es, ihr Mann hingegen zeigt keine Regung. Sie mustert nun den Jungen streng von oben bis unten.

»Du warst also bei ihnen? Erzähle! Was ist geschehen? Wo ist mein Sohn?«, fragt sie schroff.

Carney weicht ihrem Blick aus und beginnt leise und stammelnd zu berichten: »Die Römer haben gesiegt … Nechtan wurde verletzt. Wir flohen ins Moor, aber euer Sohn bekam Gewissensbisse. Er ging zurück, wollte kämpfen. Ich habe versucht, ihn aufzuhalten, aber er ist so verdammt stur …« Bei den letzten Worten wird Carney emotionaler und lauter, als wäre er sauer auf Nechtan, aber auch auf sich selbst. Als ihm das bewusst wird, sieht er Cadha schuldvoll an. Doch keiner reagiert, und so spricht er weiter: »Wir sahen, wie Talorg und der Cherusci von den Römern niedergerungen wurden. Nechtan wollte helfen, aber das war aussichtslos, die Römer waren uns bereits sehr nah. Das hat auch er schließlich einsehen müssen, dennoch konnte

191

ich ihn nur mit Mühe davon überzeugen, zu fliehen. Im Moor verloren wir uns dann aus den Augen …«

Keiner spricht. Wir sind bestürzt – Nechtan verletzt und verschollen, Ermin und Talorg gefangen genommen oder tot.

Carney erträgt die Stille nicht länger und fügt hinzu: »Die Römer jagten die Überlebenden. Aber im Moor konnten sie uns nicht verfolgen. Ich schloss mich einigen Kriegern an, die sichere Wege durch das morastige Gelände kannten. Das war mein Glück.«

Es herrscht noch immer betretenes Schweigen.

Meine Gedanken sind bei meinem Germanen. Innerlich verfluche ich ihn. Er hatte mir doch versprochen, zurückzukehren. Oh, wie ich diese Epoche hasse und diese Schlachten. Sie kennen keine Sieger. Auch wenn das diejenigen glauben, die vermeintlich am längeren Hebel sitzen.

Cadha rührt sich nun doch noch. Sie streckt ihr Kreuz durch und hebt ihr Kinn, um Stärke zu zeigen und uns Hoffnung zu geben.

»Nun, wir müssen abwarten. Immerhin haben sie noch gelebt, als du sie das letzte Mal gesehen hast, und mein Sohn ist stark.«

Dann gibt sie Nessa ein Zeichen. Diese versteht die Geste und bestätigt mit einer kurzen Kopfbewegung.

»Komm, Carney, du bekommst jetzt erst einmal etwas zu essen und einen Platz zum Schlafen.«

Meine Gedanken überschlagen sich. Ich muss etwas unternehmen. Nur, was kann ich tun?

Unbewusst habe ich den Raum verlassen und den Weg zu meinen beiden Kollegen gefunden.

Adam schläft, während Eve mir ansieht, dass etwas nicht stimmt. »Tasha, was ist mit dir? Du siehst aus, als hättest du einen Geist gesehen.«

Es dauert einen Moment, bis ich meine Sprache wiederfinde. »Die Römer haben Ermin gefangen genommen, vielleicht ist er aber auch schon tot ...« Meine Stimme versagt, ich muss schlucken.

Eve nimmt mich sofort in den Arm. »Und was ist mit Nechtan und den anderen?«

Ich schüttele den Kopf. »Nechtan ist verletzt, vielleicht gefangen genommen oder auch tot. Näheres wissen wir nicht.«

Eve beginnt zu zittern und ihre Augen werden ganz glasig. Ihre Reaktion überrascht mich. Sie muss ihn wirklich gernhaben. Dann hakt sie plötzlich nach: »Woher hast du eigentlich diese Informationen?«

»Von einem jungen Krieger, der dabei war und es bis hierhergeschafft hat.«

Eine Weile liegen wir einander tröstend im Arm, doch dann verkrampft sie sich und fragt ängstlich: »Werden die Römer jetzt hierherkommen?«

»Ich weiß es nicht«, antworte ich ehrlich. Eve drückt mich nun noch etwas fester, was dazu führt, dass sich alle Schleusen bei mir öffnen. Ich weine hemmungslos und schluchze verzweifelt: »Oh, Eve, was soll ich bloß tun?«

Sie streicht mir sanft über Kopf und Arme und spricht beruhigend auf mich ein. Aber auch sie hat keine Antwort darauf. So stehen wir einige Zeit schweigend beieinander.

Unvermittelt kommt mir eine Idee. Eve bemerkt die plötzliche Veränderung und hegt einen Verdacht. Sie warnt mich eindringlich: »Mach jetzt bloß keine Dummheiten!«

Da mischt sich auch noch Adam ein, der inzwischen erwacht ist. »Was ist mit euch?« Es scheint ihm besser zu gehen, denn, als wir nicht sofort antworten, reagiert er genervt: »Hey, ihr beiden, würde mir mal bitte jemand sagen, was los ist!«

Ich will ihm nicht antworten und den beiden auch nichts über meine Idee verraten. Ich kann mir denken, wie sie darauf reagieren würden.

»Ich muss gehen«, antworte ich schnell.

Eve ruft mir noch hinterher: »Verdammt, Tasha! Was hast du vor?«

Doch ich lasse mich nicht aufhalten, denn ich habe einen Plan. Na ja, eher eine vage Vorstellung. Als Erstes muss ich herausfinden, wohin die Römer ihre Gefangenen bringen.

Unterwegs treffe ich auf Cadha und Nessa.

»Warum hast du es so eilig?«, fragt Nessa.

»Ich suche Carney.«

»Weshalb?«, hakt nun ihre Mutter nach.

»Ich will von ihm wissen, wohin die Römer ihre Gefangenen bringen«, antworte ich direkt und ehrlich.

Nessa wird neugierig: »Warum?«

»Ich gedenke, Ermin zu befreien«, erkläre ich selbstsicher.

Cadha reagiert entgeistert: »Das ist Wahnsinn und völlig unmöglich.«

»Ich begleite dich!«, bestimmt Nessa unerwartet.

Das ist zu viel für ihre Mutter. Nach dem ersten Schockmoment begehrt Cadha auf: »Nein! Nessa, das wirst du nicht! Du bleibst hier!«

Doch ihre Tochter wirkt entschlossen. »Du kannst mich nicht aufhalten, Mutter, nicht dieses Mal!«

»Nessa, bitte, ich will dich nicht auch noch verlieren.« Cadha kämpft verzweifelt um ihre Tochter.

»Das wirst du nicht. Aber Nechtan und die anderen benötigen unsere Hilfe. Begreife doch, ich muss das tun!«

Cadha ist die pure Verzweiflung anzusehen und anzuhören: »Nein! Nein! Nein! Das kann ich nicht zulassen!«

Offensichtlich steht sie unter Schock, denn sie schüttelt unablässig den Kopf.

Natürlich habe ich Mitleid mit ihr. Ich mag mir nicht vorstellen, wie es mir an ihrer Stelle gehen würde. Gut, dass meine Mom nicht weiß, was ich gerade durchmache. Aber ich muss auch an mich denken. Ich brauche Nessas Unterstützung, denn ich kenne mich hier überhaupt nicht aus. Außerdem ist sie alt genug, ihre eigenen Entscheidungen zu treffen.

Nessa ignoriert ihre Mutter und wendet sich mir zu. Sie antwortet auf meine zuvor gestellte Frage: »Ich weiß, wohin sie ihre Gefangenen bringen, in ihr Lager Inchtuthil.«

»Ist es weit entfernt?«, will ich wissen.

»Ungefähr einen Tagesmarsch.«

Na klar, was sonst, das bedeutet mal wieder einen anstrengenden Fußmarsch. Ich stöhne innerlich auf.

»Sag mal, wie willst du eigentlich in ihr Lager kommen?«, hakt Nessa neugierig nach.

»Ich werde mich verkleiden. Wir haben doch noch die römische Rüstung, die Ermin dem Römer abgenommen hat.« So mein simpler Plan.

»Gewagt, aber nicht unmöglich. Allerdings benötigst du noch deren Losung, und selbst wenn du hineingelangst, musst du unsere Leute noch finden, ohne aufzufallen«, gibt Nessa zu bedenken.

»Das ist wahr, aber eins nach dem anderen. Darum kümmern wir uns, wenn wir vor Ort sind«, versichere ich ihr.

Cadhas Starre löst sich und sie mischt sich hektisch ein: »Nessa, wie ich bereits sagte, du wirst nicht gehen! Unter keinen Umständen!«

Spontan umarmt Nessa ihre Mutter. Das überrascht nicht nur mich, sondern auch Cadha. Sie bringt ein gequältes Schluchzen hervor – sie weiß, dass sie verloren hat. Traurigkeit und Angst stehen ihr deutlich ins Gesicht geschrieben.

Ich sollte die beiden allein lassen. Nessa bemerkt meinen zaghaften Versuch, mich zurückzuziehen, und fordert mich auf, zu warten. Kurz darauf löst sie sich behutsam von ihrer Mutter, wischt sich und ihr die Tränen von den Wangen und gibt ihr einen liebevollen Kuss, bevor sie mit mir davongeht. Cadha bleibt sprachlos zurück.

»Du möchtest immer noch zu Carney, nicht wahr?«, hakt Nessa nach.

Ich antworte, ohne zu zögern: »Ja! Er stammt doch aus dem Süden und wird sicherlich nach Hause wollen. In seiner Begleitung werden wir weniger Aufmerksamkeit erregen. Außerdem könnten wir von seinen Kenntnissen über das römische Lager profitieren.«

»Das ist richtig. Aber heute Nacht sollte er sich ausruhen.«

»Verstehe. Ich möchte wirklich nur kurz mit ihm darüber reden, nicht dass er morgen früh schon weg ist.«

Wir treffen ihn in der Küche. Bei unserem Erscheinen blickt er betreten zur Seite. Ohne uns anzusehen, sagt er: »Keine Sorge, ich werde euch morgen verlassen.«

»Wir werden dich begleiten!«, entgegnet Nessa direkt und bestimmt.

Carney schaut überrascht zu uns. »Was wollt ihr? Mich begleiten? Wieso?«

»Wir möchten, dass du uns nach Inchtuthil führst und uns alles über die Festung erzählst«, mische ich mich ein.

»Was habt ihr vor?«, erkundigt er sich verwirrt.

Ich halte direkten Blickkontakt mit ihm und antworte: »Wir wollen unsere Männer befreien.«

»Ihr?« Seine Augen weiten sich vor ungläubigem Erstaunen.

»Ja, wir!«, bestätige ich streng.

Er schüttelt den Kopf. »Das kann ich nicht tun. Nechtan wird mich umbringen.«

»Wir werden mit dir oder ohne dich gehen. Natürlich wäre es mit deiner Hilfe leichter«, erkläre ich ruhig.

Carney mustert uns. »Dort sind mehr als fünftausend Mann und ihr nur zu zweit. Außerdem seid ihr Frauen …«

»Gut erkannt, aber lass das mal unsere Sorge sein. Was weißt du über das Lager?«, bohre ich zielstrebig nach.

Er zögert nur kurz. »Wie ihr wollt. Also, das Lager liegt auf einer natürlichen Anhöhe, mit einem Fluss zu Füßen der Ebene. Ein Außengraben und ein mit Stein verkleideter Rasenwall dienen zur Verteidigung. Torhäuser befinden sich auf jeder Seite des Lagers. Die Festung ist aber noch nicht vollendet.«

Spontan kommt mir eine weitere Idee in den Sinn: »Dürfen Frauen das Lager betreten? ... Dirnen?«

Nessa sieht mich überrascht an, während Carney bei dieser Frage errötet. Da er sich zu viel Zeit mit einer Antwort lässt, werde ich ungeduldig: »Nun, rede schon!«

Irritiert sagt er: »Normalerweise nicht, aber deren Kommandant soll eine besondere Neigung für ... für junge Mädchen und ... und auch für Knaben haben. Einmal in der Woche werden sie ihm und seinen Offizieren zugeführt.« Nun ist er knallrot wie eine Tomate angelaufen. Und mir wird bei seinen Erläuterungen schlecht.

Wie entsetzlich! Zu allen Zeiten das Gleiche. Das macht mich wütend. Andererseits bietet es uns eine Chance. Ich sehe Nessa eindringlich an und sie begreift sofort, was ich vorhabe.

Nur Carney fischt im Trüben. »Was soll diese Frage?«

Nessa klärt ihn auf. »Ganz einfach, Tasha wird sich als Römer verkleiden und ich werde als Frau, als Dirne, in Erscheinung treten.«

Er ist sprachlos, sein Blick wechselt zwischen Schrecken und Unglauben.

Er braucht offensichtlich Bedenkzeit und ich muss dringend etwas Schlaf bekommen. Daher verlasse ich ihn mit den Worten: »Morgen früh brechen wir auf, mit dir oder ohne dich, deine Entscheidung.«

Nessa folgt mir. »Glaubst du wirklich, dass das funktionieren wird?«

»Keine Ahnung, aber was bleibt uns übrig?« Müde füge ich hinzu: »Wir müssen uns jetzt ausruhen und Kräfte sammeln.« Ob das gelingt, stelle ich insgeheim infrage. Ich bin aufgeregt und habe Angst. Ich weiß nicht, ob ich wirklich so mutig sein werde, aber für Ermin muss ich es wenigstens versuchen.

Zurück bei Eve und Adam werde ich erneut mit Fragen bombardiert. Ich gedenke, sie weiter im Unklaren zu lassen. Wüssten sie von meinem Vorhaben, würden sie versuchen, mich aufzuhalten, oder mir folgen wollen. Natürlich sind sie nun sauer angesichts meiner Sturheit. Sie ahnen ja etwas. Weil sie aber keine Ruhe geben, verlasse ich sie, ohne mich zu erklären. Nur, wo soll ich jetzt die Nacht verbringen?

Auf meiner Suche nach einem Nachtquartier taucht plötzlich Tyke auf und streicht um meine Beine. Ich knie mich hin und kraule ihn. Er gurrt zufrieden.

»Ah, du hast es gut. Du kannst überall schlafen« Ich seufze.

Er schaut mich an, als verstünde er mich. Dann löst er sich von mir und läuft mit wedelndem Schwanz und aufforderndem Kopfnicken voran. Ich soll ihm wohl folgen, was ich auch tue.

Zielsicher führt er mich zum Getreidespeicher. Gar keine schlechte Idee. Das wird für eine Nacht gehen. Tyke stellt sich als Kopfkissen zur Verfügung. Er ist weich, riecht aber etwas streng. Doch in diesem Augenblick stört es mich nicht.

Wider Erwarten schlafe ich schnell ein. Ermin erscheint in meinem Traum und verspricht erneut, dass alles gut wird. So sehr ich jedoch versuche, ihn zu greifen, entgleitet er mir immer wieder. Ich sehne mich nach seiner Wärme, seiner Umarmung und dann wache ich auch schon auf.

Tyke schleckt mir genüsslich mein Gesicht ab. Das ist angesichts seines strengen Geruchs widerlich, aber ich werte es als eine nette Geste.

Von draußen höre ich die ersten Geräusche. Die Menschen müssen früh aufstehen, um ihre Arbeiten zu erledigen – Tag für Tag. Da haben wir es in unserer Zeit wirklich gut. Wochenenden, Urlaube und andere freie Tage geben uns Raum zum Entspannen. Das ist in dieser Welt nicht denkbar.

Zerzaust und müffelnd verlasse ich meine Unterkunft. Doch bevor ich in das gefährliche Abenteuer aufbreche, sollte ich mich etwas frischmachen.

Plötzlich höre ich, wie jemand nach mir ruft. Es ist Nessa und sie klingt gereizt. »Wo warst du schon wieder?«

»Adam und Eve haben mich mit Fragen genervt, deshalb habe ich die Nacht woanders verbracht«, erkläre ich und will sofort wissen: »Wann wollen wir los?«

»Jetzt!«, antwortet sie.

»Gib mir bitte einen Augenblick Zeit. Ich muss noch ein paar Dinge erledigen, dann können wir gehen.« Sie brummt zustimmend und ich frage weiter: »Was ist mit Carney? Ist er schon weg?«

»Keine Ahnung. Allerdings glaube ich nicht, dass er uns begleiten wird. Er hält unseren Plan für völlig absurd.« Dann hat sie noch Neuigkeiten für mich: »In der letzten Nacht sind weitere Überlebende eingetroffen, aber Nechtan und Ermin waren nicht darunter.«

Sie schaut traurig und auch ich mag dazu nichts sagen. Es war absehbar, dass Überlebende hier auftauchen würden. Durch Carneys Bericht war mir aber klar, dass Ermin und Nechtan nicht darunter sein dürften. Wohl oder übel müssen wir ihre Rettung selbst in die Hand nehmen.

»Du kannst schon vorausgehen. Es dauert nicht lange. Wir treffen uns bei den Booten, ja?«

Nessa stimmt mit einer knappen Handbewegung zu.

Schnell mache ich mich frisch, esse eine Kleinigkeit und packe die Rüstung ein.

Als ich mit meinem Bündel in Richtung der Boote unterwegs bin, erwischt mich Eve.

»Verdammt, Tasha, sag mir doch endlich, was du vorhast!«

Ich gestehe: »Nessa und ich wollen Ermin und die anderen befreien.« Während ich das preisgebe, laufe ich einfach weiter.

Abrupt packt mich Eve am Arm und zwingt mich zum Stopp. »Du bist verrückt! Das …«

Ich unterbreche sie rüde und schlage ihre Hand weg. »Nein, bin ich nicht! Ich muss das tun! Ob du es verstehst oder nicht …«, kurz halte ich inne, denn mir ist noch etwas eingefallen: »Ich habe meinen Schmuck in dieses Beutelchen gepackt. Es ist vermutlich besser, wenn er hierbleibt. Verwahr das bitte für mich, bis ich zurückkomme.«

Eve sieht mich ängstlich an. Ihr Ton ist flehend. »Tasha, bitte …«

Doch ich lasse mich nicht beirren. »Kümmere dich um Adam, ich komme wieder.«

Ihrem Blick nach zu urteilen, glaubt sie mir nicht. Wie könnte sie auch? Ich selbst hege Zweifel. Dennoch muss ich Stärke zeigen, vor allem mir selbst gegenüber.

Um mich nicht von ihr entmutigen zu lassen, laufe ich zügig weiter. Noch habe ich den Mut, es durchzuziehen. Glücklicherweise folgt sie mir nicht. Gut so! Schon von Weitem sehe ich Nessa, deren nervöse Anspannung spürbar ist, während sie den Blickkontakt zu mir sucht. Ihre Gesten werden wilder, sie signalisiert mir, mich zu sputen.

Anders als ich hat Nessa den Wunsch, sich und ihrer Familie zu beweisen, dass sie eine Kämpferin ist, deshalb will sie endlich losziehen. Alle sollen es sehen und wissen. Und wenn sie dabei ihren Bruder retten kann, wäre sie doppelt zufrieden.

Mein Antrieb ist ein anderer, ich begebe mich in diese Situation, weil ich keine andere Möglichkeit sehe. Trotzdem bin ich dankbar, sie an meiner Seite zu haben.

»Also wirklich, Tasha, wir müssen das Tageslicht ausnutzen, um heute so weit wie möglich voranzukommen«, tadelt sie mich gereizt und beginnt dabei eiligst das Boot loszumachen.

»Entschuldige! Eve hat mich aufgehalten«, versuche ich mich zu erklären.

»Kann ich mir denken. Ich will auch so schnell wie möglich von hier weg. Meiner Mutter traue ich zu, dass sie mich noch im letzten Augenblick einsperren lässt.«

Nessa lächelt bei dieser Aussage. Auf diese Weise will sie ausdrücken, dass ihre Mutter erneut versuchen könnte, sie umzustimmen.

Plötzlich spüre ich eine Hand auf meiner Schulter. Ärger steigt in mir auf, denn ich gehe davon aus, dass es Eve ist, die versucht, mich aufzuhalten. Aber es ist Carney.

»Du? Hast du deine Meinung etwa geändert?«, hake ich verwundert nach.

Er antwortet nicht, nickt nur.

»Wieso das?«, will Nessa skeptisch wissen.

Nun bekommt er doch noch die Zähne auseinander: »Ich will nach Hause. Also, warum nicht gemeinsam mit euch nach Süden gehen.«

»Na dann los!«, sagen Nessa und ich zeitgleich.

Wir kommen gut voran und sind schon einige Stunden unterwegs. Keiner redet. Anfangs ist die Stille zwischen uns angenehm und hilfreich, denn sie gibt Raum für Gedanken. Doch mit fortschreitender Stunde wird sie zunehmend lästig. Ich breche das Schweigen und frage Carney, was während der Schlacht schieflief. Er lässt sich mit einer Antwort Zeit.

»Ich weiß es nicht ...«, beginnt er zögerlich. Sein Blick schweift angestrengt in die Ferne, als versuche er das Geschehene hervorzukramen und einzuordnen. »Wir waren in der Überzahl und hatten die bessere Lage. Aber sie haben uns ohne Mühe einen nach dem anderen niedergemetzelt.«

»Und eure Anführer, was haben sie unternommen?«, bohre ich nach.

»Sie versuchten, mit ihren Reitern die Römer zu umzingeln, aber die Mistkerle waren schneller.«

»Und was ist mit Calgacus passiert?«

»Wenn er Glück hatte, ist er im Kampf gestorben«, wirft Nessa ein.

Mich überrascht diese Aussage. »Warum das?«

»Ein Misserfolg bekommt unseren Anführern nicht gut«, erwidert sie scharf.

Ihr Tonfall und ihre Wortwahl erschrecken mich. »Das verstehe ich nicht. Was meinst du damit?«

Nessa gibt keine Antwort darauf, auch nicht, als ich sie auffordernd anschaue. Carney schweigt ebenfalls. Offensichtlich scheuen sie sich davor, mir eine Erklärung zu geben. Ich beschließe, nicht weiter nachzuhaken.

Carney lenkt das Gespräch nun ab. »Wir werden heute nicht mehr ankommen. Das Beste wird sein, uns ein Nachtlager zu suchen.«

Ich möchte jedoch keinen unnötigen Stopp. Wer weiß, wie viel Zeit Ermin noch bleibt. »Können wir nicht die Nacht nutzen?«

Nessa antwortet umgehend: »Wenn wir Vollmond hätten, vielleicht. Aber dem ist nicht so. Im Dunkeln weiterzugehen, wäre zu riskant. Wir wären blind unterwegs.«

Zähneknirschend gebe ich nach. Sie hat ja recht.

Carney hat derweil einen sicheren Schlafplatz gefunden. Er kennt sich in dieser Gegend aus und führt uns zu einem kleinen Hain. Dort bietet uns eine Hecke den nötigen Schutz.

Er bereitet sogar ein kleines Lagerfeuer vor, an dem wir uns aufwärmen können. Ich liebe den Geruch und das Knacken von brennenden Holzscheiten. Wie gebannt starre ich auf die lodernden Flammen, die mich magisch anziehen. Wild tanzen sie in leuchtenden Farben. Meine Gedanken verlieren sich in der Glut und ich denke an Ermin. Ich vermisse ihn! Mit Gottvertrauen und viel Glück werde ich ihn morgen wiedersehen.

Endlich entspannen sich meine Gliedmaße, auch dank der angenehmen Wärme des Feuers.

Nessa reicht mir Wasser und Käse, doch Hunger habe ich nicht. »Willst du dich wirklich nicht stärken? Es täte dir gut.«

Ich schüttele den Kopf. Auch Carney lehnt das Essen ab und für eine anregende Lagerfeuerkonversation scheint er ebenfalls nicht bereit zu sein. Wie ich starrt er stur ins Feuer und stochert mit einem Stock darin herum. Die eintretende Stille wird von Minute zu Minute beklemmender.

Nessa durchbricht sie schließlich: »Ich halte nicht viel von …«

Warum redet sie nicht weiter? Offensichtlich möchte sie etwas loswerden. Ich dränge sie aber nicht und warte ab.

Kurz darauf startet Nessa erneut: »Ich kann nicht verstehen, was es bringen soll, wenn …« Wieder unterbricht sie ihre Erklärung, wirft einige Scheite ins Feuer, bevor sie fortfährt: »Also, wenn Könige scheitern, dann werden sie im Moor geopfert.«

Ach du meine Güte. Diese Praxis ist mir bekannt. In manchen Kulturen führen schlimme Katastrophen zu Opferungen des Wertvollsten, was der Mensch zu bieten hat: seinem Leben. Es sind grausame Rituale. Selten, aber nicht unüblich. Allerdings hätte ich das hier nicht erwartet. Eine naive Annahme meinerseits.

Nessa erzählt unterdessen weiter. »Nun, es kommt nicht sehr häufig vor, ich kannte es selbst bisher nur aus Erzählungen, doch letzte Nacht sprach meine Mutter davon.«

Ich weiß nicht, was ich darauf erwidern soll. »Geht es um Calgacus? Will man … äh, hat man ihn …?«

»Ja, es geht um ihn, und nein, er wurde noch nicht geopfert. Er ist mit einigen Getreuen auf der Flucht.«

»Das ist traurig. Gejagt von den Römern und gejagt von den eigenen Leuten, ein bedauernswerter Mann«, äußere ich nachdenklich.

Nun mischt sich Carney ein: »Du brauchst ihn nicht zu bemitleiden. Er wusste, was geschehen würde, sollte er versagen.«

»Du weißt aber schon, wie man ihn umbringen wird?«, werfe ich ein.

Doch er entgegnet ungerührt: »Tot ist tot!«

»Aber Carney, bei einem solchen Ritual wird ihm kein schneller Tod zuteil. Unsägliche Qualen erwarten ihn. Sie werden ihn grausam foltern, bevor sie ihn auf mehrfache Art töten.« Da er weiterhin ungerührt bleibt, ergänze ich: »Erschlagen, erdrosseln, Kehle durchtrennen … all das werden sie ihm vermutlich antun.«

»Woher willst du das wissen?«, fragt Nessa neugierig.

Ich beginne zu stottern, denn mir fällt auf die Schnelle keine plausible Erklärung ein: »Ich habe … darüber gelesen.«

Natürlich bohrt sie jetzt nach und bringt mich weiter in Bedrängnis.

»Gelesen? Du kannst die Schrift der Römer wirklich lesen? Wer hat dir das beigebracht und in welchen Pergamenten steht das drin?«

Ach herrje, natürlich verstehen einige von ihnen Latein. Sie haben es vermutlich durch Zuhören gelernt, können es jedoch weder lesen und noch weniger schreiben.

Wie komme ich aus der Nummer wieder heraus?

»Das ist schon lange her. Ich ... ich kann mich nicht mehr so genau erinnern«, stottere ich mir eine Antwort zusammen.

Nessa ist nicht überzeugt, aber mehr wird sie nicht aus mir herausbekommen, das ahnt sie.

Inzwischen platzt Carney der Kragen und diese Ablenkung kommt mir gerade recht, allerdings nicht in Bezug auf meine letzten Aussagen. Ihn beschäftigt Calgacus.

»Verdammt! Er trägt die Verantwortung und auch die Konsequenzen für seine Niederlage«, ereifert er sich.

»Aber doch nicht auf diese Weise«, widerspricht Nessa angewidert.

Carney kontert eisern: »Du solltest es doch noch am ehesten verstehen! Das ist unser Brauch und besänftigt unsere Götter.«

Jetzt kann auch ich nicht mehr an mich halten: »Blödsinn! Ich glaube kaum, dass die Götter gefürchtet werden wollen, eher respektiert und bewundert. Und sag ehrlich: Würdest du bei ... bei einer Frau bleiben wollen, vor der du Angst hast?« Mir fällt auf die Schnelle kein besserer Vergleich ein.

»Frau? Das hat doch nichts mit einer Frau oder Angst zu tun. Wir ...«, versucht er sich zu rechtfertigen. Er versteht einfach nicht, was ich damit gemeint habe.

Nessa greift erneut ein und brüllt Carney an: »Es ist und bleibt grausam, nur wirst du das nie begreifen!«

Carney ist gekränkt und zieht sich zurück.

Ich werde nicht über ihn richten. Auch die Germanen opferten Menschen und selbst in der Bibel gibt es Beispiele für diese Praktik. Aber egal wo und aus welchen Gründen, Rituale der Menschenopferung bleiben unmenschlich und völlig sinnfrei!

Nach unserem Meinungsdisput spricht keiner mehr. Wir ziehen uns zurück und versuchen zu schlafen. Das gelingt mir erst spät in der Nacht, denn mich beschäftigt der mögliche Verlauf des morgigen Tages. Vielleicht sind dies meine letzten Stunden im hiesigen Dasein, sowohl für mich als auch für mein ungeborenes Kind.

Nicht die Sonnenstrahlen wecken mich, sondern Nessa. Die Morgendämmerung hat bereits eingesetzt. Ich strecke und recke mich, gleichzeitig schaue ich mich um. Es fehlt jemand.

»Wo ist Carney?«, will ich unter einem Anfall von Gähnen wissen.

»Er besorgt uns Nahrung.«

Wo will er das tun? Hier gibt es weder eine Bäckerei noch einen Supermarkt.

Als ich meine Morgentoilette beendet habe, kehrt er zurück und hat ein erlegtes Kaninchen dabei.

Fleisch? Am frühen Morgen? Echt jetzt?

Er strahlt über das ganze Gesicht, der gestrige Streit scheint vergessen, und hält seinen Fang in die Höhe. »Ich habe Glück gehabt.«

Für meinen Geschmack gehören Kaninchen auf den Mittagstisch und nicht zum morgendlichen Frühstück. Brötchen und Marmelade wären mir lieber. Nun gut, allzu wählerisch darf ich in dieser Zeit nicht sein. Zumindest sind diese kleinen Wildtiere schnell und einfach auszunehmen, das sagte schon mein Vater. Früher habe ich ihm dabei oft zugeschaut, aber nie selbst Hand anlegen wollen. Er war stets darauf bedacht, uns

Kindern solche natürlichen Vorgänge zu erklären und nahezubringen. Das hat bei meiner Schwester Mara mehr gefruchtet als bei mir.

Indes macht sich Carney ans Werk und entfernt dem Hasen Kopf und Füße. Er benötigt nur wenige Schnitte, um ihm gekonnt und zügig das Fell vom Körper zu ziehen. Anschließend entnimmt er der Körperhöhle die Innereien. Obwohl er Darm und Harnblase nicht verletzt, entweicht ein unangenehmer Geruch. Das ist aber normal. Dennoch werde ich mich wohl nie daran gewöhnen können. Meinen Begleitern macht das nichts aus, ich allerdings rümpfe die Nase. Wenigstens wäscht er den Kadaver gründlich mit Wasser. Da es sich um ein eher kleineres Tier handelt, spießt er es in Gänze auf, um es über dem offenen Feuer zu braten. Auf Herz, Leber und Nieren will Carney offenbar nicht verzichten, denn er legt sie auf heiße Steine am Rand der Feuerstelle. All das hat erstaunlich wenig Zeit in Anspruch genommen.

Nun erst fällt mir auf. »Hättest du den Hasen nicht zuerst ausbluten lassen müssen?«

»Nein, er hatte nicht viel Blut, und außerdem sind wir in Eile.«

Meine anfängliche Unlust auf Fleisch weicht mit dem zunehmenden Duft von Gebratenem. Es mag ohne Gewürze nicht so köstlich sein wie zu Hause, doch der Geruch wird von Mal zu Mal verführerischer.

Nachdem der Braten fertig ist, zerteilt Carney ihn und gibt uns die leckeren Hinterbeine. Das ist nett von ihm, denn sie gehören zu den begehrtesten Stücken am Kaninchen. Und es schmeckt überraschend gut, selbst ungewürzt.

Carney genießt die Innereien mit sichtlichem Vergnügen. Das ist nichts für mich! Vor allem nicht die Leber. Igitt!

Unser Koch ist nachdenklich geworden. Liegt es am gestrigen Streit? Nein, das ist nicht der Grund.

»Wollt ihr wirklich noch ins Römerlager?«, hakt er jäh nach.

»Ja, natürlich«, entgegne ich ernst.

»Sollten sie euch entdecken, werden sie euch Schlimmes antun. Wirklich Schlimmes«, bekräftigt er besorgt.

»Dann müssen wir darauf achten, dass dies nicht geschieht«, entgegne ich ruhig.

Nessa ist neugierig geworden. »Ich habe noch nie eine römische Festung gesehen. Sie soll beeindruckend sein.«

Da ich an meiner Keule knabbere, brummele ich lediglich eine kurze Zustimmung.

Dafür äußert sich Carney mit anerkennenden Worten: »Abgesehen von den Tausenden Soldaten, ihren Unterkünften, riesigen Werkstätten und vielem mehr gibt es sogar eine Heilstätte. Sie kümmern sich eben um ihre Männer.«

Ja, das ist ihre Strategie. Die Legionäre sind das Rückgrat und Kapital Roms. Sie werden gedrillt, aber auch gehegt und gepflegt. Rom zeigt dabei auch seine architektonischen Fertigkeiten. Diese kulturelle Überlegenheit ist ein grundlegender Eckpfeiler ihrer Besatzungspolitik. Und ganz archaisch betrachtet: Es sind Männer! Von Macht besessene Kerle, die dies stetig demonstrieren und sich mit anderen messen müssen. Zu jeder Epoche dasselbe: Wer ist mächtiger? Wer ist größer? Wer hat mehr?

Während ich über Roms Methodik nachdenke, wird mir plötzlich übel. Liegt es am Fleisch oder an der Schwangerschaft? Da ich mich nicht direkt vor Ort übergeben möchte, springe ich auf, halte mir Mund und Bauch, murmele eine gurgelnde Entschuldigung und lasse meine Begleiter mit überraschtem Blick zurück.

Ganz in der Nähe fließt ein kleiner Bach. Dort erbreche ich mich. Lange ist der Hase ja nicht bei mir geblieben. Dann höre ich, wie sich jemand nähert. Es ist Nessa. Während ich mich erneut übergebe, hält sie mir meine Haare zur Seite.

Sie macht sich Sorgen. »Wird es gehen?«

Antworten kann ich erst, als der Brechreiz nachlässt. »Ja.«

»Sollten wir unser Vorhaben vielleicht abbrechen, schon deinem ungeborenen Kind zuliebe?«, schlägt sie vorsichtig vor.

Ich widerspreche sofort: »Nein! Gerade aus diesem Grund muss ich Ermin finden. Ohne ihn bin ich nichts.«

Wieder einmal übermannen mich meine Gefühle. Ich beginne zu weinen. Nessa nimmt mich in den Arm. Schluchzend lasse ich meinen Emotionen freien Lauf.

»Oh, Nessa, ich habe so unglaublich große Angst, ihn zu verlieren. Ich muss ihn finden und da rausholen, verstehst du das?«

Sie drückt meine Hand und sieht mich aufmunternd an. »Komm! Dann machen wir uns mal bereit. Carney hat gesagt, dass es nicht mehr weit ist.«

Sie hat recht. Weinen bringt nichts. Schnell wische ich mir die Tränen aus dem Gesicht und quäle mir ein Lächeln ab.

Zurück bei Carney studiert dieser mich neugierig, stellt aber keine Fragen. Er glaubt, der Braten sei schuld an meinem Unwohlsein, und grummelt leise: »Also mir hat es geschmeckt und keine Probleme bereitet.«

Darauf gehe ich nicht ein. Interessiert frage ich ihn: »Wann werden wir unser Ziel erreichen?«

Er antwortet knapp: »Gegen Mittag.«

Die Herausforderung, bei Tageslicht in das Kastell zu gelangen, steht uns kurz bevor. Der Plan, mich als Römer und Nessa als Dirne zu verkleiden, ist durchdacht, doch die Umsetzung wird nicht einfach. Bei genauerer Betrachtung könnte man mich als Frau sicher enttarnen.

Nessa lächelt mir ermutigend zu, sie möchte mir Kraft geben und klopft mir auf die Schulter.

Zügig packen wir unsere wenigen Sachen zusammen und brechen auf.

Die folgenden Stunden des Marsches verlaufen still und fast ereignislos. Wir kommen gut voran und treffen nur vereinzelt auf Einheimische – nicht jedoch auf Römer. Das schottische Wetter war uns bisher wohlgesonnen, jetzt aber zeigt es sich von seiner bekannten Seite. Die Wolken hängen tief, sind dicht und dunkel. Der Regen setzt ein – kein Starkregen, sondern ein stetiger Landregen. Doch nass bleibt nass.

Es dauert nicht lange, bis Carney auf einen Hügel deutet, der sich in der Ferne abzeichnet. Unser Ziel!

Als wir näher kommen, wird Nessa ehrfürchtig. »Hast du schon einmal solche Bauten gesehen?«

Natürlich kenne ich Ähnliches, aber angesichts dieser Mauern und unseres Vorhabens beginnen meine Knie nun doch noch zu schlottern. Nessa bemerkt es, glaubt aber die Unterkühlung aufgrund der Nässe wäre dafür verantwortlich.

Trotz all der Widrigkeiten und aufkeimenden Emotionen muss ich mich nun umziehen. Carney hat die römische Rüstung den ganzen Weg bis hierher geschultert. Jetzt muss ich sie die letzten Meter bis zum Lager selber tragen.

Nessa hilft mir beim Umziehen – zuerst die weiße Tunika, dann der schwere Schienenpanzer. Mit Gürtel, Helm, Schuhen und Bewaffnung lasten gut und gerne dreißig zusätzliche Kilogramm auf meinem Körper. Dazu gesellt sich die Nässe und die Anspannung. Ein erdrückendes Gewicht, das mich unweigerlich zum Stöhnen bringt.

Carney, der in der Nähe geblieben ist, reagiert auf meine gequälten Laute: »Ich bleibe dabei, das ist ein ganz dummer Plan!« Kopfschüttelnd fügt er hinzu: »Ab hier müsst ihr alleine weiter. Ich werde nicht mitkommen.«

Das verstehe ich, und ich habe auch nichts anderes erwartet.

Zum Abschied umarme ich ihn. »Danke, Carney, für deine Hilfe. Pass auf dich auf und komm sicher nach Hause.«

Nessas Abschied fällt kühler aus. Ihr macht sein Fortgang nichts aus. Für mich ist es ein merkwürdiges Gefühl, als er endgültig aus unserem Sichtfeld verschwunden ist.

Währenddessen hat Nessa eifrig an meiner Verkleidung und meinen Haaren gezupft. Dann begutachtet sie ihr Werk und scheint zufrieden.

»So wird es gehen. Du siehst einem Römer schon sehr ähnlich, dein dunkler Teint hilft, dennoch gehört zum Mannsein mehr.«

Sie beäugt mich von allen Seiten und weist mich Sekunden später rüde an: »Lächele nicht! Schau grimmig! Und mach dich groß!« Dabei schlägt sie mir leicht auf den Rücken und zieht sogleich meine Schultern von hinten zu sich.

Ich fühle mich steif wie eine Kerze. Ihr nächster Befehl lässt nicht lange auf sich warten. »Los, geh ein paar Schritte!«

Ich tue, was sie sagt. Sie will meinen Gang studieren. Noch gefällt ihr nicht, was sie sieht. »Du musst viel breitbeiniger gehen, und steifer. Mach lange Schritte.«

Sie hat gut reden. Die zusätzliche Last wiegt schwer auf mir. Dazu der verfluchte Regen. Das einzig Positive ist, dass meine Angst langsam dem Unmut über Nessas harschen Tonfall weicht. Und ständig seufzt sie frustriert auf.

»Es wird schon gehen. Es kann doch nicht so schwer sein, einen Mann zu spielen«, begehre ich gereizt auf.

Genervt starrt sie mich an. »Unser Leben hängt davon ab!«

»Verdammt, das weiß ich doch!«

Ich schaff das schon!

Ich muss es schaffen!

KAPITEL 11 - ♂

Mein Schädel dröhnt, ich bin verletzt, aber ich lebe. Wie lange war ich bewusstlos? Noch wichtiger: Wo bin ich? Alles ist dunkel um mich herum. Ich befinde mich offenbar eingesperrt in einem Kerker. Das Aufsetzen fällt mir schwer, jeder Teil meines Körpers schmerzt. Doch plötzlich dringen Geräusche an mein Ohr. Stimmen!

»Talorg?«, flüstere ich in die Dunkelheit, ohne eine Antwort zu erwarten. Aber kurz darauf höre ich ein leises: »Hier!«

Ich atme auf. Das spärliche Licht, das durch die Ritzen unserer Gefängnistür dringt, lässt mich seine Umrisse vage erkennen. »Gut, du lebst. Wo sind wir?«

»Inch… Inchtuthil«, antwortet er gequält.

Verdammt! Mein Tasha gegebenes Versprechen, zurückzukehren, wird schwer einzuhalten sein. Eine Flucht aus einem Lager voller römischer Soldaten scheint aussichtslos.

Talorg atmet schwer, während er eine Frage hervorpresst: »Warum haben sie uns … am Leben gelassen?«

Ich antworte bedacht: »Dafür gibt es viele Gründe, aber ganz sicher nicht aus Menschlichkeit. Ihre Gefangenen werden zweckmäßig eingesetzt, sei es für

Lösegeldforderungen, als abschreckendes Beispiel durch Hinrichtung, aber am wahrscheinlichsten wird ein Leben als Sklave oder Kämpfer in der Arena sein, zumindest für die Kräftigen unter uns.« Nicht alle Gladiatoren sind Berufskämpfer; Kriegsgefangene mit Kampferfahrung sind begehrter als Verbrecher oder Freiwillige ohne entsprechende Erfahrung.

Talorg ist ungewöhnlich still. Eine andere Stimme meldet sich zu Wort, es ist Gunn. »Ich dachte, ihr wärt tot. Ihr beide schient kaum mehr am Leben zu sein, als man euch hierherbrachte«, brummt er in die Dunkelheit.

»Unkraut vergeht nicht … Wo ist Calgacus?«, will ich wissen.

»Auf der Flucht«, erklärt Gunn knapp.

»Wie viele von uns sind hier?«

»Vielleicht zwei Dutzend.«

Plötzlich stöhnt Talorg laut auf.

»Was ist mit dir?«, frage ich besorgt.

Seine Stimme versagt: »Mir …geht es nicht gut …«

Verdammt! Während ich mich zu ihm hinübertaste, nähert sich Fußgetrappel, das unangenehm durch den Raum schallt. Es sind unsere Kerkermeister!

Die Tür wird aufgerissen, das grelle Tageslicht blendet mich kurz. Sie beginnen, uns nach draußen zu treiben. Doch bevor ich mich füge, will ich zu Talorg. Es dauert einen Moment, bis ich ihn entdecke. Er kauert in der hintersten Ecke und hat Mühe, sich aus eigener Kraft aufzurichten. Schnell packe ich ihn und zerre ihn mit mir.

Ehe wir unseren Kerker verlassen, fesseln sie noch jedem die Hände auf den Rücken. Für Talorg ist das eine Qual, da er Schwierigkeiten hat, auf den Beinen zu bleiben. Zu allem Überfluss geben sie ihm einen Stoß. Talorg torkelt gefährlich und landet stolpernd im Freien. Als ich ihm helfen will, signalisiert er mir, es nicht zu versuchen. Glücklicherweise kann er sich rasch fangen. Das ist gut! Er hat einen starken Überlebenswillen.

Endlich finde ich einen Moment, um mich umzublicken. Wir sind etwa zwei Dutzend Gefangene, umringt von einem Vielfachen an Römern. Zügig und grob stellen sie uns in einer Reihe auf. Nur wenige Schritte von uns entfernt befindet sich der Lagerkommandant des Castrums. Mit kühlem Ton und berechnendem Blick stellt er sich als Praefectus Castrorum Titus Calidius Severus vor.

Während er unsere Reihen abschreitet und jeden Einzelnen genau begutachtet, warnt er uns eindringlich davor, keine Dummheiten zu versuchen, und verweist auf unsere aussichtslose Lage – die des Verlierers.

Nachdem Severus sich einen Eindruck von seinem Fang verschafft hat, gibt er seinen Centurionen mit wenigen Kopf- und Handbewegungen Anweisungen, uns zu selektieren. Dabei zeigen sie wie erwartet großes Interesse an den jungen, kräftigen Kriegern. Sofort werden diesen Halsgeigen aus Metall angelegt, um ihre Hände am Hals zu fixieren. Damit nehmen sie ihnen die Möglichkeit zur Gegenwehr und Reaktion auf Misshandlungen. Auf Anweisung des Kommandanten werden sie nun nach Cathures gebracht. Ich erinnere mich, dass dies der frühe Name von Glasgow ist – offenbar sind einige Lektionen von Tashas Unterricht hängengeblieben.

Bei dem Gedanken an Tasha, meiner geliebten Blume, wird mir schwer ums Herz. Aber es nützt nichts, ich muss mich auf die aktuelle Situation einstellen und mir etwas überlegen, wie ich hier wieder herauskommen kann. Doch zunächst gilt es, zu überleben.

Von den zwei Dutzend Gefangenen sind nur noch ein halbes Dutzend übrig, darunter Gunn, Talorg und ich.

Ein ungutes Gefühl beschleicht mich, denn für die andere Gruppe waren wir offensichtlich nicht geeignet. Vermutlich weil wir zu alt und einige von uns verletzt sind. Zudem ist keine geldbringende Geisel unter uns erkennbar. Es sieht also übel aus. Auch Talorg wirkt unsicher und besorgt, obwohl er sich nach Kräften bemüht, nicht schwach zu erscheinen. Er ist sich bewusst, dass er ihnen – verletzt und angeschlagen – keinen Nutzen bringt und möglicherweise exekutiert wird.

Während eine römische Einheit im Begriff ist, mit den ausgewählten Gefangenen das Lager zu verlassen, bleiben wir an Ort und Stelle.

»Was wird mit ihnen geschehen?«, will Talorg wissen.

»Wie ich schon sagte, sie werden vermutlich als Nachschub für die Arenen dienen.«

»Und was ist mit uns? Wollen sie uns töten?«

Gunn mischt sich ein: »Sollen sie doch, ich habe keine Angst!«

»Glaubst du ich?«, poltert Talorg. »Nur die Ungewissheit mag ich nicht.«

Ich habe keine Antwort für die beiden. Wir müssen abwarten.

Es dürfte bereits späte Nachmittagszeit sein. Noch immer befinden wir uns unter freiem Himmel, und das bei einsetzendem Regen. Ich mache mir Sorgen um Talorg. Er schwächelt zunehmend. Als zwei

Centurionen auftauchen, wage ich sie anzusprechen: »Was auch immer ihr mit uns vorhabt, wir können doch auch im Kerker auf unser Schicksal warten.«

Einer von ihnen kommt bedrohlich auf mich zu. »Ihr bleibt hier, solange … Moment, dich kenne ich doch!«

Auch mir dämmert es. Verdammt! Es ist der Mistkerl, der Tasha in seiner Gewalt hatte.

»Du hast doch das verfluchte Weib befreit!« In seinem Blick und seinen Worten spiegelt sich eine gefährliche Schadenfreude wider. Und schon traktiert er mich mit seinem Schlagstock.

Der andere Centurio, jünger und größer als mein Widersacher, mischt sich ein. »Hör auf, Casto! Das steht dir nicht zu.«

»Halt dich da raus! Der ist Abschaum.«

»Du weißt, dass der Präfekt mit ihnen reden will. Also lass ihn in Ruhe!«

Aber der Dreckskerl gibt noch nicht auf und zischt: »Severus meinte damit nicht *ihn* speziell.«

Fluchend drängt sich der Große nun zwischen uns, dann aber schweift sein Blick ab, Richtung Eingangstor.

»Sieh doch, Casto, die Mädchen kommen! Willst du wieder der Letzte sein?« Er deutet auf eine Gruppe von Frauen, die gerade das Lager betreten, vermutlich Dirnen.

Moment! Das kann doch nicht sein! Eine von ihnen sieht aus wie … Nessa? Was im Namen der Götter macht sie hier?

Meine Mitstreiter haben sie noch nicht wahrgenommen, aber sie uns schon. Ob Tasha bei ihr ist? Nein, das hätte ich bemerkt. Ich würde meine Liebste an ihrer Haltung und ihrem Gang sofort erkennen. Nein, Tasha ist nicht unter ihnen. Das beruhigt mich.

Doch, was auch immer Nessa vorhat, es ist dumm von ihr, hier ganz alleine aufzutauchen. Allerdings muss ich zugeben, auch mutig, immerhin hat sie es geschafft, ins Lager zu gelangen. Nur zu welchem Preis?

Die restlichen Mädchen sind mir unbekannt. Eines davon ist auffällig jung und ein Knabe ist ebenso darunter, halbe Kinder. Die Römer bringen sie nun weg.

Dirnen innerhalb des Castrums sind eher ungewöhnlich. Vermutlich sind sie für die Offiziere gedacht, anlässlich des römischen Sieges.

Der Widerling namens Casto hat aufmerksam die kleine Gästegruppe beobachtet. Er beginnt auf eine ekelhaft lüsterne Weise zu lächeln. Erst jetzt antwortet er dem anderen: »Nein, diesmal bin ich unter den Ersten!«

»Dann solltest du dich nicht mit dem Gefangenen aufhalten.«

Casto blickt seinen Kameraden an, dann mich. Doch bevor er geht, stößt er eine Drohung aus: »Ich bin mit dir noch nicht fertig. Wir sehen uns bald wieder, versprochen!« Dabei schlägt er mich erneut mit seinem Stock.

Ich hoffe, das Wiedersehen erfolgt unter anderen Umständen, denn ich brauche nicht viel Zeit mit ihm – und für ihn.

Schnellen Schrittes zieht er nun ab. Als er außer Sichtweite ist, gibt der andere Centurio Befehl, uns wieder in den Kerker zurückzubringen. Er wirkt umgänglicher als Casto und irgendwie kommt er mir bekannt vor, daher wage ich ihn anzusprechen: »Centurio, wie ist dein Name?«

Er reagiert erstaunt. »Warum willst du das wissen?«

»Du erinnerst mich an jemanden, und außerdem weiß ich gerne, wen ich vor mir habe«, entgegne ich kühl.

»Centurio Marc Antonius Aurelius …«, antwortet er. Dann hält er kurz inne, mustert mich aufmerksam und fügt hinzu: »Nein, wir sind uns noch nie begegnet.«

Seltsam. Er ist größer als die anderen, dunkelhaarig und hat ungewöhnlich blaue Augen. Nicht der typische Römer, und nicht nur, dass er mich an jemanden erinnert – auch sein Name klingt vertraut.

Ich bin neugierig geworden. »Woher stammst du?«

Überrascht von meiner weiteren Frage, zögert er einen Moment, dann sagt er: »Aus Mogantiacum.«

Doch das war's! Jetzt will er nicht mehr reden. Er und seine Männer treiben uns zurück ins Verlies.

Während wir zurückgeführt werden, wandern meine Gedanken weg von dem Centurio. Stattdessen drängen sich andere Bilder wieder in mein Bewusstsein: Nessas Ankunft!

Was will sie hier? Sucht sie ihren Bruder? Glaubt sie, er ist hier? Warum? Er müsste längst mit Carney in Loch Cannor sein. Und selbst wenn, sie kann doch nicht ernsthaft eine Befreiungsaktion in Erwägung ziehen – ohne Hilfe, ganz allein.

»Ermin! Was ist mit dir?« Gunns Stimme dringt nur langsam zu mir durch.

»Was? Ah, nichts.«

»Hast du einen Plan?«, bohrt er neugierig nach.

»Wie kommst du darauf?«

»Du bist so abwesend, als wenn du etwas vorhast.«

»Hast du sie denn nicht gesehen?«, will ich von ihm wissen.

»Wen?«

»Nessa!«

»Wer?«

Seine Verwunderung irritiert mich. »Kennst du sie nicht? Sie ist Nechtans Schwester.«

Er reagiert ungläubig. »Ah ja, aber das ist schon viele Jahre her. Und sie soll hier sein? Und sie ist eine … Dirne?«

Plötzlich mischt sich der geschwächte Talorg protestierend ein: »Sie ist keine Dirne!«

»Schon gut, reg dich nicht auf«, beruhige ich ihn und wiederhole: »Aber ich habe sie gesehen. Sie kam mit den Frauen. Was mag sie hier wollen?«

Talorg versucht sich an einer Erklärung: »Vielleicht gibt es einen Befreiungsplan?« Dann fragt er mich hoffnungsvoll: »Sag, Ermin, glaubst du, sie hat Kämpfer mitgebracht, die vor der Festung auf den richtigen Moment warten?«

Ich murmle leise ein *möglich*, halte es aber für wenig wahrscheinlich. Es käme einem Selbstmord gleich. Bei dieser kurzen Antwort belasse ich es. Was hätte ich ihm auch schon sagen können? Hoffnung ist es, die uns am Leben hält. Sollte ich sie ihm nehmen? Im Moment sind wir zum Nichtstun verdammt. Wenigstens haben sie uns die Fesseln abgenommen, bevor sie uns wieder in dieses Loch steckten.

Talorg stöhnt auf. Er rutscht hörbar an der Wand herunter. »Ich … ich muss mich kurz ausruhen«, nuschelt er schwach. Ja, das gilt auch für den Rest unserer kleinen Gruppe.

Die Zeit vergeht. Keiner von uns spricht und kein Römer lässt sich blicken. Stille umgibt uns. Wir haben weder Wasser noch Essen und die Dunkelheit im

Raum spielt mit meinem Zeitgefühl. Ich frage mich, ob es bereits Nacht ist? Das und mehr geht mir durch den Kopf. Besonders das Abwägen von Fluchtmöglichkeiten, sofern überhaupt eine besteht. Und dann ist da auch noch Nessa. Ich habe keinen Zweifel, dass sie hier ist. Ich kann sie nicht einfach zurücklassen, falls sich eine Gelegenheit zur Flucht ergibt. Doch die Erfolgsaussichten bleiben gering.

Erschöpft und ausgebrannt sinkt nun meine Aufmerksamkeit, die Stille wiegt mich in einen fast schlafähnlichen Zustand. Ich träume und ich weiß auch, dass ich es tue. Ich sehe und spüre Tasha. Sie lacht und tanzt. Ihr Bauch ist deutlich gerundet. Sie trägt ganz offensichtlich unser Kind unter ihrem Herzen. Der Gedanke erwärmt mich und erfüllt mich mit grenzenloser Liebe und Stolz. Ich hoffe innig, dass uns dieses Glück noch einmal zuteilwird. Da taucht plötzlich die blinde Seherin auf – Deirdre. Sie scheint nicht mehr blind zu sein, ihre Augen blicken mich direkt an, auf eine furchteinflößende Weise – tief schwarz, wie in einer mondlosen Nacht. Ich drohe darin zu versinken. Doch irgendetwas hält mich fest – Tasha! Sie schreit, ein stummer Schrei, während meine Liebste höher und höher schwebt, immer weiter weg von mir. Ich will sie packen, sie festhalten, aber wir erreichen einander nicht. Tränen strömen über ihre Wangen wie reißende Flüsse. Ich drohe, darin zu ertrinken. Wir sind gezwungen, uns loszulassen. Dennoch ringen unsere Hände, unsere Finger nach dem gegenseitigen Halt. Auch ich schreie nun, lautlos, und stürze immer tiefer in die Abgründe meines Ichs …

Jäh erwache ich und bin völlig klar. Ich glaubte schon, meinen eigenen Aufschrei ganz real gehört zu haben. Doch nicht ich bin es, der Laute von sich gibt. Unüberhörbar dringt Lärm von draußen in unseren Kerker.

»Was mag da los sein?«, fragt Gunn.

Auch Talorg rührt sich und wirkt überraschend zuversichtlich. »Ist das ein Angriff? Vielleicht von unseren Leuten?«

Und einmal mehr stelle ich fest, wie schnell die Lebensgeister geweckt werden, wenn Hoffnung im Spiel ist. Talorg ist verletzt und doch könnte er, wenn nötig, sofort losschlagen. Nur ist Vorsicht geboten, nicht selten trügt der Schein.

»Pst«, mahne ich zur Stille und lausche gespannt dem Krawall. Dann stelle ich klar: »Nein! Es sind die Frauen. Sie sind in hellem Aufruhr.«

Talorg zweifelt. »Die Dirnen?«

Flüsternd bestätige ich, auch Gunn stimmt mir zu. Die anderen drei Gefangenen halten sich zurück, wie die meiste Zeit.

Vor der Tür nimmt der Krach an Lautstärke zu. Und ich? Ich versuche, zwei Dinge gleichzeitig zu bewältigen: die Außengeräusche aufmerksam zu verfolgen und mich an meinen Traum zu erinnern, der mich tief berührt hat. Was mag er bedeuten? Eine mögliche Trennung von meiner geliebten Blume?

Nein, verdammt! Ich brauche Tasha, ich vermisse sie schmerzlich. Ich muss hier weg! Doch mit dem immer tumultartiger werdenden Geschrei beginnt der Traum zu verblassen. Mehr und mehr konzentriere ich mich auf das Hier und Jetzt. Vielleicht ergibt sich endlich eine Möglichkeit, dem Ganzen zu entkommen, aber zunächst müssen wir aus diesem Verlies raus. Die Frage ist nur, wie?

Talorg beginnt lautstark zu rufen, im Vertrauen darauf, dass es sich um einen Angriff seiner Leute handelt. Ich teile diese Hoffnung nicht und bin kurz davor, ihn zur Ruhe zu ermahnen, als unvermittelt die Tür geöffnet wird. Ich rechne mit unseren Wärtern, doch stattdessen steht eine Frau vor uns: Nessa! Sie lächelt und winkt uns hektisch raus.

»Was machst du denn hier?«, will ich verblüfft wissen.

»Wonach sieht es denn aus? Aber sag, ist mein Bruder unter euch?«

»Nein. Ich dachte, er wäre längst zu Hause.«

Sie schüttelt traurig den Kopf, dann wiederholt sie: »Beeilt euch jetzt!« Hastig schaut sie sich um. Ein einziger Wärter bewachte unseren Kerker. Nun liegt er am Boden, von Nessa niedergeschlagen.

Die Nacht ist bereits hereingebrochen, Feuer lodern an verschiedenen Stellen. Es herrscht ein chaotisches Durcheinander, auch befreite Pferde rennen ungestüm herum.

Trotz Schmerzen grinst Talorg breit. Er fühlt sich bestätigt und fragt nach: »Wo sind die anderen?«

Nessa blickt genervt. »Welche anderen? Wir sind nur zu zweit.«

Das überrascht ihn. »Aber das kann doch nicht sein.«

»Wieso nicht? Weil ich eine Frau bin? Ich bin nicht auf der Welt, um so zu sein, wie ihr mich gerne hättet. Kommt jetzt, wir müssen weg!«

Sie läuft voran, dabei brummelt sie missmutig vor sich hin, während wir ihr staunend folgen.

Plötzlich rennt ein Römer auf uns zu. Ich hechte an Nessa vorbei und will ihn außer Gefecht setzen, woraufhin Nessa aufschreit. Aber ich lasse mich nicht aufhalten, denn bisher hat nur er unsere Flucht bemerkt. Ich muss rasch handeln und jegliches Hindernis beseitigen. Mit einem einzigen Schlag bringe ich ihn zu Fall.

Völlig unerwartet springt Nessa mir wie eine Wilde auf den Rücken und versucht, mich mit aller Gewalt von ihm wegzuzerren. Doch ich lasse nicht locker und drücke den Römer mit meinem ganzen Gewicht nieder.

Ihren Widerstand begreife ich nicht. Er ist ein Römer, unser Feind, selbst wenn dieser hier eher schwächlich erscheint und sich nicht einmal verteidigt.

Verständnislos murre ich: »Verdammt, Nessa, was soll das?« Dabei gelingt es mir schließlich, sie von mir abzuschütteln.

Außer Atem presst sie kaum verständliche Worte hervor. »Ta…sha«, keucht sie und schlägt mich erneut.

»Tasha? Ich verstehe nicht.«

»Ermin, das ist deine Frau!«

Wie vom Blitz getroffen, blicke ich auf meinen vermeintlichen Gegner. Es dauert einen Moment, bis meine Sinne es bestätigen. Ja, sie es ist wirklich!

»Tasha, du? Bei den Göttern, habe ich dich verletzt?« Sie antwortet nicht, stöhnt jedoch gequält auf. Schnell gebe ich ihr Raum zum Atmen und helfe ihr hoch. »Sag doch etwas«, flehe ich sorgenvoll.

Schnaufend und nach Luft ringend antwortet sie endlich: »Diese Rüstung und du … auf mir … sind einfach zu viel.«

Erleichtert ziehe ich sie in meine Arme und küsse sie stürmisch.

»Autsch, bitte nicht so wild. Mir tut alles weh.«

»Oh, entschuldige. Aber sag, was machst du hier?«

Ihre Antwort wird von einem verständnislosen und säuerlichen Blick begleitet, während die Männer uns erreichen und entgeistert anstarren. Aus deren Perspektive sehen sie nur, wie ich einen Römer, einen Mann, küsse. Für klärende Fragen bleibt jedoch keine Zeit, auch nicht für eine Antwort von Tasha. Nessa drängt bereits energisch: »Kommt jetzt! Sie werden unsere Flucht bald bemerken.«

Entschlossen packt sie Talorg am Arm und zieht ihn mit sich. Sie hastet an uns vorbei, nun erkennt auch Talorg die Frau in der Rüstung. Fassungslos blickt er Tasha an. Nicht verwunderlich, selbst mir ist unbegreiflich, wie zwei Frauen das bewerkstelligen konnten.

Es gleicht auch einem Wunder, dass wir noch nicht aufgeflogen sind. Kaum habe ich diesen Gedanken gefasst, bekommen wir Gesellschaft, und das so nahe am Ziel – dem Tor nach draußen. Ohne Waffen wird es kniffelig, aber noch sind es nur wenige Römer, die uns entdeckt haben. Der tosende Lärm, die lodernden Feuer und die umherirrenden Tiere – all das beschäftigt die meisten von ihnen noch.

Als sie uns erreichen, wehren wir uns mit purer Muskelkraft und allem, was wir als Waffe finden und nutzen können. Ich versuche, Tasha abzuschirmen. Sie ist keine Kriegerin, nicht so wie Nessa, die sich gerade erfolgreich gegen zwei Angreifer behauptet hat. Auch Talorg gibt nicht auf, ihm zur Seite steht Gunn. Seine Hilfe kann er gut gebrauchen. Die anderen drei mögen schon älter sein, sind aber ebenso geschickte Kämpfer. Doch je länger das Scharmützel dauert, desto brenzliger wird die Situation für uns. Immer mehr Legionäre werden auf uns aufmerksam. Wir müssen endlich das Tor erreichen!

Tasha ist verängstigt. In einer Atempause versuche ich ihr, Mut zuzusprechen: »Wir schaffen das, vertrau mir!«

Sie nickt mir zaghaft zu.

Ich weiß, dass die neuerliche Reise in eine vergangene Welt, die Sorge um unser Leben und der Anblick der Toten sie belasten. Aber sie ist stärker, als sie glaubt, und hat schon Schlimmeres gemeistert – und nicht viele würden sich alleine in ein römischen Militärlager wagen.

Unterdessen haben Gunn und Talorg auf unserem Weg weitere Feuer gelegt, die uns als Barriere und Sichtschutz dienen sollen.

Nessa erreicht als Erste das Tor und ringt nun mit den Wächtern. Einer unserer Mitstreiter eilt ihr zu Hilfe, aber er wird im Zweikampf getötet – Tasha steht ganz in seiner Nähe. Vor Schreck erstarrt sie. Ich schreie sie an, dass sie zum Tor, zu Nessa, laufen soll, doch sie ist gelähmt vor Angst, und ich bin nicht nah genug an ihr dran.

Auch das noch! Der verdammte Centurio Casto rast wutschnaubend auf uns zu. Allerdings bin nicht ich sein Ziel, sondern das schwächste Glied in der Kette – meine Frau!

Mit aller Macht schlage ich mich zu ihr durch. Unterdessen haben es die anderen mit viel Glück in die Freiheit geschafft. Nun ja, sie sind zumindest den Mauern des Lagers entkommen. Nur Nessa wartet noch auf uns. Ihre Entscheidung ist unklug, ich brülle sie an, sofort zu verschwinden. Sie sollte hier nicht ausharren und sich weiterhin in Gefahr bringen.

Ich weiß nicht, ob sie meine Rufe verstanden hat, denn mein Augenmerk liegt jetzt ausschließlich bei Tasha und Casto. Ich muss mich beeilen, um die Tötung meiner Liebsten zu verhindern.

Casto ist vor Zorn völlig außer sich. Er holt zum Hieb mit dem Schwert aus, doch Tasha ist immer noch in ihrer Starre gefangen. In ihren weit aufgerissenen Pupillen spiegelt sich pure Todesangst wider. Selbst aus meiner Position ist das unübersehbar.

Beherzt grätsche ich zwischen die beiden und reiße Tasha zu Boden. Dabei rutschen wir an Castos Schwertschlag vorbei, der ins Leere geht. Fluchend erkennt er mich und ändert sein Ziel. Rasch springe ich auf. Ich stehe diesem Mistkerl ohne Waffe gegenüber. Er begreift mit Genugtuung meine Lage.

»Jetzt bist du fällig!«, zischt er und holt zum erneuten Schlag aus. Nur mittels eines beherzten Sprungs kann ich diesem entkommen.

Ich stecke in einer äußerst prekären Situation fest, ohne wirkliche Möglichkeit zur Gegenwehr. Der nächste Hieb ist vielleicht der Letzte.

Hastig blicke ich mich um. Ich suche nach einem Kampfgerät, und endlich entdecke ich etwas Brauchbares – eine Eisenkette. Allerdings liegt sie nicht in greifbarer Nähe. Schnell versuche ich dorthin zu gelangen.

Casto erkennt meine Absicht. Aber wir beide haben nicht mit Tasha gerechnet. Sie hat ihre Starre überwunden und ist ihm geradewegs brüllend ins Genick gesprungen. Fest umklammert sie ihn und belegt ihn fortwährend mit Schimpfwörtern.

Er dreht sich wild um die eigene Achse, kann sie aber nicht abschütteln. Das gibt mir die Gelegenheit, die Kette zu holen. Denkbar knapp erreiche ich die provisorische Waffe, als ein spitzer Schrei ertönt.

Tasha liegt mit schmerzverzerrtem Gesicht auf dem Boden. Offenbar hat Casto sich mit ihr auf dem Rücken gegen einen Pfosten gerammt. Ich will ihr helfen und eile zu ihr, aber auch der Römer kommt mir hastend entgegen. Ich schwinge die Kette, bin jedoch etwas ungeschickt und treffe mich beinahe selbst. Schnell wiederhole ich den Schwung aus einer Drehung heraus, und dieses Mal schlägt sie peitschenartig gegen Castos Oberkörper. Er holt stöhnend Luft, gerät aber nur kurz aus der Fassung. Zu meinem Leidwesen hat seine Panzerung ihn weitgehend geschützt. Schnell setzt er zum Gegenschlag an. Ich kann abermals ausweichen, doch er ist mir nun so nahe gekommen, dass ich die Kette nicht mehr effektiv gegen ihn einsetzen kann.

In der Zwischenzeit hat sich Tasha wieder aufgerafft und sich mit einem Holzscheit bewaffnet. Sie wirkt zu allem entschlossen. Mit einem Aufschrei aus Wut und letzter Kraft prügelt sie auf seinen Rücken ein. Dabei gerät er ins Wanken. Ich nutze die Chance und greife ihn an.

Zu unserem Pech stürmen nun weitere Legionäre auf uns zu. Die Lage wird immer aussichtsloser. Casto hält uns einfach zu lange auf. Er lässt sich nicht niederringen.

Plötzlich brüllt Tasha – unüberhörbar und in tiefster Not.

Die herbeigeeilten Römer haben sie zuerst erreicht, gepackt und überwältigt, und ich kann nichts für sie tun.

Casto wähnt sich in der überlegenen Position.

»Gib auf! Und vielleicht lasse ich sie am Leben«, sagt er zynisch, während er zu Tasha hinübersieht, und dann ungeduldig wird: »Wie entscheidest du dich?«

Fieberhaft schaue ich mich um, aber es ist keine Rettung in Sicht, dann suche ich den Blickkontakt zu meiner Liebsten. Ihre Augen sind geschwollen, Tränen rinnen ihr über die Wangen, kaum mehr als ein paar erstickte Laute entweichen ihrer Kehle. Nein, es ist ausweglos. Ich ergebe mich und signalisiere ihm meine Kapitulation. Wenigstens bleibt sie am Leben – hoffe ich.

Casto nimmt dies mit Genugtuung zur Kenntnis, doch er bringt mich nicht sofort um. Es scheint ihm eine perverse Freude zu bereiten, uns leiden zu sehen.

Meine Gedanken sind bei Tasha, meiner armen Blume. Ich wünschte, ich könnte sie vor diesem Leid bewahren. Sie wird alles mit ansehen müssen. Wenn ich sie doch nur ein letztes Mal in den Arm nehmen könnte. Aber die Götter haben anders entschieden, sie verlangen nach Blut.

Tasha schließt immer wieder die Augen, nur um sie kurz darauf fast zwanghaft zu öffnen. In ihrem Blick spiegelt sich pure Hoffnungslosigkeit wider. Ich weiß, dass sie in diesem Augenblick Stoßgebete gen Himmel schickt. Sollte ich es auch einmal versuchen? Was kann es schaden? Ihr Gott muss, wenn schon nicht mir, wenigstens ihr beistehen.

Ich senke meinen Kopf, denn ich möchte nicht, dass sie es bemerkt und auch verhindern, dass sie den un-endlichen Schmerz erkennt, den dieser Abschied mir bereitet.

Du, Gott der Christen,
höre mein Rufen:
Behüte Tasha,
leuchte über ihr,
lass meine Blume blühen
und Wind ihr den Rücken stärken
und die Sonne warm auf ihr Gesicht scheinen,
wo immer sie geht,
wo immer sie sein wird …

Während ich nun auf mein Ende warte, höre ich sie vor quälender Verzweiflung laut aufschluchzen.

Es bricht mir das Herz.

Doch, was ist das? Oder besser, wer ist das?

Eine Stimme bohrt sich in meine Gedanken.

»Casto, halt!«

Es ist der junge Centurio, der mich freundlich behandelt hat. Er ist laut rufend herbeigeeilt.

Doch Casto reagiert erzürnt: »Nein, Aurelius! Du kannst mich nicht aufhalten! Ich bringe ihn jetzt um und nehm die Frau in mein Bett.«

Meine Wut auf dieses Schwein ist maßlos. Ich kann nicht fassen, dass ich ihn nicht umzubringen vermochte. Ich muss nachgelassen haben, bin alt geworden. Doch keimt gerade auch ein Hoffnungsschimmer in mir auf, denn der Centurio Aurelius will die Hinrichtung offenbar verhindern. Aber warum?

h, lieber Gott, im letzten Augenblick hast du für Rettung gesorgt. Ich danke dir von Herzen. Tausendfach Dank!

Von Anfang an war mir klar, dass die Befreiung von Ermin und den anderen ein gefährliches Unterfangen sein würde, aber ich hoffte auf einen Funken Glück. Und tatsächlich hatten wir ihn, denn die schwierigste Aufgabe war es doch, unerkannt in das Kastell zu gelangen – etwas, das uns wider alle Vernunft gelang.

Auf dem Weg dorthin trafen Nessa und ich auf eine Gruppe von Prostituierten. Meine Begleiterin sprach mit ihnen und überraschenderweise halfen sie uns. Mit ihrer Unterstützung und meiner Tarnung als Römer wurden wir problemlos in das römische Lager eingelassen.

Doch der Umstand, dass sich unter den Frauen zwei Kinder befanden – ein Mädchen und ein Junge – verstörte mich zutiefst. Obwohl Kindesmissbrauch auch in meiner Welt existiert, war ich noch nie zuvor so unmittelbar damit konfrontiert worden. Ich mochte mir gar nicht vorstellen, was man den beiden antun würde, wie viele von diesen abscheulichen Kerlen sich an ihnen vergehen würden. Allein der Gedanke an dieses Schicksal verursachte mir Übelkeit und Schmerzen.

Und dann tauchte auch noch Casto auf! Der Römer, der mich vergewaltigen wollte, vor dem mich Ermin in letzter Minute retten konnte. Gott sei Dank hat er mich nicht erkannt. Das ist aber kein Wunder. Sein Augenmerk galt der eingetroffenen *Ware*. Doch diesmal interessierte er sich nicht für eine erwachsene Frau, nein, diesmal gierte er nach dem jungen Mädchen, höchstens dreizehn Jahre alt.

Mir befahl man, die *Ware* zum Praetorium zu bringen, dem Gebäude des Lagerkommandanten und seines Stabes, ein riesiger Bau inmitten des Geländes. Mein Herz pochte wild vor Aufregung und der Furcht, entdeckt zu werden.

Nessa hat mir erst später erzählt, dass sie bei unserer Ankunft einige unserer Männer erkannt hat, auch Ermin. Doch ich war derart darauf bedacht, nicht aufzufallen, dass ich mich nicht umsah und nicht aufblickte.

Ein Centurio, groß und dunkel, wies mich an, vor dem Gebäude Wache zu halten, natürlich mit weiteren Legionären. Glücklicherweise standen wir auf Abstand zueinander.

Währenddessen kreisten meine Gedanken um das, was sich in den Räumlichkeiten abspielte. Mir taten die Frauen und vor allem die beiden Kinder unglaublich leid. Leider war ich machtlos, ich konnte nichts dagegen unternehmen. Auch Nessa lief Gefahr, Opfer dieser Bestien zu werden.

Der Zufall wollte es, dass der Centurio mich in die Nähe von Nessas Unterkunft stellte. Es dauerte nicht lange, bis ein widerlich aussehender Römer, ein Nar-

bengesicht, zu ihr reinging. Kurz darauf waren Kampf-
geräusche zu hören, aber nur für diejenigen, die sich in
unmittelbarer Nähe befanden – also für mich. Dann
wurde es still. Ich haderte mit mir, machte mir Sorgen
und wurde von Minute zu Minute nervöser. Der Mut,
nachzusehen, fehlte mir, zumal Nessa streng darauf
bestanden hatte, dass ich warte, bis sie auftauchen
würde. Unschlüssig darüber, ob ich nicht vielleicht
doch handeln sollte, wartete ich gehorsam und betete.
Meine bangen Gedanken wurden unterbrochen, als die
Soldaten hektisch *Feuer* schrien. Auch mir waren die
Brände nicht verborgen geblieben, aber es war bereits
Nacht, und ich hielt sie für Lagerfeuer. Naiv, wie sich
später herausstellen sollte.

Dann eilte aus der Dunkelheit Nessa auf mich zu, ich
war erleichtert, sie zu sehen. Bevor ich jedoch Fragen
stellen konnte, packte sie meine Hand und zog mich
entschlossen mit sich. Sie erklärte mir in knappen Worten ihre Flucht aus einem Fenster, und dass sie die
Brände zur Ablenkung gelegt habe und nun auf dem
Weg zu dem Platz sei, wo sie Ermin und die anderen
bei unserer Ankunft gesehen habe.

Allerdings steckte ich in einem Gewissenskonflikt,
ich konnte das Schicksal der Kinder nicht ausblenden
und blieb abrupt stehen. Nessa murrte unwillig und
drängte darauf, dass wir keine Zeit zu verlieren hätten.
Ja, gewiss, dennoch war es unmöglich für mich, nichts
zu tun.

Langer Erklärungen bedurfte es nicht, sie begriff
rasch und seufzte entnervt. Dann vollzog sie eine jähe
Kehrtwende, nicht ohne zu fluchen und die Augen zu
rollen. Sie wusste genau, wo sich die beiden befanden.

Unterdessen waren die Römer mit den von Nessa gelegten Bränden beschäftigt. Und ich, als vermeintlicher Römer mit einer Dirne an der Seite, fiel nicht weiter auf. So erreichten wir unbehelligt wieder das Gebäude, bei dem ich zuvor Wache gestanden hatte. Jetzt aber war es unbewacht.

Warum diese Herren der Schöpfung hinter den unzähligen Bränden keinen Angriff vermuteten und nicht Alarm auslösten, kann ich mir nur mit deren Überheblichkeit erklären. Sei's drum, es war ja zu unserem Vorteil.

Doch ehe wir die Kinder aus den Klauen ihrer Peiniger reißen konnten, warnte mich Nessa nochmals eindringlich vor den Gefahren dieser Aktion, einschließlich des Scheiterns unseres ursprünglichen Plans.

Wahrlich keine leichte Entscheidung. Doch es wurde eine!

Denn genau in diesem Moment drang ein herzzerreißender Schrei zu uns durch. Selbst Nessa zögerte nicht länger und stürmte in den Raum. Dort lag Casto nackt auf dem Mädchen, das unter ihm kaum zu erkennen war. Bevor er begriff, wie ihm geschah, schlug Nessa ihn mit voller Wucht und mordsmäßiger Wut. Sie traf ihn hart am Kopf. Blutend sackte er über dem Mädchen zusammen. Ich glaubte, er wäre tot. Weit gefehlt, wie ich kurze Zeit später leidvoll feststellen musste.

Wir hatten Mühe, den schweren Körper von dem Kind herunterzuziehen. Die Kleine zitterte am ganzen Leib und ließ sich kaum von mir berühren. Sie war geschlagen worden und blutete – auch zwischen den Beinen.

Indes drängte Nessa zur Eile, aber ich brauchte noch Zeit. Das Mädchen stand unter Schock, und dann war da auch noch der Junge. Also bat ich meine Mitstreiterin, auch ihn zu holen. Sie zögerte, doch ein kurzer Blick auf das traumatisierte Mädchen genügte und sie eilte davon. In der Zwischenzeit fesselte und knebelte ich Casto – rein vorsorglich. Anschließend kümmerte ich mich um das geschundene junge Wesen. So behutsam und rasch wie möglich zog ich sie an und betete inständig, dass unser Plan noch aufgehen würde.

Endlich tauchte Nessa wieder auf, in Begleitung des Knaben. Er blickte mich ängstlich und verstört an, vermutlich wegen der Uniform.

Die beiden Kinder waren zwar für den Moment den Perverslingen entkommen, aber noch lange nicht in Sicherheit, geschweige denn körperlich und geistig unversehrt. Sie taten mir so unglaublich leid, dass es schmerzte und mir Tränen in die Augen trieb. In meiner Zeit kämen sie nun ins Krankenhaus und Psychologen würden sich ihrer annehmen, aber hier …

Was sollten wir jetzt tun? Ermin und die anderen waren immer noch gefangen und die Römer würden nicht ewig mit den Feuern beschäftigt sein, noch würde unsere Befreiungsaktion lange unbemerkt bleiben.

Nessa ergriff die Initiative. Sie überließ es mir, die Kinder zu verstecken. Am besten in der Nähe des Tores, schlug sie vor, während sie selbst beabsichtigte, unser eigentliches Vorhaben umzusetzen. Ich sagte nicht viel, nickte ihr lediglich bestätigend zu, und dann war sie auch schon weg.

Die beiden Kinder fortzuschaffen, ohne aufzufallen, und gleichzeitig ein Versteck für sie zu suchen, brachte mich vor Angst und Anstrengung ganz schön ins

Schwitzen, und das nicht nur wegen der Rüstung auf dem Leib. Mit mehr Glück als Verstand konnte ich die beiden in einem Stall nahe dem Haupttor unterbringen. Ich wies sie an, dort zu warten, bis wir zurückkehrten. Dann folgte ich Nessa.

Grenzenlose Erleichterung erfasste mich, als sie und Ermin mir entgegenkamen. Doch mein Liebster erkannte mich nicht, er hielt mich für den Feind und ging auf mich los.

Verflucht, sein Schlag tat höllisch weh, trotz Rüstung, und raubte mir kurzzeitig die Luft. Ein Segen, dass ich gepanzert war. Wer weiß, was sonst mit meinem Baby geschehen wäre.

Es dauerte einen Moment, bis Ermin begriff, wen er da vor sich hatte. Ich wiederum brauchte einen Moment, um wieder normal atmen zu können. Nicht nur sein Schlag nahm mir den Atem, auch die ganzen Anstrengungen, und das in voller Montur, brachten mich an die Grenze meiner Belastbarkeit.

Aber nun steckten wir wirklich tief in der Klemme.

Während Nessa und den anderen mit den Kindern die Flucht gelang, waren Ermin und ich unseren Gegnern auf Gedeih und Verderb ausgeliefert. Casto war am Leben und sann auf Rache. Er war im Begriff, meinen Liebsten zu töten, während ich festgehalten wurde und dabei zusehen sollte. All mein verzweifeltes Flehen, Schreien und Bitten halfen nichts. Doch der Centurio, der mich zuvor zur Wache eingeteilt hatte, verhinderte das Schlimmste. Ich kenne seine Beweggründe nicht, aber das ist mir auch egal. Das Wichtigste ist: Ermin bleibt am Leben.

»Casto, verdammt nochmal, lass ihn los!«

»Was mischst du dich ständig ein, Aurelius? Der Kerl gehört mir!«, knurrt Casto und setzt sein Schwert erneut zum Schlag an.

Da sie mich in ihrer Gewalt haben, ist Ermin ihnen völlig ausgeliefert – zur Untätigkeit verdammt, denn mein Germane will um jeden Preis mein Leben retten. Aber ich will nicht weiterleben ohne ihn. Ich schreie aus tiefster Seele, doch entweichen meiner Kehle nur halb erstickte Laute.

Der junge Centurio nimmt mich endlich bewusster wahr. Er blickt mich neugierig und intensiv an. Plötzlich sind laute Rufe zu hören. Aurelius löst den Augenkontakt zu mir, während Casto genervt in Richtung des Gebrülls blickt. Sie wissen also, wer da kommt, und da ist er auch schon.

»Wer hat das zu verantworten? Werden wir angegriffen?«, will dieser Römer wissen.

Casto unterbricht missmutig sein Tun und senkt sein Schwert. Das beruhigt mich erst einmal.

Mit einer Antwort kommt ihm allerdings Aurelius zuvor. »Nein, mein Kommandant, wir werden nicht angegriffen. Es scheint eine Befreiungsaktion zu sein.«

»Was? Wer?«, fragt sein Vorgesetzter aufgebracht nach.

Aurelius deutet auf mich. Nun kommt der Kerl direkt auf mich zu.

»Das ist ja eine Frau, in unserer Rüstung«, stellt dieser Blitzmerker überrascht fest. »Wir verdanken also den ganzen Tumult einer Frau?« Ungläubig starrt er mich an.

Aurelius nickt, aber Casto ergänzt bissig: »Da war noch eine andere. Sie kamen mit den Dirnen.«

Der Lagerkommandant mustert mich kritisch. »Du siehst nicht aus wie die hiesigen Einheimischen. Wer bist du?«

Ich möchte nicht mit ihm reden. Mein Blick wandert nervös zu Ermin.

»Sprich!«, fordert er mich erneut auf. Ehe ich mich versehe, schlägt er mich mit der flachen Hand ins Gesicht. Ermin begehrt sofort auf, doch Casto prügelt ihn nieder.

»Nein, lasst ihn in Ruhe!«, rufe ich verzweifelt. »Ich heiße Tasha und er ist mein Mann.«

Der Kommandant bleibt misstrauisch: »Du wagst viel. Und das alles nur für ihn?« Heftig nicke ich. Aber er ist weiterhin skeptisch und befiehlt: »Sperrt sie ein, wir kümmern uns später um sie!«

Aurelius hakt nach: »Beide?«

Der Kommandant bestätigt ungehalten mit einer knappen Geste.

Casto ist unzufrieden und begehrt auf: »Nein! Ich will den Kopf des Mistkerls!«

Das hätte er besser nicht gefordert.

»Du? Willst?« wiederholt der Kommandant mit gefährlichem Unterton. »Du hast hier nichts zu fordern! Ab morgen wirst du die Latrinen putzen. Das zeigt dir, wer hier das Sagen hat!«, giftet er mit autoritärer Stimme

Casto hat noch nicht genug und wagt es tatsächlich zu widersprechen: »Nein! Ihr könnt nicht …«

Nun baut sich der Lagerkommandant drohend und demonstrativ vor ihm auf, spricht jedoch kein Wort. Sein Blick allein vermittelt Casto unmissverständlich, dass *er* kann – und *er* wird! Endlich hält Casto die Klappe.

Der Kommandant richtet sich an Aurelius. »Wir müssen die Entflohenen suchen. Stell einen Trupp zusammen, aber zuvor sperr sie endlich weg.«

Aurelius gehorcht dem Befehl, während Casto fluchend geht.

Man führt uns zu einem Steinbau, dem offensichtlichen Kerker. Ich hoffe inständig, dass Ermin und ich zusammenbleiben dürfen. Ich brauche seine Zuversicht, will ihn umarmen und die Nähe und Wärme seines Körpers spüren, denn wer weiß, wie das hier enden wird. Doch für den Augenblick bin ich einfach nur dankbar, dass wir noch am Leben sind – dass *er* am Leben ist.

Tatsächlich stecken sie uns beide gemeinsam ins Verlies. Das haben wir diesem Aurelius zu verdanken. Er scheint nicht ganz so ein Arsch zu sein wie der Rest von ihnen. Er behandelt uns angemessen angesichts der Lage, in der wir uns befinden. Aber ich darf mir nichts vormachen, er ist ein Römer.

Kaum haben sie die schwere Tür hinter uns verschlossen, zieht mich Ermin seufzend in seine Arme. »Oh, meine Blume, das war knapp …«

Das war es wirklich. Die Angst und Hilflosigkeit unserer Lage sind allzu präsent und werden durch die uns umgebende Dunkelheit noch verstärkt. Ohnmächtig etwas zu entgegnen, schluchze ich laut los.

Ermin versucht mich zu trösten. »Nicht weinen. Hab keine Angst, wir kommen hier wieder raus.« Er hört nicht auf, mir Mut zu machen, und bekundet immer wieder seine Liebe zu mir, und wie stolz er auf mich ist. Langsam beruhige ich mich. Trotz der beängstigenden Situation bin ich einfach nur froh, bei ihm zu sein, seine Nähe zu spüren und seine Stimme zu hören. Es hätte auch anders kommen können. Eine Weile umarmen wir uns nun schweigend.

Doch das Denken kann ich nicht abstellen. Es gibt Augenblicke in dieser Welt, in denen es mir beinahe unmöglich erscheint, nicht den Verstand zu verlieren. Ich beginne, über alles zu resümieren, und leise, eher zu mir selbst als zu ihm, flüstere ich: »Diese Reise ist ein einziger Albtraum, schlimmer als die erste.« Ich weiß, dass er mich gehört hat, aber seltsamerweise bleibt er ungewöhnlich still. Er reagiert erst verspätet: »Aber du bist mir doch begegnet.«

Ach herrje, habe ich ihn verletzt? Das wollte ich nicht. »Oh, nein, entschuldige, so habe ich das nicht gemeint. Der Stress, und die ganzen Kämpfe, das ...«, stammele ich und vergieße schon wieder Tränen. Verflucht!

Ermin drückt mich etwas fester an sich. »Das weiß ich doch. Aber Tasha, hier aufzutauchen, das war schon ziemlich verrückt von dir.«

»Ich konnte doch nicht einfach tatenlos zusehen, ich musste etwas unternehmen«, begehre ich auf und ziehe die triefende Nase hoch.

»Dafür, meine Blume, liebe ich dich«, sagt er und küsst mich sanft und innig.

Ich sehne mich danach, mit Ermin in unser trautes, urgemütliches und vor allem sicheres Heim zurückzukehren. Unsere Zuneigung zueinander und die gegenseitige Freude über das Zusammensein sind in den Jahren gewachsen. Ermin ist noch immer der Mann von damals – stark, selbstbewusst und beschützend. Er ist der Einzige, der sämtliche Sinne in mir zu erwecken vermag. Bevor ich ihn kennenlernte, glaubte ich, dass der Rausch der Leidenschaft – wenn überhaupt – nur zu Beginn einer Beziehung existiert und mit der Zeit abflacht. Doch dem ist nicht so. Natürlich gestaltete sich unser Zusammenleben nicht immer leicht. Immerhin ist er Arminius und lebte ein Leben vor zweitausend Jahren. Er hat in meiner Welt viel lernen müssen, auch was die Rechte und Freiheiten der Menschen angehen, vor allem die der Frauen. Das war nicht einfach. Doch besitzt er eine natürliche Begabung, sich Veränderungen schnell anzupassen. Einen ähnlichen Kulturschock durchlebte er zuvor schon einmal, als er als Junge nach Rom kam. Er fügte sich und machte das Beste daraus. Aber später zog er das einfache Leben in seiner Heimat dem römischen vor. Er ist wirklich außergewöhnlich – und er ist mein. Ein Blick, eine Berührung von ihm genügen und ich befinde mich im Zustand der Hingabe. Mein Herz klopft dann wilder, ich atme schneller. Selbst jetzt, in diesem Augenblick, sehne ich mich nach ihm. Vielleicht beeinflusst die aktuelle Gefahrensituation meine Hormonlage und bringt mich in Verbindung mit der Schwangerschaft vollends durcheinander? Meine Angst ist dennoch präsent. Aber bei ihm – mit ihm – fühle ich mich sicher.

Ermin unterbricht meine Gedanken. »Tasha? Ich spüre, du grübelst. Worüber?« Dabei streicht er zärtlich über mein Haar.

Gut, dass er in dieser Finsternis meinen Gesichtsausdruck nicht erkennen kann. In meiner aktuellen emotionalen Verfassung würde er mir ansehen, dass ich etwas zu verbergen versuche. Es gleicht sowieso einem Wunder, dass sich die Strapazen bisher nicht auf die Schwangerschaft ausgewirkt haben. Ich weiche ihm geschickt aus: »Oh, nur darüber, was für einen bemerkenswerten Mann ich habe.«

Er seufzt. »So bemerkenswert bin ich nicht, sonst wären wir beide nicht hier.«

»Und wenn ich nicht in einem Tunnel gegraben hätte, dann säßen wir gar nicht erst in dem Schlamassel«, kontere ich selbstkritisch.

»Solche Überlegungen führen zu nichts«, entgegnet er sanft.

Er hat recht. Wir sind nun einmal hier. Uns bleibt nur die Hoffnung.

Plötzlich fragt er: »Vertraust du mir?«

Was für eine Frage. Ich antworte mit fester Stimme: »Natürlich!«

»Dann glaube mir, wenn ich dir sage, dass wir von hier wieder wegkommen werden.«

Mein Vertrauen bekräftige ich, indem ich meinen Kopf in seine Halsbeuge lege und mich eng an ihn schmiege.

»Ich bin nur froh, dass die anderen fliehen konnten, auch die Kinder«, murmele ich.

»Welche Kinder?«, hakt er nach.

»Hast du sie nicht gesehen? Sie kamen mit den Frauen.«

»Ah, ja …« Er erinnert sich.

Ich atme kurz durch, dann erkläre ich: »Casto hat sich an dem Mädchen vergangen, ehe wir sie befreien konnten. Zum Glück kam Nessa rechtzeitig, um den Jungen vor größerem Leid zu bewahren … Wir hatten keine andere Wahl, wir mussten sie da herausholen.«

Ich schüttele mich bei der Vorstellung, die sich jäh in mein Bewusstsein brennt. Zu scheußlich wirken noch die Bilder in meinem Kopf. Angewidert stelle ich erneut fest, wie ekelhaft ein solches Verhalten in allen Zeiten doch ist. Ich hoffe dennoch, dass es Menschen gibt, die den beiden helfen werden. Und noch mehr hoffe ich, dass sie eine solche Erfahrung nie wieder machen müssen.

Die körperliche Liebe, zur rechten Zeit, mit dem richtigen Partner, gehört zu den schönsten Erlebnissen, die es zwischen zwei Menschen geben kann. Es ist nicht nur ein Schöpfungsakt, nein, es ist viel mehr. Es ist der Kitt, der Vertrauen und Liebe erst vollkommen macht und selbst den Stärksten weich werden lässt.

Dass nun diese beiden Wesen solch eine Erfahrung erleben mussten, bewegt mich tief. Vielleicht werden sie nie mehr jemanden an sich heranlassen können, und so auch nie das Wunder der Liebe erfahren. Denn das ist es. Unter all den Tausenden von Geschöpfen auf dieser Erde den Einen zu finden, zu halten, ist ein Mysterium. Ich habe ihn gefunden, in einer anderen Zeit, in einem anderen Leben. Wir waren und sind füreinander bestimmt.

Erst jetzt bemerke ich, dass Ermin still geblieben ist. »Du sagst ja gar nichts.«

Er beginnt zögerlich: »Wie du finde ich ein solches Treiben verachtenswert. Nur leider ist es nicht ungewöhnlich in …«

Ich falle ihm ins Wort: »Das klingt, als würdest du es zumindest tolerieren?«

»Bei den Göttern, nein! Das habe ich nicht …«

Ich unterbreche ihn erneut: »Stell dir doch einmal vor, es wäre dein Kind …«

Er reagiert verärgert und packt mich an den Schultern. »Verdammt, Tasha, auch mich widern solche Schweine an. Aber selbst in deiner Welt gibt es sie.«

Dann ergänzt er nachdrücklich: »Unser Kind würde ich mit meinem Leben beschützen. Niemand dürfte es je anfassen, wenn er nicht eines qualvollen Todes sterben will.«

»Es tut mir leid, das weiß ich doch,« entgegne ich mit gesenkter Stimme. Vielleicht sollte ich es ihm jetzt sagen. »Ermin, ich muss dir …«

Ich komme nicht mehr dazu, ihm zu offenbaren, dass er Vater wird, denn unsere Kerkertür wird abrupt geöffnet. Die Gestalten sind nur schemenhaft zu erkennen. Auf jeden Fall bringen sie Gefangene, beziehungsweise *einen* Gefangenen. Jemanden von uns?

O nein, es ist der Knabe!

»Was habt ihr ihm angetan?«, brülle ich aufgebracht. Ermin muss mich festhalten, sonst wäre ich mit Fäusten auf sie losgegangen. Ausgerechnet das Kind haben sie aufgegriffen. Der arme Junge.

Die Tür schließt sich und wir sind wieder allein.

Das Schluchzen des Knaben hallt durch den Raum. Sofort taste ich mich zu ihm hin. Als ich versuche, ihn beruhigend in den Arm zu nehmen, weicht er zurück. Kein Wunder, ich bin ihm fremd und er kennt meine Absichten nicht – er muss sich zu Tode fürchten. Ich versuche es aber weiter.

Ermin ist mir indes keine Hilfe. Er will, dass ich den Jungen in Ruhe lasse. Doch ich gebe nicht auf, worauf mein Germane mit einem genervten Aufstöhnen reagiert.

Es dauert eine Weile, bis der Junge endlich etwas Vertrauen fasst und sich wenigstens berühren lässt. Er spricht auch ein paar Worte, aber ich verstehe seine Sprache nicht.

»Ermin, weißt du, was er sagt?«

»Nein, aber er könnte *Keenan* heißen.«

Das wäre möglich. Er hat dieses Wort, diesen Namen, mehrmals ausgesprochen. Nur habe ich nicht begriffen, was er damit meinte.

»Keenan?« Ich berühre sanft seinen Arm. »Ich bin Tasha.« Ich wiederhole es und führe seine Hand dabei jeweils zu ihm: »Keenan«, und dann zu mir, »Tasha.«

Er hat verstanden und nennt mich zaghaft beim Namen. Okay, das ist doch schon mal ein Anfang.

Nun rührt sich Ermin doch noch. »Tasha, wir müssen uns ausruhen. Schlaf würde uns guttun.«

Er mag recht haben, wir haben nur noch wenige Stunden, bis der Tag anbricht. Wir brauchen einen klaren Kopf, aber hier drin ist es nicht nur ungemütlich, mich ängstigt auch, was uns draußen erwarten wird. Ich weiß daher nicht, ob ich einschlafen kann.

Ermin hat sich mit dem Rücken zur Wand hingesetzt und zieht mich zu sich herunter, direkt in seine Arme. Der Junge hatte zuvor meine Hand gehalten. Nun sucht er sie und findet sie. Es freut mich, dass er beginnt, Zutrauen zu entwickeln. Was bleibt ihm aber auch anderes übrig.

Während Ermin mich im Arm hält und ich recht bald seine ruhigen Atemzüge wahrnehme, versucht Keenan neben mir im Sitzen zu schlafen. Das gelingt ihm nur mäßig. Er jammert, weint und schlägt manchmal nach mir, alles aus dem Unterbewusstsein heraus.

Als Kind sang meine Mutter für mich, manchmal auch meine Schwester, um meine Albträume zu vertreiben. Vielleicht tröstet es ihn ebenfalls. Musik ist oft ein Balsam für die Seele. Ich denke dabei an eines von Maras Lieblingsliedern *Over the Rainbow*, aus dem *Zauberer von Oz*. Anfänglich summe ich nur.

Tatsächlich wird er mit den ersten Tönen ruhiger. Es freut mich, dass er sich zu entspannen beginnt. Nach einer Weile wähne ich ihn im Tiefschlaf, aber weit gefehlt. Denn am Ende des Liedes fordert er mich auf seine Weise auf, es nochmals zum Besten zu geben, indem er vorsichtig an meinem Arm rüttelt. Auch Ermin knurrt zufrieden wie ein Bär. Kaum habe ich das Lied zum wiederholten Male gesungen, sind Schritte zu hören, die Tür wird geöffnet und zwei Legionäre betreten den Raum. Keenan erschrickt dabei so sehr, dass er voller Panik in die hinterste Ecke des Verlieses flüchtet.

Einer der Legionäre brüllt im Befehlston: »Du!«

Wer? Ich?

Wen von uns meint er denn nun?

Sekunden später weiß ich es. Der grimmig dreinblickende Große deutet auf mich. »Du! Weib! Steh auf und komm mit!«

Natürlich ist Ermin aufgesprungen und stellt sich schützend vor mich, dabei schreit er: »Nein, ohne mich geht sie nirgendwohin!«

Die Soldaten bleiben unbeeindruckt. Sein Widerstand interessiert sie nicht. Stattdessen bedrohen sie ihn demonstrativ mit ihren Waffen. Doch ich weiß, so einfach wird er nicht klein beigeben. Er brüllt und droht zurück.

Bevor die Situation eskaliert, kommt ein dritter Römer hinzu. Es ist der Centurio Aurelius. Er wendet sich direkt an Ermin: »Die Männer handeln in meinem Auftrag. Ich will nur mit ihr reden. Ich versichere dir, es wird ihr kein Leid geschehen.«

Ermin wäre nicht Ermin, wenn ihn bloße Worte umstimmen könnten. »Nein! Ich komme mit!«

Da ich nicht den Eindruck habe, dass Aurelius mir etwas Böses will, versuche ich meinen Liebsten milde zu stimmen. »Bitte, Ermin, lass mich gehen. Ich weiß nicht warum, aber ich traue ihm.« Dabei umfasse ich mit meinen Händen sein Gesicht und blicke ihn beschwörend an. Als er widersprechen will, lege ich sanft, aber bestimmend meine Finger auf seine Lippen und bitte: »Auch wenn du ihm nicht traust, dann vertraue wenigstens mir.«

Er stößt einen tiefen Seufzer aus und gibt auf. Gut so! Ich wende mich schnell Aurelius zu, bevor Ermin seine Meinung ändern kann.

Als wir schon fast draußen sind, höre ich ihn warnend rufen: »Wird ihr auch nur ein Haar gekrümmt, werde ich dich nicht einfach nur töten, nein, ich werde grausame Rache an dir üben. Sei dir dessen gewiss!«

Ermin meint es ernst. Ich möchte nicht in der Haut seines Feindes stecken.

Aurelius kommentiert es nicht, er hat ihn verstanden und nickt ihm zu. Er lässt mich sogar ungefesselt. Die beiden Legionäre schickt er bereits auf dem Weg zu seiner Unterkunft weg. Die Sonne wird bald aufgehen und ich frage mich, ob es das letzte Mal für mich sein wird? Was auch immer er von mir will, Casto und ihr Lagerkommandant wollen Schlimmeres. Dieser Aurelius ist allerdings schon eigenartig. Er ist irgendwie anders.

Als wir seine Räumlichkeiten betreten, bemerkt er meine Skepsis. »Keine Sorge. Ich habe nicht vor, mich an dir zu vergehen.« Er grinst mich dabei schelmisch an und fügt mit Blick auf Ermins Warnung augenzwinkernd hinzu: »Und außerdem bekäme es mir nicht gut.«

Für einen Römer ist er ein witziges und hübsches Kerlchen. Groß, dunkel, mit leuchtend blauen Augen. Er ähnelt … ja, wem?

Da unterbricht er unvermittelt meine Überlegungen. »Hast du Durst? Hunger?« Er reicht mir einen Becher Wein und etwas Brot, noch bevor ich antworten kann.

Doch ich will nichts davon und schiebe es gleich beiseite. Mein Interesse gilt dem Grund meiner Anwesenheit hier. »Bin ich nicht mehr eine Gefangene?«, will ich von ihm wissen.

Überrascht fragt er zurück: »Wieso denkst du das?«

»Na ja, ich stehe hier ohne Fesseln, mir wird Höflichkeit entgegengebracht und das alles ohne Hintergedanken?«, frage ich bewusst provokativ.

Ironisch erwidert er: »Du bist in unser Lager eingedrungen, hast Feuer gelegt und Gefangene befreit. Was glaubst du?«

Dass sich an der Gesamtsituation nichts geändert hat. Aber das war mir schon im Vorhinein klar. Auf seine rhetorische Frage reagiere ich jedenfalls nicht.

»Wie ist dein Name?«, fragt er unvermittelt.

»Tasha.«

»Tasha?« Er klingt ehrlich erstaunt.

»Wieso bin ich hier?«, hake ich nach.

Doch darauf will er mir offenbar nicht antworten, stattdessen stellt er weitere Fragen. »Woher kommst du?«

Aber auch ich bleibe stur. »Das spielt keine Rolle. Sag schon, was willst du von mir?«

Für einen kurzen Moment blitzt Ärger in seinen Augen auf, dann ändert sich sein Verhalten, er wirkt verunsichert. »Ich … ich habe dich singen gehört.«

Ich bin überrascht. »Ja, und?«

»Kannst du das bitte wiederholen? Singst du für mich?«

Ich bin wahrlich nicht in Stimmung und entgegne ablehnend: »Nein, mir ist nicht danach.«

»Wieso hast du es dann vorhin getan?«

Ich entgegne ehrlich: »Mir tat der Junge leid. Wieso habt ihr ihn nicht laufen lassen? Er ist nur ein Kind.«

Aurelius druckst herum. Es ist ihm sichtlich unangenehm. »Ich … also, wenn ich …« Dann schüttelt er sich unmerklich und sagt mit fester Stimme: »Es war eben ein Befehl.«

»Ach, ihr Mistkerle, ihr ändert euch nie«, schimpfe ich. Meine Verachtung ist deutlich zu hören und zu sehen. Da er mich nun seltsam neugierig betrachtet, reagiere ich genervt. »Was ist? Warum schaust du so?«

»Was ist das für eine Sprache?«

Oh, war das Deutsch? Das passiert mir immer, wenn ich emotional gestresst bin. Doch bin ich nicht gewillt, es ihm zu erklären: »Jetzt komm endlich mal zur Sache. Was willst du von mir?«

»Ich muss wissen, wer du bist«, antwortet er leise.

»Wer will das wissen? Dein Kommandant? Warum? Ich stelle für euch keine Gefahr dar. Ich will nur meinen Mann zurück.«

Aurelius mustert mich. Etwas liegt ihm auf dem Herzen, aber er rückt nicht mit der Sprache heraus. Ruhig äußert er: »Ich kann dir vielleicht helfen, aber du musst ehrlich zu mir sein.«

»Wie willst du mir schon helfen können? Du wirst uns kaum freilassen.«

»Ich …«, weiter kommt er nicht.

Casto steht plötzlich im Türrahmen und brüllt Aurelius an: »Was soll deine Eigenmächtigkeit? Der Präfekt will dich sofort sehen, und sie auch!«

Dieser Brüllaffe macht mir Angst und auch der Präfekt. Immerhin hatte der Lagerkommandant es gewagt, mich, eine Frau, zu schlagen. Ich wünschte, ich wäre zurück im Verlies, auf jeden Fall zurück bei Ermin.

Aurelius' Gesichtsausdruck kann ich nicht deuten. Er wirkt nicht beunruhigt, aber man kann einem Menschen ja nur vor den Kopf schauen, nicht hinein.

Casto hat mir zwischenzeitlich meine Hände gefesselt. Ich wehre mich nicht dagegen, denn es würde nichts bringen.

Auf dem Weg zum Präfekten versuche ich Aurelius anzusprechen: »Was mag er wollen?« Doch Casto unterbricht mich drohend. Auch Aurelius mahnt mich via Augenkontakt zur Zurückhaltung.

Im Triclinium, dem Speisesaal, treffen wir dann auf Severus und auf drei weitere Römer, die auf den Speisesofas liegen, welche in Hufeisenform um den Tisch angeordnet sind. Sie betrachten mich eingehend. Die Atmosphäre ist bedrückend, verstärkt durch die fensterlose Umgebung des Raumes und die widerlichen Blicke.

Nur Severus wirkt uninteressiert und richtet sich an Aurelius: »Warum war die Gefangene bei dir?«

Doch Aurelius lässt sich nicht einschüchtern. »Ich habe sie singen hören und …«

Severus unterbricht ihn barsch: »Davon habe ich schon gehört, aber du hast keinen Anspruch auf diese

Frau. Du magst aus einer angesehenen Familie stammen, doch hier bestimme ich!«

Er erwartet keinen Widerspruch und richtet nun seine Aufmerksamkeit ganz auf mich. »Dein Gesang hat Beachtung gefunden. Ich will es selbst hören. Sing!« Dabei wendet er sich von mir ab, um sich mit einem Becher Wein auf dem Sofa zu entspannen. Augenscheinlich rechnet er damit, dass ich seiner Aufforderung Folge leiste.

Ich schüttele allerdings entschieden den Kopf. Vor diesen Monstern will ich nicht singen. Außerdem bin ich keine geübte Sängerin und singe meist nur, wenn ich in einer besonderen Verfassung bin.

Aurelius raunt mir zu: »Tue es! Es rettet dir vielleicht das Leben.«

Verdammt, ich will nicht, aber den Zorn dieses Proleten will ich auch nicht auf mich ziehen.

Denk an dein Kind, mahnt jäh meine innere Stimme, und ich seufze gequält.

»Jetzt fang endlich an!«, befiehlt der Präfekt ungeduldig.

»Was soll ich denn singen?«, frage ich widerwillig.

»Das, was meine Männer gehört haben«, antwortet er unwirsch.

Ich beginne zögerlich, vor Nervosität treffe ich die Töne nicht richtig. Der Mistkerl lacht darüber, was mich noch mehr verunsichert. Sie machen auch Witze über mein Aussehen, denn ich stecke noch in der römischen Rüstung. Frustriert schließe ich die Augen, um die widerlichen Gesichter auszublenden. Und dann geschieht es. Mit zunehmendem Gesang wird es um mich herum stiller. Als ich endlich fertig bin, öffne ich langsam wieder meine Augen. Die Männer grinsen immer noch dümmlich, aber sie scheinen zufrieden, mit einer Ausnahme – dem Lagerkommandanten.

»Ist das alles? Sehr eintönig. Sing etwas anderes!«, fordert er mich rüde auf.

Na, der hat leicht reden. Ich bin nicht von Beruf Sängerin. Weder habe ich eine perfekte Singstimme, noch kenne ich viele Liedtexte auswendig. Sicher, musikalisch sind wir alle in der Familie, das liegt uns im Blut und ein paar Textpassagen meiner Lieblingslieder kenne ich auch, aber meist nur den eingängigen Refrain. Wer kennt schon ganze Liedtexte in- und auswendig?

»Sing!«, gebietet er laut und schwer angeheitert.

Ich werfe einen Blick zu Aurelius. Tatsächlich ist er der Einzige, der mich freundlich anlächelt. Casto sagt nichts, doch sein Gesichtsausdruck spricht Bände – er sprüht vor Gier und Mordlust. Ich fürchte mich vor dem Ende dieses Spektakels.

»Noch einmal fordere ich dich nicht auf … Sing!«, wiederholt der Kommandant gefährlich leise.

Mir fällt spontan nur das Lied *Regenbogenfarben* von *Kerstin Ott* ein. Da kenne ich zumindest einige Passagen.

Ich suche den Augenkontakt zu Aurelius, dem Einzigen, der mir wohlgesonnen erscheint. Aber er sieht mich plötzlich ganz merkwürdig an. Singe ich so furchtbar?

Bevor ich jedoch zum Refrain gelange, wird die Tür plötzlich aufgerissen. Alles passiert blitzschnell – Casto packt mich und schleudert mich mit voller Wucht in die Ecke des Raumes. Der Schmerz dringt kaum zu mir durch; ich bin wie betäubt.

KAPITEL 13 - ♂

Tasha ist schon viel zu lange weg, das gefällt mir nicht. Ich muss hier raus! Aber wie? Und was soll ich mit dem Jungen machen? Er ist völlig verängstigt, besonders seit Tasha weg ist. Bei einem Fluchtversuch wäre er mir im Weg. Doch meine Blume würde es mir niemals verzeihen, wenn ich ihn zurückließe. Vielleicht könnte er mir jedoch nützlich sein.

»Keenan, komm her«, rufe ich, doch er rührt sich nicht.

»Ich weiß, dass du mich verstehst«, sage ich, obwohl ich mir dessen nicht sicher bin. Ich habe lediglich eine Ahnung. Ich denke, der Junge wurde ausgewählt, weil er Latein kann, zumindest das Nötigste.

»Um hier herauszukommen, brauche ich deine Hilfe«, versuche ich es weiter. Wieder nur Stille. Ich muss mir etwas anderes überlegen. Irgendwann werden die Wächter uns Wasser bringen, eine Gelegenheit, die ich nutzen könnte, um sie zu überwältigen. Nur kostet das Zeit, da ich nicht weiß, wann sie auftauchen werden. Zeit, die Tasha vielleicht nicht hat.

Was? Hat der Knabe etwas gesagt?

»Wie kann ich helfen?«, wiederholt er.

»Danke, Keenan, wir müssen die Römer hereinlocken, damit ich sie überwältigen kann. Du wirst nun schreien, so laut du kannst. Hast du das verstanden?«

»Ja«, erwidert er mit leiser Stimme.

»Denk daran! So laut du kannst. Ich sage dir, wann es losgeht. Komm mit!«

Wir positionieren uns in der Nähe der Kerkertür. Ich werde mit bloßen Händen kämpfen müssen. Nicht ungewöhnlich für mich, auch wenn ich lieber eine Waffe in der Hand hielte.

»Keenan, du bist sehr mutig, und jetzt … schrei!«

Er tut, wie ihm geheißen. Anfangs noch etwas zaghaft, aber mit jeder Aufforderung von mir wird er lauter und schriller.

Es zeigt Wirkung. Die Legionäre sehen nach, was los ist. Ich gehe davon aus, dass es zwei Wächter sind und warte, bis beide den Raum betreten haben. Da sich die Tür nach außen hin öffnet und mir somit keinen Schutz bietet, drücke ich mich dicht an die Wand neben dem Eingang. Ich hoffe, sie entdecken mich nicht sofort, ihre Aufmerksamkeit sollte auf dem schreienden Jungen liegen.

Kaum, dass sie drin sind, schlage ich zu. Es sind zu meinem Glück wirklich nur zwei Gegner. Den ersten kann ich rasch bewusstlos schlagen. Ihn hat meine Attacke völlig überrascht, aber der zweite ist nun gewarnt und geht mit seinem Schwert auf mich los.

Doch da kommt mir der Knabe zu Hilfe. Er hat in der Zwischenzeit dem niedergestreckten Römer das Schwert entrissen und lässt es über den Boden zu mir rutschen. Beherzt greife ich zu und nehme ebenbürtig den Kampf auf. Auch dieser Gegner ist nach kurzem Gefecht kampfunfähig. Schnell ziehe ich mir eine der

Rüstungen an, dann verlassen wir unser Gefängnis. Die beiden Römer sind nun Gefangene in ihrem eigenen Kerker.

Gut, die erste Hürde ist geschafft. Nur wohin jetzt? Wo wird Tasha sein? Vermutlich im Praetorium.

Es ist bereits Tag. Ich darf auf dem Weg dorthin nicht auffallen. Das dürfte für mich kein Problem darstellen, ich war lange Zeit in römischen Diensten. Den Jungen bei mir zu haben, ist ebenso ein Glücksfall und meine Einlassgarantie zu den Offizieren.

Je näher ich den Unterkünften komme, desto deutlicher höre ich den vertrauten Klang, der meine Liebste verrät – ihr Gesang.

Ihre Stimme hat mich schon früh fasziniert, mit Melodien, die damals noch ungewohnt aber wohlklingend waren. Kein Vergleich zu den barbarischen Tönen der Germanen, die eher laut und grell erscheinen. Tasha singt selten, besonders nicht vor vielen Menschen. Sie ist sich ihrer wunderschönen Stimme nicht bewusst. Doch nun weist sie mir den Weg, und das ist von großem Vorteil. Leider sind auch andere von ihrem Gesang angetan. Sie stehen lauschend unweit des Gebäudes, aber zum Glück beachten sie mich kaum.

Währenddessen wirkt Keenan von Schritt zu Schritt angespannter und ängstlicher. Er zittert. Ich flüstere ihm zu: »Keine Sorge. Wir holen meine Frau und verschwinden zusammen.« Das ist der Plan, doch es wird nicht einfach.

Als wir vor dem Eingang zum Triclinium stehen, atme ich noch einmal tief durch, dann weise ich den Knaben an: »Du bleibst hier und stellst dich an die

Wand neben der Tür und wartest, bis ich mit Tasha wiederkomme. Verstanden?«

Er nickt.

Armer Kerl, sein Gesicht ist vor Furcht hochrot, sein Atem hektisch. Aber er muss jetzt stark sein.

Dann los!

Alles geht sehr schnell. Als ich eintrete, warte ich nicht ab, bis man mich enttarnt. Ich ramme dem mir am nächsten stehenden Römer das Schwert in den Leib.

Zwischenzeitlich hat Casto mich erkannt und Tasha zur Seite gestoßen, weg von mir. Ich wiederum schleudere ihn mit einem kräftigen Schlag an die Wand. Severus kommt nicht schnell genug vom Speisesofa hoch, dafür aber zwei seiner Centurionen. Unbewaffnet haben sie jedoch keine Chance gegen mich – ich kann sie zügig ausschalten.

Tasha war kurzzeitig benommen, aber nun hat sie sich aufgerappelt, auch Casto ist wieder auf den Füßen.

Während ich gegen Casto und Aurelius kämpfe, stellt Tasha Severus ein Bein. Er stürzt hart und schlägt mit dem Kopf auf dem Tisch auf. Bewusstlos bleibt er liegen.

Unterdessen gelingt es mir, Aurelius in den Schwitzkasten zu nehmen und ihn als Schutzschild mit einem Schwert an seinem Hals gegen Casto einzusetzen. So halte ich Casto auf Abstand, obwohl mir ein Rätsel ist, warum er gehorcht, denn soweit ich es beurteilen kann, verstehen sich die beiden nicht besonders gut.

Die Zeit drängt. Das Kampfgeschehen wird nicht lange unbemerkt bleiben, auch wenn es bei solchen Gelagen schon mal laut zugehen kann.

»Tasha, komm zu mir!«, fordere ich meine Liebste auf und frage besorgt: »Geht es dir gut?«

»Ja …«, haucht sie atemlos.

»Dann lass uns von hier verschwinden.«

Casto faucht: »Das wird euch nicht gelingen.«

»Wir werden sehen«, brumme ich böse zurück. Viel lieber hätte ich ihn eliminiert, doch die Umstände erlauben es nicht. Es bleibt nicht einmal Zeit, ihn und die anderen zu fesseln.

Aurelius ist unsere beste Chance, dem Ganzen zu entkommen. Eine Einmischung seinerseits ist unmöglich, er kann sich weder wehren noch sprechen, solange die Klinge an seinem Hals ist.

»Tasha, nimm Castos Helm, setz ihn auf und hol Keenan, er wartet vor der Tür.« Sie sieht mich ängstlich an. »Hab Vertrauen«, raune ich ihr zu. Sie zögert nur kurz, dann folgt sie meiner Anweisung.

Mit dem Centurio vor der Brust folge ich ihr. Ich bewege mich vorsichtig rückwärts und behalte Casto dabei stets im Blick. Indes verbarrikadiert Tasha notdürftig die Tür zum Triclinium. Casto wird sicherlich nicht lange stillhalten, aber wir haben zumindest etwas Zeit gewonnen.

Als wir den Portikushof, den Innenhof des Praetoriums, erreichen, tausche ich das Schwert gegen eine kleinere Stichwaffe aus. Mit dieser Waffe an seinem Rücken kann ich ihn besser in Schach halten und wir vermeiden unnötige Aufmerksamkeit. Gut für uns ist, dass keine weiteren Legionäre in Sicht sind.

Casto hämmert bereits wild gegen die Tür und brüllt. Und Aurelius? Er wirkt nicht sonderlich nervös. Er will lediglich von mir wissen, was ich vorhabe. Doch ich weiß es selbst noch nicht. Erst einmal müssen wir von hier weg.

»Wo stehen die Pferde?«, frage ich ihn barsch.

»Direkt neben dem Gebäude hat Severus seine eigenen untergebracht«, gibt er unumwunden preis.

»Dann los, und mach bloß keinen Blödsinn!«, warne ich ihn scharf.

»Käme mir nie in den Sinn«, erwidert er ironisch.

Wenn Aurelius keine Dummheiten anstellt und Casto nicht so bald freikommt, könnten wir mit unserer Verkleidung Erfolg haben. Ein Ausbruch bei Nacht wäre zwar erfolgversprechender gewesen, aber wir haben keine andere Wahl.

»Tasha, nimm den Dolch und pass auf ihn auf, ich kümmere mich um die Pferde. Wenn er sich rührt, zögere nicht und töte ihn.« Das wird sie kaum tun, aber das weiß er ja nicht.

Lediglich zwei Legionäre betreuen die Pferde. Dank unserer Tarnung und Begleitung sind sie arglos. Sie grüßen Aurelius und auch uns freundlich und wollen wissen, was im Gebäude los ist, denn Castos Gebrüll ist zu hören, wenn auch undeutlich. Aurelius murmelt etwas von *zu viel Wein*, worauf die beiden wissend grinsen.

Als sie uns den Rücken zukehren, um den Pferden Wasser zu geben, schlage ich sie schnell und kräftig nieder. Nun haben wir drei Vierbeiner, aber wie können wir mit einem gefangenen Römer fliehen? Wäre es nicht besser, es ohne ihn zu wagen?

»Du denkst sicher darüber nach, ob du mich hierlassen, vielleicht sogar umbringen solltest, aber dann hättest du kein Druckmittel mehr. Keine leichte Wahl«, sagt Aurelius regungslos.

Er ist nicht dumm. Er hat mein Dilemma erkannt. Tasha und der Junge schauen mich erwartungsvoll an.

Aurelius spricht indes weiter: »Ich helfe euch.«

Ich bin erstaunt, das ist doch eine Finte. » Warum?«

»Später! Für Fragen haben wir keine Zeit«, antwortet er bestimmt.

Ich schüttele den Kopf und lehne schroff ab: »Nein, das Risiko ist mir zu hoch!«

»Dir bleiben nicht viele Möglichkeiten. Hast du dich denn nicht gewundert, dass ich mich kaum gewehrt habe?«

Ja, das ist mir aufgefallen. Im Triclinium ist er erst spät ins Kampfgeschehen eingestiegen und war nicht wirklich ein ernstzunehmender Gegner. Ich nahm an, er wäre von der verweichlichten Sorte. Sollte ich mich geirrt haben? Aber warum will er uns helfen? Daher wiederhole ich meine Frage: »Warum willst du das für uns tun?«

»Keine Zeit für Erklärungen, wir müssen weg! Casto wird nicht lange eingesperrt bleiben, dann ist es für eine Flucht zu spät. Du musst jetzt Vertrauen haben.«

Das kann ich nicht. Er ist ein Fremder – und Römer. Zu viel steht auf dem Spiel.

Plötzlich berührt mich Tasha am Arm und ihre Augen flehen mich an. Auch ohne Worte weiß ich, was sie will: Dass ich nachgebe. Sie vertraut ihm, warum auch immer. Und ich – ich vertraue ihr, ihrem Instinkt! Ich sollte mein Misstrauen beiseiteschieben, zumindest für den Augenblick, und das Wagnis eingehen.

Trotzdem warne ich ihn eindringlich und kompromisslos: »Wenn du uns hintergehst, werde ich dich töten. Jagen und töten! Hast du mich verstanden?« Meine Worte, Stimme und Blick zeigen ihm deutlich, wie ernst es mir damit ist.

Aurelius sieht mich an. Er weicht nicht aus. Ein Zeichen von Stärke und … Aufrichtigkeit?

Nun müssen wir aber endlich los.

Eilig legen wir den Pferden das Geschirr an. Als wir sie aus dem Stall führen, hat es zu regnen begonnen. Das behagt mir nicht. Tasha blickt argwöhnisch zum Himmel, der Unheil ankündigt. Ihre Angst vor Gewittern könnte uns Probleme bereiten. Rasch sitzen wir auf. Ich nehme Keenan zu mir aufs Pferd. Tasha schlottert vor Furcht und sieht mich mit bebenden Lippen an. Ich würde sie gern in die Arme nehmen, sie beruhigen, aber mehr als Worte habe ich für sie nicht. »Du schaffst das. Halte deinen Kopf gesenkt und reite dicht hinter Aurelius.« Sie nickt zaghaft.

So unauffällig wie möglich und ohne Hast bewegen wir uns Richtung Haupttor. Aurelius reitet voran. Er gibt uns Deckung und hält Wort – bisher hat er keine Anstalten gemacht, uns zu verraten. Schon seltsam, bei ihm von Vertrauen zu sprechen, obwohl er gerade Verrat begeht. Was mag dahinterstecken?

Unbehelligt kommen wir unserer Freiheit näher. Am Tor wollen uns die Wachsoldaten aber nicht sofort durchlassen, doch Aurelius ist sehr überzeugend und sie geben nach.

Kaum haben wir das Lager verlassen, hören wir hinter uns Gebrüll und Waffenklirren. Uns ist klar, was los ist. Ich fackele nicht lange und treibe unsere Pferde an. Auch Aurelius macht Druck. Plötzlich schlägt ein Blitz mit lautem Knall in einem Baum in unserer Nähe ein. Tasha schreit auf und die Pferde scheuen, besonders ihr eigenes. Sie stürzt und ihr Vierbeiner galoppiert davon. Zum Glück bleibt sie unverletzt.

Wie zu erwarten war, ist der erste Trupp an Legionären bereits zu Fuß unterwegs zu uns. Meine Blume schwebt in unmittelbarer Gefahr. Ich werde nicht schnell genug bei ihr sein können, auch da ich den Jungen bei mir habe. Aurelius ist ihr am nächsten. Er erkennt die brenzlige Situation und handelt. Beherzt zieht er sie zu sich aufs Pferd. Spätestens jetzt hätte er uns im Stich lassen können, was er jedoch nicht tat.

So schnell es nur möglich ist, entfernen wir uns vom Plateau und halten uns Richtung Norden. Unsere Verfolger sind noch nicht zu Pferd hinter uns her, aber das wird sich bald ändern.

Nachdem wir eine gewisse Distanz aufgebaut haben, lassen wir die Pferde langsamer laufen. Sie sind erschöpft, ebenso wie meine Liebste. Wir brauchen eine Rast, auch wenn wir verfolgt werden und eigentlich weiterreiten müssten. Doch nutzt es uns nichts, wenn die Tiere zusammenbrechen.

Als wir zu einem Wäldchen kommen, schlage ich eine Pause vor. »Wir sollten uns hier kurz ausruhen.« Aurelius stimmt zu.

Keenan und ich steigen als Erste ab. Ich eile zu Tasha und nehme sie in meine Arme: »Wie fühlst du dich?«

Sie schmiegt sich an mich und antwortet kraftlos, aber auch erleichtert: »Besser, viel besser. Und gottlob hat das Gewitter aufgehört.« Doch plötzlich wird sie unruhig.

»Was ist mit dir?«

»Die verfluchte Rüstung! Wie können die Römer diese Dinger nur ständig tragen?«, entgegnet sie, während sie versucht, sich davon hektisch zu befreien.

Mit meiner Hilfe gelingt es ihr schließlich. Sie trägt jetzt nur noch eine Tunika und beginnt mit einem Mal zu zittern. »Frierst du?«

Ein Lächeln umspielt ihre Lippen, sie antwortet leise: »Nein, das liegt an deiner Gegenwart.« Dann fügt sie ernst hinzu: »Es ist unglaublich, dass wir da unbeschadet herausgekommen sind.«

Ich halte sie fest im Arm und küsse sie sanft auf die Stirn. »Dank deiner und seiner Hilfe.« Ich nicke kurz in Aurelius' Richtung, der zwischenzeitlich die Pferde gesichert und auf einem umgefallenen Baum Platz genommen hat. Dort versucht er mit Keenan warmzuwerden. Der Knabe hat daran aber kein Interesse – verständlicherweise.

In diesem Moment wird sich Tasha wieder unseres Helfers bewusst und löst sich von mir. Sie blickt Aurelius neugierig an und will dann von ihm wissen: »Wieso? Wieso hast du uns geholfen?«

»Als du gesungen hast, kam eine Erinnerung hoch«, äußert er nachdenklich.

»Ja, und?«, hakt Tasha nach.

»Es gibt da eine merkwürdige Geschichte ...«, beginnt er, wird aber von Tasha unterbrochen: »Fang jetzt bloß nicht damit an, dass du mich für eine Seherin oder gar Göttin hältst. Das ertrage ich heute nicht«, stöhnt sie.

Aurelius wirkt verlegen und meine Liebste völlig genervt. Er beginnt zu stottern: »Nein, keine Göttin, meine Großmutter ... das Lied ... ich, äh ...«

»Du meine Güte, reiß dich doch mal zusammen!«, unterbricht Tasha ihn ungehalten in ihrer Sprache. Sie wechselt oft in ihre Muttersprache, wenn sie ungeduldig oder nervös ist. Ich finde das sehr süß. Aurelius offenbar nicht, denn er starrt sie verwirrt und gebannt zugleich an.

Da er uns aber noch keine Antwort gegeben hat, versuche ich es: »Du hast deine Kameraden verraten, warum?«

»Ja, wieso?«, bekräftigt Tasha. Sie steht da mit verschränkten Armen, wildem Haar und in weißem Gewand, wie eine Gestalt aus einer alten Sage, und unterstützt meine Forderung nach einer Erklärung.

Seine Augen werden größer, er spricht nun langsam und mit Bedacht: »Du … du erinnerst mich an meine Großmutter. Sie war eine … besondere Frau.«

»Wie alle Omas«, brummt Tasha mürrisch und dreht sich zu mir um, breitet die Arme aus und blickt mich missmutig an. »Sehe ich aus wie eine Oma? Sag es mir!«

Ich muss lachen. »Nein! Du bist meine immer junge Blume.«

Mit einem Ruck ziehe ich sie an mich heran und küsse sie. Viel zu lange habe ich auf den Geschmack ihrer Lippen verzichten müssen. Alles um uns herum wird für den Moment unwichtig. Wieder einmal haben wir dem Schicksal getrotzt. Ich nehme noch wahr, dass Aurelius eine Art Entschuldigung murmelt, doch meine Aufmerksamkeit gehört in diesem Moment nur diesem schönen Wesen.

Allerdings ist meine Liebste nicht ganz bei der Sache. Sie raunt mir ins Ohr: »Er hat immer noch nicht geantwortet.«

Ich seufze und flüstere ihr zu, sodass nur Tasha es hören kann: »Vielleicht handelt es sich um einen Trick. Womöglich ist er ein Spitzel, um Calgacus und die anderen ausfindig zu machen.«

Plötzlich unterbricht uns Aurelius: »Ihr seid nicht von hier ... ihr ... ihr kommt von weit her, nicht wahr?«

Nun, die Aussage stimmt. Es ist offensichtlich, dass wir keine Einheimischen sind. Sein Unterton klingt allerdings seltsam andeutend. Aber was genau deutet er an?

Dann fährt er fort und wendet sich direkt an Tasha. Er spricht jetzt nicht mehr Latein, sondern auf Deutsch. Ja, Deutsch!

»Ich kenne deine Sprache«, sagt er und beobachtet Tasha.

Im ersten Moment glaube ich nicht, was ich da höre. Ich misstraue meinen Ohren, aber Aurelius spricht die Worte eindeutig in Tashas Muttersprache aus. Meine Liebste ist wie vom Donner gerührt.

Aurelius ergänzt nun: »Meine Großmutter brachte es mir bei.«

Ein kurzer Blick auf meine Liebste zeigt, wie geschockt sie ist – ihr Gesicht ist kreidebleich, ihre Hände zittern. Sie beginnt wie auch ich zu begreifen, dass es sich bei seiner Großmutter um Tashas Schwester Mara handeln könnte. Mara kann nicht mehr am Leben sein, aber natürlich hatte sie Nachkommen. Was für eine Fügung der Götter, ausgerechnet so weit im Norden auf einen möglichen Nachfahren von ihr zu treffen.

Für einen Moment herrscht Stille, dann löst Tasha sich von mir und geht auf Aurelius zu. Sie mustert ihn eindringlich. Sie will es genauer wissen: »Wer sind deine Eltern?«

Aurelius hält ihrem prüfenden Blick stand und erwidert: »Meine Mutter heißt Sidonie. Sie ist das jüngste, der drei Kinder meiner Großmutter Mara.

Meinen Vater kenne ich nicht. Mutter hat nie über ihn gesprochen.«

Meine Blume ist tief ergriffen und berührt ihn zart an der Wange. Aurelius hat keine Ahnung, wer da vor ihm steht. Er weiß nur, dass wir eine Sprache kennen, die sonst keiner beherrscht.

Er hakt nach: »Wer seid ihr?« Und zu Tasha gewandt: »Wer bist du? Du kommst mir vertraut vor.«

Auch meiner Liebsten ist anzusehen, dass ihr unendlich viele Fragen auf der Seele brennen, nur fehlt uns die Zeit. Ich unterbreche daher die unverhoffte Familienzusammenführung. »Das können wir doch später klären, wir müssen von hier weg.«

Tasha blickt mich mahnend an. Sie möchte jetzt mit ihm reden und nimmt sich einfach die Zeit. Mit bewegter Stimme entgegnet sie: »Der Kosename deiner Mutter ist Sita, nicht wahr?« Überrascht sieht er sie an. Doch Tasha wartet nicht ab, sondern spricht einfach weiter: »Die Geschwister deiner Mutter heißen Freya und Lian. Ich habe recht, oder?«

»Das stimmt, aber das ist auch kein Geheimnis, auch wenn ich das jetzt nicht erwartet hätte«, antwortet er bedächtig.

»Das verstehe ich. Und das, was ich dir jetzt erzählen werde, wird wirklich verrückt klingen, aber deine Großmutter Mara ist … äh, sie war meine Schwester.« Sie schüttelt sich und wispert leise: » Du hast ihre Augen …«

Aurelius' Reaktion ist schwer zu deuten. Eine Mischung aus Unglauben und Erkenntnis trifft es wohl am ehesten. Er wird nun alle Geschichten, die er über seine Großmutter gehört hat, sowie unsere Fremdartigkeit berücksichtigen, um seine Schlüsse zu ziehen. Noch hadert er.

»Aber wie … wie kann das sein? Du bist so jung und sie ist schon lange tot.«

Dieser Fakt löst eine sichtbar emotionale Reaktion bei Tasha aus. Natürlich war ihr bewusst, dass ihre Schwester in dieser Zeit nicht mehr leben würde, aber es so deutlich von Maras Enkel zu hören, bringt meine Geliebte zum Weinen.

Aurelius nimmt sie spontan in den Arm. Während sie an seiner Brust schluchzt, beginnt er zu erzählen: »Am Ende ihres Lebens sprach sie viel von ihrer Familie, von ihren Schwestern. Auf ihrem Sterbebett vertraute sie mir an, dass sie nicht in dieser Welt geboren wurde …« Er stockt kurz und überlegt, bevor er weiterredet: »Sie wusste zwar Dinge, die keiner kannte, auch redeten die Leute zeitlebens über sie, doch hielt ich ihre letzten Worte für verwirrte Äußerungen einer im Sterben liegenden alten Frau … bis heute.«

Tasha unterbricht ihn, ihr Blick ist tränenverschleiert. »O Aurelius, ich habe so viele Fragen an dich … Wie erging es ihr? Wann starb sie? Was ist mit deinem Großvater Marcus?«

Er lächelt. »Nenn mich bitte Marc …«, dann beantwortet er ihre Fragen: »Beide starben, als ich noch ein Kind war. Sie liebten sich sehr und waren bis zum Schluss glücklich. Nicht einmal der Tod konnte sie trennen.«

Ich muss das wirklich beenden. Wir dürfen hier nicht verweilen, daher dränge ich erneut: »Tasha, wir müssen jetzt gehen! Es wird zu gefährlich.« Zärtlich streiche ich ihr über den Rücken und löse sie sanft, aber bestimmt von Aurelius, um sie zum Pferd zu führen.

Widerstrebend lässt sie es zu. Aurelius begreift meine Absicht und nickt. Doch verflucht, ich kann den Jungen nicht entdecken. Wo ist er?

Plötzlich hören wir Schreie. Es ist Keenan!

Unsere Sinne sind geschärft. Wir machen uns kampfbereit – wir sind uns sicher, bald einer Übermacht an Römern gegenüberzustehen.

Das Gebrüll kommt nun immer näher, dann tritt der Knabe stolpernd aus dem Dickicht hervor. Er rennt direkt auf Tasha zu und klammert sich an ihrer Tunika fest.

Ich will schon losschlagen, als ich erkenne, wer ihm da gefolgt ist. Es sind Talorg und Nessa.

Aurelius kann ich noch im letzten Moment zurückhalten, und Tasha stellt sich unseren Freunden in den Weg, die natürlich auf den Römer losgehen wollen.

Nessa reagiert verständnislos. »Was soll das? Wir wollen euch doch retten!«

»Es ist alles in Ordnung, er hat uns geholfen«, versucht Tasha die beiden zu beruhigen.

Nessa zweifelt. »Er? Ein Römer! Warum?«

Ich mische mich ein: »Das ist eine lange Geschichte. Wo sind die anderen?«

»Die haben wir vorausgeschickt«, antwortet Talorg.

Ich dränge wieder zum Aufbruch. »Wir müssen von hier weg. Sie suchen uns bestimmt schon.«

»Aber nicht mit dem da!«, reagiert Nessa mit deutlicher Ablehnung auf Aurelius. Doch ich kenne meine Blume. Sie hat noch Fragen, außerdem gehört er zur Familie – sie wird ihn nicht einfach zurücklassen.

»Nein, er kommt mit!«, widerspricht sie energisch.

»Tasha, bitte, er ist ein Römer«, versucht es Nessa erneut.

Tasha lässt sich nicht beirren. »Nessa, nein, bitte, vertrau mir.«

Auch wenn ich ihre Beweggründe nachvollziehen kann, wäre es für Aurelius besser, zurückzukehren. Daher erkläre ich ihr: »Tasha, noch kann er umkehren. Mit einer guten Geschichte an der Hand werden sie ihn nicht bestrafen … und was soll er schon alleine im Norden als Römer?«

Sie sieht mich angespannt und prüfend an, ihr Blick wandert auch zu Aurelius.

Tashas folgende Worte an ihn sind von Schmerz geprägt: »Ermin hat recht. Es ist vernünftiger, du kehrst zurück. Ich sollte dein Leben nicht über meine Bedürfnisse stellen.«

Er wirkt unschlüssig, aber er weiß auch, dass er mit uns keine Zukunft hat. Er antwortet bedauernd: »Ich hätte dich gerne näher kennengelernt. Es muss eben reichen, dass meine Großmutter die Wahrheit gesprochen hat. Geht!«

Sie schüttelt den Kopf, doch fügt sie sich schlussendlich. Leise schluchzend umarmt sie ihn ein letztes Mal.

Als sie sich voneinander lösen, wendet er sich mir zu: »Schlag mich nieder und fessele mich.«

Ich verstehe. So wird Severus ihm leichter Glauben schenken, nicht freiwillig mitgegangen zu sein. Für die Römer wäre ein Verrat seinerseits sowieso nicht nachvollziehbar.

Bevor ich jedoch zuschlage, reiche ich ihm als Dank und Abschied die Hand. Mein Schlag ist kräftig; er ist sofort bewusstlos. Talorg und ich fesseln ihn schnell. Tasha wollte nicht zuschauen und kümmert sich um Keenan. Sie bedauert die verpasste Gelegenheit zutiefst.

Wir sind nun zu fünft und haben nur zwei Pferde. Die Frauen und das Kind könnten sich mit ihnen noch in Sicherheit bringen. Nur wird dieser Vorschlag Tasha nicht gefallen, ich wage es trotzdem: »Nessa, nimm die Pferde und bring Tasha und Keenan nach Loch Cannor. Wir kommen nach.«

Wie erwartet begehrt Tasha auf: »Das kannst du vergessen! Wir trennen uns nicht noch einmal, nie mehr!« Ihre Augen sprühen vor Ärger, sie ergänzt: »Lass Talorg gehen. Er ist verletzt, der Heimweg zu Fuß ist für ihn viel beschwerlicher.«

Talorg reagiert sofort. »Mir geht es gut, und ich bin Ermins Meinung: Ihr Frauen solltet die Pferde nehmen.«

Er ist ein Mann von Ehre und hat Nessa nicht alleine gelassen, als sie aus dem Castrum flohen. In ihrem grenzenlosen Starrsinn, der mich an Tashas Sturheit erinnert, blieb Nessa in der Gegend, um auf uns zu warten. Talorg seinerseits blieb bei ihr, um auf sie zu achten, trotz seiner Verletzung und Erschöpfung.

Jetzt mischt auch Nessa sich ein: »Ich werde euch keineswegs zurücklassen. Wir bleiben zusammen.«

Bei den Göttern, warum müssen diese Weiber nur so stur sein?

Dann muss jetzt ein anderer Plan her, denn die Pferde stellen für uns keine Option mehr dar. Oder vielleicht doch? Als Ablenkungsmanöver?

»In Ordnung, wir bleiben zusammen. Die Pferde binden wir aneinander und schicken sie gen Westen. Vielleicht klappt es und die Römer folgen der falschen Fährte, zumindest für eine Weile.« Vorausgesetzt, die Vierbeiner finden den Weg nach Hause nicht von selbst. Ich denke auch nicht, dass uns Aurelius verraten wird, zumal er unser Ziel nicht kennt.

Als wir endlich bereit sind aufzubrechen, rennt Tasha noch einmal zu Aurelius zurück, ungeachtet der lautstarken Proteste von Nessa und Talorg. Sie verweilt kurz bei ihm, bevor sie umkehrt.

Ich bin neugierig, immerhin ist er noch ohne Bewusstsein. »Was wolltest du bei ihm?«

Ihre Antwort kommt in einem Flüsterton, der unnötig ist, da sie in ihrer Muttersprache mit mir spricht. Offensichtlich ist sie sich dessen nicht bewusst. »Ich habe ihm ein Bild unserer Familie zugesteckt, mit Mara darauf.«

Mir ist klar, wie sehr es sie schmerzt, nicht mehr Zeit mit ihm verbringen zu können. Sie wollte ihm damit wenigstens eine Erinnerung an seine Familie aus der anderen Welt hinterlassen, und natürlich auch an seine Großmutter. Im Gegensatz zu Tasha habe ich keine vergleichbaren Erinnerungsstücke von meinen Eltern. Wenn Aurelius das Bild entdeckt, wird es ihn sicher überraschen und vermutlich alle Zweifel beseitigen, die er vielleicht noch hat. In seiner Welt ist ein solches Pergament einzigartig, während in Tashas Welt viele Menschen Familienporträts mit sich führen.

Tasha muss das Bild die ganze Zeit unter ihrer Tunika versteckt haben, das war riskant, und ist jetzt auch riskant für Aurelius, was ich ihr sage: »Das war vielleicht keine so gute Idee. Wenn seine Leute es finden, gerät er womöglich in Schwierigkeiten.«

Sie sieht mich mit großen Augen an. Offensichtlich hatte sie das nicht bedacht, aber sie wischt meinen Einwand beiseite. »Nein, sie werden es nicht entdecken.« Trotzdem erkenne ich bei ihr ein bisschen Unsicherheit – sie hofft es einfach.

Nessa kommt neugierig geworden auf uns zu. »Was tuschelt ihr beide so geheimnisvoll?« Eine Antwort wartet sie nicht ab, denn etwas anderes ist ihr wichtiger: »Warum hat dieser Römer euch geholfen? Kennt ihr ihn?«

Tasha blickt mich Hilfe suchend an.

»Er hat Gefallen an ihrem Gesang gefunden«, erkläre ich schnell.

Nessa schaut skeptisch und erwidert zynisch: »Dafür hätte er sie nicht befreien müssen, sondern, wie es bei diesen Bastarden üblich ist, sie einfach in sein Bett geholt.«

Nun wagt Tasha eine Deutung: »Ich habe ihn wohl an seine Oma erinnert.«

Nessa lacht. »Wirklich? Dieser Römer ist seltsam. So seltsam wie ihr.« Und sie lacht weiter.

Die Römer scheinen der falschen Spur gefolgt zu sein, denn sie hätten uns längst einholen müssen. Zum Glück verläuft der restliche Weg ohne Zwischenfälle. Jeder von uns hängt seinen Gedanken nach. Talorg macht der Fußmarsch am meisten zu schaffen, aber er ist jung und stark und wird es schon verkraften.

Was den Knaben angeht: Nessa stellte ihn vor die Wahl, vor Ort zu bleiben oder mit uns zu gehen. Er wählte, ohne lange zu überlegen, unseren Weg. Später wollte ich von ihm wissen, wie er überhaupt bei diesen Frauen landen konnte. Etwas stockend vertraute er mir an, dass seine einzige Verwandte, seine Mutter, eine Prostituierte, letztes Jahr starb. Sein Vater wäre ein unbekannter Freier. Da er also niemanden mehr hatte, blieb er bei den Frauen, doch sollte er nun zum Unterhalt beitragen. Mehr wollte er mir nicht sagen.

Ich ahne, dass er Schlimmes erlebt hat. Ich hoffe für ihn, dass er jetzt auf ein normales Leben bauen kann – so wie ich. Ich habe meine Liebste wieder, entgegen aller Vernunft. Und wir werden heimkehren. Ich kann es kaum erwarten, meine Blume alleine zu genießen. Was für eine Frau haben mir da die Götter an die Seite gestellt. Ich bin ein glücklicher Mann.

KAPITEL 14 - ♀

arc Antonius Aurelius …
Es ist kaum zu glauben. Nicht nur, dass ich im Schottland des ersten Jahrhunderts feststecke, ich treffe auch noch auf den Enkel meiner Schwester. Wozu macht mich das eigentlich – zur Großtante?
Warum habe ich die Familienähnlichkeit nicht gleich erkannt? Selbst Ermin war davon überrascht. Nun gut, wir befanden uns in einer prekären Lage und konnten nicht damit rechnen, auf Familie zu treffen. Unsere Sinne waren einfach nicht darauf eingestellt.

Er gleicht jedenfalls seinem Großvater Marcus auf frappierende Weise. Eine imposante und auffällige Erscheinung, von den familiären Ähnlichkeiten bis hin zu seiner Rüstung. Er ist von beeindruckender Statur, mit dunkelbraunem Haar und markantem Kinn. Er trägt die typische Centurio-Ausstattung – einen Schuppenpanzer mit metallenen Schulterstücken sowie einen reich verzierten Gürtel. Um die Hüfte ist ein doppelt gefalteter Rock, ähnlich einem Schottenkilt, gebunden, während seine Schienbeine durch metallene Beinschienen geschützt sind. Ein kostbarer roter Umhang schmückt seine linke Schulter. Der imposante Helmbusch lässt ihn noch größer erscheinen. Damit ist er fast so groß wie Ermin, der in der Legionärsrüstung sehr viel schmuckloser aussieht. Marc hat die stechend blauen Augen eindeutig von Mara geerbt, und damit nicht das typisch römische Braun.

Bei der Erinnerung an meine Schwester werde ich wehmütig. Dass sie nicht mehr am Leben ist, bricht mir fast das Herz. Ich werde sie nie mehr wiedersehen, nie wieder mit ihr sprechen können. Diese verfluchten Zeitreisen sind unfair. Warum vergeht die Zeit hier anders als zu Hause?

Dass ich erst in Gefangenschaft geraten musste, um ihm zu begegnen, ist wahrhaft eine eigenartige Laune des Schicksals – wie alles hier. Ich begreife das nicht, ich verstehe die Vorsehung nicht. Zuerst führte sie mich hierher, in diese Welt, an diesen Ort, und dann gewährte sie mir nicht einmal die Zeit, mehr von Maras Enkel zu erfahren.

Aber immerhin, ich habe ihn kennengelernt und ihm ein Familienbild von uns zustecken können – diese Erinnerung, für mich von unschätzbarem Wert, hatte ich sorgfältig zusammengefaltet und in den letzten Tagen im BH versteckt. Nirgendwo anders wäre sie sicherer gewesen, auch wenn nicht ohne Risiko. Doch Marc sollte etwas von seiner anderen Familie besitzen. Vermutlich sind Maras Erinnerungsstücke im Laufe der Jahre verlorengegangen oder sie musste sie loswerden, um sich nicht zu verraten. Jedenfalls hoffe ich, dass er den ideellen Wert zu schätzen weiß und dass niemand außer ihm es findet.

Die unabänderliche Gewissheit, dass ich meine Schwester nie wiedersehen werde und ihren Enkel Marc Antonius Aurelius nicht näher kennenlernen kann, lastet schwer auf mir. Doch immerhin ist Ermin wieder frei und an meiner Seite. Ich muss nach vorn blicken, denn wir erwarten Nachwuchs. Das allerdings muss ich meinem Germanen noch beichten. Für ein gutes Omen halte ich, dass trotz all der Torturen dieses Kind bei mir bleiben will. Nun geht es erst einmal zurück nach Loch Cannor. Adam und Eve werden sich schon Sorgen machen. Die letzten Tage in dieser Zeitlinie sollten wir, unserem ursprünglichen Plan folgend, unauffällig und ohne weitere Zwischenfälle verbringen. Das muss zu schaffen sein!

Nessa unterbricht meine Gedanken. »Glaubst du, meinem Bruder geht es gut und er ist wieder zu Hause?«

Ich antworte mit einem Hoffnungsschimmer in der Stimme: »Bestimmt! Dass er nicht im römischen Fort war, ist doch ein gutes Zeichen.«

Sie lächelt mich tapfer an, dann wendet sie sich an Talorg: »Wie geht es dir?«

Er nickt ihr zu, doch man kann sehen, wie er sich quält. Okay, wir alle brauchen dringend eine Pause, besonders da die Nacht bald hereinbrechen wird. Ich halte Ermin am Arm fest und schlage vor: »Wir sollten uns ausruhen, es wird eh bald dunkel…« Dabei deute ich diskret auf Talorg.

Er versteht und entscheidet: »Wir rasten hier. Ich werde mich in der Gegend mal umsehen und nach Verfolgern Ausschau halten und gleichzeitig nach einem geeigneten Platz zum Übernachten suchen.«

Während wir auf Ermins Rückkehr warten, hängt jeder seinen Gedanken nach.

Keenan sucht meine Nähe. Der arme Junge hat niemanden mehr. Er tut mir leid. Wie schlimm muss es für ein so junges Wesen sein, völlig ohne Bezugsperson und Sicherheit dazustehen. Kinder benötigen mehr als Erwachsene Schutz. Sie sind abhängig und wehrlos. Ich vertraue darauf, dass Cadha und ihre Leute sich um ihn kümmern werden. Bei ihnen sollte es ihm allemal besser gehen als bei den Prostituierten.

Es dunkelt bereits, als Ermin endlich wieder auftaucht.

»Du warst lange weg«, bemerke ich leicht tadelnd.

Er streicht mir besänftigend über die Wange. »Ich musste doch sichergehen, dass keine Römer in der Gegend sind«, erklärt er. Dann wendet er sich an den Rest der Gruppe: »Ich habe eine Hütte für die Nacht gefunden. Kommt mit.«

Er nimmt meine Hand und führt uns zu einem leer stehenden Schuppen. Ich mag Nächte unter freiem Himmel nicht sonderlich, und auch diese Unterkunft ist nicht gerade einladend, vor allem wenn ich an das ganze Ungeziefer denke, das darin herumkrabbelt. Aber es ist natürlich besser, als unter freiem Himmel zu nächtigen.

Talorg macht sich sofort daran, ein kleines Lagerfeuer zu entfachen. Keenan und Nessa sammeln auf sein Geheiß hin Reisig. Ich selbst bin bei Ermin und genieße seine Nähe. Eng umschlungen stehen wir etwas abseits von der Hütte, während ein sternenklarer Himmel über uns wacht. Ermin beobachtet die Umgebung aufmerksam und hält Ausschau nach Lichtern von Fackeln.

»Wir sind füreinander bestimmt, meine Blume, in welchem Jahrhundert auch immer«, flüstert er plötzlich und ergänzt betrübt: »Ich weiß, du hättest gerne noch mehr Zeit mit Maras Enkel verbracht. Es tut mir leid, dass das nicht möglich war.«

Ich atme tief ein und aus. »Schon gut. Es ist schön zu wissen, dass etwas von Mara geblieben ist. Marc hat uns gerettet und sich damit sogar selbst in Gefahr gebracht. Das war sehr mutig von ihm.«

Ermin wartet einen Moment, bevor er etwas entgegnet: »Ja, dieser Aurelius hat mich überrascht. Es scheint, als hätte er uns nicht verraten, sonst wären sie längst hier. Die Pferde dürften sie jedenfalls nicht lange in die Irre geführt haben.«

»Glaubst du, die Römer werden seinen Verrat bemerkt haben?«, frage ich beunruhigt. Es wäre unerträglich, wenn meinem Großneffen etwas zustoßen würde, nur weil er uns geholfen hat.

»Nein, das glaube ich nicht. Es sind keine Verfolger zu sehen und es gibt auch für Severus keinen Grund, einen Vertrauensbruch anzunehmen. Mach dir keine Sorgen«, versucht er mich zu beruhigen und streicht sanft über meine Wange.

Unvermittelt beginne ich zu zittern und reibe mich unbewusst an Ermin, woraufhin er mich auf seine Art darauf aufmerksam macht. »Mach das nicht, ich kann es sonst nicht verbergen«, raunt er heiser.

Ein Grinsen huscht über mein Gesicht, doch er hört nur mein leises Kichern.

»Du bist eine faszinierende Frau, das wusste ich schon bei unserer ersten Begegnung«, sagt er, während er sanft meine Augenlider küsst. Meine Sehnsucht nach ihm wächst und auch seine Begierde ist offensichtlich. »Du machst mich besser, meine Blume, und nimmersatt nach dir«, flüstert er berauscht.

Mit diesen nur gehauchten Worten erobert er meine Lippen und küsst mich leidenschaftlich. Deutlich spüre ich seine gewachsene Härte an meinem Unterleib. Als ich meine Hand auf seine Wölbung lege und sanft darüberstreiche, stöhnt er lustvoll auf.

»Du weißt, was du damit auslöst?«, mahnt er gequält.

Mit heiserer Stimme bejahe ich es und füge zitternd vor Erregung hinzu: »Ich hab nur dieses Kleidchen an …«

Diese Einladung lässt er sich nicht entgehen. Er zieht mich ohne Mühe hoch in seine Arme, dabei schiebt er gleichzeitig die Tunika und mein Höschen beiseite. Unter seinem Kilt ist er nackt. Mit Leichtigkeit positioniert er mich, als wäre ich leicht wie eine Feder, und führt seine Männlichkeit sanft in mich ein.

Gegen den Stamm eines Baumes gedrückt, spüre ich seine Kraft und Wärme, ein berauschendes Gefühl der Inbesitznahme. Eine Droge, die ich nie mehr missen möchte. Der schönste Akt zwischen zwei Menschen.

»Ich liebe dich, Ermin, ich darf dich nie verlieren«, wispere ich aufs Höchste erregt, während er sich rhythmisch in mir bewegt.

Unsere Verschmelzung erreicht ihren Höhepunkt fast zeitgleich und in unserem Rausch raunt er mir liebevolle Worte zu, die ich kaum mehr wahrnehme. Zufrieden lege ich meinen Kopf an seine Brust und lausche seinem kräftigen, schnellen Herzschlag. Ich liebe und vertraue diesem Mann wie keinem anderen.

Noch außer Atem beginnt er zu reden: »Ich verspreche dir … dass ich dich heimbringen werde … Ich weiß, dass du in der Vergangenheit nicht leben möchtest.«

»Du etwa?«, frage ich besorgt.

Er umarmt mich innig und antwortet ernst: »Nein, ich bin bei dir zu Hause.«

Es dauert eine Weile, bis ich den Gesprächsfaden wieder aufnehme. »Weißt du, ich mag zwar alte Kulturen erforschen, aber sie leibhaftig zu erleben, ist nichts für mich …« Auch Ermin ist sehr nachdenklich geworden und schweigsam. Ich setze fort: »Schau dir nur Keenan an. Er hat schon viel durchgemacht, ist ganz allein und seine Zukunft ungewiss. Auch in meiner Welt gibt es Waisen, doch ihnen wird geholfen. Glaubst du, dass ich hier, in einer so grausamen Welt, ein Kind großziehen möchte?«

Ermin nimmt mein Gesicht in seine Hände und betrachtet mich liebevoll im sanften Licht der Sterne. »Unser Kind wird in einer sicheren Umgebung aufwachsen, in Frieden, und das in deiner Welt«, sagt er zärtlich.

»Dann sollten wir hier nicht bleiben«, erwidere ich todernst.

Ermin schmunzelt, wohl auch über meinen geänderten Tonfall. »Wenn wir wieder zu Hause sind, werden wir nichts anderes tun, als Kinder machen. Versprochen!«

»Dafür ist es zu spät«, enthülle ich leise.

»Dafür ist es nie zu spät, meine Blume.«

Er hat meine Fehlgeburt im Sinn. Er weiß ja nicht, dass ich wieder schwanger bin.

»Ermin, ich muss dir etwas sagen …«

»Was denn?«

Es fällt mir schwer, mich auf meine Beichte zu konzentrieren, denn er beginnt mich von Neuem zu liebkosen, Hals aufwärts, so zärtlich, dass unzählige wohlige Schauer meinen Körper durchströmen. Sehnsuchtsvoll beginne ich zu jauchzen, denn meine Lust auf ihn kehrt zurück. Doch ich muss ihm zuvor die Wahrheit beichten.

»Ich … ich erwarte ein Kind.«

Er stoppt mitten in der Bewegung. »Was? Sag das noch einmal!«

»Du hast richtig gehört, ich bin schwanger.«

Vor Freude beginnt er zu lachen und mich zu herzen, nur um sich im nächsten Augenblick für die stürmische Attacke zu entschuldigen, und dann doch wieder wild zu liebkosen. Er hört gar nicht mehr damit auf, bis … bis ihm etwas einfällt: »Seit wann weißt du es?«

»Erst seitdem wir hier sind … als Übelkeit und Schwächeanfälle auftraten. Die Heilerin hat es mir bestätigt.«

»Und warum erfahre ich es erst jetzt?«, will er nun in vorwurfsvollem Ton wissen.

Zaghaft antworte ich ihm: »Ich hatte Angst. Angst, dass du in deinen Entscheidungen nicht mehr frei handelst, und Angst … es wieder zu verlieren.«

Sogleich ändert sich seine Stimme. Sanft streichelt er mich und äußert bedauernd: »Was bin ich nur für ein Mann, der nicht erkennt, was du durchmachst. Ganz alleine hast du es geschultert.«

»Mein Schatz, ich bin so glücklich mit dir. Ich werde dieses Kind nicht verlieren. Das fühle ich. Das weiß ich. Es hat alle bisherigen Strapazen gemeistert. Es ist so stark wie du. Ein echter kleiner Arminius.« Ich weiß nicht, woher ich die Gewissheit nehme, dass es ein Junge wird; ich fühle es einfach. Und Ermin stellt es nicht in Frage. Mich wundert lediglich ein wenig, dass er sich nicht gegen den Namen wehrt, den die Römer ihm gegeben haben. Aber er hat längst seinen Frieden damit gemacht. Und jetzt zählt für ihn nur die Vorfreude, Vater zu werden. Tränen füllen seine Augen. Er ist gerührt. So habe ich ihn selten erlebt.

»Bei den Göttern, ich habe dich nicht verdient. So viel Leid brachte ich anderen, dass ich nicht mehr daran glaubte, selbst je glücklich sein zu dürfen. Doch dann kamst du! Ein Sturm voller Lebenskraft, Liebe und Mut. Du hast mich gerettet, in jeder Hinsicht, und jetzt werde ich auch noch mit dem Wunder des Lebens beschenkt … Tasha, ich liebe dich so sehr, dass es schmerzt.«

Solche Gefühlsausbrüche von ihm sind wirklich selten. Vor Ergriffenheit versagt mir die Stimme und Tränen rinnen mir über die Wange. Ermin küsst jede einzelne Träne weg, schmust und herzt mich, alles unter unzähligen Liebesbekundungen. Dabei berührt er zärtlich meinen sichtbar gewölbten und nun auch erklärbar fülligeren Bauch.

Dieser Mann mag für andere ein Monster sein, doch bei mir war und ist er der liebevollste Mensch der Welt.

Wir lieben uns noch einmal und es ist mir inzwischen gleichgültig, dass wir die Nacht unter freiem Himmel verbringen. Wir bleiben ungestört, die anderen tauchen nicht ein einziges Mal auf. Ich bin dankbar dafür und für das Glück, diesem Mann begegnet zu sein. All dies wurde erst möglich, weil meine Schwester diese ungewöhnliche Reise vor mir angetreten ist. Ohne sie wäre ich nicht hier. Ich muss oft daran denken, wie sie Ermin und mich in flagranti erwischte. Damals hatte ich Sorge, dass sie ihn an ihren römischen Mann verrät. Doch heute, im Nachhinein, muss ich darüber schmunzeln. Über diese und viele weitere Erinnerungen schlafe ich in den Armen meines Geliebten ein.

Die Morgensonne weckt mich. Ermin hat mich eng an sich gezogen. Wir liegen wohlig eingehüllt in seinem Mantel. Das warme Licht der aufgehenden Sonne streichelt mich. Auch Ermin ist wach und er strahlt über das ganze Gesicht.

»Guten Morgen, meine beiden Blumen«, haucht er liebevoll und küsst mich sanft, während seine Hand behutsam über meinen Bauch streicht.

»Blumen? Denkst du, es wird ein Mädchen? Ich glaube, es wird ein Junge. Das fühle ich«, sage ich voller Zuversicht.

Doch zum Antworten kommt er nicht mehr, Nessa unterbricht unsere Zweisamkeit: »Guten Morgen, ihr beiden, aufstehen, wir müssen weiter!«

»Sie hat recht«, flüstert Ermin, dann gibt er mir einen Kuss auf die Nasenspitze, springt schwungvoll auf und zieht mich mit einem Ruck zu sich hoch. Bedauernd seufze ich. Viel lieber bliebe ich in seinen Armen liegen, aber die Sicherheit des Crannóg lockt natürlich.

Eine schnelle Morgentoilette und ein spärliches Frühstück aus gesammelten Früchten müssen reichen, und dann geht es auch schon los. Das einzig Gute an dieser Zeitreise, es ist ein wahrer Abnehmtrip – viel Bewegung und wenig Essen. Nun, Ermin mag meine Rundungen mehr als ich selbst. Zum Glück kann ich sie gut unter meiner Tunika verbergen. Trotzdem komme ich mir in diesem weißen Kleidchen ziemlich dämlich vor.

Auf unserem Marsch sind wir alle sehr schweigsam. Ab und an beobachte ich meine Mitstreiter. Nessa wirkt besorgt, dafür macht Talorg heute einen vitaleren Eindruck. Die Rast und der Schlaf haben ihm gutgetan; er lächelt wieder öfter. Mir ist bewusst, dass sein Grinsen auch mir und Ermin gilt, genauer gesagt, der nächtlichen Zweisamkeit. Er hat es wohl mitbekommen. Doch das kümmert mich wenig. Wir haben nichts Verbotenes getan, sondern nur die natürlichste und schönste Sache unter Liebenden zelebriert.

Ermin hingegen ist mit seinen Gedanken woanders. Er entfernt sich gelegentlich von uns, um die Umgebung zu erkunden. Mit einem Augenzwinkern hat er Keenan zu meinem Beschützer ernannt. Der Junge soll während seiner Abwesenheit auf mich achtgeben. Der Kleine nimmt seinen Auftrag sehr ernst und weicht nicht von meiner Seite.

Ich bin froh, dass wir ohne Störungen gut vorankommen. Dennoch ist es mühevoll, von Inchtuthil nach Loch Cannor zu marschieren, immer mit der Angst im Nacken, dass die Römer uns aufspüren könnten. Und das wechselhafte Wetter macht die Reise nicht einfacher. Mal nieselt es, mal scheint die Sonne, und dann wieder regnet es in Strömen. Erleichterung stellt sich bei mir erst ein, als die Felsklippe von Dunnicaer in Sicht kommt. Vor dem Hintergrund des aufgewühlten Meeres bietet sie ein beeindruckendes Bild.

Unser Ziel, Loch Cannor, ist zwar noch ein gutes Stück entfernt, aber das Gefühl, bereits so weit gekommen zu sein, erleichtert mich ungemein. Und da wir dieses Mal nicht mit schwerem Gepäck unterwegs sind, sollten wir schneller vorankommen. Dennoch müssen wir uns für diese Nacht noch einmal einen

Schlafplatz suchen. Talorg schlägt die Höhle am Steil-hang vor. Dort hatte uns Nechtan auf der Flucht vor Casto hingebracht. Ich erinnere mich an den schmalen Zugang entlang der Klippe, der nicht ungefährlich ist, aber dort wären wir wenigstens sicher. Wir überlegen nicht lange und steuern die Höhle an. Als wir sie errei-chen, hilft Ermin mir wieder beim Abstieg, während Talorg Keenan an die Hand nimmt, auch wenn der Junge sich anfangs dagegen wehrt.

Der felsige Unterschlupf ist nicht besonders geräu-mig, daher wird es keine traute Zweisamkeit für mich und meinen Germanen geben, zumindest nicht auf die romantische Art. Aber der große Vorteil ist, dass wir diese Nacht endlich einmal zum Schlafen kommen, und das in geschützter Umgebung. Feuer können wir uns zwar nicht machen und die Fackel spendet keine Wärme, aber die vorhandenen Wolldecken sollten für genügend Wohlbehagen sorgen; mir reicht dafür schon Ermins Nähe aus.

Während Ermin sich mit Talorg unterhält, spricht mich Nessa erneut auf Aurelius an: »Ich verstehe nicht, was diesen Römer dazu bewogen hat, uns zu helfen. Da muss mehr dahinterstecken.«

»Was denkst du, sollte das sein?«, frage ich sie.

»Ich weiß es nicht. Ermin hat die Gegend ja abge-sucht und keine Hinweise auf Römer gefunden. Das spricht für diesen Aurelius. Andererseits ist es seltsam, dass gar keine Verfolger auftauchen, findest du nicht?«

»Ich glaube, die Römer haben Wichtigeres zu tun, als hinter uns fünf herzujagen«, antworte ich ausweichend.

»Ja, genau! Das meine ich doch. Vielleicht dienen wir als Lockmittel.«

»Wofür … für wen?«, frage ich überrascht.

»Na, um an unsere Anführer heranzukommen. Sie wollen doch ihren Sieg gebührend feiern … mit einem Triumphzug in Rom, um ihre Beute vor aller Augen zu richten.«

Ja, das stimmt schon. Das ist die Art, wie die Römer ihre Siege feiern, aber sie nutzen dafür bedeutende Gefangene. Ich entgegne: »Dazu bräuchten sie schon Calgacus. Doch der könnte bereits von deinen Leuten geopfert worden sein.«

Sie wirkt nachdenklich, überlegt kurz und konstruiert sich dann eine andere Variante zusammen: »Die Römer sind ausgefuchster, als wir alle denken. Vielleicht folgt uns ein kleiner Trupp, um unsere Zufluchtsstätten auszukundschaften, und wir führen sie jetzt auf direktem Wege nach Loch Cannor.«

Bei dieser Vorstellung schüttelt sie sich. Völlig klar, sie hat Angst um ihre Eltern und ihr Volk. Doch glaube ich nicht an ein solches Szenario. Die Geschichtsbücher erwähnen es nicht, daher widerspreche ich: »Nein, das sehe ich anders. Ermin ist sehr erfahren. Er kennt die Römer und ihre Taktik. Wenn er sagt, dass niemand hinter uns her ist, dann glaube ich ihm.«

Nessa zweifelt weiterhin. Doch was für Optionen haben wir denn schon? Ich berühre sanft ihren Arm und blicke sie zuversichtlich an. »Es wird alles gut, hab Vertrauen.«

Ermin hat unsere Unterhaltung mitbekommen. Er wendet sich an Nessa: »Glaube mir! Wir werden nicht verfolgt. Deine Familie ist sicher.« Da sie noch immer hadert, fügt Ermin ernst hinzu: »Ich gehe morgen früh wieder auf Erkundung, und nur wenn ich ganz sicher bin, dass kein Römer uns verfolgt, marschieren wir weiter. Einverstanden?«

Nessa nickt. Etwas anderes können wir eh nicht tun. Langsam kehrt Ruhe ein.

Ermin und ich wollen es uns unter ein paar Decken gemütlich machen, aber Keenan durchkreuzt den Plan, indem er sich zwischen uns drängt. Zu allem Überfluss flüstert er eine Bitte: Ich soll ihm wieder ein Lied vorsingen. Ich will nicht, aber er gibt nicht auf.

Ich sehe, dass Ermin grinst. Natürlich hat er alles mitbekommen und fordert ebenso von mir: »Bitte, Tasha, sing!«

Widerwillig gebe ich nach und entscheide mich für ein klassisches deutsches Wiegenlied von Brahms, da kenne ich wenigstens den Text. Ich muss es mehrmals vortragen, zum Schluss summe ich es mehr, als dass ich es singe, bis Keenan endlich eingeschlafen ist und selig brummt. Auch mein Liebster schnarcht nun leise vor sich hin, während ich noch wach bin. In meinem Kopf surren alle möglichen Gedanken umher.

Plötzlich spricht mich flüsternd Nessa an: »Was ist das für ein Lied?«

Ebenfalls im Flüsterton antworte ich ihr: »Ein Kinderlied, zum Einschlafen.«

»Bringst du es mir bei?«

»Gerne, aber es ist in meiner Sprache«, gebe ich zu Bedenken.

»Das macht nichts. Ich finde es einfach schön, so beruhigend.« Darauf entgegne ich nichts mehr, denn nun werden auch meine Augenlider schwer. Nur noch dumpf höre ich sie sagen: »Du hast eine schöne Stimme.« Dann bin ich auch schon eingeschlafen.

Geweckt werde ich durch ein Summen. Schnell ist der Grund hierfür ausgemacht. Keenan versucht sich an der Melodie des Wiegenliedes. Es ist niedlich, ihn dabei zu beobachten; er wirkt fast unbekümmert.

Da fällt mir auf: Wo ist eigentlich Ermin? Ich kann ihn nirgends entdecken.

Nessa sieht meinen fragenden Blick und klärt mich auf: »Er ist schon früh aufgestanden und kontrolliert die Umgebung.«

Ja, klar, das war zu erwarten, er will auf Nummer sicher gehen, außerdem hat er es Nessa versprochen.

Verflixt, ich muss mal, aber hier ist das nicht möglich.

Nessa bemerkt mein Unbehagen und deutet es richtig. »Komm, lass uns aufbrechen. Wir müssen sowieso irgendwann hoch, dann können wir auch oben auf Ermin warten.«

Ihre Sorge vor den Römern hat sie schnell abgelegt, schießt mir so durch den Kopf. Doch ich muss dringend austreten, da nehme ich das Risiko in Kauf. Talorg protestiert nur kurz, denn gegen uns hat er keine Chance.

Der Aufstieg entlang der gefährlichen Klippe ist nicht ganz so beängstigend wie der Abstieg. Trotzdem bin ich heilfroh, als wir endlich oben ankommen.

Ermin ist nicht in Sicht, auch sonst niemand. Rasch suche ich nach einer Stelle, um mich zu erleichtern. Bäume gibt es hier nicht, etwas entfernt aber ein paar Felsen und Büsche. Gut, wenigstens ein klein bisschen Privatsphäre.

Als ich gerade dabei bin, höre ich Pferdehufe. Verflucht, was ist, wenn es Römer sind? Ich bleibe besser in Deckung.

Die Reiter kann ich noch nicht sehen, aber sie kommen schnell näher. Die anderen werden sich auch verstecken wollen, doch es gelingt ihnen offenbar nicht mehr rechtzeitig, denn nur kurz darauf höre ich ihre Stimmen. Ihre Worte verstehe ich allerdings nicht. Ich bin unschlüssig, ob ich mich aus meinem Versteck wagen soll. Die Stimmlage meiner Mitstreiter lässt keine Schlüsse auf Freund oder Feind zu, zumindest wird nicht gebrüllt.

Mit einem Mal höre ich meinen Namen – es ist Ermin.

Ein Gefühl der Erleichterung durchströmt mich. Er würde nicht nach mir rufen, wenn Gefahr drohte. Dennoch pocht mein Herz vor Aufregung schneller.

Mit Vorsicht nähere ich mich der Richtung, aus der seine Stimme kommt. Dort treffe ich auf ihn und unsere Gefährten – sowie auf einige Männer zu Pferd. Diese Reiter sind eindeutig nicht römisch, mit ihren langen Haaren und markanten Bärten.

Ermin lächelt mich an, das beruhigt mich endgültig. Er stellt mir zwei der Männer vor, dabei nimmt er mich beschützend an die Hand. »Tasha, das ist Gunn und das ist Calgacus.«

Ja, jetzt erinnere ich mich wieder. Der eine war mit Ermin und Talorg Gefangener im römischen Fort und der andere ist also der große Anführer Calgacus – wider Erwarten quicklebendig. Bei genauerer Betrachtung wirkt er jedoch sehr angeschlagen und entkräftet.

Gunn wendet sich nun mir zu und mustert mich intensiv. »Du hast uns befreit?«, fragt er ungläubig, sein Gesichtsausdruck bleibt dabei ernst und düster.

Ich nicke zaghaft diesem griesgrämig dreinblickenden Mann zu, ergänze jedoch: »Mit Nessa zusammen.«

Doch diese interessiert sich nur für eines: »Habt Ihr etwas von meinem Bruder Nechtan gehört oder ihn gesehen?«

Die Männer schütteln die Köpfe und Nessa ist sichtlich frustriert.

Ermin möchte von den beiden wissen: »Wo wollt Ihr hin? Was habt Ihr vor?«

Gunn wirft einen merkwürdigen Blick zu Calgacus und antwortet schließlich zögernd: »Wir suchen einen sicheren Ort und Verbündete …«

»Ihr plant doch nicht etwa, erneut gegen die Römer zu kämpfen?«, mische ich mich ein.

Ermin drückt meine Hand, eine stumme Aufforderung, mich herauszuhalten.

Obwohl Gunn irritiert ist, antwortet er: »Es bleibt uns keine Wahl.«

Ich beginne zu verstehen. Calgacus kann nur durch einen Sieg die Loyalität seiner Anhänger zurückgewinnen, andernfalls ist sein Schicksal besiegelt.

Nessa schlägt vor: »Kommt doch mit nach Loch Cannor. Da könnt ihr euch erst einmal ausruhen.«

Sie überlegen nur kurz. Gut für uns, denn sie haben genug Packpferde dabei. So können wir alle einzeln reiten, mit Ausnahme des Knaben. Gunn nimmt Keenan auf sein Pferd, und wieder einmal sträubt sich der Junge. Kein Wunder, dieser fremde Riese ist auch wirklich furchteinflößend. Ich sehe Keenan direkt an und versuche, ihn mit einem aufmunternden Lächeln zu beruhigen. Es wirkt, oder sagen wir besser, er gibt auf, sich zu wehren.

Wir kommen zügig voran, niemand verfolgt uns. Als endlich der See mit der Insel in Sichtweite ist, atme ich befreit auf. Cadha hat Wachposten aufgestellt. Sie haben uns schon früh entdeckt, wir sie aber auch. Boote liegen für uns bereit und ich höre Tyke schon von Weitem bellen. Es fühlt sich ein wenig wie Heimkommen an. Mir ist natürlich bewusst, dass der Crannóg, sollte er entdeckt werden, einem römischen Angriff nicht standhalten würde. Aber mich beruhigt zum einen seine versteckte Lage und zum anderen das Wissen um die Historie, denn es wurden keine Angriffe auf solche Rückzugsorte überliefert.

Beim Übersetzen hält mich Ermin fest am Arm. Er wirkt zwar entspannter als zu Beginn unserer Ankunft in dieser Zeitlinie, doch instinktiv will er mich nun noch mehr vor allem und jedem beschützen. Wenn er mich ansieht, vornehmlich meinen Bauch, dann kann er sich ein Dauergrinsen nicht verkneifen. Das Wissen um die Elternschaft macht aus ihm eine männliche Glucke und mich zum rohen Ei.

Eve und Cadha erwarten uns bereits.

Gott bin ich froh, wieder zurück zu sein

Nessa springt als Erste aus dem Boot und umarmt stürmisch ihre Mutter, dabei schluchzt sie: »Es tut mir leid. Ich habe Nechtan nicht gefunden.«

Cadha streicht ihr beruhigend über den Kopf. »Dein Bruder ist hier. Ich bin nur froh, dass dir nichts geschehen ist.« Auch Cadha zeigt jetzt Gefühle und kann ihre Tränen nicht länger zurückhalten.

In der Zwischenzeit ist Eve zu mir geeilt und hilft mir aus dem schwankenden Kahn, dabei stellt sie nüchtern fest: »Du siehst müde aus.«

»Das bin ich auch, aber … Ziel erreicht«, und grinse sie mit einem Seitenblick auf Ermin verschmitzt an.

Sie begrüßt auch ihn, und ohne dass ich fragen muss, berichtet sie: »Adam geht es besser. Das Fieber ist weg. Allerdings hat er noch Schmerzen.«

Aber was ist mit Nechtan? Carney sagte doch, er wäre bei der Schlacht verletzt worden.

Auf dem Weg ins Innere der Anlage will ich daher von Eve wissen, wie es ihm geht. Ich hatte ohnehin den Eindruck, dass Cadha und Eve, als Nessa seinen Namen nannte, zusammengezuckt sind.

Eve druckst herum: »Er … er kam kurz nachdem ihr weg wart.«

»Warum stotterst du? Was ist los?«

Sie sieht traurig aus. Ich weiß, dass sie ihn mag, und er sie. Mit gedämpfter Stimme antwortet Eve: »Er ist schwer verletzt. Ich glaube nicht, dass er es schafft.«

Das sind keine guten Nachrichten. »So schlimm?«, hake ich nach.

Sie nickt und seufzt tief auf. »Seine Wunden haben sich entzündet. Wir bräuchten Antibiotika. Ach was, besser wäre ein Krankenhaus.«

Verflucht! Vielleicht wäre der Übertritt in unsere Welt seine Rettung, aber bis zum Lammas-Fest, Anfang August, sind es noch einige Tage – viel zu viele. Die Zeit hat er nicht.

Eves Nachricht, dass Nechtan dem Tod näher ist als dem Leben, hat selbst Ermin betroffen gemacht. Er ist einiges gewöhnt, aber die selbstlose Hilfe dieser Familie uns gegenüber hat er nicht vergessen. Außerdem wollte er auf ihn aufpassen, was ihm nicht gelang, ich weiß, dass ihn das belastet.

Cadha versucht, Haltung zu bewahren. Sie hat schon so vieles erlebt: ihre eigene Zeitreise, den Tod ihrer Freundin, den Einfall der Römer und die Folterung ihres Mannes und nun auch noch der drohende Verlust ihres Sohnes. Bei all dem muss sie stark bleiben, stark für ihre Leute und ihre Tochter. Ich würde ihr gerne helfen, weiß aber nicht, wie.

Eve und ich haben sämtliche uns bekannten Hausmittel bei Nechtan ausprobiert, nur brachten sie keine Besserung. Wir sind mit unserem Latein am Ende. Nechtan lebt noch, weil er jung und stark ist. Sein Körper wehrt sich, doch die Zeit wird knapp. Er baut zunehmend ab. Vielleicht ist Eves Anwesenheit der einzige Anker, der ihn am Leben erhält. Sie weicht kaum von seiner Seite. Auch wenn er selten bei Bewusstsein ist, ruft er im Fieberwahn oft nach ihr.

Manchmal überwältigt mich der Gedanke, dass Ermins Schicksal genauso hätte sein können, und ich wäre jetzt an Eves Stelle. In solchen Augenblicken der Erkenntnis suche ich Zuflucht an meinem Geheimplatz, vor den Palisaden nahe am Seewasser, genau wie jetzt.

Meistens begleitet mich Tyke, aber heute nicht. Stattdessen taucht ganz unvermittelt Cadha auf, mit verweinten Augen. »Oh, ich dachte, du wärst bei Ermin«, flüstert sie entschuldigend.

»Ich kann gehen, wenn du alleine sein möchtest«, biete ich ihr rasch an und lächle verständnisvoll.

»Nein, nein, bleib. Du bist vermutlich die Einzige, die mich versteht.«

Sie setzt sich zu mir, spricht aber nicht, und ich möchte mich nicht aufdrängen. Um nicht dumm rumzusitzen, versuche ich flache Steine auf dem Seewasser tanzen zu lassen, doch sie sinken sofort. Nun ja, das war zu erwarten. Das habe ich nie besonders gut beherrscht.

Nach einer Weile wird die Stille erdrückend. Ich fasse mir ein Herz und spreche sie an, meide jedoch den Blickkontakt. »Ich wünschte, ich könnte für Nechtan etwas tun.«

»Ja, das wünschte ich auch …«

Wieder herrscht Stille, bis auf das sanfte Auf und Ab des Wassers. Dann räuspert sich Cadha plötzlich: »Warum kehrt ihr nicht einfach heim und nehmt ihn mit. Im Krankenhaus könnten sie ihn retten.«

Es sind die Worte einer verzweifelten Mutter, denn eigentlich weiß sie, dass nur an bestimmten Tagen im Jahr der Übertritt möglich ist, ansonsten wären wir längst wieder in meiner Zeit.

Obwohl … als ich Ermin in meine Welt holte, funktionierte dies aufgrund einer markanten Sternenkonstellation. Trotzdem war es ein besonderes Datum, der Tag der Sommersonnenwende. Die damalige auffallende Sternenstellung hat die Passage länger offen gehalten und auch den Einzelübertritt ermöglicht. Aber hier haben wir weder ein entsprechendes Datum noch außergewöhnliche Positionen der Himmelskörper. Zudem wäre es falsch, Hoffnungen zu schüren. Ich antworte vorsichtig ablehnend: »Das würden wir gerne versuchen, aber das Portal öffnet sich meiner Kenntnis nach erst wieder am Lammas-Fest.« Ich atme kurz durch und füge leise hinzu: »Wenn alles gut geht.«

Sie gibt nicht auf. »Es wäre doch einen Versuch wert … bitte!« Tja, theoretisch, doch ein offenes Tor außerhalb der besonderen Tage ist unwahrscheinlich. Außerdem halte ich Nechtan nicht für transportfähig. Der Weg ans Meer wäre für ihn äußerst gefährlich.

Ich möchte Cadha aber nicht sofort vor den Kopf stoßen und antworte ausweichend: »Okay, ich werde das mit den anderen besprechen.« Sie lächelt mich hoffnungsvoll an, was es nur umso schwerer macht.

Es wäre nun besser, zu gehen. Ich verabschiede mich von ihr und suche Ermin. Ich finde ihn bei Talorg.

»Ich muss mit dir reden ... alleine!«, fordere ich ihn ernst auf.

Ermin sieht mich neugierig an. Talorg verhält sich rücksichtsvoll und verlässt uns mit einer gemurmelten Entschuldigung, dass er noch etwas mit Calgacus besprechen müsse.

»Geht es dir gut?«, will mein Liebster von mir wissen und streicht mir sanft über Schulter und Wange. Dabei mustert er mich besorgt. Er meint damit meine Schwangerschaft. Bisher haben wir niemandem davon berichtet, weder Eve noch Cadha, nur Nessa weiß davon. Adam habe ich seit meiner Rückkehr kaum gesehen. Er ist oft bei den Bewohnern des Crannógs und studiert deren Arbeiten und Lebensweise. Keenan hat sich überraschenderweise an Gunns Fersen gehängt. Gunn ist zwar streng zu ihm, scheint ihm aber auch Halt zu geben. Der bärtige Krieger mag offenbar den Jungen und bringt ihm allerlei bei. Er nimmt fast so etwas wie eine Vaterrolle für ihn ein. Das freut mich sehr, für beide.

Während ich kurzzeitig geistig abgeschweift bin, wiederholt Ermin seine Frage.

»Keine Sorge, mir geht es gut«, kläre ich ihn rasch auf.

»Worüber willst du dann mit mir so dringend reden?« Er grinst mich spitzbübisch an und fügt leise hinzu: »Wir gehen doch erst später baden.«

Stimmt, den Besuch der Thermalquelle erwarte ich schon sehnsüchtig, aber das ist jetzt nicht das Thema. »Nein, darum geht es nicht, sondern um Nechtan und seine Mutter. Sie will, dass wir ihn zur Höhle, zum Tunnel, bringen und ihn mit in unsere Welt nehmen.«

Ermin wird hellhörig und sehr ernst. »Moment, woher weiß sie davon?«

»Oh, da fällt mir ein, ich habe dir noch gar nicht erzählen können, dass auch Cadha eine *Gestrandete* ist.«

Er versteht sofort und sieht mich dennoch ungläubig an. »Wirklich? Aus der gleichen Zeit? Nicht zu fassen.«

Ich nicke und winke ab. »Das ist jetzt aber nicht wichtig. Sie ist verzweifelt und natürlich weiß sie, dass Nechtan in unserer Welt eine Überlebenschance besäße, doch ist die Passage noch nicht geöffnet, nur will sie das nicht wahrhaben.«

»Und was sollen wir tun?«, fragt er sichtlich ratlos.

»Sie will, dass wir es wenigstens versuchen. So schnell wie möglich.«

»Das beantwortet nicht meine Frage, meine Blume.«

»Verdammt, ich weiß es doch auch nicht. Ich bin mir nicht einmal sicher, ob Nechtan den Transport überlebt. Von Römern, die uns auflauern könnten, fange ich gar nicht erst an.« Ich schmiege mich eng an ihn und lege meinen Kopf seufzend auf seine Brust. Ich horche in ihn hinein, in der Hoffnung, sein Herz könnte mir eine Antwort darauf geben.

»Würdest du es denn wagen wollen?«, hakt er vorsichtig nach.

»Ich bin mir nicht sicher.« Unwillig löse ich mich von ihm und ergänze: »Wir müssen mit Adam und Eve reden. Sie sollten es wissen.«

Wir finden die beiden bei Nechtan vor, der bewusstlos und fiebrig auf seinem Bett liegt. Eve sieht erschöpft aus und versteht anfänglich gar nicht, was ich erzähle. Adam dagegen reagiert schnell und äußert seine Fassungslosigkeit über Cadhas wahre Herkunft und darüber, dass er womöglich nur wegen mir in diese Welt geraten ist.

Ermin atmet tief ein, hält sich aber zurück, und ich lenke schnell die Aufmerksamkeit auf das Kernproblem. »Das ist jetzt wirklich unwichtig. Wir sollten über ihre Bitte nachdenken.«

»Ja, sie hat recht. Lasst es uns versuchen und Nechtan zum Tunnel bringen«, wirft Eve spontan ein und erscheint plötzlich wach und zuversichtlich.

Adam hingegen bleibt skeptisch. »Das sehe ich anders. Ich glaube nicht, dass Nechtan die Reise überlebt. Und bis wir unsere Heimkehr zum ersten August wagen können, sind wir und er hier besser aufgehoben. Außerdem hast du doch selbst gesagt, dass nur dieselben Personen durch das Portal gehen können, die zuvor hindurchgegangen sind, mit dir als Schlüssel.«

Ja, das habe ich gesagt und auch betont, dass es dafür keinen Beweis gibt. Es hat keinen Sinn, mit ihm zu diskutieren; er will nur hören, was ihm gefällig ist. Daher erwidere ich nichts darauf.

Doch Eve reagiert und sie ist sichtlich sauer: »Schau ihn dir an, Tasha. Anfänglich wollte er gar nicht mit hierherkommen und nun will der feige Herr nicht mehr raus aus seinem Panic-Room.«

Ich kann ihre Verbitterung verstehen. Ermin denkt genauso. Ein bestätigendes abfälliges Lächeln umspielt seine Mundwinkel.

Natürlich lässt das Adam nicht auf sich sitzen. »Eve, das ist unfair. Sei doch realistisch. Nechtan ist zu schwach. Er schafft den Weg nicht, und wenn das Portal nicht offen ist, was dann?«

»Verflucht, Adam, hier wird er definitiv sterben. Sind wir es nicht Nechtan und seiner Familie schuldig, es wenigstens zu versuchen?«, begehrt sie auf.

Nun mischt sich Ermin doch noch ein: »Jetzt beruhigen wir uns alle erst einmal und schlafen darüber. Morgen ist auch noch ein Tag.«

Seine Worte sind der Versuch, die hitzige Diskussion zu unterbrechen und Raum für Besonnenheit zu schaffen. Er wartet ihre Reaktion aber nicht ab, ergreift meinen Arm und zieht mich aus dem Raum. Leider geht hinter uns die Streiterei weiter. Vielleicht sollte ich zu ihnen zurückgehen?

Ermin bemerkt mein Zögern und verhindert eine Rückkehr. »Lass sie! Es gibt nichts mehr zu sagen. Eve ist verliebt und Adam, na ja …« Seine Worte sind bestimmend, während sein Blick liebevoll auf mir ruht.

Dennoch wage ich einen Versuch: »Ich könnte …«

Er unterbricht mich. »Tasha, Nechtans Schicksal liegt in der Hand der Götter. Du kannst im Moment nichts für ihn tun.« Er sieht mich zärtlich an, dann zwinkert er. »Komm, meine Blume, lass uns etwas entspannen.«

Ich weiß, was er vorhat. Ein wenig Zweisamkeit würde uns tatsächlich nach all den Kämpfen und Ängsten guttun.

Als wir an der Thermalquelle ankommen, versuche ich alle Sorgen abzustreifen, wenigstens für den Augenblick.

Ermin nimmt mich in den Arm und küsst mich voller Sanftheit. »Oh, meine Blume, ich vermisse unser Zuhause und die Zeit, mit dir allein sein zu können. Ich gebe aber auch zu, anfänglich war ich mir nicht sicher, ob ich mich in deiner Welt zurechtfinden würde.«

»Und jetzt?«, hake ich neugierig nach.

»Es ist ganz einfach: Dein Heim ist zu meinem Heim geworden.«

Er spricht dies mit so viel Ernsthaftigkeit aus, dass ich erleichtert reagiere. »Ich hatte schon Sorge, dass dir diese Welt besser gefällt, da sie dir so viel vertrauter ist.«

»O Tasha, nein! Ich will das alles nicht mehr. Ich möchte einfach nur in Frieden leben … mit dir, mit unserem Kind, und das in deiner Welt, denn dort ist es möglich.«

Er betont einzelne Wörter und liebkost mich dabei so intensiv, dass mein Körper vor Erregung zu zittern beginnt. Zufrieden nimmt er es wahr, und um mich ein wenig zu necken, fügt er schmunzelnd hinzu: »Außerdem vermisse ich meine Pferde.«

»Oh, du...« sage ich lachend und schlage ihm spielerisch auf die Schulter. Von seinen leidenschaftlichen Küssen begleitet, fahre ich leise fort: »Ich liebe dich, du … mein alter Germane.«

Er stöhnt vor Verlangen auf, erwidert jedoch mit gespielter Entrüstung: »Soso, alter Germane? Ich zeige dir gleich, wer hier alt ist.«

In Windeseile entkleidet er mich – und sich selbst noch schneller. Sanft nimmt er mich in seine starken Arme und trägt mich in das angenehme Nass. Seine Nähe und das Wasser umhüllen mich und tun mir unendlich gut.

Wir sind wieder vereint und nun weiß er auch von der Schwangerschaft. Genau in dieser Sekunde bin ich vollkommen glücklich.

KAPITEL 15 - ♂

Tasha ist des Öfteren niedergeschlagen, dann zieht sie sich an einen vermeintlich geheimen Ort zurück. Ich lasse sie in dem Glauben, nichts davon zu wissen.

Sie und Eve versuchen alles, um Nechtan am Leben zu erhalten. Doch es scheint, als hätten die Götter andere Pläne mit ihm. Und Adam? Er ist und bleibt ein Feigling. Ich verstehe zwar seine Bedenken, dass die Reise für Nechtan gefährlich ist, aber im gleichen Atemzug die Sicherheit des Crannógs anzuführen, ist erbärmlich. Wir sind diesen Menschen etwas schuldig.

Cadha kämpft verzweifelt um das Leben ihres einzigen Sohnes. Eine liebende Mutter tut eben alles für ihr Kind. Überraschend bleibt die Information, dass sie aus der Zukunft stammt. Als unsere Druiden damals von Wanderern aus der Anderswelt berichteten, glaubte ich ihnen anfänglich nicht. Es schienen Geschichten, Märchen, zu sein, bis Tashas Schwester Mara auftauchte. Manche hielten sie für eine Seherin, andere für eine Göttin und wieder andere für eine römische Spionin. Ich weiß es nun besser.

Wenn ich auf meine ersten Tage in Tashas Welt zurückblicke, waren dort viele Erlebnisse beängstigend. Selbst einfachste Geräusche ließen mich aufschrecken.

Ich versuchte, dies vor meiner Liebsten zu verbergen, denn als Arminius war ich es gewohnt, stets Stärke zeigen zu müssen. Aber mit Tasha und ihrer Mutter hatte ich zwei Menschen an meiner Seite, die mir halfen, das Unbekannte zu verstehen, und mich ermutigten, mich zu öffnen und Hilfe anzunehmen. Wie schwierig muss es erst für Reisende wie Mara und Cadha gewesen sein, ohne diese Unterstützung auszukommen. Auch Tasha gehörte einst zu ihnen, doch traf sie auf mich. Das war mehr mein Glück als das ihre. Ich liebe diese Frau, und das werde ich ihr mit jeder Faser meines Seins zeigen.

Endlich im Wasser liebe ich sie sanft, aber eindringlich. Immer wieder streichle ich dabei zärtlich über ihren wunderschön geformten Körper, der unser Kind birgt. Ein tiefes Gefühl der Rührung erfüllt mich, was mich lebendiger als jemals zuvor werden lässt. Trotz der Sorgen und Strapazen ist Tasha schöner denn je und sehr erotisch, vielleicht auch wegen der Schwangerschaft. Bald werden wir nach Hause zurückkehren und eine Familie sein. Tasha ist mein Herz und meine Seele, sie erst hat mich erweckt.

Vielleicht habe ich in meinem alten Leben nur deshalb so lange gekämpft, bis hin zur innerlichen Selbstzerstörung, weil ich nie wirklich verstanden habe, was es bedeutet, nach Leben zu dürsten. Tasha brachte mich damals zwar auf den Geschmack, aber mit der Rückkehr in ihre Welt hat sie mir diese Hoffnung auf ein erfülltes Leben wieder genommen. Die nachfolgenden Jahre waren geprägt von Dunkelheit und Schmerz. Doch selbst in meinen schlimmsten Träumen erstrahlte meine Blume und gab mir Hoffnung.

Ein lauter Schrei durchbricht meine Erinnerung.

Es ist Tasha.

Habe ich ihr wehgetan? Oder ist etwas mit dem Baby? Nein, sie hat keine Schmerzen, sie ist nur erschrocken und rudert wild mit den Armen im Wasser.

Was verdammt ...?

Als ich ihrem Blick folge, erkenne ich den Grund für ihre Aufregung. Wir haben einen Zuschauer, obwohl das eine unpassende Bezeichnung ist. Es ist Deirdre, die blinde Seherin. Was bei den Göttern treibt sie hier?

Schnell beruhige ich meine Liebste: »Keine Angst! Ich weiß, wer sie ist.«

Ich wende mich sogleich der alten Frau zu: »Was soll das? Warum bist du hier?«

»Sei gegrüßt, Arminius.«

Tashas Gesicht verliert an Farbe. »Woher kennt sie deinen Namen?«

»Sie ist eine Weissagerin und ...«

Deirdre unterbricht mich: »Das könnt ihr später klären. Ihr habt nicht mehr viel Zeit.«

»Wofür haben wir keine Zeit?«, frage ich neugierig nach.

Nun meldet sich Tasha gereizt: »Verdammt, Ermin, ich bin nackt. Sie soll gehen!«

»Sie ist blind.«

»Mir egal ...«

Die Alte fährt abrupt dazwischen: »Unnütze Plapperei! Auch für dich, Tasha, ist es wichtig, mir zuzuhören.«

Meine Liebste kommentiert dies mit Flüchen auf Deutsch. Daher fordere ich Deirdre energisch auf: »Geh jetzt! Wir kommen nach.«

Missmutig grummelnd verlässt sie uns. Zum Unmut meiner Blume geschieht dies jedoch sehr langsam und vorsichtig, den Weg mit ihrem Blindenstock ertastend.

Als sie endlich außer Sichtweite ist, springt Tasha aus dem Wasser, trocknet sich in Windeseile ab und wirft sich die Tunika über – immer noch Verwünschungen ausstoßend.

Während auch ich mich ankleide, fragt sie mich ungehalten: »Was will sie von uns?«

»Beruhige dich. Sie ist nur eine alte Frau. Wir werden es gleich erfahren.« Ich spüre, dass Worte allein sie nicht beschwichtigen können. Deshalb umarme ich sie liebevoll.

Langsam beginnen ihr Ärger und ihre Anspannung zu schwinden. Sie raunt: »Sie stand da wie ein böser Geist. Sie ist mir unheimlich.« Bei diesen Worten schüttelt sie sich. Dann aber fügt sie erstaunt hinzu: »Woher weiß sie eigentlich, wer du in Wahrheit bist?«

»Keine Ahnung. Sie ist eine heilige Frau. Und wie du oft sagst: Es gibt zwischen Himmel und Erde mehr, als wir mit unserem Verstand erkennen können.«

Sie erschauert, atmet tief ein und aus. »Nun gut, dann lass uns hören, was sie zu sagen hat.«

Vor der Höhle erwartet uns Deirdre mit ihrer jungen Begleiterin.

»Was ist nun so dringend?«, will ich ohne Umschweife von ihr wissen.

»Ihr müsst Cadhas Sohn retten. Nehmt ihn mit auf die andere Seite, in eure Welt.«

Tasha sieht sie erstaunt an. »Woher hast du diese Informationen?«

»Das spielt keine Rolle. Ihr müsst heute noch aufbrechen«, entgegnet die Seherin immer ungeduldiger werdend.

Tasha hat Zweifel und wirft ein: »Das Tor öffnet sich aber frühestens zum Lammas-Fest.«

Die Alte widerspricht: »Nein, morgen!«

»Unsinn! Wie ...?«, stottert Tasha skeptisch.

Deirdre richtet ihren Stock gen Himmel. »Schau! Der Bote der Götter ist deutlich zu erkennen.«

Wir blicken gleichzeitig zum Firmament. Es dauert einen Moment, bis ein seltsamer heller Punkt auszumachen ist.

»Was ist das?«, will ich von Tasha wissen.

Doch sie murmelt nur wenig verständlich: »Nicht zu fassen. Kann es wirklich sein ...?«

Ich wiederhole meine Frage: »Was ist es denn nun?«

»Ein Komet«, gibt sie endlich flüsternd zur Antwort und wirkt dabei sehr nachdenklich.

»Was ist ein Komet?« Doch sie übergeht meine Frage und wendet sich stattdessen direkt an Deirdre: »Glaubst du, dass dieses Ereignis die Pforte öffnen wird?«

»Ja, zusammen mit einem weiteren Zeichen ... morgen Abend«, antwortet Deirdre.

Tasha zeigt sich überrascht. »Noch ein weiteres Himmelsereignis?« Die Alte nickt.

Das ist alles sehr verwirrend und was hat das überhaupt mit Cadhas Sohn zu tun? Ich frage genauer nach: »Warum muss Nechtan in die Anderswelt gebracht werden?«

Deirdres Antwort kommt prompt: »Dort werden ihn die Götter retten. Er ist von großer Bedeutung für unser Volk, denn er trägt das Blut der Wanderer in sich.«

Tasha ist aufgewühlt und schüttelt wild den Kopf. »Selbst wenn sich das Tor öffnen sollte, mit Nechtan sind wir einer zu viel und … und außerdem müsste er auch wieder zurückkehren … und wir müssten mit ihm gehen. Doch ich werde nie wieder eine solche Reise wagen. Nie wieder!«

Für Unwissende muss sich ihr Gestammel völlig konfus anhören, aber ich weiß genau, was sie damit meint.

Deirdre hat ihr ruhig zugehört und offenbar verstanden, was sie sagt. Sie erklärt bestimmt: »Das musst du auch nicht. Nechtan kann zu uns heimkehren ohne eure Begleitung. Nur dieser eine, von den Göttern geschaffene magische Moment macht den Gang zwischen den Welten für alle möglich, auch deren spätere Rückkehr.«

»Papperlapapp, das ist alles Humbug«, widerspricht Tasha in ihrer Muttersprache.

Deirdre spürt Tashas Ablehnung und Skepsis, auch ohne die Sprache zu kennen, und fragt: »Willst du wirklich diese Gelegenheit ausschlagen? Es nicht einmal versuchen? Denk an dein Kind.«

Woher weiß sie das? Und was weiß diese Alte noch?

Tashas Gefühle stehen ihr ins Gesicht geschrieben. Sie ist hin- und hergerissen zwischen Hoffnung und Zweifel. Selbst ich bin zwiegespalten. Aber wenn eine Möglichkeit besteht, vorzeitig heimzukehren, sollten wir es wagen.

»Glaubst du, es ist möglich?«, frage ich Tasha leise.

Ihre Antwort kommt flüsternd: »Ich weiß es nicht. Es gibt widersprüchliche Aussagen, was die Anzahl der Personen betrifft, bis hin zu einer genetischen Veranlagung. Aber zugegeben, bei deinem Übertritt in meine

Welt spielte ebenfalls eine besondere Sternenkonstellation eine Rolle.«

Ich verstehe nicht alles, was sie sagt, doch ich erinnere mich an eine seltsame Himmelsformation, als sie mich damals halbtot in ihre Welt brachte.

Nach kurzer Überlegung entgegne ich: »Dann lass es uns versuchen. Wir müssen die anderen informieren.«

Deirdre wendet sich jäh von uns ab. »Ich bin erschöpft. Ich habe gesagt, was zu sagen war. Lebt wohl.«

Noch bevor wir etwas erwidern können, lässt sie uns stehen und geht.

»Eine merkwürdige Frau«, wispert Tasha und blickt ihr nachdenklich hinterher.

Zurück im Crannóg suchen wir sofort Eve und Adam auf. Wir berichten ihnen von unserem Treffen mit der Seherin. Mittlerweile ist es dunkel geworden und der Komet gut zu erkennen.

Adam hat mal wieder Bedenken. Doch das Zeichen am Nachthimmel kann er nicht leugnen. Er fragt Tasha: »Glaubst du, dass das der Halleysche Komet ist?«

»Eher nicht, aber spielt das denn eine Rolle?« Einen winzigen Moment lang überlegt sie, bis sie sich schließlich schüttelt und ungeduldig ergänzt: »Wir sollten aufbrechen. Sofort! Das könnte unsere Chance sein, schneller nach Hause zu kommen.«

»Woher willst du das wissen? Vielleicht ist es eine Falle und uns erwarten die Römer«, widerspricht ihr Adam misstrauisch.

Eve ist sauer. »Verflucht, Adam, du wirst immer zu feige sein, die Chance deines Lebens zu erkennen und sie zu ergreifen.«

Auch Tasha ist verstimmt. »Wenn die alte Frau recht hat, dann brauchen wir dich vielleicht gar nicht für die Rückkehr. Zumindest interpretiere ich ihre Worte so.«

Nun schaut Adam beleidigt drein. Er hat die Wahl und muss eine Entscheidung treffen.

Tasha ergänzt harsch: »Dann bleib eben hier. Wir werden jedenfalls gehen, und zwar jetzt!«

Um Adam wird es einsam. Bevor er jedoch etwas äußern kann, betritt Cadha den Raum. Sie nimmt die Spannungen wahr und ist schon im Begriff, nachzufragen, als ich eingreife: »Wir brechen noch heute auf und nehmen Nechtan mit. Veranlasse alles Notwendige.«

Sie wirkt kurz verwirrt, dann sieht sie uns dankbar, fast euphorisch an und nickt. Eilig verlässt sie den Raum. Adam will noch etwas sagen, aber keiner hört ihm zu, oder eher, wir beachten ihn nicht mehr.

Meine Liebste ist in Aufbruchsstimmung: »Ich muss packen und mich dringend umziehen, raus aus diesem furchtbaren Kleidersack und rein in meine eigene Kluft.«

»Hier ist noch dein Schmuck«, sagt Eve plötzlich und reicht Tasha ein Beutelchen. Kurz zögert sie und fragt dann: »Glaubt ihr, wir schaffen das?«

Natürlich ist sie ängstlich. Unsere Rückkehr ist ungewiss und Nechtan könnte schon auf dem Weg zur Küste sterben.

Auf ein solches Stichwort hat Adam nur gewartet. Er mischt sich wieder ein: »Na endlich wachst du auf, Eve. Euer Plan ist doch verrückt. Ja, vielleicht kommt Nechtan lebend an der Küste an, vielleicht aber auch nicht. Und was ist, wenn uns dort die Römer erwarten oder die Passage nicht geöffnet ist? Selbst wenn sie offen ist, könnten wir im Tunnel sterben. Und sollten wir es tatsächlich mit viel Glück nach Hause schaffen, bedeutet das noch lange nicht, dass Nechtan gerettet werden kann. Seht ihr, viel zu viele Wenns und Abers.«

Damit verunsichert er Eve deutlich, während Tasha auf seine Worte verächtlich reagiert: »Hätte, wenn und aber, alles nur Gelaber. Willst du überhaupt wieder nach Hause?«

Darauf errötet er und beginnt zu stottern: »Ich … das ist … ich wollte doch …«

Ich wende mich direkt an Eve, denn sie ist es, die nun ein paar aufbauende Worte nötig hat. »Ob wir es jetzt oder in einigen Tagen wagen, es ist doch allemal einen Versuch wert. Wir sollten die Gelegenheit nutzen, außerdem ist Nechtan ein starker junger Mann, ein Kämpfer. Der schafft das schon.«

Tasha stimmt mir zu. Wir beide halten direkten Blickkontakt zu Eve. Das und die nun folgende Umarmung von Tasha hat sie wohl gebraucht – als letzten Schubs.

Sie streckt sich und lächelt. »Ja, wir packen das und Nechtan auch!«

»Gut, dann mal los«, sage ich und würdige Adam keines Blickes.

Er versucht uns immer noch zum Bleiben zu bewegen, doch wir beachten ihn nicht mehr.

Unterdessen hat Cadha alles organisiert. Es ist erstaunlich, wie schnell sie eine Transportmöglichkeit für ihren Sohn herbeischaffen konnte. Es würde mich nicht überraschen, wenn sie das schon vor Tagen vorbereitet hätte.

Zügig werden wir ans Ufer gebracht. Und siehe da, auch Adam begleitet uns. Er geht uns aus dem Weg.

Besser so! Keiner will sich mit diesem unreifen Kerl beschäftigen.

In der Zwischenzeit haben Cadhas Leute Nechtan auf eine Art Schlitten gelegt, der von zwei kräftigen Pferden gezogen wird. Diesmal setzen sie keine Ochsen ein, denn mit ihnen kämen wir nicht schnell genug voran. Eve hält Wache bei ihm. Seine Familie hat sich bereits von ihm verabschiedet. Viel wird er davon nicht mitbekommen haben, auch nicht vom Streit zwischen seiner Mutter und Schwester.

Nessa ist verärgert, sie drängt darauf, mitzukommen. Doch Cadha hat es ihr untersagt. Nessa ist ahnungslos, was den Plan zum Übertritt in die Anderswelt angeht, und versteht nicht, warum wir von acht Männern begleitet werden, sie selbst aber nicht mitkommen darf.

Cadha hat ihr vorgelogen, dass die Seherin das so verlangt habe. Es ginge um eine Heilungszeremonie und nur wir vier dürften bei Nechtan in der Höhle dabei sein, niemand sonst. Unsere Eskorte habe lediglich den Auftrag, uns sicher zum Ziel zu bringen, und müsse danach sofort zurückkehren. Außerdem sei Nessas Hilfe vor Ort im Crannóg unerlässlich. Nur widerwillig hat sie nachgegeben, um ihres Bruders Willen. Sie hat richtig entschieden, denn sollte Nechtan nicht überleben, hat Cadha wenigstens noch ihre Tochter.

Wir sind dankbar für die Eskorte, die uns nicht nur schützt, sondern auch den Weg mit Fackeln ausleuchtet. Unter ihnen befinden sich auch Gunn und Calgacus, während Talorg auf der Insel geblieben ist, um sich von seinen Verletzungen zu erholen.

Es verwundert mich, dass Calgacus trotz der Feinde, die überall auf ihn lauern, mitkommt. Cadha hatte ihm die Sicherheit des Crannóg angeboten. Warum er diese verlässt, ist für mich nicht nachvollziehbar. Als ich mich von Talorg verabschiedete, fragte ich ihn danach, aber entweder wollte er mir nichts sagen oder er wusste nichts. Doch das soll nicht länger mein Problem sein. Sobald wir die heilige Anlage betreten, kehren wir nach Hause zurück. Alles andere ist unwichtig.

Nechtan hält sich wacker. Es muss Hoffnung für ihn geben, sonst hätte Deidre uns nicht bedrängt, mit ihm das Portal aufzusuchen. Allerdings weiß ich noch nicht, wie wir Nechtans Erscheinen den Menschen in der Zukunft erklären sollen und wie er selbst alles verkraften wird, immer vorausgesetzt unsere Rückreise verläuft erfolgreich und Nechtan überlebt es.

Es fällt mir auf, dass auch unsere Begleiter sich Gedanken machen. Das Wetter ist gut und die Nacht sternenklar. Ehrfürchtig und teils ängstlich bestaunen sie den Boten am Himmel. Selbst sie erkennen darin ein göttliches Zeichen und tuscheln darüber, was am Ziel unserer Reise geschehen wird und was wir damit zu tun haben.

Gunn hat mich darauf angesprochen, ich bin ihm jedoch ausgewichen und sprach ihn im Gegenzug auf Calgacus an. Zögerlich erzählte er mir, dass dieser eine wichtige Angelegenheit zu erledigen habe und die Eskorte ihm gerade recht käme. Mehr aber wollte oder konnte er mir nicht verraten. Schon merkwürdig, dass keiner von Calgacus' Mitstreitern Genaueres zu wissen scheint. Doch bleibt es weiterhin nicht mein Problem.

Die Seherin hatte uns zur Eile gemahnt, deshalb pausieren wir nur selten. Erst im Morgengrauen rasten wir kurz, vor allem Tasha braucht die Pause, da sie es nicht gewohnt ist, so lange auf einem Pferd zu sitzen. Ihr muss vom Reiten der Hintern schmerzen. Ich mache mir Sorgen um sie und unser Kind und will von ihr wissen, ob alles in Ordnung ist.

Sie lächelt mich zwar an, aber auch Ungeduld liegt in ihrem Blick. Ganz offensichtlich ist sie darauf aus, schnell voranzukommen und kann die Ankunft an der Klippe kaum erwarten.

»Müssen wir wirklich eine Rast einlegen?«, schmollt sie wie ein kleines Kind.

»Wenn du später noch auf deinen Beinen stehen willst, dann ja«, antworte ich bestimmt.

Sie seufzt. »Nun gut, ich muss sowieso austreten.«

»Ich komme mit«, wirft Eve ein, die sich zwischenzeitlich mit Gunn zu uns gesellt hat. Rasch verschwinden die beiden Frauen hinter einigen Büschen.

Während wir auf ihre Rückkehr warten, behalten wir die Umgebung im Auge.

Gunn nutzt die Gelegenheit und spricht mich erneut auf den Zweck unserer Reise an: »Ermin, jetzt sag schon, was soll das Ganze? Warum müsst ihr dorthin?«

»Das weiß nur Deirdre«, entgegne ich knapp.

Doch er bohrt weiter: »Und was sind das überhaupt für merkwürdige Stoffe, die deine Gefährten am Leib tragen?«

Ah ja, während ich noch die römische Tunika anhabe, tragen Tasha und ihre Kollegen wieder die Kleidung aus ihrer Welt.

»Das sind Gewänder der Chattis. Deren Frauen bevorzugen Beinkleider, da sie beim Reiten und im Kampf von Vorteil sind«, erkläre ich.

Gunn ist erstaunt. »Sie kämpfen?«

»Nun, einige der Frauen.«

Gunn stellt die Befragung ein, als Tasha und Eve zurückkehren. Dann müssen wir bereits los und es bleibt keine Zeit mehr für weitere Gespräche.

Den Rest der Strecke bewältigen wir fast ohne Unterbrechung. Lediglich am frühen Nachmittag gönnen wir uns eine letzte Verschnaufpause. Dabei überkommt mich das Gefühl, beobachtet zu werden. Wir durchsuchen vorsichtshalber die Umgebung, aber ohne etwas Verdächtiges zu entdecken. Nun ja, Vorsicht ist besser als Nachsicht.

Wir erreichen unser Ziel, das Plateau von Dunnottar, als die Nacht hereinbricht. Von Nechtan und seinem starken Lebenswillen bin ich beeindruckt. Das mag auch an Eve liegen. Sie hat ihn gut versorgt und mit ihm gesprochen, ihm teils Lieder vorgesummt, ob er wach war oder nicht. Es ist kein Geheimnis, dass die beiden sich mögen.

Die Erleichterung, angekommen zu sein, tritt jedoch in den Hintergrund angesichts des fantastischen Schauspiels, das sich vor unser aller Augen am sternenklaren Nachthimmel ereignet.

Mittlerweile sind wir von unseren Pferden abgestiegen. Tasha sucht meine Nähe und fasst nach meiner Hand. Gebannt blicken wir empor. Neben dem Kometen und seinem hellen Schweif sind nun auch zwei sehr helle Sterne zu erkennen.

»Was ist das?«, frage ich ehrfürchtig.

»Das sind die beiden größten Planeten unseres Sonnensystems: Jupiter und Saturn«, antwortet Tasha flüsternd.

Es dauert nicht lange und die drei Himmelskörper kommen sich so nahe, dass man meint, sie verschmelzen zu einem gemeinsamen Lichtpunkt. Das also muss das Zeichen sein, von dem Deirdre sprach.

Viel Zeit werden wir nicht mehr haben. Wir müssen unverzüglich die unterirdische Anlage in den Klippen aufsuchen, was nicht einfach ist bei Nacht und mit einem geschwächten Nechtan. Ehe wir uns aber auf den Weg machen können, nehmen wir lautstarken Tumult wahr.

Auch das noch – Römer! Verflucht!

Wir hören sie eher, als dass wir sie sehen.

Gunn brüllt. Er schwört die Männer auf den Kampf ein.

Aber wo ist Calgacus? Warum übernimmt er nicht diese Aufgabe? Das liegt doch in seiner Verantwortung.

Unwichtig! Ich sollte ihnen helfen.

Tasha scheint meine Überlegungen bereits zu ahnen. Ihr Blick ist ernst, ebenso wie ihr Ton: »Denk gar nicht erst daran, ich brauche dich hier!«

Sie hat recht. Wir müssen zum Portal!

Hastig suchen wir nach dem einzig möglichen Pfad in den Klippen, wir finden ihn jedoch nicht mehr rechtzeitig. Die Römer sind in der Überzahl und nähern sich rasch, was dazu führt, dass wir und unsere Verteidiger in ernste Bedrängnis geraten. Mir bleibt keine Wahl, ich muss mich jetzt einmischen, ob es Tasha gefällt oder nicht.

Sie schaut mich verzweifelt an, voller Angst. Doch sie weiß, dass ich nicht anders kann und lässt mich gehen.

»Du kommst aber schnellstens nach, ja? Versprich es!«, fleht sie.

Ich verspreche es, obwohl ich meine Zweifel habe. Gleichzeitig dränge ich sie zum Handeln: »Tasha, sie brauchen deine Hilfe. Geh, sofort!« Dabei nicke ich Eve und Adam zu, die den halb bewusstlosen Nechtan untergehakt haben. Dann wende ich mich dem Kampfgeschehen zu.

Jetzt weiß ich auch, wo Calgacus steckt. Er befindet sich inmitten unserer Gegner, aber nicht als Gefangener. Das riecht nach Verrat, nur warum? Er dürfte eine wertvollere Trophäe für die Römer darstellen als wir Namenlosen. Oder weiß er, wer wir sind? Wer ich bin?

Ach verflucht, was sollen diese unnützen Gedanken …

Aus den Augenwinkeln heraus bekomme ich noch mit, wie meine Liebste mit den anderen den Klippenpfad sucht. Mir gefällt zwar nicht, dass sie das ohne meine Unterstützung tun muss, aber ich will ihr wenigstens Zeit verschaffen, damit sie den gefährlichen Abstieg bewältigen kann. Außerdem können Gunns Männer jeden Kämpfer gebrauchen. Doch meine Sorge um Tasha lässt mich unvorsichtig werden. Ehe ich mich versehe, werde ich von hinten attackiert und hart zu Boden gerissen.

Gunn steht günstig und hilft mir. Ohne ihn wäre das schlecht für mich ausgegangen. Ich stöhne schmerzhaft auf, als er mich mit einem einzigen Ruck wieder auf die Beine zieht, dabei fragt er keuchend: »Hast du ihn gesehen?« Er deutet auf Calgacus.

»Ja, aber warum?«, presse ich hervor, überrascht von seinem Verrat.

»Ich weiß es nicht. Ich dachte, er will sich mit anderen Stammesältesten treffen, um sich zu verbünden. Doch das … habe ich nicht erwartet.« Er ist sichtlich erschüttert.

Weiterreden ist unmöglich, da sich die Situation dramatisch zuspitzt. Die Übermacht unserer Gegner ist offensichtlich. Severus führt die Römer an, begleitet von Aurelius und Casto.

Während Maras Enkel – wie auch Severus und Calgacus – nur beobachtend zuschauen, stürzt sich Casto wie ein Wilder ins Kampfgetümmel. Als er mich entdeckt, steuert er direkt auf mich zu. Doch plötzlich verharrt er. Sein Blick schweift ab. Seine Aufmerksamkeit gilt jemand anderem: Tasha! Er zögert nur kurz und grinst mich boshaft an, dann kämpft er sich mit äußerster Brutalität in ihre Richtung durch.

Verflucht, ich muss ihn aufhalten!

Während ich mich zu ihm durchzuschlagen versuche, habe ich die Frauen aus den Augen verloren, ebenso wie Casto selbst, der wütend nach ihnen Ausschau hält. Allerdings dauert seine Suche nicht lange; er hat den Klippenpfad entdeckt und ahnt, dass sie ihn genutzt haben.

Die Zeit drängt. Inzwischen leistet nur noch Gunn Widerstand, die anderen sind außer Gefecht gesetzt. Ohne Worte versteht er meinen Blick und nickt mir bestätigend zu. Er weiß, dass ich zu meiner Frau muss, unsere Wege trennen sich daher hier. Was auch immer nun geschehen mag, wir werden uns nicht wiedersehen. Ich bin mir sicher, er wird mir den Rücken freihalten, solange es ihm möglich ist.

Auf dem Weg nach unten sind weder Tasha noch Casto zu sehen oder zu hören. Sie müssen schon in der Anlage sein – und ich jetzt auch.

Die Himmelserscheinung hat die Nacht erhellt. Im Gegensatz dazu herrscht in der Grotte völlige Finsternis. Kein Feuer, kein Fackellicht.

Vorsichtig taste ich mich in der Dunkelheit vor, folge dem einzigen Gang, tief und tiefer in den Untergrund. Ich bin hochkonzentriert und wachsam. Es dauert nicht lange und Geräusche durchdringen den Stollen. Doch ist nach einer Weile auch hinter mir etwas zu hören – sind es Römer? Ich kann dem jetzt nicht nachgehen. Ein Kampf würde mich unnötig aufhalten. Ich muss weiter und Tasha finden.

Da hallt plötzlich ein gellender Schrei wie ein Echo durch den Tunnel. Mein Herz rast. Ist das meine Liebste?

Ungeachtet der drohenden Gefahr und der undurchdringlichen Dunkelheit beschleunige ich meinen Schritt.

Verdammt! Nun beginnt die Anlage zu dröhnen. Es sollte mich eigentlich freuen, ein Zeichen dafür, dass sich die Passage tatsächlich öffnet, aber die Sorge um meine Liebste wird immer größer.

In einiger Entfernung ist schwaches Licht zu sehen. Je näher ich diesem komme, umso deutlicher werden auch die Stimmen und Konturen der Personen. Ich kann erkennen, dass Casto meine Gefährten bedroht. Er will, dass sie ihm nach draußen folgen. Tasha weigert sich heftig.

Jetzt beginnt die Anlage erneut zu vibrieren, dabei lösen sich Staub und kleinere Steine von der Decke. Dem Römer behagt das nicht. Er blickt ängstlich nach oben, doch dann ergreift ihn Zorn. Er schnappt sich Tasha und hält ihr das Schwert an die Kehle. Adam und Eve sind starr vor Schreck und Nechtan keine Hilfe. Ich muss eingreifen. Aber bevor ich einschreiten kann, werde ich von hinten überraschend gepackt. Gleichzeitig hält mein Gegner mir den Mund zu.

Bei den Göttern, muss das ausgerechnet in diesem Augenblick geschehen?

Doch schnell wird mir klar, wer mein vermeintlicher Angreifer ist: Aurelius!

»Ich kläre das, vertrau mir!«, flüstert er mir ins Ohr und gibt mich frei.

»Bist du alleine?«, will ich wissen. Er nickt und geht vorsichtig an mir vorbei, dabei bedeutet er mir, Ruhe zu bewahren. Er hätte mich mühelos töten können, also sollte ich Vertrauen haben.

»Gut gemacht, Casto! Aber wir müssen jetzt hier raus. Der Tunnel droht einzustürzen«, sagt Aurelius und sieht ihn dabei ernst an.

Dieser ist vom Erscheinen seines Kameraden wenig überrascht. »Na endlich bist du da! Hilf mir sie wegzuschaffen, alleine pack ich das nicht. Wo sind eigentlich die anderen?«

»Sie kommen gleich.«

»Was ist mit den restlichen Barbaren?«, hakt Casto nach und meint damit auch mich

»Sie sind tot«, lautet die nüchterne Antwort von Aurelius.

Die Nachricht erschüttert meine Liebste und sie schluchzt laut auf. Gleichzeitig muss die Klinge sie verletzt haben, denn sie wimmert nun vor Schmerz.

Es fällt mir schwer, dem Drang zu widerstehen, mich nicht auf diesen Mistkerl zu stürzen. Aber mir ist nur allzu bewusst, dass Casto Tasha ohne Zögern töten wird, ganz egal, welche Order er hat.

Und wieder hallen donnerartige Töne in Wellen durch die Gänge. Als sie kurz nachlassen, platzt Casto genervt heraus: »Können wir sie nicht einfach umbringen? Wir behaupten, sie wären verschüttet worden.«

Aurelius widerspricht ihm energisch: »Nein! Severus will sie lebend!«

Die dröhnenden Schwingungen beginnen von Neuem und verstärken sich sogar. Sie durchdringen die Anlage mit einer unerbittlichen Intensität, bohren sich schmerzhaft in meinen Schädel und werden von bebenartigen Erschütterungen im Erdreich begleitet.

Casto wird panisch angesichts der bedrohlichen Situation. Das einzig Gute daran, er lockert den Griff um Tasha und senkt in der Folge sein Schwert.

Mich hat Casto bisher noch nicht entdeckt, aber jemand anderes: Eve! Vielleicht durch eine unbedachte Bewegung meinerseits. Überrascht gibt sie einen spitzen Schrei von sich. Casto dreht sich reflexartig zu ihr um und lässt dabei Tasha los. Mittlerweile ist Aurelius nah genug an ihn herangelangt. Er nutzt die Gelegenheit und rammt Casto, ohne mit der Wimper zu zucken, seinen Dolch in den Leib.

Überrumpelt von der Attacke und mit letzter Kraft dreht sich der tödlich Getroffene um. Entsetzt nimmt er den Verrat seines Kameraden wahr. Aber sein Ende ist besiegelt. Stumm sinkt er zu Boden. Für mich gibt es nun kein Halten mehr. Auch Tasha kommt mir aufgewühlt entgegen. Liebevoll schließe ich sie in die Arme und küsse ihre Stirn.

»Geht es dir gut?« Sie nickt, aber Blut rinnt sachte an ihrem Hals entlang. Vorsichtig betrachte ich die von Casto zugefügte Verletzung.

»Es ist nichts«, erklärt sie erleichtert, sichtlich froh, der Gefahrensituation entkommen zu sein. Der Schnitt ist zum Glück nicht tief. Dennoch schmerzt es mich, weil ich es nicht zu verhindern vermochte. Zärtlich streiche ich über ihren Bauch.

Sie spürt meine Sorge und bekundet: »Es geht uns beiden gut, wirklich!«

In diesem Moment blenden wir alles um uns herum aus. Selbst die stärker werdenden Vibrationen stören uns nicht, bis Adam sich zu Wort meldet und nervös stottert: »Äh … wir sollten weiter.«

»Ja, er hat recht, ausnahmsweise«, raune ich meiner Blume zu.

Tasha löst sich von mir und geht zielstrebig auf Aurelius zu. »Danke, Marc! Wieder einmal hast du uns gerettet. Mara wäre stolz auf dich, das weiß ich«, sagt sie leise.

Nur ich habe ihre Worte gehört und verstanden.

Aurelius lächelt, fragt dann aber noch: »Seid ihr sicher, dass dieser Tunnel euch nach Hause bringen wird? Was ist, wenn es kein Durchkommen gibt?«

Trotz der Eile, die uns treibt, antwortet Tasha ruhig: »Wir wissen es nicht, bisher hat sich immer ein Weg ergeben. Die Beben mögen Teile der Anlage zum Einsturz bringen, aber andere Gänge möglicherweise wieder freigeben. Es bleibt ein Risiko. Ich bin bereit, es einzugehen, um nach Hause zu kommen. Es tut mir leid, ich hätte dich gerne besser kennengelernt.« Sie küsst ihn zum Abschied auf die Wange.

Adam und Eve zeigen gemischte Gefühle. Sie sind hin- und hergerissen zwischen Neugierde und Besorgnis. Doch erneut ist es Adam, der drängt: »Wir müssen jetzt gehen, bevor weitere Römer auftauchen.«

Eve kommentiert nachdenklich: »Mich würde schon interessieren, was dieser Kerl mit euch zu schaffen hat, aber die Antwort darauf wird wohl warten müssen.«

Tasha blickt noch einmal zu Aurelius. »Auch du solltest jetzt den Rückweg antreten.«

Er wirkt unschlüssig, dann nickt er.

Der Tunnel beginnt heftig zu beben, die Wände erzittern und der Boden unter unseren Füßen schwankt unkontrolliert. Staub und Gestein fallen von der Decke und das dröhnende Brummen lässt unsere Herzen schneller schlagen.

In hektischer Eile ergreifen Adam und ich Nechtan und schicken die Frauen voraus. Aurelius lassen wir zurück. Wenn er klug ist, wird er sich sofort zum Ausgang begeben.

Weit kommen wir allerdings nicht. Die ständigen Erschütterungen und das unkontrollierbare Wanken unserer Körper lassen uns schwindelig werden und lösen Übelkeit aus, während ein unbändig schriller Ton sich nun auch noch in unsere Köpfe bohrt.

Adam lässt daraufhin Nechtan los und geht auf die Knie. Sowohl er als auch Eve halten sich die Köpfe, ihre Gesichter sind vor Schmerz verzerrt. Kurz darauf verlieren sie das Bewusstsein.

Auch ich kann Nechtan nicht länger halten und stürze mit ihm zu Boden. Ich bin nicht mehr in der Lage, aufzustehen.

Tasha!

Meine Gedanken gelten nur ihr.

Sie krümmt sich vor Schmerzen, nur wenige Meter von mir entfernt. Ich krieche zu ihr und schütze sie mit meinem Körper vor den herabfallenden Steinen.

Falls dies unser Ende sein sollte, dann tröstet mich der Gedanke, dass wir zusammen sind. Wenig später werde ich ohnmächtig.

KAPITEL 16 - ♀

Tasha …?«
Ich höre meinen Namen, doch ich bin mir nicht sicher, ob ich das nur träume.

Die Stimme dringt aus weiter Ferne zu mir durch. Nur langsam lichtet sich der Schleier und Erinnerungsfetzen tauchen auf

Ermin! Welch Glück, er ist bei mir.

Er wiederholt seine Worte, die voller Sorge klingen: »Tasha, geht es dir gut? Sag doch etwas, meine Blume.«

Ich möchte ihm antworten, fühle mich jedoch sehr schwach und benommen. Meine Augenlider sind schwer und der Blick ist getrübt. Mein Kopf dröhnt und mir ist übel. Der Staub in der Luft kratzt in meinem Hals und löst einen Hustenreiz aus. Aber ich werde durch den Husten auch wacher und spüre rasch Schmerzen, besonders im Unterleib.

O nein, ein fürchterlicher Gedanke schießt mir durch den Kopf.

»Ermin … das Baby«, jammere ich ängstlich. Tränen der Furcht rinnen über mein Gesicht. O lieber Gott, lass mich bitte dieses Kind nicht verlieren! Nicht dieses Mal!

Ermin streicht sanft über meine Wange und flüstert beruhigend: »Alles wird gut werden.« Sekunden später hilft er mir vorsichtig aufzustehen, während ich krampfhaft meinen Bauch halte, als könnte das etwas bewirken.

Eve und Adam scheinen unverletzt zu sein, doch sehen sie mich nun fragend an.

Eve ist es, die den richtigen Riecher hat: »Tasha, bist du schwanger?«

Ich beiße die Zähne zusammen und nicke bestätigend.

»Warum hast du denn nichts gesagt …?«, schimpft sie beinahe vorwurfsvoll.

Ermin unterbricht sie barsch: »Schluss jetzt! Wir müssen hier raus. Kümmert euch um Nechtan!« Dann deutet er in den Tunnel. »Dort hinten scheint der Gang nicht eingestürzt zu sein. Beeilt euch!«

Ermin ist besorgt, auch wenn er sich bemüht, es sich nicht anmerken zu lassen. Behutsam nimmt er mich auf seine Arme und trägt mich den ganzen Weg. Ich fühle mich wie auf einer Achterbahn: schwindelig, mit höllischen Kopfschmerzen, kurz vor dem Übergeben. Vermutlich habe ich eine Gehirnerschütterung.

Die Umgebung dringt nur langsam in mein Bewusstsein. Ich höre Eve und Adam unter Nechtans Last stöhnen. Die stickige Luft tut ihr Übriges. Ermin hingegen wirkt stoisch und ungebrochen. Er vermittelt mir das Gefühl von Schwerelosigkeit und gibt mir die Zuversicht, dass uns nichts etwas anhaben kann.

Plötzlich ruft Adam freudestrahlend: »Seht! Da muss der Ausgang sein, dort wird es hell.«

Er hat recht, aber wir wissen noch nicht sicher, ob wir wieder in unserer eigenen Epoche sind.

Und erneut spüre ich einen Schmerz im Unterleib. Unbewusst habe ich mir dabei auf die Lippen gebissen und schmecke Blut.

Ermin bemerkt mein Krampfen. »Halte durch, meine Blume, wir haben es gleich geschafft!«

Kurz darauf sind wir draußen.

Vor uns erstreckt sich ein schmaler Pfad, der steil nach oben führt. Ermin trägt mich mühelos. Ich vermeide es beharrlich, hinunterzuschauen, und kann nur erahnen, wie sehr die anderen beiden mit Nechtan ringen. Mein Blick ist auf meinen Bauch gerichtet. Trotz des nicht ungefährlichen Aufstiegs und meiner Sorge um mein Baby fühle ich mich geborgen und sicher.

Es tut gut, frische Luft zu atmen und die Strahlen der Sonne zu spüren, auch wenn sie bereits am Untergehen ist. Und noch etwas ist am Firmament zu sehen: der Komet.

Für den Bruchteil einer Sekunde macht sich Enttäuschung breit, denn ich glaubte schon, wir hätten es nicht nach Hause geschafft. Doch als wir oben ankommen, erkenne ich nicht nur das neuzeitliche Dunnottar Castle, sondern wir hören auch zu unserer Freude nur allzu vertraute Töne: Sirenen. Polizeiautos und Feuerwehrfahrzeuge rasen an uns vorbei. Dann hält unvermittelt ein Wagen an.

»Das ist doch nicht möglich!«, ruft erstaunt der Fahrer. Und ich kann nicht fassen, wer es ist: John, mein Chef.

»Du meine Güte. Ich dachte, ihr wärt tot. Wir suchen euch schon seit gestern. Wie seid ihr da nur rausgekommen? Ah, ihr müsst die Verbindung zwischen den beiden Stätten gefunden haben.«

In seiner Euphorie nimmt er erst spät wahr, dass ein Fremder bei uns ist und dass ich offensichtlich verletzt bin. »Um Gottes willen, Tasha, was ist mit dir? Und wer ist er?«

Doch bevor ich oder ein anderer antworten kann, zückt er sein Handy und ordert hektisch mehrere Krankenwagen nach Dunnottar. Diese befinden sich glücklicherweise nicht weit von uns entfernt – bei Dunnicaer, wo wir gefühlt vor Wochen verschüttet wurden.

Offenbar ist in unserer Zeit kaum mehr als ein Tag vergangen. All das spielt jedoch keine Rolle. Ich will mein Baby nicht verlieren. Das alleine zählt. Passende Antworten können wir uns auch später noch überlegen. Ich hoffe nur, dass Adam und Eve nicht voreilig über unsere Erlebnisse berichten. Andererseits würde man ihnen vermutlich sowieso nicht glauben.

Nun geht alles sehr schnell. Die Rettungswagen bringen uns nach Stonehaven ins Community-Hospital. Auch Adam und Eve werden dort untersucht – vorsichtshalber. Aber sie dürfen bereits am frühen Abend das Krankenhaus wieder verlassen. Zu meiner großen Erleichterung gibt auch mir der behandelnde Arzt Entwarnung. Nach einigen unangenehmen Untersuchungen teilt er mir mit, dass mit dem Baby und mir alles in Ordnung sei. Aufgrund des erlittenen Traumas solle ich aber über Nacht bleiben – rein zur Beobachtung.

Ermin darf mir Gesellschaft leisten. Darüber bin ich sehr froh. Endlich habe ich wieder ein Gefühl von absoluter Sicherheit – und auch Privatsphäre. In diesem Augenblick kehrt Ruhe in mein Inneres ein.

Bezüglich Nechtan wurde uns mitgeteilt, dass er operiert werden müsse. Natürlich kamen Fragen auf: Wer er sei und warum er archaische Kleidung trage? Wir beschränkten unsere Antworten auf das Nötigste: Dass wir ihn auf der Suche nach einem Tunnelausgang gefunden hätten, er möglicherweise einer Schaustellertruppe angehöre oder ein Traveller sei – ein Angehöriger des schottischen fahrenden Volkes.

Diese Erklärung akzeptierten sie vorerst. Ich hoffe inständig, dass Nechtan überlebt und dass die Situation nicht zu viel Aufmerksamkeit erregt. Wenn es ihm besser geht, müssen wir uns überlegen, wie wir ihn da rausholen und zurück in seine Welt schaffen.

Auch Ermin wird neugierig betrachtet. Sie wundern sich sicher über seine Gewänder, fragen jedoch nicht danach. Zwischenzeitlich brachte uns Eve Kleidung von zu Hause vorbei. Sie blieb nur kurz, um nicht zu stören. Außerdem gilt ihre Sorge vor allem Nechtan. Sie hat vor, bei ihm zu wachen. Ermin riet ihr davon ab; sie könne nichts für ihn tun und solle nach Hause gehen und sich ausruhen.

Er hat recht. Wir alle benötigen Ruhe und Schlaf. Eve und auch Adam müssen die Reise in die Vergangenheit und die Rückkehr in unsere Realität erst einmal verarbeiten. Das Ganze wird ihnen bestimmt noch völlig abstrus vorkommen, immerhin weiß ich, wie das ist.

»Woran denkst du gerade?«, fragt Ermin mit seiner warmen, sonoren Stimme.

»Was für ein Glück wir haben«, antworte ich beinahe gurrend. Ermin ist sehr liebevoll und fürsorglich. Er massiert mir sogar meine geschwollenen Füße. Schon drollig, dass der große Arminius so etwas für eine Frau tut, und noch beachtlicher: Er kann das richtig gut.

»Ja, das haben wir ... das habe ich«, erwidert er lächelnd und gibt mir einen Kuss.

Ich bin von Liebe und Wohlbehagen erfüllt. Bald wird dies durch unser gemeinsames Kind abgerundet – eine kleine Seele, die ein Teil von ihm und ein Teil von mir ist. Ich frage mich, ob es eher dunkel wird wie ich oder blond und groß wie sein Vater, mein stolzer Germane.

Es hätte aber auch alles anders kommen können. Möglicherweise spielte der Komet, der jetzt auch hier am Firmament erstrahlt, eine Rolle dabei, dass Ermin mir in die Vergangenheit folgen konnte. Doch trotz des überwältigenden Glücks beschleicht mich plötzlich ein Gefühl der Unsicherheit – Zweifel, die schon einmal aufkamen und die Ermin damals aus dem Weg räumte. Dieser abrupte Wechsel der Gefühle verwirrt mich, war mein Herz doch gerade eben noch vor Glück überquellend. Also, warum tauchen sie erneut auf? Vielleicht, weil ich mit einem Kind Verantwortung auf Lebenszeit tragen werde? Oder weil Ermin so gut in die Vergangenheit passte? Womöglich sind es auch nur simple Stimmungsschwankungen, die bei Schwangeren häufig vorkommen?

Ermin bemerkt sofort die feine Veränderung an mir. »Was ist mit dir? Hast du Schmerzen? Soll ich den Arzt rufen?«

»Nein, nein, alles ist gut«, wiegele ich ab.

Doch er glaubt mir nicht und betrachtet mich skeptisch. Schließlich gebe ich meine Bedenken preis, allerdings ohne ihn anzusehen: »Wir haben schon einmal darüber gesprochen. Es gab da einen Moment, da glaubte ich, du würdest dortbleiben wollen.«

Er spricht nicht sofort, sondern zieht mein Kinn sachte zu sich heran, um mir in die Augen sehen zu können. Dann entgegnet er aufrichtig und vor Liebe und Selbstsicherheit strotzend: »Wie ich dir bereits sagte: Für dich, meine Blume, gehe ich durch alle Zeiten und werde doch immer nur da sein wollen, wo du bist. Du bist der schönste Zufall meines Lebens. Ich liebe dich, mehr als ich es auszudrücken vermag.« Dann küsst er mich auf eine Art und Weise, die jeglichen Zweifel verdrängen soll.

Ich seufze auf unter seinen Liebkosungen, die immer fordernder werden. Ich spüre seine wachsende Begierde und suche mit meinen Händen danach. Doch dann stöhnt er gequält auf, als hätte er Schmerzen, und zieht sich jäh zurück. Ich bin etwas enttäuscht.

»Ich würde schon gerne, aber du sollst dich doch schonen«, raunt er sichtlich bemüht, sich zusammenzureißen.

Er denkt nur an mein Wohl. Aber so leicht gebe ich nicht auf, denn mir geht es wieder gut. Daher fordere ich ihn weiter heraus und bringe ihn mit meinem Finger auf seinen Lippen zum Schweigen.

»Ist schon gut. Aber was spricht dagegen, wenn ich dich …« Meine Worte begleite ich mit meinen Fertigkeiten an seiner empfindlichsten Körperstelle, während ich gleichzeitig an seinen Lippen sauge.

Nur schwach protestiert er noch: »Tasha, wenn jemand herein…«

Angesichts seiner schwindenden Widerstandskraft muss ich schmunzeln. Er weiß nur zu gut, dass er mich nicht stoppen kann, und tief im Inneren will er es auch gar nicht.

Unter meinen geschickten Fingern erreicht er rasch seinen Höhepunkt. Im Moment seiner Erlösung nimmt er voller Inbrunst meinen Mund in Besitz, dabei hält er mich fest im Arm.

»Du machst mich wahnsinnig«, raunt er mir Sekunden später mit gedämpfter Stimme ins Ohr und zieht mich sanft aufs Bett. In Löffelchenstellung, behütet und beschützt von seinem warmen Körper, schlafe ich bald ein.

Ein ereignisreicher und verrückter Tag neigt sich dem Ende zu. Ein einzelner Tag im Hier, doch Wochen in der anderen Welt – oder waren es nur wenige Tage? Es bleibt ein unerklärliches Phänomen.

Ermin redet noch leise mit mir, aber mein Geist ist schon zu weit weg, um seine Worte zu erfassen. In dieser Nacht träume ich von meiner Familie, von Paps und Mara. Sie lächeln und rufen mir freudig etwas zu. Dann blicke ich in meine Arme, dort liegt ein kleines Baby, mein Baby.

Als ich am nächsten Morgen erwache, ist Ermin nicht bei mir. Ich höre das Rauschen von Wasser. Er duscht.

Dann klopft es kurz an der Tür, eine Schwester betritt den Raum. »Wie geht es Ihnen?«, fragt sie freundlich lächelnd.

»Gut«, antworte ich wahrheitsgemäß.

Sie misst meinen Blutdruck und meine Temperatur und scheint mit den Ergebnissen zufrieden zu sein. Daher frage ich direkt: »Wann darf ich nach Hause?«

»Das entscheidet der Arzt.«

»Und wann kommt er?«, hake ich mit leichter Ungeduld nach.

»Bald. Er ist bereits auf seiner Visite …«

In diesem Augenblick kommt Ermin aus dem Bad, nur mit einem Handtuch bekleidet. Wassertropfen perlen von seiner Haut. Er strahlt übers ganze Gesicht. Die junge Pflegerin ist von seinem Anblick überrascht und offenbar überfordert. Sie wird rot, murmelt eine Entschuldigung und verlässt das Zimmer eiligst.

»Was war denn das?«, kommentiert Ermin lachend ihre Flucht.

»Nun, entweder hast du ihr Angst gemacht oder sie war hin und weg von dir«, entgegne ich schmunzelnd und betone dabei das Wörtchen *oder* besonders.

Er pariert schnell: »Ich nehme das Zweite«, und fügt breit grinsend hinzu, »und wie sieht es bei dir aus?«

»Das Erste. Ganz sicher war es die Angst«, gebe ich heiter zur Antwort.

Lachen! Befreites, herzliches Lachen. Das hat mir gefehlt. Auf unserer unfreiwilligen Reise ging es stets ums Überleben. Da war kein Raum für Freude, Witz und gelöste Heiterkeit. Jetzt aber ist alles wieder gut.

Ich zwinkere ihm zu. »Zieh dich besser an. Die Visite ist schon unterwegs.« Ein schelmisches Grinsen huscht über sein Gesicht, aber er fügt sich kommentarlos.

Bevor allerdings die Ärzte auftauchen, wird uns das Frühstück gebracht. Lecker. Ich habe monstermäßigen Appetit, auch wenn es nur das übliche Krankenhausessen ist. Noch mehr freue ich mich auf den ersten Kaffee. Doch ich werde enttäuscht. »Kein Kaffee?«

»Tee ist gesünder«, gibt das junge Mädchen knapp zur Antwort.

»Bäh ...«, bekunde ich meine Abneigung. Ich bin kein Teetrinker und werde es auch nicht mehr werden. Es erinnert mich an meine Kindheit. Wenn ich krank war, zwang man mich zum Teetrinken. Ich fand es immer scheußlich.

»Kann ich nicht einfach koffeinfreien Kaffee bekommen?«, versuche ich es erneut.

Ermin springt mir zur Seite und grinst sie besonders freundlich an: »Sie haben die Lady gehört. Für mich übrigens auch eine Tasse.«

Das junge Ding errötet und gibt auf. Sie nickt und kurz darauf können wir den schwarzen Zaubersaft genießen.

»Willst du nicht duschen, bevor sie auftauchen?«, fragt mich Ermin.

Ich schüttele den Kopf. »Nein. Ich möchte schnellstens nach Hause und dort ein langes Bad nehmen.«

Wie auf Stichwort wird die Tür geöffnet. Ein älterer Mediziner betritt mit einigen jungen Ärzten den Raum.

»Wie geht es Ihnen heute?«, fragt er förmlich.

»Gut! Wirklich ausgezeichnet.« Während er sich intensiv mein Krankenblatt anschaut, ergänze ich fragend: »Darf ich nach Hause?«

Etwas überrascht blickt er auf und entgegnet langsam: »Nun, unsere Gynäkologin sollte noch eine Abschlussuntersuchung vornehmen, wenn dann alles in Ordnung ist, spricht nichts dagegen.«

»Und wann wird das sein?«

Stirnrunzelnd sieht er eine seiner jungen Ärztinnen an. Diese antwortet mir daraufhin höflich: »Im Anschluss an die Visite.«

Das freut mich und das sieht man mir auch an. Dabei fällt mir Nechtan ein. »Wie geht es dem jungen Mann, der gestern mit uns eingeliefert wurde?«

Der leitende Mediziner zögert kurz, antwortet mir dann aber doch: »Er wurde operiert, ist jedoch noch ohne Bewusstsein. Seine Wunden haben sich entzündet. Wir hoffen, dass die Antibiotika-Behandlung bald anschlägt. Kennen Sie ihn oder wissen Sie, wie es zu den Verletzungen kam?«

Ich überlege kurz und antworte dann geschickt: »Nein, wir fanden ihn im Tunnel und haben einfach nur geholfen.«

Ich denke, im Moment ist es für Nechtan sogar besser, nicht ansprechbar zu sein. Weder er noch sie würden sich verstehen und die unbekannte und verwirrende Umgebung ihn überfordern. Wichtig ist doch nur, dass er lebt und in guten Händen ist. Zu gegebener Zeit werden wir überlegen, wie es weitergehen soll.

Der Arzt scheint mir jedenfalls meine Schwindelei abzunehmen. Zum Abschluss wünscht er mir noch alles Gute für die Schwangerschaft und verlässt uns mit einem knappen Kopfnicken.

Nach einer Stunde ist dann endlich alles erledigt, inklusive des Schriftkrams. Die Frauenärztin hat grünes Licht gegeben, riet mir jedoch, mich noch einige Tage zu schonen, woraufhin mein Geliebter fragte, wie streng das Schonen ausgelegt sei. Ich verstand sofort, was er damit wissen wollte, und wurde rot. Die Ärztin entgegnete grinsend, dass das alles kein Problem sei, ich mich aber nicht auf sportliches Niveau begeben sollte. Ermins Lächeln wurde dabei breiter und breiter. Ich war nur froh, endlich da rauszukommen.

Kaum zu Hause angekommen, klingelt auch schon das Telefon. Es ist Eve.

»Du bist wieder daheim. Schön! Alles in Ordnung mit dir und dem Baby?«, erkundigt sie sich.

»Ich bin müde, aber ja, alles ist in Ordnung«, antworte ich.

»Hast du noch etwas von Nechtan gehört?«, fragt sie nun.

Oha, offensichtlich ist das der eigentliche Grund ihres Anrufs. Aber natürlich verstehe ich sie. Sie sorgt sich um ihn und sollte die Wahrheit erfahren. Daher kläre ich sie auf: »Er ist noch nicht über den Berg und immer noch ohne Bewusstsein. Zu allem Übel hat er eine Sepsis.« Es wird kurz still am anderen Ende der Leitung. Eve weiß, wie gefährlich eine Blutvergiftung sein kann. »Eve? Bist du noch dran?«

»Äh, ja, ich … ich fahre gleich mal ins Hospital«, sagt sie schließlich.

»Du wirst nichts für ihn tun können«, versuche ich sie davon abzubringen.

Doch sie hört nicht auf mich. »Ich muss das tun, und wer weiß, vielleicht nimmt er mich ja wahr.«

»Okay, deine Entscheidung. Du bist alt genug.« Ich bin zu müde für längere Diskussionen und will mich nur noch ausruhen.

Eve verabschiedet sich rasch. Endlich kann ich mir ein Bad einlassen. Als ich mich entkleidet habe, schaue ich mich im Spiegel an und drehe mich ins Profil, um meinen wachsenden Bauch zu begutachten. Laut der Ärztin bin ich im dritten Monat. Für alle hier waren wir nur einen Tag verschwunden und von einem gewölbten Bäuchlein war quasi bis gestern noch nichts zu sehen. Ich hatte daher Sorge, dass sich die *Reise* auf die

Schwangerschaft ausgewirkt haben könnte. Natürlich weiß die Gynäkologin nichts von unserem Trip, aber sie sprach von einer normalen Entwicklung. Das sollte mich beruhigen. Tut es auch. Wichtig ist, dass alles normal ist und es dem Baby gut geht, und das hat sie mir auch bestätigt.

Ich genieße das warme Wasser, begleitet von sanfter Musik, die meine Sinne umschmeichelt. Körper und Seele sind im Einklang. Mein Puls ist ruhig und meine Atmung flach. Zwei Kerzen runden das Ambiente ab und verstärken die behagliche Atmosphäre. Ein bisschen Stimmung kann ja nicht schaden, denke ich mir, und beginne mit geschlossenen Augen zu summen. Doch nach einer Weile fröstelt es mich. Obwohl meine Haut bereits zu schrumpeln beginnt, lasse ich heißes Wasser nachlaufen, um die wohlige Wärme zu bewahren.

Dann höre ich Ermin. »Wunderschön«, flüstert er leise und atmet tief aus. Seine Stimme wird tiefer, als er erneut sagt: »Wirklich wunderschön.«

Ich lächele und bin doch verunsichert. »Aber mein Bauch wächst.«

»Ja und?«, antwortet er mit einem verklärten Blick. »Du bist strahlend schön. Ich liebe dich und ich begehre dich.« Sichtbar erregt kommt er auf mich zu und hebt mich behutsam aus der Wanne. »Du hast lange genug gebadet«, raunt er voller Begierde.

»Und du wirst ganz nass«, wispere ich sehnsuchtsvoll.

»Das bin ich schon, meine Blume«, erwidert er lächelnd und küsst mich, während er intensiv das Innere meines Mundes mit seiner Zunge erkundet. Ich spüre seine steifen Brustwarzen unter dem nassen Shirt, und ich spüre noch mehr ...

»Ich will dich«, flüstere ich atemlos. Das hätte ich ihm gar nicht sagen brauchen. Seine Augen glühen vor Leidenschaft. Ich könnte ihn jetzt nicht mehr stoppen und mich selbst auch nicht.

Er trägt mich ins Schlafzimmer, wo er mich sanft aufs Bett gleiten lässt. In Windeseile entledigt er sich seiner Kleider. Sein Körper strahlt eine magnetische Anziehungskraft aus und ich kann kaum erwarten, ihn zu fühlen. Er ist nicht nur attraktiv, sondern auch erfahren – der einzige Mann, der es vermag, meine Leidenschaft zu entfachen –, und er gehört mir.

Wir lieben uns fast die ganze Nacht wie ausgehungert. Erst spät schlafen wir eng aneinander gekuschelt ein.

Ich erwache als Erste, während die Sonne bereits hoch am Himmel steht und den Raum mit ihrem warmen Licht erfüllt – Mittagszeit. Ermin schläft noch friedlich und ich betrachte ihn ausgiebig. Die Decke ist von seiner nackten Brust gerutscht. Ich bewundere mal wieder seinen wohlgeformten Körper. Auch wenn er kein Jüngling mehr ist, ist doch alles an ihm gestählt und muskelbepackt. Mein schöner alter Germane lächelt im Schlaf. Ich kann nicht widerstehen und fahre mit meinen Fingern spielerisch die Konturen seiner Lippen entlang, hinab zu seinen Brustwarzen und noch tiefer zu der Erhöhung, die sich unter dem Laken abzeichnet.

Plötzlich erwacht er, im doppelten Sinne. Noch mit geschlossenen Augen flüstert Ermin heiser: »Du bist unersättlich. Ob das an der Schwangerschaft liegt?«

»Nein«, raune ich, »an dir!«

Auch in mir lodert eine unstillbare Sehnsucht nach mehr. Mein Verlangen ist klar definiert: sein pulsierender Schaft. Als ich beginne, mit meiner Zunge seine erregte Spitze zu umkreisen, spüre ich, wie Ermins Atem stockt und seine Hände sich im Laken verkrampfen. Er weiß genau, was ihn erwartet, und sein Becken hebt sich mir bereits voller ungeduldiger Erwartung entgegen. Jeder sanfte Kuss, jeder zärtliche Saugstoß entlockt ihm leidenschaftliche Laute der Lust. Ich bin vollkommen in meinem und seinem Rausch gefangen und gebe mich seiner Begierde mit ganzer Hingabe hin, bis er unter dem Feuer der Ekstase zu explodieren droht. Doch er versucht, es noch zu verhindern und zieht mich keuchend zu sich hoch. »Warte … bis ich …«

Doch ich verschließe seinen Mund mit einem intensiven Kuss. Dann wispere ich liebevoll und ernst: »Wir haben alle Zeit der Welt. Ich liebe dich … mein Arminius.«

Sein Blick ist erfüllt von Wärme und Zuneigung. Ich bin dankbar, den richtigen Mann gefunden zu haben, den Einzigen in allen Zeiten, der mich glücklich zu machen vermag.

Leider wird unser erotisches Spiel vom lauten Klopfen an der Haustür unterbrochen.

»Verdammt, wer ist das? Geht die Klingel mal wieder nicht?«, bemerkt Ermin missmutig.

Auch ich würde viel lieber nicht darauf reagieren wollen, aber möglicherweise ist es ja wichtig. »Schau doch bitte nach.«

»Muss ich wirklich?«, versucht sich Ermin zu drücken.

»Es könnte doch Henry sein, wegen des Hengstes«, entgegne ich bedauernd.

»Argh …« Er stöhnt auf. Da habe ich wohl einen Nerv getroffen. Dennoch verlässt er nur widerwillig das Bett – und mich.

Das Klopfen an der Tür wird mittlerweile stärker und wilder. Armer Henry, er wird nun Ermins Groll zu spüren bekommen.

Bevor Ermin die Zimmertür öffnet, schaut er mich noch einmal lüstern an. »Ich weiß schon, was ich mit dir nachher anstellen werde, meine Blume. So leicht kommst du mir nicht davon«, verspricht er heiser.

Warum auch immer, ich erröte. Ermin bemerkt es und lacht schallend. Er sagt oft, dass ich ihn wahnsinnig mache, doch umgekehrt stimmt es wohl eher.

Er ist nur Sekunden weg, da meldet sich mein Magen. Na ja, was soll's. Ermin wird vermutlich in den Stall gegangen sein, also kann ich uns in der Zwischenzeit auch etwas zu essen vorbereiten. Ich schlüpfe rasch in meinen Morgenmantel und gehe nach unten.

Tatsächlich ist Ermin nicht mehr im Haus. Ich höre ihn aber vor der Tür mit jemandem sprechen, Henry scheint es nicht zu sein. Bevor ich jedoch die Chance habe, nachzusehen, wer es ist, klingelt plötzlich das Telefon.

Es ist wieder Eve. Mit freudiger Stimme teilt sie mir mit, dass Nechtan aufgewacht ist.

Genau in diesem Moment, als ich ihr antworten will, öffnet sich die Eingangstür und Ermin tritt herein. Er muss das Telefon ebenso gehört haben. Seinen merkwürdigen Blick ignoriere ich, um ihm schnellstens die positive Nachricht mitzuteilen: »Nechtan ist …« Doch ich komme nicht dazu, meinen Satz zu beenden, denn mit dem, was als nächstes geschieht, habe ich nicht gerechnet.

Hinter Ermin betritt ein Mann das Haus, der mir nur allzu bekannt ist, von dem ich jedoch nie erwartet hätte, ihn wiederzusehen. Mir wird augenblicklich schwindelig. Ermin kann mich gerade noch rechtzeitig stützen, ehe ich vor Schreck zusammensacke.

Das muss ein böser Traum sein!

Denn vor mir steht Marc Antonius Aurelius!

In voller römischer Rüstung und mit ängstlichem Blick.

Endet das denn nie?

Egal, welche Herausforderungen uns nun bevorstehen mögen, in diesem Augenblick bin ich entschlossen wie nie zuvor: Es wird keinen weiteren Trip in die Vergangenheit für mich geben. Für nichts auf dieser Welt werde ich dieses Wagnis erneut eingehen! Mein Leben findet hier und jetzt statt, mit Ermin an meiner Seite und unserem gemeinsamen Kind.

Doch die Geschichte von Marc Antonius Aurelius, dem Enkel von Mara und Marcus, ist noch nicht zu Ende erzählt – bis jetzt.

Fortsetzung folgt …

GENEALOGIE

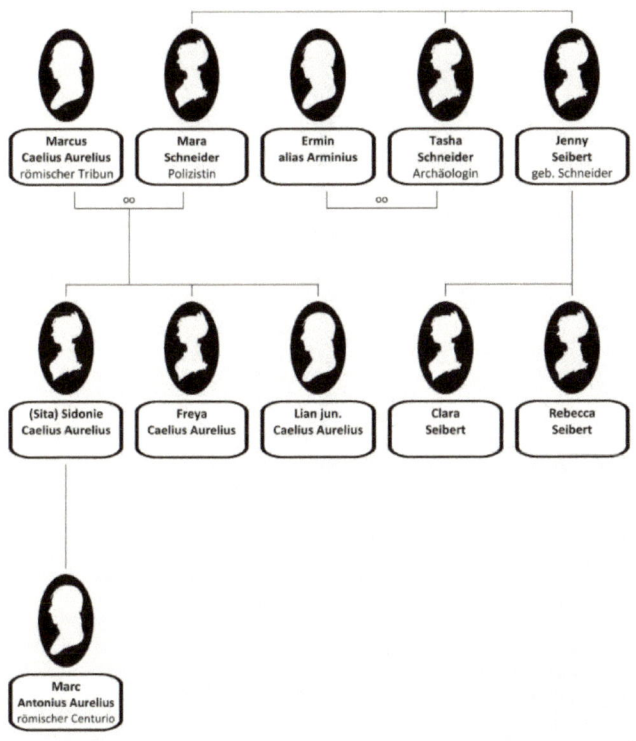

Marcus
Caelius Aurelius
römischer Tribun

Mara
Schneider
Polizistin

Ermin
alias Arminius

Tasha
Schneider
Archäologin

Jenny
Seibert
geb. Schneider

∞

∞

(Sita) Sidonie
Caelius Aurelius

Freya
Caelius Aurelius

Lian jun.
Caelius Aurelius

Clara
Seibert

Rebecca
Seibert

Marc
Antonius Aurelius
römischer Centurio

PERSONENVERZEICHNIS

Adam Duke	Kollege von Tasha
Gnaeus Iulius Agricola	römischer Statthalter in Britannien
Cadha	Mutter von Nechtan und Nessa
Calgacus	kaledonischer Heerführer
Carney	junger Krieger vom Stamm der Briganten
Lucio Marcio Casto	römischer Centurio
Deirdre	Seherin
Ermin	alias Arminius, germanischer Heerführer, und Tashas Ehemann
Eve Morgan	Kollegin von Tasha
Gunn	kaledonischer Krieger unter Calgacus
John	Tashas Boss
Henry Barclay	Stallbursche auf Ermins Hof
Keenan	junger Knabe und eine Waise
Mara Schneider	Tashas Schwester und Großmutter von Marc Antonius Aurelius
Marc Antonius Aurelius	Großneffe von Tasha – Enkel von Mara und Marcus
Marcus Caelius Aurelius	ehemals römischer Tribun und Großvater von Marc Antonius Aurelius

Nechtan	vom Stamm der Cruithne (Pikten) und Sohn von Cadha
Nessa	Nechtans Schwester
Talorg	Freund von Nechtan
Tasha Schneider	Archäologin und Ermins Ehefrau sowie Großtante von Marc Antonius Aurelius
Titus Calidius Severus	Kommandant des römischen Legionslagers Inchtuthil
Torquil	Vater von Nechtan und Nessa
Tyke	Name des Hundes

ORTSVERZEICHNIS

Schlacht am Mons Graupius	83 oder 84 n. Chr. – Römer gegen die Kaledonier
Dunnicaer	Felsklippe an der Ostküste Schottlands
Dunnottar Castle	Burgruine in Aberdeenshire, Schottland
Stonehaven	Ortschaft an der nordöstlichen Küste Schottlands
Stornfels	kleinster Ortsteil der Stadt Nidda im Wetteraukreis – die Burg Stornfels, auch *Sturmfels* und *Sloz Sturmfels* genannt, ist eine abgegangene mittelalterliche Höhenburg, erbaut im 11. Jahrhundert

Sheyna Jordan

»Geheimnis am Sturmfels«

Band 1

Die selbstbewusste Frankfurter Polizistin Mara Schneider gerät durch Zufall in die Vergangenheit – es verschlägt sie zweitausend Jahre in der Zeit zurück, direkt in den Konflikt zwischen Römern und Germanen. Sie trifft auf den Tribun Marcus Caelius Aurelius, der sie anfangs für eine germanische Spionin hält und gefangen nimmt. Um in der fremden Welt zu überleben, muss sie lernen, sich anzupassen. Doch findet sie in dieser archaischen Zeit auch die große Liebe?

»Entscheidung am Sturmfels«

Band 2

Die Frankfurter Polizistin Mara Schneider kann es kaum glauben: Der römische Tribun Marcus Caelius Aurelius ist in unsere Zeit gelangt. Sie ist glücklich über diese Schicksalsfügung.

Doch Marcus plagen Schuldgefühle angesichts der Informationen, die er von ihr über die drohende Varusschlacht in seiner Welt erhalten hat. Er glaubt, seine Freunde im Stich gelassen zu haben.

Mara muss eine Entscheidung treffen.

Sheyna Jordan

»Schicksal am Sturmfels«

Band 3

Auf der Suche nach ihrer verschwundenen Schwester verschlägt es die Archäologie-Studentin Tasha Schneider in die Welt der Römer und Germanen.

Sie trifft auf einen charismatischen Fremden, der ihr in der unwirklichen und gefährlichen Umgebung beisteht. Wer ist der Unbekannte, und was wird Tasha am Ende finden?